Valentina Fast
Still missing you

VALENTINA FAST

STILL
missing
YOU

ROMAN

dtv

Originalausgabe
2. Auflage 2022
© 2022 dtv Verlagsgesellschaft mbH & Co. KG, München
Das Werk ist urheberrechtlich geschützt.
Jede Verwertung ist nur mit Zustimmung des Verlages zulässig.
Das gilt insbesondere für Vervielfältigungen, Übersetzungen und die
Einspeicherung und Verarbeitung in elektronischen Systemen.
Umschlaggestaltung: ZERO Werbeagentur GmbH
Umschlagmotive: shutterstock.com
Lektorat: Ulrike Gerstner
Satz: Fotosatz Amann, Memmingen
Gesetzt aus der Palatino
Druck und Bindung: CPI books GmbH, Leck
Printed in Germany · ISBN 978-3-423-71901-8

1

»Was fasst du nicht? Dass wir noch leben?«

Es war sicher unangemessen, sich auf einer Beerdigung vorzustellen, wie man den Typen neben sich am Kragen packte und einfach schüttelte.

Doch das war meine Art, mich vom Heulen abzuhalten, während ich blicklos auf den dunklen Sarg starrte, auf dem unzählige Rosen lagen. Sie waren rot, wie Betty sie am schönsten fand. Ich ließ das Händeschütteln und die Beileidsbekundungen an mir vorüberziehen. Dabei hasste ich mich dafür, dass ich nicht vollständig trauerte. Ich hasste die leise Erleichterung, die ich vor allen verbarg, und ich hasste es, dass meine Granny so hatte sterben müssen. Nein, Granny hatte ich sie nur als Kind genannt, weil sie sich deshalb immer so alt gefühlt und ich sie damit so gerne geärgert hatte. Betty ist ihr Name gewesen. Bethany, um genau zu sein.

Alte Leute sollten friedlich im Bett einschlafen. Doch sie hatte in einem beschissenen Krankenhaus gelegen, kaputt von der Chemo und verwirrt von all den Medikamenten.

Betty hatte Besseres verdient. Verdammt, *niemand* sollte mit so einem Ende bestraft werden.

Ich blinzelte angesichts der beißenden Tränen, die sich in

meinen Augen sammelten, und schluckte hart gegen die plötzliche Enge im Hals an.

Jemand räusperte sich und ich ließ hastig die Hand vor mir los, die ich viel zu fest geschüttelt hatte.

Ich machte mir nicht die Mühe, mich zu entschuldigen. Meine Pflegeschwester Amber plapperte drauflos und überspielte damit diesen Fauxpas. Ihre Stimme war eine Konstante in dem beständigen Summen aus geflüsterten Worten, die nur gedämpft durch das Rauschen in meinen Ohren drangen.

Ich atmete tief durch und zwang mich, nicht nach rechts zu sehen, wo Derek stand und sich so verhielt, als wäre ich gar nicht hier.

Seit ich knapp vor Beginn der Beerdigung angekommen war, hatte er mir nur kurz zugenickt und mich ansonsten ignoriert. Es war also nur allzu leicht gewesen, meine Trauer in Wut umzuwandeln und direkt auf ihn zu lenken.

Er tat so, als wäre nie etwas geschehen. Und im Grunde stimmte das auch. Es war nichts passiert, außer der Tatsache, dass er mir das Herz gebrochen hatte. Jetzt, von Trauer umspült, wallte der Schmerz von damals heftig auf. Er drückte mir gegen die Augenlider und brannte in meiner Kehle.

Die Trauergesellschaft begab sich langsam in Richtung Gemeindesaal und ich ließ mich zurückfallen.

Obwohl Amber mir einen warnenden Blick zuwarf, als sie und ihr Freund – dessen Namen ich schon längst wieder vergessen hatte – neben meinen beiden Pflegebrüdern dem Pulk vorausgingen.

Doch ich blieb am Grab stehen und schaute dabei zu, wie zwei Männer Erde auf den Sarg schaufelten. Es besaß etwas seltsam Meditatives, hier herumzustehen und zu wissen, dass Betty bereits irgendwo anders war, während wir hier unten trauerten.

»Mach es dir so schön wie möglich, Kleines. Die Welt ist die verrückteste unserer Etappen, bevor wir endlich Frieden finden. Also riskier ruhig etwas und sei nicht so nachtragend.« Bettys Stimme hallte in meinen Ohren wider. Ich lachte traurig, was mir seltsame Blicke der Männer einbrachte.

Einen Moment lang kam mir der Gedanke, mich einfach wieder in den nächsten Zug in Richtung New York zu setzen. Es reichten wenige Stunden in dieser Stadt, um das Gefühl zu bekommen, völlig fehl am Platz zu sein.

Mein Gesicht verzog sich zu einer Grimasse, als mir die morgige Testamentsverkündung einfiel und die immerwährende Wut, mit der Amber mich strafen würde, falls ich sie verpasste.

Deshalb straffte ich meine Schultern und lief in Richtung Gemeindesaal, der an den Friedhof Eastwoods grenzte. Er lag eingebettet in den Ausläufern eines Laubwaldes, dessen Äste noch nackt vom Winter waren und im frischen Februarwind ächzten.

Draußen standen ein paar Trauergäste, die rauchten und sich leise unterhielten. Immer wieder schnappte ich Grannys Namen auf – Betty. Sie flüsterten ihn, als wäre es verboten, ihn laut auszusprechen. Dabei war es einer, der aus voller Kehle in die Welt hätte hinausgeschrien werden müssen. Betty war auch laut gewesen. Genauso wie unhöflich, dickköpfig und der beste Mensch von allen. Betty, die coolste Granny, die ich mir hätte wünschen können, und die einzige Person der Familie, die mich wie zugehörig behandelt hatte.

Vielleicht, weil wir beide irgendwie Außenseiter gewesen waren.

Ich betrat den großen stickigen Raum, in dem die Gäste auf zu klein wirkenden Eichenstühlen saßen und ihr obligatorisches Stück Kuchen vertilgten. Es war viel zu warm, sodass ich meinen schwarzen Mantel aufknöpfte, während ich auf den Tisch ganz vorne zusteuerte, an dem die einzige Familie saß, die ich jemals gehabt hatte – und die doch keine war. Zwei der langen Wände bestanden fast ausschließlich aus Fenstern, wobei eine Seite auf den Wald hinaus zeigte und man durch die andere den Friedhof sah. Graue Wolken hingen über den schlichten Gräbern.

»Wieso bist du nicht sofort mitgekommen?« Ambers geknurrte Worte standen im starken Kontrast zu ihrem süßlichen Lächeln, das sie für alle anderen aufgesetzt hatte. Sie hatte ihr blondes Haar zu einem tiefen Dutt gedreht und war dezent geschminkt, was ihre natürliche Schönheit noch einmal unterstrich. Amber konnte man einfach nur als schön bezeichnen. Schön und eiskalt.

Ich ließ mich neben meinem Pflegebruder Ryan nieder, der gerade auf seinem Handy herumtippte. Ein kurzer Blick verriet mir, dass er eine Mail beantwortete. Ernsthaft? Er arbeitete auf einer Beerdigung? Aber vielleicht war das auch seine Art, mit der Trauer umzugehen. Sein Anzug saß perfekt und wie früher schon trug er sein dunkelblondes Haar zur Seite gekämmt.

Ich drapierte meinen Mantel über der Stuhllehne und nahm Platz. Der Sitz war hart und die Lehne nicht viel besser. Erst als ich eine halbwegs bequeme Position gefunden hatte, lächelte ich meine nur wenig ältere Pflegeschwester gepresst an. Sie war Mitte zwanzig und die verklemmteste

Person überhaupt.»Ich wollte mich ohne all diese Heuchler von ihr verabschieden.«

»Das sind keine Heuchler«, zischte sie und hektische Flecken bildeten sich auf ihren Wangen, wobei ihre Augen hin und her schossen.»Und sprich gefälligst leiser, wenn du dich schon so bescheuert aufführen musst.«

»Sorry«, säuselte ich gedehnt und schaute mich nach dem Kuchenbüfett um, bevor ich wieder aufstand.»Aber die halbe Stadt hat Betty gemieden, als sie noch lebte.«

»Vermutlich, weil sie genauso unhöflich war wie du.« Dereks Stimme klang tiefer als früher und mein Magen zog sich geradezu schmerzhaft zusammen. Mit einem Pappteller voll Kuchen in der einen und einer Kaffeetasse in der anderen Hand setzte er sich zu uns an den Tisch.

Derek, dessen Anwesenheit reichte, um mich wieder in das achtzehnjährige Mädchen zu verwandeln, das sich so sehr nach Halt gesehnt hatte und doch gefallen war. Meine Kehle wurde eng, und ich hasste es, dass er noch immer diese Wirkung auf mich hatte. Es war das erste Mal, dass wir uns wiedersahen, nachdem ich so lange auf ihn gewartet hatte.

Die Erinnerungen von eiskaltem Regen auf meinem Gesicht und das beklemmende Gefühl, alleine an einem gespenstischen Bahnhof zu stehen, waren so intensiv, dass ich für einen Moment seinem Blick ausweichen wollte. Doch ich war stärker als damals und deshalb hielt ich seinen Augen stand.

Er trug sein dunkles Haar so kurz, dass es beinahe militärisch wirkte. Wo er früher schlank gewesen war, schien er jetzt nur noch aus Muskeln zu bestehen. Das dunkelgraue Jackett spannte sich um seine Schultern und Oberarme, als

9

er seine Arme bewegte, um drei Zuckertütchen aufzureißen und in seinen schwarzen Kaffee zu schütten. Seine blauen Augen betrachteten mich kühl und distanziert. »Nenn sie nicht Heuchler, wenn du doch diejenige bist, die sich in den letzten sechs Jahren nicht hat blicken lassen.« Wut verwandelte sich in Schmerz, als ich die Verachtung in seinen Augen erkannte. »Du hast doch keine Ahnung.« Mit dieser absolut schlagfertigen Antwort drehte ich mich von ihm weg und steuerte auf den langen Tisch mit diversen Kuchen zu. Meine Beine bewegten sich wie ferngesteuert und ich straffte die Schultern, da mir die Verachtung meiner Pflegegeschwister im Nacken brannte. Außer natürlich von Ryan, aber der schien sowieso nur mit seinem Handy beschäftigt zu sein.

Den ganzen Torten und Kuchen sah man an, dass sie selbst gemacht waren. Wenn die Frauen dieser Kleinstadt etwas konnten, dann war es backen.

Ich wollte gerade nach einem Teller greifen, als ein gackerndes Lachen ertönte, und ich erstarrte. Ruckartig fuhr mein Kopf herum, denn fast hatte ich erwartet, Betty zu sehen, doch an dem Tisch links von mir hatten sich zwei andere alte Damen niedergelassen. Eine von ihnen war Maggy, Bettys kleine Schwester, und neben ihr saß Elinor. Beide gehörten zu den Hexen von Eastwood – wie ich Bettys Clique immer genannt hatte. Sie waren genauso unbeliebt und biestig, wie Betty es gewesen war, und ich liebte sie heiß und innig.

Ein ersticktes Lachen entschlüpfte mir, während ich auf sie zusteuerte und die zwei alten Damen nacheinander einmal fest umarmte. »Ich fasse es nicht!«

»Was fasst du nicht? Dass wir noch leben?«, fragte Maggy neckend.

»Also, *ich* fasse es nicht, dass du hier als Single auftauchst.« Auch Elinor zog mich auf und wedelte dann mit ihrer Hand in Richtung der Kuchen. »Hol uns noch ein bisschen was von der Schokoladentorte. Aber nicht die von Amanda Simmens, die schmeckt nach Diätschokolade.«

Ich hörte ein leises Keuchen und entdeckte Mrs Simmens, eine ehemalige Klassenkameradin der alten Damen, die sich an die Brust griff und einen finsteren Blick zu unserem Tisch warf.

»Sicher.« Ich verbarg mein Lachen hinter zusammengepressten Lippen. Dann holte ich uns drei Pappteller mit verschiedensten Kuchenstücken und sparte dabei den aus, an dem Mrs Simmens' Name stand. Es war eine seltsame Tradition in Eastwood, bei sämtlichen Veranstaltungen der Stadt eine inoffizielle Tortenshow auszurichten – auch bei Trauerfeiern. Aber niemand beschwerte sich, solange man sich als Trauernder nicht selbst um das Büfett kümmern musste.

»Erzählt mir den neuesten Klatsch«, forderte ich die beiden auf, stellte die Teller auf den Tisch und setzte mich zu ihnen. Ambers finsterer Blick kribbelte in meinem Rücken, doch es war ja wohl erlaubt, mit den Trauergästen zu sprechen. Dafür war ich immerhin hier. Um Betty zu verabschieden, waren mir weder ein Grab noch Kuchen wichtig. Das alles war für die anderen da.

»Elinors Blähungen sind schlimmer geworden, seit sie die neuen Tabletten nimmt.« Maggy kicherte hämisch.

Ich lachte auf und schob mir schnell ein Stück Zitronenkuchen in den Mund.

»Du bist doch nur sauer, weil ich dich beim letzten Bingo geschlagen habe.« Elinor verdrehte die Augen und strich sich über ihr dunkel gefärbtes Haar. Sie wirkte müde, auch wenn sie es mit extraviel Schminke zu verbergen versuchte. Müde und traurig. »Wie ich sehe, ist alles beim Alten.« Sofort bereute ich die Worte. Nichts war wie früher. Betty war weg. Für immer. Maggy schien Gedanken lesen zu können, denn mit einem Mal legte sie ihre Hand auf meinen Unterarm und ihre Stimme wurde ganz weich. »Sie hat endlich ihren Frieden.« Ich starrte auf ihre rot lackierten Fingernägel und nickte langsam, während ich die Trauer hinunterschluckte, die mich plötzlich erneut zu überrollen drohte. »Sie fehlt mir trotzdem.«

»Uns auch.« Elinor legte ihre Hand auf meinen anderen Arm. »Sie war unser Puffer. Ohne sie werden wir uns innerhalb eines Monats zerstritten haben.«

Ich lachte, da sie recht hatte, und gleichzeitig, weil es so guttat, mit den beiden zu sprechen. Dabei nahm ich ihre Hände und sah sie abwechselnd an. »Bitte zerstreitet euch nicht. Einzeln seid ihr nicht mehr die Hexen von Eastwood, sondern einfach nur …« Ich suchte nach einem passenden Wort.

»Unfreundliche alte Schachteln?«, half Maggy mir grinsend aus.

Ich machte eine seltsame zustimmende Geste, die so blöd aussah, dass die beiden losgackerten.

»Es ist schön, dass du zurück bist, Kindchen.« Maggy tätschelte mir noch einmal den Arm, bevor sie sich eine Gabel nahm und ebenfalls ein Stück Kuchen aß. »Meine Güte«, stieß sie dann hervor und schob den Teller mit angewidert verzogener Miene von sich. »Der schmeckt nach Sojamilch!«

Ich lachte leise und lauschte ihr und Elinor, die sich nun über – ihrer Meinung nach – falsch gebackenen Kuchen aufregten.

Es war wie früher, wenn ich bei Betty in der Küche gesessen und den alten Damen beim Kartenspielen zugesehen hatte – zumindest so lange, bis die Fetzen flogen, weil eine von ihnen mal wieder geschummelt hatte.

»Wann reist du wieder ab?« Elinor lächelte mich an und schien zu wissen, wo meine Gedanken gerade waren.

»Nach der morgigen Testamentsverkündung. Bettys Nachlassverwalter hat gesagt, wir Pflegekinder sollen alle dabei sein.« Dereks Vorwurf schwirrte in meinem Kopf herum, und allein um ihn vom Gegenteil zu überzeugen, hätte ich den Termin am liebsten sausen lassen. Doch ich war mir sicher, dass Betty sich etwas dabei gedacht hatte, wenn ihr Anwalt so vehement auf unser aller Anwesenheit bestand. Deshalb würde ich den Termin hinter mich bringen und anschließend in mein neues Leben zurückkehren. In ein Leben, das ich mir vor sechs Jahren, bei meiner Flucht aus dieser Kleinstadt, doch irgendwie anders vorgestellt hatte.

Der bittere Geschmack des Versagens breitete sich auf meiner Zunge aus und ich aß ein Stück Schokoladenkuchen. Es half nur wenig.

Maggy beugte sich vor und senkte vertraulich ihre Stimme. »Aber du sagst mir Bescheid, wenn meine Schwester euch eine Stange Geld vererbt, ja?«

»Selbst wenn es eine Million wäre, wärst du bereits tot, bevor du sie ausgeben kannst«, frotzelte Elinor und kicherte hämisch in ihre Kaffeetasse.

»Betty schuldet mir noch ein paar Dollar. Sie hat doch ständig ihre Geldbörse«, mit einer bedeutungsvollen Pause setzte Maggy das nächste Wort in Anführungszeichen, »*vergessen*. Ich bin nur neugierig.«

Dann sah sie mich wieder an. »Keine Angst. Ich werde nichts einfordern.«

Ich schmunzelte und sah mich nach Kaffee um. »Es wäre schon verwunderlich, wenn sie reich gewesen wäre. Aber ich sage dir Bescheid.«

»Gut. Ich will nämlich nicht, dass du einfach abhaust, ohne dich zu verabschieden. Schon wieder.«

Ich quittierte diesen offensichtlichen Vorwurf mit einem gezwungenen Lächeln und erhob mich, um mir einen Kaffee zu holen. Die Kannen standen am Ende des Büfetts, und in dem Moment, in dem ich sie erreichte, fiel ein Schatten neben mich.

Obwohl ich Derek heute das erste Mal seit sechs Jahren wiedergesehen hatte, erkannte ich seinen Geruch nach Kiefern und Zedernholz sofort. Herb und doch irgendwie frisch. Ein Sommerregen während einer schwülwarmen Nacht.

Ich sah im Augenwinkel, wie er zurücktrat, und biss mir auf die Unterlippe, schenkte mir Kaffee ein und tat einen Schuss Milch dazu. Aus einem Körbchen nahm ich mir einen kleinen Löffel und rührte dann vernehmlich in meiner Tasse herum. Ein Geräusch, so erinnerte ich mich schlagartig wieder, das Derek immer schier wahnsinnig gemacht hatte.

Ich blieb einen Moment länger als nötig stehen, bevor ich zu meinem Platz zurückkehrte. Kurz glaubte ich, ihn mit den Zähnen knirschen zu hören, doch er sagte nichts.

Die ganze Zeit tat ich so, als wäre er mir nicht aufgefallen. Kindisch? Vermutlich. Aber es hob meine Laune um ein Vielfaches.

Ich setzte mich zurück an den Tisch der beiden verbliebenen Hexen von Eastwood und ließ mir den neuesten Klatsch und Tratsch erzählen. Etwas, das Betty immer geliebt hatte.

2

»Sie hat uns eine Bruchbude vererbt.«

Das alte Brot vom Frühstück im Hotel hatte einen seltsamen Nachgeschmack in meinem Mund hinterlassen, den ich nun mit einem heißen Kaffee herunterzuspülen versuchte. Ich saß etwa zehn Minuten zu früh im Besprechungsraum der Anwaltskanzlei *Henderson & Stewards*, die für Bettys Angelegenheiten zuständig war. Mit nervösen Fingern tippte ich auf dem dunklen Tisch herum. Vor mir dampfte der Kaffee aus einer glänzend weißen Porzellantasse und vertrieb den Geruch von altem Papier. Durch das Fenster schien die Sonne und ließ Staubkörnchen tanzen. Gleichzeitig erzeugte sie eine wohlige Wärme, die hoffentlich diese eisige Kälte aus meinen Gliedern vertreiben würde.

Mein Hotel lag zwar nah an der Bushaltestelle, aber leider befand sich die Kanzlei eine Ortschaft weiter in Westwood. Ich hatte die hirnrissige Idee gehabt, zu Fuß zu gehen, und dafür knapp eine halbe Stunde eingeplant. Gerade der Spaziergang durch den Black Bridge Forest hatte all die Anspannung des gestrigen Tages von mir abfallen lassen. Der Wald trennte East- und Westwood voneinander und war nach der kleinen Brücke benannt, die aus ebenholzschwarzem Holz über den Wood River gebaut worden war. Einer Legende zufolge wurde einem der größte Wunsch erfüllt, wenn man auf der Brücke stand und ganz fest daran glaubte. Natürlich durfte dabei der obligatorische Penny nicht fehlen, den man in den Fluss warf. Allein die Erinnerung, wie oft ich mir gewünscht hatte, dass Derek endlich mehr als nur eine Pflegeschwester in mir sehen konnte, ließ meine Ohren rot werden.

Die Einsamkeit des Waldes hatte viele verloren geglaubte Erinnerungen wieder hochgeholt. Gute wie schlechte.

Zudem hatte ich die Kälte unter- und die Dicke meiner Schuhsohlen überschätzt.

Meine verfrorenen Zehen begannen zu kribbeln, ein untrügliches Zeichen dafür, dass sie langsam auftauten. Ich schaute auf die leise vor sich hin tickende Uhr an der Wand über der Tür. Noch fünf Minuten.

Ich seufzte und nippte an meinem Kaffee. Hoffentlich würde der Termin schnell enden. Ich hatte ein Ticket nach New York für den heutigen Nachmittag und musste noch vor dem Mittag im Hotel auschecken.

In diesem Moment öffnete sich die Tür und mit einem kühlen Luftzug traten meine drei Pflegegeschwister in den Raum.

Dereks Augenbrauen hoben sich abschätzig, als er mich entdeckte, während Amber mit ihrer Zunge schnalzte und sich auf den Platz links von mir setzte. »Wenigstens bist du dieses Mal pünktlich.«

»Sind wir doch auch«, erwiderte Ryan, dessen Augen an dem Display seines Handys klebten. »Fahr deine Krallen ein, Blondie.«

»Und du solltest endlich dein Handy wegpacken.« Sie

rümpfte die Nase und legte ihre Designerhandtasche auf ihrem Schoß ab. Oha, Chanel.

»Euch auch einen guten Morgen«, erwiderte ich und nippte wieder an meinem Kaffee, dankbar, mich auf etwas anderes als sie konzentrieren zu können.

In diesem Moment trat der Anwalt, Mr Stewards, ein. Er war ein älterer Herr mit weißem Haar und roter Krawatte, und er schüttelte uns nacheinander die Hände. Währenddessen nahm seine Sekretärin die Getränkebestellungen meiner Pflegegeschwister auf.

Mr Stewards setzte sich uns gegenüber hinter den Schreibtisch. Dabei legte er eine Akte vor sich und verschränkte seine Unterarme darauf.

Beim Lächeln verzog sich sein grauer Schnäuzer. »Ich danke Ihnen, dass Sie alle gekommen sind. Zunächst einmal mein herzliches Beileid.« Er machte eine kurze Pause und musste sich vor ehrlicher Betroffenheit räuspern. »Betty und ich waren gute Freunde und es ist mir ein persönliches Anliegen, mich um ihre Belange zu kümmern. Schon zu ihren Lebzeiten hat Betty mich zu ihrem Nachlassverwalter benannt.« Nun öffnete er die Akte und zog einige Unterlagen heraus, bevor er eine Lesebrille aus seinem Jackett fischte und sich auf die Nase setzte. »Betty hatte nicht viele Besitztümer. Das meiste hat sie vor ihrem Tod veräußert.«

Ich blinzelte hektisch angesichts der Tränen, die plötzlich in meinen Augen brannten. Erinnerungen an ihr eingefallenes Gesicht, das Piepen der Monitore und den Geruch von Desinfektionsmitteln überschwemmten mich.

Mr Stewards' Blick traf meinen und er sah mich mitfühlend an. »Sie war so dankbar für Ihre Hilfe.«

»Am Ende hat es nichts genützt«, flüsterte ich und schluckte

17

schwer, während ich die Blicke meiner Pflegegeschwister auf mir spürte.

»Welche Hilfe?«, wollte Amber mit unverhohlener Neugier wissen.

»Nun«, fuhr Mr Stewards fort und warf mir einen fragenden Blick zu, woraufhin ich nickte. »Hazel war so nett, ein paar Dinge für Betty zu veräußern. Für ihre Krankenhausrechnungen. Sie wollte kein Geld annehmen, aber ihre Ersparnisse neigten sich dem Ende zu und so entschied sie, dass möglichst viele ihrer Besitztümer verkauft werden sollten.«

Ich starrte auf meine Finger und blinzelte hektisch. »Sie war so verdammt stur.«

»Du warst bei ihr?«, fragte Amber leise und so langsam, als könnte sie es nicht fassen.

»Jede Woche.« Ich hob die Schultern und griff nach dem Kaffee, um den Kloß im Hals herunterzuspülen. Dabei entstand eine unangenehme, drückende Pause. »Seit sie ins Westwood Hospital kam.«

»Nun, deshalb gibt es aus ihrem Hausstand auch nichts mehr, was sie Ihnen hätte vererben können«, knüpfte der Anwalt an seine vorherige Rede an. »Dennoch war sie Besitzerin einer Immobilie, die sie erworben hat, kurz bevor ihre Krankheit diagnostiziert wurde.«

Meine Augenbrauen zogen sich zusammen, denn davon hatte Betty nie etwas erwähnt.

Mr Stewards holte ein Foto heraus, das mit minderwertiger Qualität ausgedruckt worden war. Darauf sah man ein altes Herrenhaus, das wirkte, als hätte es seine besten Jahre längst hinter sich gebracht. Doch das konnte auch an der mangelnden Bildqualität liegen. »Es geht um dieses alte

Hotel. Betty erwarb es mit dem Wunsch, es wiederzueröffnen. Der alte Besitzer weigerte sich bis zu seinem Tod zu verkaufen. Zu ihrem Glück waren die Erben froh über eine Abnehmerin.«

»Warum hat sie das Haus gekauft?«, fragte nun Derek hörbar irritiert. »Wieso hat sie uns nichts davon erzählt?«

»Nun, sie wollte wieder gesund werden und das Projekt dann in Angriff nehmen. Doch als es immer schlechter um sie stand, wurde es ihr letzter Wille, dass dieses Hotel renoviert wird.«

»Das verstehe ich nicht.« Amber schüttelte langsam ihren Kopf. »Warum sollte sie das gewollt haben? Wir könnten es doch auch einfach verkaufen, oder nicht?«

»Nein. Es gibt nur zwei Möglichkeiten für Sie. Entweder Sie lehnen das Erbe ab, dann geht das Hotel in den Besitz der Stadt über. Oder Sie nehmen es an und renovieren das Hotel, sodass es wiedereröffnet werden kann. Dann steht es Ihnen frei zu verkaufen. Sie müssen jedoch gemeinschaftlich das Erbe annehmen. Niemand darf sich verweigern. Dies war Bettys Bedingung.«

Ryan brach neben mir in schallendes Gelächter aus. »So will sie uns also dazu bringen, wieder einen auf Familie zu machen.«

Ich lehnte mich auf meinem Stuhl zurück und saugte die Unterlippe ein. »Wir müssten die Renovierung gemeinsam machen? Was genau bedeutet das?«

Der Anwalt nickte bedächtig und lächelte, als hätte er diese Frage bereits erwartet. »Sie alle müssen vor Ort sein und sich regelmäßig, am besten wöchentlich, zusammenfinden, um den Fortschritt zu überprüfen. Je nachdem, ob Sie die Sanierung vergeben oder selbst durchführen.«

Im Augenwinkel sah ich, wie Amber ihren Kopf zu mir drehte.»Du müsstest bleiben.«

Ich verdrehte meine Augen.»Das ist mir auch klar.«

Mr Stewards erhob sich langsam und schob uns ein paar Zettel zu.»Besprechen Sie sich in Ruhe.«

»Ich möchte das Hotel sehen, bevor ich eine Entscheidung treffe.« Derek deutete auf das ausgedruckte Foto.»Nur aufgrund dieses Bildes will ich so eine Verpflichtung nicht eingehen.«

»Er hat recht.« Amber setzte sich noch aufrechter hin als zuvor schon.»Wir sollten es uns ansehen.«

Der Anwalt nickte langsam und zog eine Taschenuhr aus seiner Hosentasche, wobei er nachdenklich brummte.»Mein nächster Termin ist in einer Stunde. Von mir aus könnten wir sofort aufbrechen, falls Ihnen das passt. Ansonsten machen wir einen Termin in den nächsten Tagen aus.«

»Mir passt es gerade gut«, meinte Ryan und erhob sich bereits.»Ich muss nur meine Assistentin anrufen und einen Termin verschieben lassen.«

Auch Amber nickte und Derek stimmte ebenfalls zu.

Sofort lagen alle Blicke erwartungsvoll auf mir.»Klar schauen wir es uns an. Ich bräuchte nur jemanden, der mich mitnimmt.«

»Du kannst mit Derek fahren«, entschied Amber und warf diesem einen Blick mit hochgezogenen Augenbrauen zu.»Entschuldige, aber ich verzichte diesmal. Ich habe bei unserer letzten Fahrt sicher eine Stunde gebraucht, um alle Sägespäne von meiner Jacke zu bekommen, die im Auto herumlagen.«

»Klar.« Derek betrachtete den Anwalt, der freudig etwas auf zwei Zetteln notierte.

»Sehr gut. Dann sehen wir uns gleich bei dieser Adresse.« Ich ließ mir nicht anmerken, dass mir schon die Vorstellung, mit ihm alleine in einem Auto zu sitzen, reichte, um mir ein böses Grummeln im Magen zu bescheren. Dabei hatte ich sechs Jahre Zeit gehabt, um all diese Gefühle für ihn loszuwerden. Ich war über ihn hinweg! Da sollte es sicher kein Problem sein, für zehn Minuten neben ihm zu sitzen.

Gemeinsam verließen wir das Gebäude und mit knappen Verabschiedungen zerstreuten wir uns in Richtung der verschiedenen Fahrzeuge.

Amber und Ryan steuerten einen schwarzen Sportwagen an. Ein Jaguar. Da Ryan auf der Fahrerseite einstieg, ging ich davon aus, dass ihm das Auto gehörte.

Betty und ich hatten uns nur selten über die anderen unterhalten, aber ich wusste, dass Ryan nun Geschäftsmann war. Auch wenn ich keine Ahnung hatte, was genau er für Geschäfte machte.

Mr Stewards lief auf eine Limousine zu, während Derek zu einem knallroten Ford Pick-up ging. Das Auto war riesig, dreckig und einfach nur schön. Ich liebte große Autos, auch wenn ich seit sechs Jahren nicht mehr selbst gefahren war.

Derek stieg wortlos ein und ich umrundete die Ladefläche, auf der Holzplatten unter einer Plane hervorlugten, bevor ich auf der Beifahrerseite einstieg.

Wie Amber bereits erwähnt hatte, waren die Sitze voller Sägespäne. Als hätte jemand Holz zerkleinert und sich nicht die Mühe gemacht, sich vorher abzuklopfen, bevor er sich setzte.

Ich wischte das Gröbste auf den Boden und kletterte auf den Sitz.

Als Derek den Wagen startete, heulte der Motor wütend auf, und im selben Moment ertönte leise Countrymusik.

Ich hob meine Augenbrauen, was er allerdings nicht sah, da er viel zu konzentriert auf die Straße starrte.

Es dauerte genau dreißig Sekunden, bis wir auf die Hauptstraße abbogen und ich es nicht mehr aushielt. »Willst du mich jetzt den ganzen Tag ignorieren?«

»Fühlst du dich ignoriert?«, konterte er leise und auf diese desinteressierte Weise, die an meinen Nerven zupfte.

Ich lehnte mich auf dem erstaunlich gemütlichen Sitz zurück und schaute nach draußen. Wir fuhren direkt auf die einzige Straße zwischen East- und Westwood. Die Bäume des Black Bridge Forest ragten rechts und links über uns auf. Wenn es etwas gab, das ich in New York vermisst hatte, dann war es die Natur Vermonts.

»Ja. Immerhin haben wir seit Ewigkeiten nicht mehr miteinander gesprochen.«

Er stieß ein leises Brummen aus, als wüsste er genau, auf welche Begegnung ich anspielte. »Was willst du hören?«

Ich wollte ihn am Kragen packen und schütteln. »Geht es dir gut?«

»Ja.«

Ich seufzte ergeben und schaute auf die schwarze Brücke, die vor uns auftauchte. Einst hatte sie nur aus dunklem Ebenholz bestanden, doch zur Sicherheit war sie schon vor Jahrzehnten mit Stahlstützen verstärkt worden.

Vor uns fuhr Ryans Jaguar, der kurze Zeit später blinkte.

Ich runzelte die Stirn und versuchte, mich an ein altes Herrenhaus in der Nähe zu erinnern. Erst vor knapp einer Stunde war ich hier zu Fuß entlanggelaufen, doch auch da war mir nichts aufgefallen.

Derek blinkte ebenfalls und bog auf einen geschotterten und ziemlich unscheinbaren Waldweg ab. Wir passierten ein verrostetes Tor, das weit geöffnet worden war. Den frischen Schleifspuren auf dem Schotterweg nach sogar erst kürzlich.

Nur wenige Augenblicke später glitzerte ein kleiner See zu meiner Rechten.

Dann lichteten sich die Bäume und zum Vorschein kam ein altes Herrenhaus, das in echt viel größer aussah als auf dem ausgeblichenen Foto.

Der viktorianische Baustil mit der breiten vorderen Veranda und den vielen kleinen Erkern verlieh dem dreistöckigen Gebäude etwas Romantisches.

Wir parkten auf einer Schotterfläche vor der Veranda und erst jetzt sah ich den abblätternden, ergrauten Putz und die eingeschlagenen Fenster.

»Sie hat uns eine Bruchbude vererbt«, hörte ich Derek leise sagen, bevor er ohne ein weiteres Wort aus dem Wagen stieg.

»Großartig«, murmelte ich und folgte ihm hinaus zu den anderen, die sich gemeinsam mit etwas Abstand vor dem Haus aufgestellt hatten.

»Was sagen Sie?« Mr Stewards strahlte unter seinen ergrauten Augenbrauen.

»Ist es überhaupt sicher, da reinzugehen?« Amber wedelte unschlüssig mit der Hand. »Das Gebäude sieht ein bisschen so aus, als würde es jeden Moment einstürzen.«

»Es ist sicher. Der ehemalige Besitzer hat die Statik vor dem Verkauf prüfen lassen. Er hatte selbst vor, das Hotel zu renovieren, kam aber nicht mehr dazu.«

»Was ist mit dem Rest?« Derek trat näher an das Haus, um es sich genauer anzusehen.

»Die Substanz ist gut. Die Elektrik ist veraltet. Die Heizung ebenfalls und die Wasserleitungen müssten auch geprüft werden. Zudem fehlen natürlich noch ein paar Schönheitsreparaturen. Etwas, das bei der Größe des Objektes allerdings nicht ohne sein wird.«

»Das wird Zeit und Geld kosten.« Ryan summte leise, wie früher, wenn er überlegte.

Ich schaute an dem Haus hoch und lächelte auf einmal, weil ich das Gefühl hatte zu erkennen, was Betty beim Kauf gesehen haben musste. »Es hat wirklich viel Potenzial.«

»Hast du Ahnung davon?«, fragte Amber skeptisch und sah mich an.

»Nein«, erwiderte ich und deutete auf das Haus. »Doch ich verstehe, warum Betty sich die Arbeit machen wollte.«

»Aber wollen wir das auch?« Derek macht einen ersten Schritt auf die Stufen der Veranda und stampfte einmal auf. Außer einem leisen Ächzen des Holzes passierte nichts. Vorerst schien das Holz sicher zu sein.

»Überlegen Sie es sich in Ruhe.« Mr Stewards kramte einen Schlüsselbund aus seinem Jackett und reichte ihn Amber. »Bringen Sie mir den Schlüssel zurück und teilen Sie mir Ihre Entscheidung mit. Ich denke, Sie sollten das Anwesen auf sich wirken lassen. Natürlich könnte ich Ihnen eine Führung geben, aber ehrlich gesagt möchte ich es Ihnen nicht verkaufen. Sie müssen dieses Projekt gemeinsam durchziehen wollen. Das war es, was Betty sich gewünscht hat.«

Er verabschiedete sich und lief zurück zu seinem Wagen.

»Dann gehen wir mal rein und verschaffen uns einen ersten Eindruck.« Amber straffte ihre Schultern, doch sie wirkte kein bisschen überzeugt.

»Es wird schon nicht einstürzen«, zog Ryan sie auf und nahm ihr die Schlüssel ab, bevor er Derek auf die Veranda folgte.

»Zumindest nicht sofort«, fügte ich hinzu und lief ihm hinterher.

»Danke, Hazel!«

Über die Schulter hinweg zeigte ich Amber ein kurzes Grinsen und folgte Ryan in das Anwesen.

Eine zugenagelte Eingangstür begrüßte uns, hinter der sich eine zerbrochene Scheibe offenbarte.

Das Erste, was mir auffiel, war der Geruch nach Holz, Tabak und Moschus. Sofort stiegen in mir Bilder von rauchenden älteren Herren auf, die sich hier in der Lobby trafen, um einen Whisky zu trinken. Dazu hing der Geruch von Vanille in der Luft, als hätte jemand versucht, den Tabakgeruch zu überdecken.

Ich atmete tief ein und lächelte, weil dieser unvergleichliche Geruch etwas Warmes in mir auslöste, das ich nicht ganz benennen konnte.

»Wow, hier haben wohl Raucher eine Vanillebombe platzen lassen«, murmelte Ryan und zog die Nase kraus. »Hat irgendwie was.«

»Ja, oder?« Ich betrachtete das Foyer, in dessen Ecken sich vertrocknetes Laub gesammelt hatte, das dort sicher schon ewig liegen musste. Im Eingangsbereich ließ ich die dunkle Vertäfelung an den Wänden und an der Decke auf mich wirken. Rechts von mir befand sich ein großer Raum und unter der geschwungenen Treppe stand ein alter Empfangstresen. Es war ein dunkles, schweres und vermutlich handgefertigtes Möbelstück, das beinahe zu klein für einen Empfang wirkte. Dennoch verströmte es Erhabenheit. Daneben war ein offener Kamin in die Wand gemauert worden, in dem sich allerlei Müll angesammelt hatte.

Mir kam das Bild von gemütlichen Sesseln in den Sinn. Ich runzelte die Stirn und versuchte mir vorzustellen, wie man diesen Eingangsbereich gestalten könnte.

»Was meinst du?«, hörte ich Ryan links von mir fragen.

Ich drehte mich um und entdeckte ihn und Derek am Fuße der Treppe. Ryan wirkte in seinem schwarzen Anzug und seinen dunkelbraunen Lackschuhen völlig fehl am Platz, während Derek in seiner dunklen Jeans, den hellen Sneakers und der schwarzen Steppjacke aussah, als hätte er von Anfang an vorgehabt hierherzukommen. Aber sein Kleidungsstil war schon immer eher sportlich und schlicht gewesen.

Derek inspizierte gerade das Treppengeländer. Mir fiel ein, dass Betty mal erwähnt hatte, dass er jetzt etwas mit Holz machte.

Amber trat zu ihnen. »Das würde mich auch interessieren. Also hübsch ist es ja irgendwie.«

»Auf den ersten Blick sieht es gut aus.« Derek richtete sich auf und schaute sich gedankenverloren um. »Ich werde gleich mal Sam anrufen. Vielleicht könnte er sich das Gebäude einmal ansehen und uns sagen, was wir so investieren müssten.«

»Sehr gute Idee! Wer eine Baufirma hat, hat sicher auch Ahnung von alten Gebäuden!« Ryan klopfte Derek auf die Schulter. »Mach das und informier uns später. Ruf meine Assistentin an. Sie kann uns einen Telefontermin vereinbaren. Vielleicht auch ein Abendessen. Dann können wir uns entscheiden.« Er gestikulierte mit seinem Smartphone in der Hand herum. »Die Hütte macht bisher gar keinen schlechten Eindruck auf mich. Aber ich muss jetzt auch los. Bis später.«

»Warte, du musst mich mitnehmen«, rief Amber aufgebracht, als er schon mit großen Schritten in Richtung Ausgang lief. »Melde dich bei mir, Derek! Bis dann, Hazel.«

Ihre Stimme hallte noch in dem leeren Eingangsbereich, bevor auch sie nach draußen verschwand.

Mit erhobenen Augenbrauen sah ich ihr hinterher. »Ist sie immer noch ständig gestresst?«

»Das wüsstest du, wenn du dich gemeldet hättest«, erwiderte Derek trocken.

»Telefone sind keine Einbahnstraße. Das weißt du schon, oder?«

Doch statt mir zu antworten, drehte Derek sich einfach mit dem Handy am Ohr weg. »Hey, Sam. Hast du zufällig gerade Zeit für ein kleines Gutachten? Ja – ein Gebäude am Stadtrand. Super. Danke! Ich schicke dir gleich die Adresse. Ja, den Rest erkläre ich dir später.«

Das bedeutete, dass er vorhatte, eine Weile zu bleiben.

Ich biss mir auf die Unterlippe. Ganz offensichtlich verlängerte sich meine Anwesenheit hier, wenn zuerst noch geprüft werden musste, ob unser Erbe etwas taugte. Was hatte Betty sich dabei nur gedacht? Wir vier waren keine Familie mehr. Nicht so wie früher. Wie kam sie auf die Idee, dieses Hotel könnte etwas daran ändern?

Ich stieg über die Treppe ins nächste Stockwerk. Dabei zog ich mein Handy heraus und schaute aus der großen Fensterfront im nächsten Stock, von der aus man auf den hinteren Garten blickte. Unter mir lag das zerbrochene Glasdach des Wintergartens. Es war völlig zerstört und dennoch war es nicht schwer, mir vorzustellen, wie schön es sein musste, sich dort hinzusetzen und auf den kleinen See hinauszublicken.

Das Hotelzimmer um eine Nacht zu verlängern war glücklicherweise kein Problem. Das Zugticket konnte ich gegen eine Gebühr umbuchen. Nun musste ich nur noch abwarten, was das Gutachten ergeben würde. Jedoch hatte ich bisher keine Zeit gehabt, alles zu überdenken. Das Erbe anzunehmen und dieses Projekt mit den anderen gemeinsam zu starten, würde bedeuten, dass ich wieder nach Eastwood zurückkehren musste. Zumindest zeitweise. Keine Ahnung, ob ich dafür schon bereit war.

3

Hazel

»Ich habe deine vor Lebensfreude sprühende Laune
wirklich vermisst.«

Ich legte auf und ging weiter durch das alte Gebäude. Die
Räume waren entrümpelt worden und voller Staub. Die
Bäder, die zu den einzelnen Zimmern gehörten, mussten
allesamt renoviert werden – daran war nichts Charmantes
mehr. Nicht an den vergilbten Fliesen und schon gar nicht
an den altrosa Schüsseln.
Zugleich war jeder Raum besonders, mit einem Erker,
einem ausgefallenen Schnitt oder einem kleinen Balkon.
Eisiger Wind pfiff durch das alte Herrenhaus und zeugte
von der Arbeit, die vor uns liegen würde. Ich zog meinen
dicken Schal noch etwas fester um den Hals und erklomm
die Treppe zum obersten Stockwerk.
Hier gab es nur zwei Zimmer, deren spitz zulaufende Decken sicher vier Meter hoch waren und von dunklen Holz-
balken getragen wurden. Gleichzeitig entdeckte ich einige
feuchte Flecken an der Decke, wo vermutlich das Dach un-
dicht war. Hinter der großen Fensterfront befand sich ein
endloses Meer aus Wäldern, in dessen Rücken sich die Berge
Vermonts dem Himmel entgegenstreckten.
Ehrfürchtig ging ich zu dem großen Fenster und wollte

auf den Balkon hinaustreten. Ich drehte den Fenstergriff und zog. Nichts passierte.

»Muss wohl geölt werden«, murmelte ich und zerrte etwas fester daran.

Plötzlich ertönte ein Knacken. Dann ein Reißen. Im nächsten Moment kam mir die gesamte zwei Meter breite Fensterfront entgegen.

Ich sog scharf die Luft ein und sprang zurück. Die aufgerissene Kante des Rahmens erwischte mich dennoch am Ellenbogen und ich schrie laut vor Schreck und Schmerz.

Mit einem dumpfen Knall krachte das Fenster auf dem Boden vor mir auf und schlug tiefe Dellen in den Holzboden, worauf Staub lawinenartig durch den Raum gewirbelt wurde.

Ich hustete keuchend und drückte meinen pochenden Arm an den Körper, während ich hektisch atmend auf das Loch in der Wand starrte.

»Hazel!« Dereks nahezu panischer Ruf ließ mich zusammenzucken. Gleichzeitig hörte ich, wie er losrannte und seine polternden Schritte im Haus widerhallten.

»Hier oben. Alles gut«, rief ich nach unten und wagte nicht, meinen Ellenbogen anzusehen, der sich mittlerweile unnatürlich heiß anfühlte und immer noch pochte.

Derek kam in den Raum gestürzt und sah aus, als würde er jemandem den Hals umdrehen wollen.

Ich deutete auf die Fensterfront, die zu meinen Füßen lag, und dann auf das Loch in der Wand, hinter dem ich auf den Wald blicken konnte. Kühler Wind wehte hinein und ließ mich frösteln.

»Ich wollte das Fenster aufmachen«, brachte ich heraus und hasste es, dass meine Stimme zitterte.

Derek starrte mich an, als wäre ich völlig wahnsinnig geworden. Sein Mund öffnete sich und er knurrte unwillig, als er meinen Ellenbogen sah. »Du bist verletzt.«

»Ist es schlimm?«, fragte ich und zog die Nase kraus.

Er hob seine Augenbrauen und in seinen Augen erkannte ich die Frage, ob ich das wirklich ernst meinte. »Sieht nicht so aus, aber wir gehen besser zum Arzt. Komm.« Er drehte sich um und zog im selben Moment sein Handy heraus.

Ich warf einen letzten Blick auf die Zerstörung. Dann folgte ich ihm und hörte zu, wie er seinen Kumpel Sam anrief und ihm erklärte, was passiert war. Er deponierte den Schlüssel für das Hotel in einer Ecke auf der Veranda unter einen Stapel Holz und sagte ihm, wo er versteckt war.

Dann legte er auf und bedeutete mir, in seinen Wagen zu steigen.

Während ich einstieg, ließ der Schock langsam nach, aber mein Ellenbogen brannte immer schlimmer.

Derek setzte sich hinters Steuer und fuhr ruckartig los, wobei er das Lenkrad umklammerte, als würde er es gleich zerquetschen. Sein Kiefer war angespannt und ich meinte, auf seiner Schläfe eine Ader pochen zu sehen.

»Sag mal, bist du sauer? Das Fenster wird sicher nicht –«

»Denkst du, ich bin wegen dem Fenster sauer?«, fuhr er mich an, ohne seinen Blick von der Straße zu nehmen. »Was ist los mit dir? Wir sind in einem verdammt alten Gebäude gewesen. Da macht man nicht einfach die Fenster auf und lässt sich beinahe davon erschlagen!«

»Du brauchst mich gar nicht so anzufahren«, blaffte ich zurück. »Woher hätte ich das denn wissen sollen?«

»Gesunder Menschenverstand?«, fragte er langsam.

»Wow!«, stieß ich aus und starrte ihn fassungslos an. »Du denkst wohl, ich wäre ein Volltrottel, was?«

»Was soll man schon anderes von einem New Yorker Mädchen erwarten?«

»Wie bitte? Was soll denn der Unsinn? Kann ich dich jetzt als Hinterwäldler bezeichnen? Ist das wirklich der Weg, den diese hirnrissige Unterhaltung nehmen soll?«

Derek schnaubte, schwieg aber und ignorierte mich. Etwas, das ich schon immer gehasst hatte.

Meine Hände zitterten vor plötzlicher Wut und mir wurde der Hals eng. »Rede gefälligst mit mir!«

»Vergiss es«, meinte er auf einmal und lockerte den Griff seiner Finger um das Lenkrad.

»Nein! Lass raus, was du zu sagen hast!«

»Es tut mir leid«, platzte er heraus und nahm mir damit völlig den Wind aus den Segeln.

»Was?«

»Das war unfair von mir. Ich habe mich erschrocken und deshalb wie ein Arsch verhalten.«

»Stimmt.« Ich sackte in mich zusammen und blinzelte ein paarmal zu oft, während ich nach draußen blickte. Mit einem Mal war ich müde und der Schmerz schien immer intensiver zu werden.

»Mehr hast du dazu nicht zu sagen?« Er stieß ein schnaubendes Lachen aus und wurde langsamer, als er mich zu dem einzigen Hausarzt von Eastwood brachte – Dr. Dexter. Er wartete draußen, während ich reinging und eine nette Arzthelferin meine Wunde reinigte und ein riesiges Pflaster draufklebte. Es war nur eine Schürfwunde, die schon bald verheilen würde.

Als ich wieder in das Auto stieg, sagte Derek: »Sam hat das Gutachten beendet.«

»Was will er dafür?« Ich erinnerte mich noch vage an Sam

und daran, dass ich ihn früher mal ganz süß fand – falls wir überhaupt von demselben Kerl redeten.

»Ein Essen. Wir könnten alle zusammen essen und er sagt uns, was mit dem Haus ist.«

»Klar.« Ich antwortete, obwohl er schon wieder sein Handy am Ohr hatte und mir gar nicht zuhörte. Er hatte nicht einmal gefragt, wie ich mich fühlte. Aber vermutlich war ihm bewusst, dass es nur eine Schürfwunde war.

»Hey, das Gutachten ist abgeschlossen. Nein, ich weiß nicht, was dabei rumgekommen ist. Organisierst du einen Tisch oder so was? Sam wird uns beim Essen sagen, was mit dem Haus ist. Ich muss was erledigen.« Er wartete kurz auf die Antwort und tippte ungeduldig auf dem Lenkrad herum. Den Schlüssel hielt er noch immer in der Hand. »Danke, Amber. Bis später.«

Was erledigen. Damit meinte er vermutlich mich. Wie nett.

Als er aufgelegt hatte und den Motor startete, zog ich einen Zettel aus der Handtasche und notierte darauf meine Nummer. »Du kannst mir die Adresse und die Uhrzeit einfach schicken.«

Er nickte und nahm den Zettel von mir an, nur um ihn in seine Hosentasche zu stopfen. »Wo bist du untergebracht?«

»Im Rosas Hotel.«

Derek brummte lediglich zustimmend und drehte dann das Radio lauter. Scheinbar war unsere Unterhaltung damit beendet.

Dankbar, dass wir dieses Erzwungene zwischen uns endlich pausieren lassen konnten, lehnte ich mich zurück und schaute aus dem Fenster. Die Schmerztabletten, die ich beim Arzt genommen hatte, ließen meinen Magen gluckern und im nächsten Moment knurrte er wütend vor Hunger. Das Geräusch war so laut, dass Derek es sicher gehört hatte, aber nichts sagte.

Er brachte mich bis vor mein Hotel, wo wir uns knapp voneinander verabschiedeten. Ohne mich noch einmal nach ihm umzudrehen, ging ich hinein.

Nicht, dass er gewartet hätte.

Er fuhr quasi in dem Moment los, als ich mit beiden Füßen die Straße berührt hatte.

Noch während ich mir aus einem Automaten in der Lobby eine Tüte mit Nüssen kaufte, war ich mir ganz und gar nicht sicher, ob ich wirklich hierbleiben wollte.

Ich atmete tief durch und ging auf mein Zimmer.

Das würde ich später entscheiden, wenn feststand, ob man aus diesem Gebäude etwas machen konnte.

Ich war noch nie gut darin gewesen, Freundschaften zu pflegen oder gar zu halten. Das hatte ich schon vorher gewusst, doch richtig klar wurde mir es erst jetzt, nachdem ich ein paar Stunden alleine in einem Hotelzimmer gesessen hatte und die ganze Zeit mit mir haderte, wen ich anschreiben konnte. In mir brannte das Verlangen, mich mit irgendwem über die letzten Stunden auszutauschen.

Doch es gab niemanden. Da waren ein paar Kollegen aus meiner Bar oder Leute aus dem Fitnessstudio, in dem ich zusätzlich jobbte. Ich hatte mich schon öfter mit ihnen getroffen, gefeiert und zusammengesessen, aber dennoch würde ich sie nicht als Freunde bezeichnen. Ein trauriger Gedanke. Ich hatte all die Jahre nur gearbeitet und versucht, mich über

Wasser zu halten. Dabei wurde mir erst jetzt klar, wie einsam ich eigentlich war.

Derek hatte mir vorhin die Adresse für das Essen mit Sam geschickt und ich hatte sofort erkannt, dass es sich um das Haus handelte, in dem ich die längste Zeit meines Lebens verbracht hatte.

Nun war ich auf dem Weg genau dorthin und ließ mich von lauter Musik beschallen, die aus meinen Kopfhörern drang, um all die aufwallenden Gefühle zu unterdrücken.

Mit achtzehn Jahren hatte ich Eastwood verlassen, diese Stadt mit wunderschönen kleinen Läden und einladenden Bänken am Straßenrand, auf denen stets jemand saß und tratschte.

Nun lief ich durch das Zentrum der Stadt, an die ein Park grenzte und auf dessen Spielplatz noch ein paar Kinder tobten, deren Eltern sich lachend unterhielten. Der Kirchplatz bildete den Mittelpunkt der Innenstadt. Gegenüber drängten sich nette Boutiquen aneinander und luden zum Bummeln ein.

Wäre alles anders gekommen, hätte ich es vielleicht geliebt, hier aufzuwachsen. Doch obwohl mich in dieser Pflegefamilie niemand geschlagen hatte, war sie fast schlimmer als die anderen zuvor.

Meine Eltern waren gestorben, als ich noch ein Baby war. Weil sie keine Verwandten hatten, wurde ich in das öffentliche Pflegesystem übergeben. Ich wechselte sechs Mal die Familien, bis ich schließlich mit fünf Jahren in Eastwood landete. An alle Familien zuvor hatte ich nur verschwommene Erinnerungen. Als neugieriger Teenager hatte ich damals Recherchen angestellt, die jedoch ergaben, dass ich offenbar wegen Drogen, Gewalt, einer Scheidung oder einem

Kind, das bald auf die Welt kommen sollte, weitergereicht wurde.

Hier in Eastwood blieb ich aber und es lief die ersten Jahre auch wirklich gut. Amber und Ryan waren meine besten Freunde geworden und Jack, unser Pflegevater, behandelte mich und die anderen wie seine eigenen Kinder. Doch dann starb er und ließ uns mit Lauren zurück. Seine Frau hatte sich nie sonderlich für uns interessiert, und als sie plötzlich die Verantwortung für uns trug, zeigte sich ihr wahres Gesicht.

Amber und Ryan konnten gut mit ihr umgehen, doch ich wollte nicht von ihr geformt werden oder mich gar brechen lassen. Ich kämpfte gegen jede ungerechte Behandlung an, bot ihr die Stirn und zog so all ihre Wut auf mich.

Meine Kehle wurde eng, als ich an die kommenden Jahre dachte. An Laurens Wut auf mich, weil ich für sie nur ein Störenfried war, der die Familienidylle ruinierte, die sie all unseren Nachbarn so gerne vorgaukelte.

Irgendwann, als ihr das Geld ausging, nahm sie Derek aus dem Pflegesystem bei uns auf. Er war schon fast volljährig, was ihr in die Karten spielte, da sie keine kleinen Kinder mehr großziehen wollte.

Betty hatte sich nicht sehr für uns interessiert, aber weil es zu Hause kaum auszuhalten war, stand ich ständig vor ihrer Tür, wie eine streunende Katze. Ihre raue, jedoch stets ehrliche Art hatte mich damals eingeschüchtert und mir zugleich imponiert.

Ich lächelte bei dem Gedanken daran, wie sie immer gespielt ihre Augen verdreht hatte, wenn ich mal wieder aufgetaucht war. Und mein Lächeln vertiefte sich, als ich an den Moment dachte, als sie begann, sich über meine Anwesenheit zu freuen – auch wenn sie dies natürlich lange nicht zugegeben hatte.

Es schnürte mir die Kehle zu und ich blieb vor einer Bäckerei mit duftenden Backwaren in der Fensterfront stehen. Ich hatte noch genau vierzig Dollar in der Tasche. Geld, das ich nicht für einen Kaffee ausgeben konnte. Niemals hätte ich gedacht, länger in Eastwood bleiben zu müssen und deshalb wichtige Schichten meines Barjobs zu verpassen. Also schluckte ich das plötzliche Verlangen hinunter und lief weiter.

Die Laternen sprangen an und die ersten Läden schlossen bereits. Menschen schlenderten entspannt durch die Stadt und genossen den anbrechenden Abend.

Ich stopfte die Hände in meine Jackentasche und versuchte, nicht an die verdammte Verliebtheit in Derek zu denken, die mit den Jahren immer mehr gewachsen war.

Er hatte sie nie erwidert. Das glaubte ich zumindest – bis er mich an meinem achtzehnten Geburtstag küsste. Wir waren völlig betrunken gewesen, weil ich einen Bekannten dazu hatte überreden können, mir Bier zu besorgen.

Er hatte mich in eine Nische des Partykellers gezogen, geküsst und gesagt, dass er mich mag. Etwas, das mein dummes, kleines Mädchenherz sich damals in tausend Varianten bereits erträumt hatte und dennoch völlig überwältigt war, als es eintraf.

Mein flüsterndes Geständnis, dass ich die Stadt in der nächsten Nacht verlassen würde, klang mir noch in den Ohren. Damals hoffte und bangte ich, dass er mich begleiten würde.

Doch stattdessen verließ ich diese Kleinstadt vierundzwanzig Stunden später mit einem gebrochenen Herzen.

Derek war nicht aufgetaucht.

Er hatte sich nicht einmal von mir verabschiedet.

Ich befeuchtete meine Lippen und wich ein paar lachenden Teenagern aus, die den Gehweg blockierten. Dabei blinzelte ich die Erinnerungen an den Schmerz weg, der mich noch wochenlang begleitet hatte. Auch wenn ich natürlich wusste, dass es bescheuert war. Immerhin hätte ich nicht erwarten können, dass Derek mir nach nur einem Kuss in die Großstadt folgte. Dennoch verband ich seine Zurückweisung mit all den Steinen, die mir danach im Weg gelegen hatten.

New York verschlang mich noch in der Nacht, in der ich dort ankam.

Bei dem Gedanken an die darauffolgenden Monate wurde mir ganz kalt und ich vergrub die Fäuste tiefer in den Jackentaschen.

Die ersten Wohnhäuser säumten meinen Weg, als ich die Innenstadt verließ. Weiß gestrichene Gartenzäune umrahmten einen gepflegten Vorgarten, hinter dem hübsche viktorianische Häuser standen.

Ich liebte diese romantischen Veranden mit ihren hängenden Hollywoodschaukeln und die verspielten Erker und Vorsprünge, an denen man sich gut herunterhangeln konnte. Bei der Erinnerung daran lächelte ich.

Ich näherte mich dem Haus, in dem ich aufgewachsen war, und mir wurde klar, dass ich vielleicht mit meiner Pflegefamilie abschließen musste, bevor ich endlich neu beginnen konnte.

In der Zeit in New York war es mir vorgekommen, als hätte ich die Pausetaste gedrückt und als würde mein Leben niemals weitergehen. Aber wenn ich darüber nachdachte, wie viele alte Gefühle allein durch Dereks Anwesenheit in mir ausgelöst wurden, erkannte ich, dass ich noch nicht mit meiner Vergangenheit fertig war.

Ich brummte nachdenklich und blieb vor einem der niedrigen Gartenzäune stehen. Dahinter stand ein weiß gestrichenes Haus mit Sprossenfenstern und warmem Licht, das auf den Garten fiel. Dort sah ich bereits Amber, die sich gerade mit ihrem Freund unterhielt.

Möglicherweise musste ich all die unausgesprochenen Dinge klären, die noch in mir brodelten, um mich voll und ganz von dieser Familie lösen zu können.

Ich hörte, wie sich ein Auto näherte, und drehte mich zur Straße. Direkt hinter mir hielt ein schwarzer Jaguar und der Motor röhrte noch einmal, bevor er erstarb.

Meine Augenbrauen hoben sich, als ich sah, wie Ryan ausstieg. »Schwesterchen!«

»Da hat aber jemand gute Laune.«

»Die Familie ist vereint.« Er blieb grinsend vor mir stehen. »Das ist ein Grund zum Feiern.«

»Seit wann bist du ein Familienmensch?«

Sein Mundwinkel zuckte. »Ich habe deine vor Lebensfreude sprühende Laune wirklich vermisst. Du hättest dich ruhig mal melden können. Zu Weihnachten oder so.«

»Gehen jetzt die Vorwürfe los? Ist ja nicht so, als hätte ich meine Nummer gelöscht.«

»Touché.« Sein Grinsen fiel in sich zusammen und er blickte ernst an mir vorbei zum Haus. »Ich denke, jeder hat so seine Päckchen mitgenommen.«

»Und eure waren so schwer, dass ihr nicht gehen wolltet?« Nun klang ich vorwurfsvoll, denn einen Teil von mir machte es wütend, dass sie hier so weitergemacht hatten, als wäre nichts passiert.

»Ich habe meine Firma aufgebaut und Amber – du kennst sie doch. Sie hat sich einen Typen geangelt und macht jetzt einen auf Vorstadtlady.« Er schnaubte. »Und Derek hat seine Arbeit auch hier. Weißt du, es wurde leichter, als Lauren mit ihrem Neuen die Stadt verlassen hat.«

»Betty hat mir davon erzählt. Ich kann nicht fassen, dass sie nicht einmal zur Beerdigung ihrer eigenen Mutter gekommen ist.«

»Sie war einfach schon immer ein beschissener Mensch.«

Ich stieß ein zustimmendes Brummen aus und sah die Straße hinunter, als ein Paar gelber Lichter aufblitzte.

»Pünktlich auf die Minute.« Ryan sah auf seine teure Armani-Uhr und schaute mit mir zu, wie Derek den roten Pick-up hinter seinem Jaguar parkte.

Derek stieg aus dem Wagen und mit ihm ein blonder Kerl, der viel größer war als in meinen Erinnerungen. Er begrüßte Ryan lachend und erstarrte, als er an ihm vorbei zu mir sah.

»Hazel!« Sein Mund dehnte sich zu einem Grinsen, und bevor ich reagieren konnte, zog er mich in eine feste Umarmung. »Du bist noch genauso hübsch wie damals!« Er ließ von mir ab und grinste zu mir herunter, denn er war fast anderthalb Köpfe größer als ich. Dann drehte er sich mit einem vorwurfsvollen Blick zu Derek um. »Wieso sagst du mir nicht, dass Hazel wieder da ist?«

»Wozu denn?« Er warf mir einen genervten Blick zu. »Ist ja nicht so, als hätte sie vor, lange zu bleiben.«

»Deine Stimmung ist mal wieder der Hammer.« Ich löste mich aus Sams Umarmung und verdrehte die Augen. Dabei nahm ich eine Bewegung aus dem Haus wahr. »Wir sollten reingehen. Amber sieht aus, als fände sie unsere Outdoor-Party nicht so gut.«

Wie aufs Stichwort gab Amber ihren Platz am Fenster auf und ging zur Haustür, um sie weit zu öffnen.»Wenn ihr wollt, kann ich das Essen auch rausbringen.« Sie versuchte es als Scherz zu verpacken, aber ihre Stimme klang dafür zu spitz.

»Der Stock in ihrem Arsch scheint in meiner Abwesenheit ja noch länger geworden zu sein.« Ich sprach leise, doch Ryan hörte es trotzdem. Er stieß ein bellendes Lachen aus und schob mich in Richtung Haus, bevor er flüsterte:»Das liegt an ihrem Freund. Ein richtiger Schnösel. Aber er behandelt sie gut, also ist er wohl okay.«

»Er scheint zu ihr zu passen.« Das war mein erster Gedanke, als ich ihn auf der Beerdigung gesehen hatte. Er trug einen teuren Anzug und schien genauso steif zu sein wie Amber. Das perfekte Pärchen.

Als ich eintrat und die alte Garderobe von früher entdeckte, stieg Übelkeit in mir auf. Ich schaffte es jedoch, dieses seltsame Gefühl herunterzuschlucken und meine Jacke auszuziehen.

Hinter mir unterhielten sich die anderen, wobei Sam und Ryan die Stimmung deutlich anhoben.

Ich sah mich verstohlen um und atmete ein wenig zu sehr auf, als ich bemerkte, dass der Rest des Hauses viel moderner und anders als früher eingerichtet worden war.»Hast du hier renoviert?«

Amber blinzelte mich einen Moment lang an und lächelte dabei etwas steif.»Wir haben das Haus gekauft.« Ihr Ton klang ein wenig vorwurfsvoll, als hätte ich dies wissen müssen. Aber dann schien sie sich auf ihre anderen Gäste zu besinnen und klatschte in die Hände. »Kommt doch bitte ins Wohnzimmer. Wir haben einen Aperitif vorbereitet, der euch gefallen wird.«

Sam lachte und folgte ihr. »Wenn ich gewusst hätte, dass das eine offizielle Geschichte wird, hätte ich mir wenigstens ein Hemd angezogen.«

»Du weißt doch, wie gerne sie diese kleinen Partys schmeißt«, hörte ich eine tiefe Stimme aus dem Wohnzimmer. Ich drehte mich um und wollte Ryan nach dem Namen von Ambers Freund fragen, aber da war er schon an mir vorbeigerauscht. Zurück blieb nur Derek, der darauf wartete, dass ich vorausging.

Als sich unsere Blicke begegneten, hob er seine Augenbrauen.

»Wie heißt Ambers Freund noch mal?«

Er sah mich an, als hätte er nichts anderes von mir erwartet.

»Dann sag es mir eben nicht«, zischte ich genervt. »Bei der Beerdigung hatte ich echt andere Dinge im Kopf, als mir irgendwelche Namen zu merken.«

Ich drehte mich um und wollte loslaufen, doch da seufzte er. »Frederic.«

»Danke«, stieß ich etwas zu genervt aus und schenkte ihm ein gepresstes Lächeln, bevor ich endgültig ins Wohnzimmer ging.

Der Raum war modern und doch minimalistisch eingerichtet – so ließ sich die nüchterne und kalte Einrichtung wohl am besten beschreiben.

4

»Fuck, da habe ich doch glatt meinen Jaguar vergessen.«

»Amber hat uns ihren berühmten Champagner-Cocktail gemixt.« Frederic, ihr Freund, reichte den anderen gerade bau-
chige Gläser mit hohem Stiel, in denen ein rosafarbenes Ge-
tränk prickelte.

»Wow«, rief Ryan in seiner stets enthusiastischen Art und
nahm das Glas entgegen. »Weißt du etwa mehr als wir?
Gibt es was zu feiern?« Sein Lächeln richtete sich auf Sam.
»Ich bin schon gespannt auf dein Gutachten.«

»Darüber reden wir gleich. Erst stoßen wir auf diesen
wundervollen Abend an.« Amber hob ihr Glas in die Mitte
der Runde. »Auf uns.«

Ich nahm mit einem dankbaren Nicken ebenfalls ein Glas
von Frederic an. Seine aristokratische Nase kräuselte sich,
als er mich anlächelte. Mit seinen zurückgekämmten Haaren
und dem leicht spießigen Outfit aus Bundfaltenhose und
hellem Kaschmirpullover passte er perfekt zu Ambers creme-
farbenem Etuikleid, zu dem sie dunklen Perlenschmuck
kombiniert hatte. Mich beschlich die Vermutung, dass sie
das alles geplant hatte, und ich musste meine Lippen zusammenpressen, um ein Schmunzeln zu verbergen.

»Auf Hazels hoffentlich nicht allzu kurzen Besuch.« Sam

betrachtete mich mit vergnügt blitzenden Augen, während wir alle anstießen.

»Ey«, empörte sich Ryan, nachdem er einen Schluck genommen hatte. »Bagger doch nicht vor uns meine Schwester an!«

Derek schnaubte. »Wir sind keine richtigen Geschwister.« Mein Magen verkrampfte sich bei seinen Worten, denn er hatte recht. Wir waren nie eine wirkliche Familie gewesen, nur traurige Schicksale, die in dasselbe Haus gesperrt worden waren. Manche von uns waren nur mit mehr blauen Flecken als andere hier rausgekommen.

»Richtig.« Ich lächelte Sam extrabreit an. »Deshalb stört es niemanden, wenn du mich anbaggerst.«

Er lachte und zwinkerte mir zu, bevor er Ambers eisigen Blick bemerkte. »Dein Cocktail schmeckt wirklich sehr gut.«

Sie lächelte nun ein wenig versöhnlicher.

Mein Seufzen verbarg ich mit einem weiteren Schluck. Der Alkohol wärmte mir den Bauch, während die Süße von Kirschen in meinem Mund prickelte.

Ehrlich gesagt verstand ich nicht, wieso sie sich überhaupt so frostig mir gegenüber verhielt. Immerhin waren wir keine engen Freundinnen gewesen, weshalb sie mir meinen Abgang auch nicht übel nehmen durfte. Ich hatte zwar keine innigen Umarmungen erwartet, aber wenigstens ein bisschen gekünstelte Höflichkeit.

Wir hatten schon immer ein eher zurückhaltendes Verhältnis zueinander, nachdem Laurens erster Mann starb und Amber sich auf ihre Seite gestellt hatte. Ich war also ihre Kritik und ihre bösen Blicke gewohnt. Das bedeutete aber nicht, dass sie nicht wehtaten. Selbst jetzt noch. Nach all den

Jahren, in denen ich geglaubt hatte, diese Familie hinter mir gelassen zu haben.

Mir fiel auf, dass Derek mich anstarrte, und ich hob herausfordernd meine Augenbrauen. »Alles klar?«

Er schaute zu den anderen, die sich nun angeregt über das Frühlingsfest unterhielten, das in wenigen Wochen stattfinden würde. »Sicher. Ich frage mich nur, warum du noch hier bist.«

»Wegen des Gutachtens«, antwortete ich lang gezogen.

»Richtig, aber lohnt sich das denn? Erwägst du überhaupt, zu bleiben?«

»Ich stehe hier, oder?«

»Stimmt«, mischte sich Amber ein und setzte ein Lächeln auf, das ich ihr nicht eine Sekunde lang abkaufte. »Aber dasselbe haben wir uns wohl alle schon gefragt. Letztes Mal bist du auch ohne ein Wort abgehauen.«

Ich saugte meine Wangen ein und atmete durch. »Richtig. Aber es gibt so was wie Handys. Nur keiner von euch hat angerufen. Ihr habt mir kurze Nachrichten geschickt und dann euer Leben weitergelebt.«

»Hast du etwa erwartet, dass wir dir hinterherrennen?« Amber schnalzte mit der Zunge, mit dem Gesichtsausdruck einer enttäuschten Mutter.

In mir setzte ein altes Zittern ein, das ich von früher kannte. »Was soll das jetzt hier werden?« Ich versuchte zu lachen, doch es klang hohl. »Macht ihr mir noch vor der Vorspeise Vorwürfe? Das muss ein Rekord sein.«

»Ich habe nur eine Frage gestellt«, sagte Derek langsam.

Alle Blicke waren auf mich gerichtet. Auch wenn Sam versuchte, aufmunternd zu wirken, breitete sich Verlorenheit in mir aus. Ich musste hier raus.

»Sorry, aber das habe ich nicht nötig«, stieß ich hervor und stellte den Cocktail einfach auf der nächstbesten Kommode ab.

»Oh bitte, was soll denn jetzt dieser theatralische Auftritt?« Amber zog das Glas von dem Möbelstück, als wäre es eine explosive Schleimbombe, und rümpfte die Nase. »Kannst du dich nicht ein Mal zusammenreißen?«

Mein Puls stieg an und ich fühlte mich in meine Jugend zurückkatapultiert. Irgendwie schaffte ich es weiterhin, nach außen völlig gelassen zu wirken, doch innerlich brannte ich.

»Hör auf, mit mir zu sprechen, als wärst du etwas Besseres.« Amber schnappte nach Luft.

Ich imitierte dieses gefakte Lächeln, das sie bereits den ganzen Tag mit sich herumtrug, und hob meine Hand, um ihr knapp zuzuwinken. »Einen schönen Abend noch.«

Damit drehte ich mich um und ging in Richtung Garderobe, wo ich mir die Jacke schnappte. Angestrengt verbarg ich meine zitternden Finger. Sie würden nicht sehen, wie sehr ihre Worte oder ihr Verhalten mich verletzten.

Dann ging ich und schloss die Tür leise hinter mir.

Erst als ich das Grundstück verließ, normalisierte sich mein Atem. Zugleich wurden meine Schritte schneller. *Flucht!* Mein Körper schrie danach, und mir schien, als wären niemals sechs Jahre vergangen und ich wieder achtzehn und völlig verzweifelt.

Hinter mir hörte ich eine Tür zufallen und stöhnte leise, als ich wahrnahm, wie mir kurz darauf joggende Schritte folgten.

»Hazel, komm schon. Mein Anzug ist nicht zum Rennen gedacht.«

Erleichterung durchflutete mich, als ich Ryans Stimme erkannte und daraufhin mitten auf dem Gehweg stehen blieb. Das Schmunzeln auf meinen Lippen erreichte meine Augen nicht.»Warum rennst du denn auch? Hast du nicht einen Jaguar?«

Ryan schnaubte und blieb vor mir stehen.»Fuck, da habe ich doch glatt meinen Jaguar vergessen.« Er lachte und deutete auf mich.»Siehst du, was für ein Chaos du anrichtest?« Schlagartig verging mein Schmunzeln.»Warum bist du hier?«

»Weil ich es scheiße fände, wenn meine Schwester hier alleine rumrennt. Komm, ich lade dich zum Essen und auf ein Bier ein. Das rosa Gesöff von Amber lässt meinen Darm ganz komisch grummeln.«

»Du bist so ekelig.« Ich lachte und zögerte nicht, ihm zu folgen, als er zurück zu seinem Wagen ging.

»Ich bin nur ehrlich.« Er wartete, bis wir nebeneinanderliefen, und stupste mich mit dem Ellenbogen an.»Weißt du, es hat den beiden ziemlich zugesetzt, als du damals über Nacht verschwunden bist. Amber war kurz davor, die Cops zu rufen, als sie gesehen hat, dass deine Sachen fehlen.«

»Derek wusste, dass ich gehen würde«, erwiderte ich und verschränkte die Arme vor der Brust.»Er hat gar keinen Grund, mir was vorzuwerfen.«

»Ach.« Ryan summte nachdenklich, während seine Augenbrauen sich missmutig zusammenzogen.»Muss ich jetzt beleidigt sein, weil du dich ihm, aber nicht mir anvertraut hast?«

»Tu dir keinen Zwang an.«

»Mann, du bist eine richtig harte Nuss geworden«, murmelte er und entriegelte seinen Wagen schon ein paar Meter, bevor wir ankamen. Das Blinken schien für einen Moment die gesamte Straße zu erhellen und ich konzentrierte mich lieber darauf als auf das Haus zu meiner Rechten. Ambers finsteren Blick konnte ich spüren, ohne hinzusehen. Er brannte auf meiner Haut, anklagend und altbekannt. Ich wägte ab, ob ich wirklich mit ihm fahren sollte. Immerhin war er kaum besser als die anderen, wenngleich er es noch immer schaffte, mich zum Lachen zu bringen. Auch er hatte mich aus seinem Leben gestrichen.

Scheinbar interpretierte Ryan das Zögern falsch. »Komm, steig ein und lass mich dich zum Essen ausführen.«

»Aber bitte bring mich in einen Laden, in den Amber niemals gehen würde.«

Seine Lippen kräuselten sich. »In den schäbigsten Laden, den ich kenne, versprochen.«

Ich lachte leise und stieg auf der Beifahrerseite ein.

»Danke.«

Als ich gemeinsam mit Ryan das *Red Chili* betrat, war es, als wäre ich mit einer Zeitmaschine sechs Jahre in die Vergangenheit katapultiert worden.

Die rote Wandfarbe war genauso ausgeblichen wie damals. Hinter der Bar hing ein riesiger Spiegel und die dunklen Holzmöbel existierten ebenfalls noch. Die Luft roch nach Fett, Cola und einem starken Zitrusreiniger. Doch durch die modischen Glas-Pendelleuchten und die schwarzen Kerzenhalter auf den hellen Tischläufern wirkte es wieder modern. Die Tische waren fast alle mit Familien, Jugendlichen und Rentnern besetzt. Also schien das hier immer noch *der* Treffpunkt Eastwoods zu sein.

Früher war ich ständig mit Amber hier gewesen, doch jetzt, mit ihrem schicken Etuikleid und den Designerhandtaschen, konnte ich sie mir nicht mehr hier vorstellen.

Ryan führte mich zu einem Tisch bei den Fenstern, von denen aus man den Parkplatz im Blick hatte. »Hast du Angst, dass jemand deinen Wagen anfasst?«

Er grinste, wobei sich tiefe Grübchen in seinen Wangen bildeten. »Bei dem Schätzchen? Immer!«

Eine Kellnerin kam, um mir eine Speisekarte zu geben, und ich bestellte mir eine Cola.

»Gehört der Laden immer noch dem alten Joe?« Ich öffnete die eingeschweißte Karte. Selbst das Angebot war dasselbe.

»Ja, er arbeitet sogar noch in der Küche.« Ryan legte die Karte beiseite und schien bereits zu wissen, was er haben wollte.

»Kommst du öfter her?«

Er nickte langsam. »Fast jede Woche, nach dem Sonntagsdinner bei Amber. Sie liebt diese Veranstaltungen, aber Kochen ist echt nicht ihr Ding.«

Allein die Erwähnung ihres Namens reichte, um meine Laune wieder sinken zu lassen. Ich studierte die Karte, obwohl meine Wahl längst feststand. »Also hat sie Laurens Traditionen übernommen?« Das Sonntagsdinner war das einzig halbwegs Familiäre gewesen, auf dem unsere Pflegemutter bestanden hatte. Doch im Grunde hatte sie uns nur gezwungen, teilzunehmen, weil sie da die Wochenaufgaben verteilt hatte. Und jeder, der fehlte, durfte die Aufgaben übernehmen, die am wenigsten Spaß machten. Ich hatte in meinem Leben viel zu oft in dem Haus die Toiletten putzen müssen, aber ein Teil von mir hatte ständig gegen Lauren angekämpft. Vielleicht wäre alles leichter gewesen, wenn ich einfach artig den Mund gehalten hätte. Das lag allerdings nicht in meiner Natur.

»Du kennst Amber doch. Sie war schon immer ein großer Fan von Lauren.«

»Und du?«

Nun sah ich ihn doch an, betrachtete sein ernstes Gesicht und seine Augen, die mich ebenfalls musterten, als hätten sie die ganze Zeit nichts anderes getan. »Ich halte nicht viel von ihr, aber ich bin froh, dass ich euch dadurch kennengelernt habe. Ihr seid meine Familie.«

»Seit wann bist du so ein Familienmensch?« Ich legte die Karte nun auf seine. »Was hat sich verändert?«

»Alles.« Er grinste, als sein Handy auf der Tischplatte vibrierte. Das Ding schien er wohl ständig im Blick haben zu müssen. »Ich bin jetzt Firmeninhaber, und ich glaube, ohne Ambers – zugegebenermaßen nicht sehr leckeres – Sonntagsdinner würde ich tagsüber nur noch im Büro hocken.«

»Also sind Partys nun in deinem Leben gestrichen?«, fragte ich, als Ryans Finger über das Display tippten.

Er stieß ein schnaubendes Lachen aus, ohne einen Blick von seinem Handy zu nehmen. »Ich habe *tagsüber* gesagt. Nachts gehört meine Welt den Frauen und meinen Freunden.«

Die Kellnerin tauchte wieder auf und servierte unsere Getränke, worauf wir gleichzeitig die Essensbestellungen abgaben. Dabei bestellte Ryan so viel, dass ich ihn etwas irritiert ansah. »Machst du irgendeine High-Fat-Diät oder so was?«

»Nope.« Er sperrte sein Telefon und grinste mich dann an. »Scheinbar wird das Dinner hierherverlegt.«

Verwirrt blinzelte ich ihn langsam an. »Warum?«

»Muss wohl mit den Infos von Sam zusammenhängen. Amber will mir nichts verraten.«

Ich wedelte mit meiner Hand über seinem Handy herum, das er auf den Tisch gelegt hatte. »Und das hat sie dir gerade geschrieben?«

»Jap.« Er nahm einen Schluck von seinem Wasser und seine Miene wurde ernst. »Weißt du, Amber hatte echt daran zu knabbern, als du weg warst. Ich glaube, auf ihre schräge Art hat sie dich wirklich gemocht. Danach hat sie den ganzen Scheiß von Lauren abbekommen.«

»Hör auf, mir ein schlechtes Gewissen machen zu wollen.« Ich schluckte gegen die plötzliche Enge im Hals an und nahm mir ein Zuckertütchen aus einem Becher, der am Rand des Tisches stand, um damit zu spielen. Das Thema ließ meine Finger nervös werden. »Ich war vorher diejenige, die den ganzen Mist abbekommen hat. Jahrelang. Hör auf, mir zu sagen, ich soll Mitleid mit unserer Prinzessin haben.«

Bedauern huschte über seine Züge und er nickte langsam. »Du hast recht. Das ist wohl nicht fair von mir.«

»Danke.« Ich atmete tief durch und knickte das Zuckertütchen, bis die Hülle ganz rissig wurde und die ersten Zuckerkristalle auf den Tisch rieselten. »Das nächste Mal kannst du mich aber vorher fragen, bevor du den anderen sagst, wo wir sind. Immerhin sind wir hier, weil ich mit einem theatralischen Auftritt aus dem Haus geflohen bin.«

»Ach, so theatralisch war der gar nicht. Es ist ja nicht mal etwas zu Bruch gegangen.« Er machte eine kurze Pause und schien sich ein Grinsen zu verkneifen. »Wobei Ambers Ego vielleicht einen kleinen Knacks abbekommen haben könnte.«

Wenn er so über sie redete, war ich mir nicht sicher, ob er sie mochte oder sich einfach auf meine Seite stellen wollte. Der Gedanke tat weh, aber mir wurde klar, dass ich Ryan nicht mehr einschätzen konnte. Er war früher immer ehrlich und direkt gewesen, doch nun schien mir, als würde er versuchen, dort den Frieden zu wahren, wo ein Krieg längst nur noch Asche hinterlassen hatte.

In dem Moment, als unser Essen gebracht wurde, kamen Amber, Derek und Sam durch die Tür.

Ich griff nach meinen Pommes und tunkte sie in Mayonnaise, während ich ihnen entgegensah. Allein Ambers Anblick, wie sie nervös hin und her spähte und vermutlich erwartete, jeden Moment von einer Ratte angefallen zu werden, entschädigte mich ein wenig für ihre Anwesenheit.

Mir fiel auf, dass ihr Freund nicht dabei war. Nicht, dass der Grund seiner Abwesenheit für mich von Interesse wäre. Aber vermutlich lag es daran, dass er nichts mit Bettys Erbe zu tun hatte.

Derek setzte sich auf den Platz neben meinem und zwang mich, in der Bank durchzurutschen. »Wirklich? Ihr seid ins *Red Chili* geflohen?«

»Genau«, erwiderte ich zuckersüß und nahm einen Bissen. »Ich habe die Pommes hier echt vermisst.«

Seine Augen blitzten mich an und es zuckte verdächtig um seine Lippen.

»Danke, ich bin schon kurz vorm Verhungern.« Sam setzte sich auf den Platz an der Kopfseite und griff nach einem Burger, um herzhaft hineinzubeißen. Soße tropfte auf den Teller unter ihm und er seufzte genüsslich.

Amber wirkte, als würde sie jeden Moment ohnmächtig werden. Doch sie riss sich zusammen und sah zu mir herüber. »Entschuldige. Ich war nicht nett zu dir und das tut mir leid.«

So hölzern wie ihre Stimme klang, nahm ich ihr kein Wort

ab. »Wow, das war sicher schwer für dich. So viel ist das Haus also noch wert?«

Sie presste ihre Lippen zusammen und Ryan lachte leise neben ihr, während auch er sich einen Burger schnappte. Der Tisch war bedeckt mit Fast Food und mein Magen grummelte gierig. Doch ich hielt mich zurück und dippte eine weitere Pommes in die Mayonnaise, wobei ich Sam ansah. Der wischte sich seine fettigen Finger an einer Serviette ab, während er den Rest des Burgers kaute. Scheinbar hatte er das mit dem Verhungern ernst gemeint. »Dann erzähl mal von deinem Gutachten, bevor es einen erneuten Familienstreit gibt.«

Er stieß ein Lachen aus und lehnte sich auf seinem Platz zurück. »Das Hotel, das Betty euch vermacht hat, muss dringend saniert werden. Heizung, Elektrik und Wasserleitungen müssen erneuert werden. Das Dach muss man vermutlich komplett austauschen, und die Fassade braucht eine neue Dämmung, falls ihr später nicht Unmengen für die Heizung ausgeben wollt. In dem Zusammenhang müssen auch die Fenster erneuert werden. Aber es ist grundsätzlich in einem guten Zustand. Wäre es in einem besseren Zustand und frisch renoviert, könntet ihr dafür viel Geld bekommen. Die Lage ist super und Touristen steigen hier in Eastwood auch ganz gerne ab.«

Amber nickte knapp und sah mich ernst an. »Wir könnten Bettys letzten Willen annehmen und das Hotel renovieren. Danach teilen wir das Geld auf.«

Derek nickte nun ebenfalls neben mir und ich konnte seinen Blick geradezu spüren. »Sie hat uns einen Haufen Arbeit vermacht, aber wir könnten es tatsächlich schaffen.«

Ryan schnalzte mit der Zunge. »Das klingt gut. Ich bin dabei. Zeitlich kann ich nicht viel erübrigen, doch ich kann ein wenig finanziell unterstützen. Beim Verkauf bekomme ich das Geld natürlich zurück.« Sein Grinsen traf auf mich. »Nun hängt alles an dir, Miss New York. Bleibst du oder gehst du wieder?«

»An mir?«

»Natürlich. Wir müssen es zusammen machen. Ich habe Mr Stewards vorhin angerufen – du musst während der Renovierung dabei sein«, erklärte mir Amber.

»Scheinbar kannst du es nicht erwarten, mich loszuwerden«, erwiderte ich nun bitter und kaute auf der Innenseite meiner Wange herum.

»Außer natürlich, es gibt in New York jemanden, der auf dich wartet«, fügte Derek nun hinzu.

Sofort dachte ich an meinen Barchef und schüttelte langsam den Kopf. »Der wird wohl ein paar Wochen ohne mich auskommen.« Das Zimmer könnte ich untervermieten, aber müsste mir auf jeden Fall hier vor Ort einen Job suchen. Was mit meinem Job im Fitnessstudio war, wusste ich nicht, doch ich könnte mir vorstellen, dass der am wenigsten Probleme mit meiner Auszeit machte.

Mein Blick wanderte über meine Pflegegeschwister, die Menschen, die einer Familie am nächsten kamen. Vielleicht war es keine dumme Idee, das durchzuziehen.

Ich betrachtete Derek, der mit verschlossener Miene meinen Blick erwiderte. Möglicherweise war dieses Projekt genau das, was ich brauchte, um endlich von dieser Familie loszukommen. Ich würde all die alten Streitigkeiten begraben, vielleicht sogar meinen Frieden mit ihnen machen und dann endgültig alles hinter mir lassen.

Ryan würde ich womöglich vermissen. Aber weder Amber noch Derek wollten mich hier haben.

Und das Geld könnte ich gut gebrauchen. Es würde mir mehr Freiheit schenken. Ich müsste weniger arbeiten und könnte vielleicht endlich herausfinden, was ich mit dem Rest meines Lebens anstellen wollte.

Ambers Augenbrauen hoben sich herausfordernd. »Und?«

Mein Magen hüpfte einmal, als ich an Bettys Hotel dachte und daran, was ich bei der Begehung empfunden hatte. Als hätte ich das wahrgenommen, was Betty gespürt haben musste, als sie diese aberwitzige Idee hatte und das Hotel kaufte.

Vielleicht erhoffte sie sich durch ihr Testament, dass ihre vier Pflegeenkel wieder zusammenfanden – etwas, das ich ihr durchaus zutrauen würde, da sie in vermeintlich unbeobachteten Momenten zur Sentimentalität geneigt hatte.

Und vielleicht würde ich ihr genau das geben können. Wir würden alle unseren Frieden machen und konnten dann endlich unterschiedliche Wege gehen.

Bei dem Gedanken musste ich lächeln. »Okay. Ich bin dabei.«

5

Derek

»In Eastwood gibt es immer Neuigkeiten.«

»Was ist los, Junge?«« Negans Stimme riss mich aus meinen Gedanken und mir wurde klar, dass ich aus dem Fenster starrte, statt die Aufmerksamkeit der alten Kommode zu widmen, die mir heute Morgen zur Restauration vorbeigebracht worden war.

»Nichts, Chef.« Ich grinste den Mann an, der mir eine Chance gegeben, mich ausgebildet und dann auch noch zu seinem Partner gemacht hatte. Er war der Grund, warum ich mittlerweile Geschäftsführer bei *Negan and Son, Woodworking* war. Das »and Son« hatte er hinzugefügt, kaum dass meine Unterschrift auf dem Papier getrocknet war. Sogar jetzt noch bildete sich ein faustgroßer Kloß in meinem Hals bei dem Gedanken daran, wie knapp ich davor gewesen war, wie ein Kind zu heulen.

Sein wettergegerbtes Gesicht zeugte von den vielen Stunden, in denen er in der Sonne alte Boote gebaut hatte. Echte Holzboote, nicht diese Plastikdinger. Seine hellblauen Augen blitzten mich wissend an und er setzte sich auf den Hocker neben der Kommode. »Selber Chef.« Er lächelte zwar, doch mir war, als würde sein Blick etwas in meinem Gesicht suchen. »Ich habe schon die Neuigkeiten gehört.«

»Ach ja?« Ich drehte mich um, als einer unserer Mitarbeiter die Säge in der Nähe anschmiss, und ließ meinen Blick durch die große Lagerhalle schweifen, die wir erst im letzten Jahr erweitert hatten. Der Geruch von Holz lag in der Luft. »In Eastwood gibt es immer Neuigkeiten.«

»Betty hat euch also ein Hotel vermacht?«

»Wir haben gestern erst das Erbe angenommen. Woher ... ah, vergiss es.« Ich lachte. »Ja, es ist groß, echt viel zu tun und mit der richtigen Investition vermutlich eine Menge Geld wert.«

»Das hätte ich bei Betty nicht erwartet. Von Maggy vielleicht.« Er lächelte und zupfte dabei an seinem grauen Dreitagebart, in dem einzelne Stoppeln weiß leuchteten. »Hazel ist also wieder da.«

»Richtig. Sie bleibt auch noch ein wenig länger, falls du das fragen wolltest. Das Erbe sieht vor, dass wir alle gemeinsam an dem Projekt arbeiten müssen.«

»Dann hat sie ihr Leben in New York einfach aufgegeben? Kann ja nix gewesen sein. Hat sie denn keinen Mann?«

»Klang so, aber so genau weiß ich es auch nicht.« Ich zuckte mit den Schultern und stand auf, um mit meinen Fingern über die Kommode zu streichen. Hazel war niemand, über den ich mir allzu viele Gedanken machen wollte. Sie wiederzusehen, hatte alte Gefühle in mir ausgelöst. Empfindungen, von denen ich glaubte, sie längst hinter mir gelassen zu haben. So war sie aber schon immer gewesen – wie ein Sturm, dem man nicht entkommen konnte. Um abzulenken, strich ich über die alte Kommode. »Ein Erbstück und nicht im besten Zustand.«

Falls er meinen plumpen Versuch, das Thema zu wechseln, irritierend fand, ließ er es sich nicht anmerken. Stattdessen klopfte er auf das Möbelstück. »Du bist der beste Restaurateur – du bekommst das schon hin.«

»Keine Sorge. Für die Renovierung werde ich meinen Feierabend und die Wochenenden nutzen.«

»Mach dir keinen Stress, Junge. Wir sind Partner. Wenn du Urlaub brauchst, nimm ihn dir.«

Stolz ließ meinen rechten Mundwinkel nach oben wandern und ich sah den Mann an, der mir mehr Vater gewesen war als alle Pflegeväter zuvor. »Wenn du mal vorbeischauen willst, es liegt direkt hinter der Stadtgrenze.«

»Ich komme gerne vorbei. Hab schon die Adresse bekommen.«

»Woher …« Ich winkte ab. In dieser Stadt blieben Geheimnisse niemals lange geheim. Aber sosehr mich das manchmal nervte – ich würde sie im Leben nicht verlassen können. Eastwood bedeutete für mich Zuhause. Hier waren meine Firma und die Familie.

Hazel konnte es vermutlich kaum abwarten, so schnell wie möglich wieder nach New York zurückzukehren.

Wir würden niemals ein Paar sein können. Damals nicht, und heute schon gar nicht. Sie gehörte nicht hierher, das hatte sie noch nie. Hazel hatte Flügel und musste fliegen. Eastwood war nur eine Kette, die sie hier festhielt. Das wusste ich bereits damals, weshalb mir keine andere Wahl geblieben war, als sie gehen zu lassen. Egal, wie weh es tat.

Ich schob sie aus meinen Gedanken und machte mich wieder an die Arbeit.

6

»Warum blökt ihr euch an
wie zwei wild gewordene Schafe?«

»Wie bin ich nur auf die hirnrissige Idee gekommen, dass das hier klappen könnte?« Es klatschte, als ich meine Hand gegen die Stirn schlug. »Du schaffst es innerhalb von fünf Minuten, mich irre zu machen!«

Ambers Augen blitzten selbstgefällig. »Wie dumm, dass die Tinte schon trocken ist und du das Erbe angenommen hast.«

»Ich könnte in Mr Stewards' Büro einbrechen und die Papiere zerstören.«

Sie wurde bleich. »Das würdest du nicht wagen!«

»Warum blökt ihr euch an wie zwei wild gewordene Schafe?«

Gleichzeitig fuhren wir zu Derek herum, der mit Sam in den Wintergarten des Hotels geschlendert kam.

Dieser befand sich im hinteren Teil des Gebäudes und das gesamte Glasdach lag in Scherben vor uns auf dem Boden.

»Weil Hazel scheinbar glaubt, wir würden das ganze Projekt finanzieren, während sie hübsch danebensteht.«

Ich rieb mir die Stirn und stieß ein frustriertes Knurren aus. »Ich habe nur gesagt, dass ich kein Geld dazu beisteuern kann, weil ich nichts habe! Außerdem ist es kaum möglich, dass ich den ganzen Tag auf der Baustelle sein kann.«

»Wieso? Es ist ja nicht so, als hättest du hier was anderes zu tun.« Ihre Augenbrauen hoben sich auf eine Art, die meine Finger dazu bringen wollte, sich um ihren Hals zu legen und zuzudrücken.

»Ich habe einen Job. Ist ja nicht so, als hätte ich Lust, die nächsten Wochen auf einer Parkbank zu schlafen.«

»Wo?« Dereks Augenbrauen zogen sich zusammen.

»Im *Red Chili*. Seit heute Morgen.« Herausfordernd verschränkte ich die Arme vor der Brust. »Und was soll bitte dieser überraschte Tonfall? Als hätte es einen von euch interessiert, wie ich meine Angelegenheiten in New York regle.«

»Du bist doch erwachsen genug, um dich selbst um deinen Kram zu kümmern«, gab Derek zurück und betrachtete mich wieder auf diese Weise, die einen vermutlich in die Flucht schlagen konnte.

Seine Worte waren wie ein feiner Stich in meiner Brust, doch statt zurückzuweichen, hob ich den Kopf ein wenig an.

»Werde jetzt bloß nicht frech.«

Wo zuvor immer Desinteresse in seinen Augen gestanden hatte, sprühten nun Funken und er presste seine Lippen zusammen.

Offenbar prallte meine Anwesenheit doch nicht einfach so an ihm ab, wie er mir weismachen wollte.

»Gut, dann hast du eben einen Job.« Amber verschränkte die Arme vor der Brust. »Wir sollten uns trotzdem eine Arbeitsaufteilung überlegen.«

Ryan kam herein und trug mal wieder einen wirklich schicken Anzug. Also hatte er wohl nicht vor, heute auf dieser

Baustelle zu arbeiten.»Arbeitsteilung ist so ein schwieriges Wort.«

»Wie würdest du es denn nennen? Wir brauchen einen Plan, sonst werden wir niemals fertig.«

»Da muss ich Derek leider recht geben.« Mit einer ausladenden Geste schloss ich das ganze Hotel ein.»Das Projekt ist zu groß für Planlosigkeit.«

Sam, der bisher still und mit einem Schmunzeln zugehört hatte, räusperte sich.»Dafür habt ihr mich. Ich helfe euch.«

»Aber du machst das sicher nicht umsonst, oder?« Ryans Stimme wurde geschäftsmäßig, auch wenn ein Lächeln auf seinen Lippen lag.

»Natürlich nicht.« Sam lachte auf.»Ich mache euch einen guten Preis und übernehme die Bauleitung. Ihr braucht einen Fachmann. Derek kennt sich aus, aber nicht genug für so ein großes Projekt.«

Derek nickte neben ihm.»Mach uns ein Angebot.«

In der Jackentasche vibrierte es und ich zog mein Handy heraus. Als ich einen unerwünschten Namen auf dem Display sah, stöhnte ich unwillig.

»Du solltest doch meine Nummer löschen!«, zischte ich, nachdem ich mich umgedreht hatte, um das Telefonat anzunehmen.

Ich hörte, wie das Gespräch hinter mir ins Stocken kam, und spürte die Blicke der anderen im Rücken, weshalb ich nach draußen ging.

»Hazel, komm schon.« Marks Stimme ließ ein unangenehmes Gefühl mein Rückgrat hinaufwandern.»Ich war gestern in der Bar. Wo warst du?«

»Du hast Hausverbot«, erwiderte ich genervt und verdrehte die Augen, wobei mir einfiel, dass wir einen neuen

Türsteher hatten, der Mark offenbar in die Bar gelassen hatte. »Es geht dich nichts an, wo ich bin, weil wir kein Paar mehr sind – seit Ewigkeiten übrigens bereits nicht mehr.«

»Komm schon, wir waren so lange zusammen.«

»Waren wir.« Ich setzte mich auf die morschen Stufen der Veranda und betrachtete die mit Kies gepflasterte Einfahrt. Die Bäume raschelten im kalten Wind und ich zog meinen Schal etwas dichter an den Hals. »Was willst du von mir?«

»Ich will dich zurück.« Seine Stimme ging beinahe im Zischen einer abfahrenden U-Bahn unter. Kurz darauf ertönte Straßenlärm.

»Das willst du nicht. Wir waren ein grausiges Paar. Was ist mit den ganzen Freundinnen, die du nach mir hattest?«

Er holte hörbar Luft.

»Beleidige mich nicht, indem du sie verleugnest. Also, was willst du wirklich von mir?«

Mark stöhnte und ich sah ihn vor mir, mit seinen zu langen Haaren und der Hornbrille, die ihn intelligenter aussehen lassen sollte. »Ich brauche einen Job.«

»Dann such dir einen.« Ich rieb mir die Stirn und stützte die Ellenbogen auf meine Knie. »Du bist ein erwachsener Mann.«

»Kannst du nicht bei deinem Boss ein gutes Wort einlegen? Im Fitnessstudio. Nicht in der Bar. Der Besitzer ist ein Trottel.«

»Nein.« Ich schüttelte den Kopf, auch wenn er es nicht sehen konnte. »Das ist mein erster ordentlicher Job seit Jahren. Den werfe ich nicht wegen dir hin.«

»Komm schon!«

»Du hast bisher jeden Job versaut, den ich dir verschafft habe – und ich wurde jedes Mal wegen dir gekündigt.«

»Das schuldest du mir, Hazel. Du hast mich in der schwersten Zeit meines Lebens verlassen.« »Im Hintergrund hörte ich, wie eine Tür hinter ihm zufiel, und dann seine Schritte, die durch ein leeres Treppenhaus hallten.

»Ich schulde dir gar nichts! Dann hättest du nach dem Tod deiner Mutter keinen Trost bei irgendwelchen wildfremden Tussis suchen müssen!« Ich hasste das Gefühl seines Verrats, das mich immer wieder überkam, wenn ich daran zurückdachte. Dabei war unsere Beziehung schon vorher gescheitert, aber keiner von uns hatte es sich eingestehen wollen. Dennoch hatte ich durch seinen Verrat auch meinen einzigen Freund in New York verloren, was es doppelt schwer gemacht hatte.

»Das können wir persönlich besprechen, ich stehe jetzt vor deiner Wohnung. Wenn du nicht aufmachst, werde ich so lange Randale machen, bis die Cops kommen und die Tür für mich aufbrechen. Warte!« Er sog erschrocken Luft ein. »War das ein Hilferuf aus deiner Wohnung? HAZEL!« Er donnerte gegen eine Tür.

»Ich bin nicht in New York!«, rief ich und sprang ruckartig auf. »Lass den Scheiß!«

Schlagartig verstummten seine Schläge. »Nicht in New York? Wo …? Bist du etwa in dieser Kleinstadt? Ja, da musst du sein. Es gibt keinen anderen Ort, wohin du sonst fahren würdest.«

»Es geht dich überhaupt nichts an, wo ich bin. Such dir selbst einen Job!« Ohne eine Verabschiedung legte ich auf und stieß ein Knurren aus, während ich die freie Hand zur Faust ballte und kurz davor war, auf irgendwas einzuschlagen.

Mark war vermutlich mein bisher größter Fehler. Nach der Ankunft in New York und den harten darauffolgenden

63

Monaten hatte er mich gestützt. Wir verliebten uns heftig ineinander – das glaubte ich damals zumindest. Dabei war es nichts anderes als eine ungesunde Abhängigkeit voneinander, die uns fast drei Jahre zusammengehalten hatte. Ich war so jung gewesen und hatte mich so sehr nach einer Person in meinem Leben gesehnt, dass ich viele Dinge einfach hinnahm.

Die Trennung war ein harter und doch nötiger Schritt für mich gewesen. Seitdem war ich vorsichtig mit Beziehungen und vor allem mit Männern, die mich beim ersten Date um fünf Dollar anpumpten.

Und dennoch ging ich immer wieder ans Telefon und wusste selbst nicht, warum ich seine Nummer nicht einfach sperren konnte.

Ich drehte mich um und löste meine Faust, als hinter mir die Tür zufiel und Sam herauskam. »Hey.«

»Alles klar?« Echte Besorgnis stand in seinen Augen, während er seine Hände in die Hosentaschen schob und sich gegen die Brüstung der Veranda lehnte.

»Sicher.« Ich hob mein Handy und wedelte damit herum. »Nichts, womit ich nicht selbst klarkomme.«

Sam wirkte nicht überzeugt und nickte dennoch langsam. »Aber sollte was sein, dann kannst du mich jederzeit anrufen.« Er zog sein Portemonnaie aus der Jackentasche und fischte eine Karte heraus. »Meine Nummer.«

Ich nahm sie ihm ab und lächelte. »Danke, das ist echt nett von dir. Vielleicht komme ich auf das Angebot zurück.« Mein Blick fiel auf das Haus. »Seid ihr euch einig geworden?«

Ein Grinsen breitete sich auf seinem Gesicht aus. »Du wirst mich wohl öfter hier sehen.«

»Das ist gut. Jemanden an Bord zu haben, der sich mit der Materie auskennt, ist auf jeden Fall sinnvoll.«

Einen Moment lang sah er mich an und mir war, als würde er etwas sagen wollen, doch dann strich er sich über den Nacken und deutete auf sein Auto. »Ich muss jetzt noch zu einem Kunden.«

»Bye.« Ich wartete, bis er die Veranda runtergestiegen war, und winkte ihm noch einmal kurz zum Abschied, bevor ich ins Haus ging.

Derek und Ryan waren nirgends zu sehen, nur Amber stand in der Mitte der Eingangshalle und tippte auf ihrem Handy herum. Als sie meine Schritte hörte, sah sie auf und steckte ihr Telefon weg. »Derek und Ryan warten oben auf uns.«

Ich folgte ihr zu Treppe.

Sie hielt es genau bis zur Mitte der Etage aus, bevor sie fragte: »Wer hat da angerufen? Müssen wir damit rechnen, dass hier irgendein gruseliger Stalker-Exfreund auftauchen könnte?«

Das Bild, das sie mit ihren Worten von Mark erzeugte, brachte mich zum Lachen. »Nein. Er ist harmlos.«

»Hmm.« Ihr prüfender Blick lag auf mir, während wir in der oberen Etage zu den hinteren Zimmern gingen, aus dessen Richtung die Stimmen meiner Pflegebrüder kamen. »Gut.«

Ich verdrehte die Augen und erwiderte nichts darauf. Einen Moment hatte ich geglaubt, sie würde sich Sorgen um mich machen. Wie einfältig von mir.

Derek und Ryan standen in einem der Zimmer. Das Fenster war weit aufgerissen und sie begutachteten den Rahmen.

»Wie genau bezahlen wir Sam eigentlich? Oder wartet er darauf, dass wir das Hotel verkaufen?«, fragte ich und betrachtete den hübschen Erker, in den perfekt ein Lesesessel passen würde.

»Ich werde einen Betrag vorschießen können. Es müsste die gröbsten Kosten decken, aber wir werden sehr genau haushalten müssen«, antwortete mir Ryan. »Wenn Sam nicht zu knapp kalkuliert hat. Und das, was ich reingesteckt habe, verrechnen wir dann später mit unserem Gewinn.«

»Okay, das klingt fair.«

»Ich habe einen Kumpel, der für ein Abrissunternehmen arbeitet. Die haben auch immer wieder Materialien, die wir uns für die Arbeiten nehmen können, die wir selbst machen.« Derek schaute sich gedankenverloren um. Ryan holte derweil sein Handy heraus und las sich eine Mail durch.

»Super, dann würde ich sagen, Sam und Derek delegieren die Aufgaben«, entschied Amber. »Ich muss jetzt noch zu einem Nageltermin.«

»Wirklich?«, entfuhr es mir und ich konnte den Spott nicht aus der Stimme halten. »Wir sanieren ein Haus.«

Sie stieß ein spöttisches Lachen aus, das meiner Tonlage erschreckend ähnlich war. »Wer sagt denn, dass ich nicht arbeiten werde? Wir teilen die Aufgaben auf, aber ich bin sicher niemand, der im Dreck knien und mit einem Hammer auf einen Nagel einschlagen wird.«

Ich prustete los und schlug mir eine Hand vor die Augen. »Dieses Bild werde ich niemals los.«

»Wie entzückend, dass ich dich so erheitern kann«, säuselte sie und stolzierte in Richtung Ausgang. »Einen schönen Tag euch allen noch.« Sie hob ihr Handy. »Ich werde

66

nach meinem Termin Angebote von den Firmen einholen, die Sam uns empfohlen hat.«

»Toller Einsatz!« Ryan, der die ganze Zeit auf sein Handy gestarrt hatte, blickte kurz mit einem Grinsen auf. »So sparen wir uns ein paar von Sams Arbeitsstunden. Ich werde gleich ein Baukonto eröffnen, dann haben wir einen besseren Überblick über unsere Finanzen.«

»Du willst doch nur die neue Blondine in der Bank abchecken.«

Ryan grinste breit bei Dereks Worten und zuckte nur mit den Schultern, während er rückwärts in Richtung Ausgang ging. »Jeder trägt seinen Teil bei und so.« Er drehte sich zu mir um. »Soll ich dich mitnehmen oder macht ihr hier noch was?«

»Ich habe sowieso gleich meine erste Schicht. Wenn du zur Bank willst, kann ich von dort laufen. Das müsste zeitlich gut passen.«

Wir verabschiedeten uns von Derek und auf dem Parkplatz dann auch von Amber.

»Was für ein Unternehmen hast du eigentlich?«, fragte ich Ryan, als wir von dem Kiesweg auf die Landstraße abbogen.

»Ich habe mehrere Onlineshops. Einen Shop, auf dem man Medien, wie zum Beispiel Fotos oder Videos, kaufen oder verkaufen kann. Einen für besonders seltene Autoteile, einen für Kunstwerke und noch ein paar andere.«

»Wow«, stieß ich ehrlich überrascht aus. »Du warst früher nie der Computertyp.«

»Stimmt.« Sein lautes Lachen erfüllte den Innenraum des Jaguars, in dem man ungemütlich tief saß. Das Gefühl, sich halb auf der Straße zu befinden, gefiel mir irgendwie nicht, auch wenn es natürlich ein cooles Auto war. »Beim Studium habe ich echt viel gefeiert. Aber diese Onlineshops haben mich damals einfach gepackt. Manchmal muss man wohl die richtige Idee zur richtigen Zeit haben.«

»Ich glaube nicht, dass ich jemals eine gute Idee haben werde.«

»Was hast du die letzten Jahre so gemacht?« Ryan versuchte, gelöst zu klingen, aber ich hörte die Anspannung in seiner Stimme. Diese leise Scham, weil er sich ebenfalls nicht bei mir gemeldet hatte. Nicht, dass ich ihm das vorwarf, immerhin hätte ich ihn auch anrufen können.

»Nichts, womit ich prahlen würde.« Mit einem Schulterzucken grinste ich zu Ryan hinüber, um die Schwere aus unserer Unterhaltung zu nehmen. »Du musst dir aber keine Sorgen machen. Ich finde immer einen Weg.«

»So wie Katzen, die immer auf den Pfoten landen?«

Ich lachte und stellte fest, dass wir bereits die Innenstadt erreicht hatten. »Danke, dass du mich mitgenommen hast.«

Ryan hielt auf einem Parkplatz direkt vor der einzigen Bankfiliale der Stadt. »Immer gerne.«

Wir verabschiedeten uns nach dem Aussteigen und ich machte mich auf den Weg zu meinem neuen Job.

Marks Anruf fiel mir wieder ein und ich seufzte leise. Warum konnte ich ihn nicht einfach aus meinem Leben oder wenigstens aus den Gedanken fernhalten? Wie schaffte er es, mit einem einzigen Anruf so derart zu nerven? Es war fast, als wäre er mein kleiner Bruder, für den ich mich aus irgendeinem Grund verantwortlich fühlte.

Bei dem Gedanken daran, dass wir mal ein Paar gewesen waren, verwarf ich die Bruderthese schnell wieder.

Das *Red Chili* war für einen Wochentag erstaunlich gut besucht. Eine Familie mit drei Kindern hatte sich in der Ecke niedergelassen und auf der anderen Seite hatte sich eine Mädchenclique breitgemacht. In der Mitte saß zusätzlich noch ein Pärchen.

Ich meldete mich bei der Kellnerin und wurde direkt nach hinten in die Küche geschickt. Da ich vor Jahren schon mal hier gearbeitet hatte, wurde ich nur kurz eingewiesen und rannte dann die nächsten Stunden hin und her. Es tat gut, zu arbeiten und mein Leben für einen Moment nur auf dieses Lokal zu beschränken.

Hier gab es nichts anderes als Frittierfett und Cola.

7

Derek

»Kannst ja Bescheid sagen,
ob du wieder kotzen musstest.«

»Danke, dass du hergekommen bist.« Sam schlug ein, als ich
ihm die Hand entgegenstreckte, und deutete hinter sich auf
das Haus. »Die Hälfte meiner Helfer liegt mit Grippe flach
und ich habe für morgen früh schon die ersten Bauarbeiter
hierherbestellt.«

»Kein Problem.« Bei dem lächerlich niedrigen Preis, den er
uns für die Bauleitung abnahm, würde ich ihm noch so einige
Male helfen – und natürlich auch, weil er mein Kumpel war.
»Verrückt, dass Hazel wieder da ist, oder? Sie sieht anders
aus als früher. Tougher.« Sam schnaubte mit einem halben
Lächeln, als würde er sie gerade vor sich sehen. Dabei führte
er mich ins Haus, aus dem bereits einige Umzugshelfer alte
Möbel nach draußen schafften.

Genervt lief ich voraus. »Sie sah schon immer so aus.«
Innehaltend starrte ich auf all den Dreck, der sich über den
Boden verteilte. »Brauchst du hierfür nicht eine professio-
nelle Reinigungsfirma?«

»Sicher. Die kommt später. Wir müssen nur die großen
Möbel raustragen. Und zu Hazel – damals war sie süß. Jetzt
ist sie heiß.«

Ich lachte, auch wenn es hohl klang, und wünschte mir, mein bester Freund würde nicht so über Hazel reden. Nicht, dass ich eifersüchtig war, es nervte einfach. »Komm schon, sie ist meine Pflegeschwester. Hab mal ein bisschen mehr Respekt, du Penner.«

Sam hob abwehrend seine Hände, während er zu einem großen Raum weiter hinten nickte. »Ihr seid nicht blutsverwandt. Niemand würde dich verurteilen, wenn du sie auch heiß fändest. Ich meine, hast du mal ihren Arsch gesehen? Und wenn sie den Mund aufmacht, denke ich immer, sie könnte mich echt fertigmachen Ich steh einfach auf Frauen, die wissen, was sie wollen.«

»Oh Mann, wir sollten dringend das Thema wechseln!«

Ich deutete auf eine Vitrine, die auf der rechten Seite des heruntergekommenen Wohnzimmers stand. »Sollen wir die als Erstes raustragen?«

Danach ließ Sam das Thema Hazel glücklicherweise fallen und wir verbrachten die nächste Stunde damit, alte Möbel aus dem Haus zu tragen. Dabei versuchte ich die ganze Zeit, nicht an Hazels Arsch zu denken, der mir natürlich ebenfalls aufgefallen war. Bei den engen Jeans, die sie immer trug, müsste man blind sein, um das nicht zu bemerken.

Und ja, sie war selbstbewusst und lustig und all das, was man vielleicht heiß finden könnte. Aber darüber sollte ich nicht nachdenken. Das hatte mich vor sechs Jahren schon mal fertiggemacht, und ich hatte nicht vor, all diese alten Gefühle wieder aufkommen zu lassen.

Gerade als wir das letzte Möbelstück raustrugen, tauchte der Putztrupp auf.

»Ich muss sie noch einweisen. Hast du danach Lust auf Bier, Pizza und ein paar Runden zocken?«

»Klar, ich bringe die Pizza mit.«

Wir schlugen ein und verabschiedeten uns.

Nach einer kurzen Dusche fuhr ich zunächst ins *Red Chili*. Ich ergatterte einen Parkplatz am Straßenrand und warf einen schnellen Blick durch die großen Fenster, um nach Hazel Ausschau zu halten. Es überraschte mich, dass sie sich hier in Eastwood einen Job gesucht hatte. Vermutlich etwas Vorübergehendes, aber es war verwunderlich, dass sie wirklich so einfach ihr Leben in New York hatte aufgeben können. Nein, pausieren. Sie war nur kurzzeitig hier. Wie damals wartete sie vermutlich bereits darauf, dass sie wieder von hier wegkonnte.

Als ich durch die Tür trat, kam Hazel gerade durch eine weiße Schwingtür und trug zwei voll beladene Teller in den Händen.

Als sie mich entdeckte, wankte ihr Lächeln kurz unsicher, bevor sie sich wieder fing und zu einem Tisch lief und das Essen servierte.

An der Bar bestellte ich zwei Pizzen. Man sollte meinen, dass die beiden anderen Pizzerien in Eastwood bessere Pizzen machen würden. Aber keine von ihnen hatte die Sorten, die wir so liebten.

»Lass mich raten.« Hazel trat neben mich und hatte wieder dieses vorwitzige Grinsen auf den Lippen, das mich damals um den Verstand gebracht hatte. »Spaghetti-Pizza mit extrascharfer Salami.«

»So was Ekelhaftes vergisst man vermutlich nie.« Ich wiederholte die Worte, die sie vor so vielen Jahren an mich gerichtet hatte.

»Ich denke, ich werde es heute Abend noch einmal wagen und sie probieren.« Sie lächelte und mein Magen zog sich bei diesem vertrauten und fast vergessenen Anblick zusammen.

»Kannst ja Bescheid sagen, ob du wieder kotzen musstest.«

»Hey, ich war noch ein Teenie. Das war nicht nett von mir, dich damit aufzuziehen.«

Als ich nichts erwiderte, stieß sie sich von der Bar ab. »Ich muss dann mal weitermachen.«

Ohne ein Wort des Abschiedes ging sie und arbeitete weiter. Ihre Kollegin warf ihr neugierige Blicke zu, bevor sie mich anlächelte. Ich erwiderte das Lächeln knapp und tat so, als würde ich mir die Speisekarte durchlesen.

Hazel ignorierte mich die restlichen fünf Minuten meiner Wartezeit und ich musste mir selbst eingestehen, dass es nervte. Sie war abgehauen und hatte mich wie einen Trottel zurückgelassen. Natürlich war sie damals verletzt gewesen. Verständlicherweise. Aber für mein Verhalten gab es Gründe und ich würde nicht zulassen, dass mir ihr kurzer Besuch hier das Leben versaute.

Ihre wunderschönen Augen hatten mich schon einmal schwach werden lassen.

Das würde mir nicht wieder passieren.

8

»In Familien sollte es keine Seiten geben.«

Ich hatte das Gefühl, noch immer nach Frittierfett und Bier zu stinken. Ich saß auf dem Boden des Hotels und wartete auf die anderen, um die Aufgabenverteilung und die Ergebnisse von Ambers Angebotseinholung zu besprechen. In den letzten vier Tagen hatte ich die Zeit damit verbracht zu arbeiten und sogar Doppelschichten übernommen, um meine Kasse ein wenig aufzubessern. Lange würde ich mir das Hotelzimmer nicht mehr leisten können.

Gestern war ich mit einem viel zu teuren Zugticket nach New York gefahren, hatte alle meine Klamotten in Kartons gepackt und diese in einem Lagerraum untergebracht, dessen Mietkosten gerade so noch in mein Budget passten. Den Rest hatte ich mitgenommen. Glücklicherweise war der Kofferraum meines Uberfahrers für den Rückweg groß genug gewesen.

Das Hotelzimmer war dementsprechend überfüllt und ich musste mich nun dringend daranmachen, eine Bleibe zu suchen.

Mein Vermieter hatte sich bereit erklärt, die Wohnung mit den Möbeln unterzuvermieten, sodass ich mir wenigstens dieses Geld sparen konnte und nach dem Eastwood-Projekt keine neue Bleibe suchen musste. Die Besuche in der Bar und bei meinem Fitnessstudio waren glücklicherweise entspannter gelaufen, als ich gedacht hatte.

Das Studio suchte nun nach einem zeitweiligen Ersatz und in einer New Yorker Bar fand sich immer ein neuer Mitarbeiter.

Es hatte mich ein bisschen erschreckt, wie leicht ich mein Leben in New York hatte einfrieren können. Und den gesamten Rückweg über hatte ich darüber nachgedacht, was für eine Freiheit das war. Von dem Geld für das Hotel würde ich ganz neu anfangen können. Ich würde endlich einen Abschluss finden und mit dem Geld ein Leben aufbauen können, bei dem ich nicht von einem Monat zum nächsten lebte. Sobald ich die Differenzen mit meinen Pflegegeschwistern aus dem Weg geräumt hatte, wäre ich frei von all den negativen Gefühlen, die mich allein bei dem Gedanken an sie überfielen.

Zufrieden nippte ich am Kaffee, den ich in einem Thermobecher mitgenommen hatte. Netterweise durfte ich mir meinen Becher beim Frühstück im Hotel auffüllen. Zusätzlich hatte ich einer Bekannten der Hotelbesitzerin ein altes Fahrrad abkaufen können, sodass ich jetzt nicht mehr auf die anderen angewiesen war.

Mit einem Kugelschreiber kringelte ich eine Wohnungsanzeige in der Zeitung ein, die ich vor mir auf dem Boden ausgebreitet hatte. In Eastwood gab es nicht viele Wohnungen. Eigentlich nur zwei, um genau zu sein, und eine davon war eine WG. Die nächsten freien Wohnungen befanden sich in den Kleinstädten rings um Eastwood, was einen erheblich weiteren Weg für mich bedeuten würde. Westwood ginge auch, jedoch war das Angebot dort noch schlechter, weil da viele Studenten lebten.

Das Knirschen von Reifen auf Kies ließ mich aufblicken. Fünf Minuten vor neun, also war es vermutlich eines meiner Pflegegeschwister.

Eine Autotür wurde zugeschlagen und kurz darauf ertönten Schritte.

»Guten Morgen«, begrüßte ich Derek, als dieser die Hoteltür aufzog.

Seine Augenbrauen zogen sich zusammen, wie jedes Mal, wenn er mich sah. Man sollte meinen, mein Anblick würde ihm Übelkeit bereiten, so wie er sein Gesicht immer verzog. »Guten Morgen. Was machst du schon hier?«

»Mir eine Wohnung suchen.« Ich erhob mich, weil es sich nicht richtig anfühlte, zu ihm aufzuschauen, und klopfte mir den Staub von meiner Jeans.

Dereks Blick fiel auf die Zeitung, die ich nun zusammenfaltete und mit den eingekringelten Wohnungsannoncen nach oben hielt. »Was hast du mit deiner Wohnung in New York gemacht?«

Ich ließ mir nicht anmerken, dass sein Interesse mich überraschte. »Untervermietet.«

»Hast du schon eine neue Wohnung gefunden?«

Ich schüttelte den Kopf und wedelte mit der Zeitung. »Noch nicht. Hoffentlich nach den Besichtigungen.« Ich machte eine entschuldigende Geste und zog das Handy heraus, bevor ich zum Telefonieren in den Wintergarten ging. Glas knirschte unter meinen Boots und ich verzog bei dem Geräusch den Mund. Ich fror wegen des hereinwehenden Windes und zog die Jacke etwas fester um mich. Dann rief ich bei den Vermietern der beiden Wohnungen hier in Eastwood an und verabredete Besichtigungstermine für den Vormittag. Glücklicherweise hatten sie spontan Zeit und klangen auch sehr freundlich.

Die Wohnungen in den anderen Städten ließ ich erst einmal aus und hoffte einfach auf ein bisschen Glück.

Als ich wieder zurück in den Eingangsbereich kam, hatten sich schon Ryan und Amber zu Derek gestellt.

»Guten Morgen«, begrüßte mich Amber und wedelte mit den Blättern in ihrer Hand.»Wir haben nicht genug Geld, um alles machen zu lassen, was natürlich von vornherein klar war. Aber ich habe diverse Angebote eingeholt, wobei Sam und ich feststellen mussten, dass wir uns höchstens die Arbeitskosten und die größten Materialposten leisten können.«

»Was bedeutet das?« Zwischen Ryans Augenbrauen hatte sich eine steile Falte gebildet.»Müssen wir das Projekt aufgeben, noch bevor wir überhaupt angefangen haben?«

»Nein. Es bedeutet, dass wir die Materialien irgendwie möglichst günstig oder am besten umsonst bekommen müssen. Glücklicherweise haben Derek und Sam ein paar Kontakte.«

Amber überreichte Ryan einen Zettel.»Das ist die Kalkulation. Wir haben ein wenig Puffer, aber auf den sollten wir nur im Notfall zurückgreifen.«

»Und woher bekommen wir dann Materialien?«, fragte ich und nahm von Ryan die Unterlagen entgegen und schaute sie mir an. Da ich keine Ahnung davon hatte, überflog ich sie nur und gab sie dann weiter an Derek.

Er betrachtete die Liste ein wenig genauer.»Die bekommen wir von Hausabrissen, Restbeständen, Schenkungen und Lagerverkäufen. Sam hat einen Kumpel, der uns bereits einige Adressen genannt hat, zu denen wir fahren können.«

»Okay, haben wir eine Liste mit den Dingen, die wir brauchen? Ich könnte mich online umsehen und schauen, ob von irgendwelchen Privatbauten Sachen auf Onlineportalen angeboten werden.« So hatte ich den Großteil meiner Wohnung eingerichtet, nachdem der Vormieter die ganzen Möbel derart versifft zurückgelassen hatte, dass ich sie hochkant rausgeworfen hatte.

»Die Liste kann am besten Sam zusammenstellen.« Amber wedelte erneut mit den Zetteln, als Derek sie ihr zurückgab und dann nach nebenan verschwand, als sein Handy klingelte. Sie schaute ihm kurz genervt hinterher, bevor sie auf die zwei großen Einkaufstüten deutete, die ich zuvor gar nicht beachtet hatte. Ihr Blick fiel auf mich. »Ich habe dir und Ryan Arbeitsklamotten besorgt, weil ich davon ausgehe, dass du keine hast. Deine Größe habe ich geraten, aber es müsste passen.«

»Danke.« Überrascht nahm ich mir die Tüte, auf die sie deutete, und lächelte sie an, verwundert darüber, dass sie an mich gedacht hatte. »Das ist echt nett von dir.«

»Sicher. Ich will nicht, dass du dir deine Klamotten noch mehr einreißt.« Ich Blick fiel auf meine modisch zerrissene Jeans.

Dieser fiese Seitenhieb kam überraschend. »Wow, kann ja nicht jeder so rumlaufen wie Kennedys Frau.« Nun war ich diejenige, die abschätzig ihr schickes mintfarbenes Kostüm musterte, das vermutlich in den Sechzigern modern gewesen war.

Wie zu erwarten, fand sie das gar nicht lustig. Sie rümpfte die Nase und warf mir einen überheblichen Blick zu. Doch statt des erwarteten Schlagabtausches straffte sie ihre Schultern und ignorierte mich dann. »Die Abrissarbeiten müssten laut meinem Zeitplan am besten morgen schon beginnen. Die wird Derek mit seinen Kumpels übernehmen.«

»Ich kann vormittags auch helfen. Meine Schichten gehen alle spätnachmittags los.« Abrissarbeiten klangen nach Spaß und ich hatte schon immer mal eine Wand einreißen wollen.

»Dann morgen früh um sieben Uhr.« Amber schaute auf ihre Uhr. »Ich muss jetzt gleich ins Büro. Sollen wir heute Abend zusammen etwas essen? Dann kann ich euch den Zeitplan vorstellen.«

»Wie gesagt, ich muss abends arbeiten«, wiederholte ich.

»Wie blöd.« Amber blinzelte mich mit einem vermeintlich unschuldigen Lächeln an. »Dann bekommst du morgen eben eine Kopie.«

Meine Atmung beschleunigte sich und ich spürte dieses alte wütende und zugleich hilflose Zittern in mir aufsteigen, wie damals, wenn unsere Pflegemutter mich so behandelt hatte.

Ryans Augenbrauen schnellten in die Höhe. »Amber, das ist aber nicht sehr nett von dir.«

»Ich kann auch nichts dafür, dass sie arbeiten muss.« Amber zuckte mit den Schultern und schob die Unterlagen in ihre Handtasche. »Auf jeden Fall muss ich jetzt los. Bis später!« Ihre Absätze knallten über den Holzboden, als sie nach draußen eilte und offensichtlich keine weiteren Einwände zulassen wollte.

»Sie ist …«

Das wütende Funkeln in meinen Augen ließ Ryan verstummen. »Wenn du sie jetzt in Schutz nimmst, flippe ich aus!«

»Alles klar?« Derek kam mit gerunzelter Stirn zurück und

sein Blick flog zwischen Ryan und mir hin und her.»Ist Amber schon weg?«

»Ja, und ich auch«, erwiderte ich und stopfte die Zeitung in meinen Rucksack. Meine Kehle wurde eng und ich hasste es, dass dieses verlorene Gefühl von damals mich derart aus der Bahn werfen konnte. Nichts hatte sich geändert. Dieses Projekt noch – und dann würde ich sie nie wiedersehen müssen und könnte endlich mein Leben beginnen, das sich auch wie eines anfühlte.»Ich bin morgen um sieben Uhr hier.«

Am liebsten hätte ich die Tüte mit den Arbeitssachen in die Ecke gepfeffert, doch das wäre dumm gewesen.»Bis morgen!«

»Hazel.« Ryans sanfte Stimme schien mich beruhigen zu wollen.

Stattdessen ließ sie Wut in mir hochkochen. Ich ballte die Hände zu Fäusten, und Enttäuschung wallte in mir auf, weil er mich besänftigen wollte, statt Amber zurechtzuweisen. So war er schon immer gewesen. Hauptsache keinen Stress. Ich wollte ihm all das an den Kopf werfen, stattdessen schluckte ich die Wut herunter. Ein Streit würde jetzt überhaupt nichts bringen.»Vergiss es. Wir sehen uns morgen.«

Ich sah noch Dereks fragenden Blick, verließ das Hotel und wünschte mir, die Zeit vorspulen zu können. Je schneller ich von hier verschwand, umso besser!

Das *Red Chili* war heute glücklicherweise wieder gut besucht und ich war erleichtert, dass ich die ganze Zeit zu tun hatte.

Nach dem katastrophalen Morgen folgten zwei Reinfälle in Sachen Wohnungssuche. Die erste Wohnung war hübsch gewesen, doch man musste sich das Bad, das in einer Zwischenetage lag, mit den Vermietern teilen. Ganz sicher nicht! Und die WG hatte aus Studenten bestanden, die scheinbar gerade erst bei ihren Eltern ausgezogen waren. Überall lagen alte Pizzakartons herum, und Bierflaschen hatten sich in der Badewanne getürmt. Es war ein Wunder, dass ich nicht schreiend davongelaufen war. Dennoch hatte ich ihnen nicht sofort abgesagt. Das Zimmer war wirklich günstig und es wäre auch nur übergangsweise.

Aber je länger der Abend voranschritt, umso schlechter konnte ich mir diese Katastrophe schönreden.

Erst bediente ich die Tische und später wurde ich an der Bar eingesetzt, um die Getränkebestellungen abzuarbeiten.

Ich liebte solche Jobs wirklich. Es machte mir Spaß, mit den Leuten an der Theke zu quatschen und Getränke auszuschenken. Seit dem ersten Augenblick, in dem ich hinter eine Bar getreten war, hatte ich gewusst, dass das etwas war, das ich konnte. Ein zweifelhaftes Talent, aber vielleicht lag es einfach daran, dass es mir Spaß machte, von Menschen umgeben zu sein und dabei die ganze Zeit Musik hören zu dürfen.

Einer meiner alten Chefs hatte mir sogar einen Cocktailkurs bezahlt. Jetzt warf ich eine Flasche in die Luft und fing sie gekonnt auf, bevor ich zehn Schnapsgläser in einem Rutsch füllte.

Ein begeistertes Raunen ging durch die junge Männerrunde, die sich hier ihren Abend vertrieb. Laut ihren Ausweisen waren sie alle gerade volljährig geworden, und das schienen sie feiern zu wollen.

Ich drehte die Musik ein wenig lauter, als es später wurde,

und bewegte leicht die Hüften, während ich Gläser polierte und den Raum im Auge behielt. Meine Kolleginnen servierten weiter Essen, das es hier bis Mitternacht gab.

Ambers Freund entdeckte ich sofort, als er das Restaurant betrat. Sein schicker Anzug und das zur Seite gegelte Haar schienen hier völlig fehl am Platz zu sein. Er kam zielstrebig auf die Bar zu und lächelte mich an, als er sich setzte. Seine Augen waren leicht gerötet und die Pupillen geweitet. Da hatte wohl jemand zu viel Wein beim Familienessen genossen.»Wie schön, ein bekanntes Gesicht zu sehen.«

Irgendwie schaffte ich es, mein Stirnrunzeln zu unterdrücken.»Das Essen ist schon vorbei?«

»Ich bin unter dem Vorwand eines wichtigen Telefonats gegangen.« Er lockerte seine Krawatte und stemmte seine Ellenbogen auf den Tresen.

Ich war kurz davor, ihn zu fragen, ob er keine Angst um sein Jackett hatte.»Was möchten Sie denn trinken?«

»Ach, wir sind doch fast eine Familie.« Er streckte mir seine Hand entgegen.»Ich bin Frederic.«

Ich lächelte ihn an und erwiderte seinen erstaunlich festen Händedruck. Eigentlich hätte ich ihn mit seinen manikürten Fingernägeln für jemanden gehalten, dessen Hand eher weich und schlaff war.»Hazel.«

»Hazel, ich hätte gerne ein Bier aus der Flasche.«

»Sicher.« Ich holte ihm das Gewünschte aus dem Kühlschrank hinter mir und arbeitete weiter. Die ganze Zeit über spürte ich seinen Blick auf mir und fragte mich, was er hier tat. Schließlich sprach ich es laut aus.

Er lachte und nahm einen großen Schluck, bevor er mir antwortete.»Es gab einen kleinen familiären Disput. Du warst übrigens das Hauptthema.«

»Ach ja?« Ich sah ihn nicht an und tat so, als müsste ich etwas in einer Schublade suchen. »Wieso?«

»Amber ist ein wenig eifersüchtig. Sie hat Angst, du könntest eure Brüder auf deine Seite ziehen.«

»In Familien sollte es keine Seiten geben.« Ein aufgesetztes Lächeln verzog meine Lippen. Der Schmerz von heute Morgen, den ich so gut verdrängt hatte, wallte wieder mit voller Wucht auf. Ich wollte Amber wehtun, wie sie mir immer wehtat. Und da sie nicht hier war, konnte ihr Freund gerne ein wenig leiden. So verkrampft, wie er war, würde ich ihn sicher direkt in die Flucht schlagen. Solche Typen wie er, die aussahen, als würden sie sich am liebsten selbst reden hören, konnten nicht mit einer Frau umgehen, die wusste, was sie wollte. Deshalb beugte ich mich vor. »Nun, lass uns nicht über die anderen sprechen. Erzähl mir doch ein bisschen von dir.«

Zu meiner Überraschung glomm Begehren in seinen Augen auf, als sein Blick über meinen Ausschnitt wanderte und er dies nicht einmal zu verbergen versuchte. »Da gibt es nicht viel Interessantes. Ich bin wesentlich neugieriger auf *dich*.« Er betonte das letzte Wort, als würde er etwas Bestimmtes damit ausdrücken wollen.

Ich zuckte zurück und setzte sofort wieder ein geschäftsmäßiges Lächeln auf. Was war das denn? »Da gibt es auch nicht viel zu erzählen. Ich bin mit achtzehn weg von hier und habe in New York neu angefangen.«

»Es ist sicher schwer, wieder hier zu sein. Dein Freund war bestimmt traurig?« Er hob seine Augenbrauen, neugierig darauf, ob ich noch zu haben war. Oh mein Gott! Was war denn mit dem los? Ich musste dringend hier weg, weil dieser kleiner Racheversuch offenbar gerade total nach hinten losging.

»Kein Freund.« Ich deutete auf einen neuen Gast am anderen Ende der Bar.»Ich muss eben weiterarbeiten.«
»Sicher.« Er grinste vielsagend und ein Schauder überzog mich. Was für ein Spinner! Wenn ich gewusst hätte, dass er sofort auf einen harmlosen Flirt einstieg, wäre ich nie auf so einen blöden Gedanken gekommen. Mein schlechtes Gewissen wuchs ins Unermessliche, als mir klar wurde, dass die dumme Rache-Idee offenbart hatte, was für ein Arsch Ambers Freund war.

Ich wandte mich von ihm ab und bediente die anderen Gäste. Dabei schindete ich so viel Zeit wie nur möglich, doch irgendwann waren alle versorgt und ich musste wieder zurück an meinen Platz, der sich unglücklicherweise direkt gegenüber Frederic befand.

Genervt begann ich die saubere Theke zu wischen und hoffte, er würde bald wieder abhauen. Ich hatte ihn ein bisschen ärgern wollen und nicht dazu bringen, mich so unverhohlen anzustarren.

Mein Blick glitt durch den Raum und mir fiel eine Gruppe von Frauen auf, die immer wieder zu uns herüberschauten. Sie wirkten ordentlich angepisst und funkelten mich regelrecht an, als sie meinen Blick bemerkten. Wie seltsam – und hilfreich.

Ich ging in Richtung von Ambers Freund und nickte zu dem Tisch.»Sind das Bekannte von dir?«

Er versteifte sich und warf einen Blick über die Schulter. Seufzend erhob er sich.»War nett mit dir. Das sollten wir unbedingt wiederholen.«

»Ist mein Job«, erwiderte ich nur und hoffte, ihn damit zu entmutigen.

Er zwinkerte mir zu und schlenderte dann zu dem Tisch.

Ihn funkelten die Frauen nicht so böse an. Er machte einen Witz und schon lachten sie und nahmen ihn in ihrer Runde auf.

Ich stellte mich wieder auf meinen Platz und arbeitete weiter, wobei ich tunlichst vermied, in die Richtung des Tisches zu schauen. Irgendwas sagte mir, dass diese Frauen Ärger bedeuteten.

9

»Willst du mir vorwerfen, ich wäre dumm?«

Zehn nach sieben. Hazel war zu spät.

»Also, was darf dran glauben?«, fragte einer meiner Kumpels, die sich netterweise für die Abrissarbeiten als kostenlose Helfer angeboten hatten.

»Wir müssen noch auf Hazel warten. Ich habe keine Lust, alles doppelt zu erklären.«

»Ist das deine heiße Schwester?«, fragte Jack.

»Pflegeschwester«, stellte ich klar und ging nicht auf seine Frage ein, weil ich einen Fluch von draußen hörte.

Als ich die Tür öffnete, stand dort Hazel und balancierte eine riesige Thermoskanne, Becher und einen großen Korb.

Bevor sie stolpern konnte, nahm ich ihr die Sachen ab. »Was soll das werden?«

»Dir auch einen guten Morgen.« Sie ging einfach an mir vorbei und ich konnte nicht anders und starrte auf ihren Hintern, der in einer engen Arbeitshose steckte. Sie lief ins Hotel und setzte die Thermoskanne auf dem alten Empfangstisch ab. »Ich habe Kaffee und Frühstück für später mitgebracht.«

»Wieso?« Ich stellte den Korb ab und die Becher daneben.

»Um unsere Helfer zu motivieren. Keine Angst, ich habe

einen guten Preis bekommen, weil ich die Sandwiches im Hotel selbst geschmiert habe.« Sie gähnte und zapfte sich sofort einen Kaffee.

Ich sah mich um und bemerkte, dass nicht nur mir ihr fantastischer Hintern aufgefallen war.»Los, holt euch Kaffee. Dann können wir mit der Besprechung anfangen.«

Hazel warf mir angesichts meines schroffen Tonfalls einen Seitenblick zu und zapfte einen zweiten Kaffee, den sie mir in die Hand drückte.»Ich bin nur zehn Minuten zu spät. Zwölf«, korrigierte sie sich mit einem Blick auf meine Armbanduhr.»Und das auch nur, weil ein Reifen am Fahrrad platt war.«

»Schon okay.« Ich brummte in meinen Kaffee und konnte nicht fassen, dass ich mich in ihrer Gegenwart wieder in einen ungehobelten Neandertaler verwandelte. Wieso brachte sie mich derart aus dem Konzept?

Nachdem alle versorgt waren, liefen wir von Raum zu Raum. Ich erklärte meinen Helfern, welche Wände und Böden dran glauben mussten, und teilte das Hotel in verschiedene Arbeitsbereiche ein.

Als wir in den Suiten ganz oben ankamen, fiel Hazel mir ins Wort.»Wer hat denn beschlossen, dass der Balkon entfernt wird?«

»Wir. Gestern Abend. Es ist aufwendiger, ihn zu sanieren, als ein großes, schönes Dachfenster einzubauen.«

Sie betrachtete einen Moment lang das riesige Fenster, das noch immer auf dem Boden lag.»Nein. Ich möchte, dass der Balkon bleibt.«

»Aber es wäre schlauer.«

Sie funkelte mich an.»Willst du mir vorwerfen, ich wäre dumm?«

Ein Raunen ging durch meine Kumpels, die das Schauspiel grinsend beobachteten.

Ich strich mir genervt über die Stirn. »Natürlich nicht.«

»Gut. Denn nur weil ihr mich aus den Besprechungen ausschließt, bedeutet das nicht, dass ich keine Entscheidungen treffen darf. Ich möchte diesen Balkon behalten. Er ist das Schönste an dieser Suite.«

Einen Moment lang wollte ich ihr widersprechen und spürte den unglaublichen Drang, eine Diskussion mit ihr anzufangen. Doch während ich mir den hohen Raum anschaute und mein Blick dann zu dem Balkon glitt, musste ich ihr recht geben. Der Ausblick war fantastisch, und sicher würden die Gäste es lieben, ihr Frühstück im Sommer dort einnehmen zu können. »Na schön. Wir lassen den Balkon.«

Ein Lächeln ließ ihr Gesicht strahlen, so hell, dass ich mich abwenden musste. »Ihr habt sie gehört. Dann nehmen wir nur die Holzbohlen ab und schauen uns an, was darunter liegt. Das Geländer kommt weg und muss auf jeden Fall ersetzt werden.«

»Das siehst du von hier aus?«, fragte sie deutlich überrascht.

»Das Holz ist aufgequollen und rissig. Vermutlich würde das Geländer wegbrechen, sobald du versuchst, dich dagegenzulehnen.«

»Bitte nicht schon wieder«, hörte ich sie murmeln und unterdrückte ein Grinsen. »Wo bin ich eingesetzt?«

»Du kannst dein Team frei wählen.«

»Weil ich kein vollwertiges Teammitglied bin?«

Wieso machte die Frau es mir so schwer? »Weil du noch nie Wände eingerissen hast und es sinniger ist, wenn du heute von jemandem angeleitet wirst.«

Sie nickte, etwas besänftigter. Dann grinste sie mich an.
»Ich komme in dein Team.«

»Das geht nicht. Ich werde das Dach abdecken.«

»Du wirst auf dem Dach herumklettern?« Amüsiert betrachtete ich ihre vor Schreck geweiteten Augen. »Wir müssen die Dachpfannen ersetzen, das geht nur von dort aus. Natürlich kannst du mit raufkommen ...«

»Auf gar keinen Fall.« Sie erschauderte tatsächlich und wandte sich dann an Sam. »Ich hänge mich an dich dran, okay?«

Seine Lippen zuckten und sofort fielen mir all seine Anspielungen auf Hazel ein, auf ihr Aussehen und wie cool sie geworden war. »Immer.«

Ich wusste nicht, woher dieser plötzliche Drang kam, meinen besten Freund zur Seite zu schubsen. Stattdessen klatschte ich in die Hände. »An die Arbeit!«

Ich hörte Hazels Lachen schon in dem Moment, als ich über eine Leiter vom Dach kletterte. Es wurde durch ein offenes Fenster hinausgeweht und hüllte mich in ein Gefühl, das nur sie in mir auslösen konnte. Es war eine Mischung aus Beklommenheit und Sehnsucht. In den letzten Jahren hatte ich oft an sie gedacht und mich gefragt, was gewesen wäre, wenn ich alles für sie aufgegeben hätte. Doch ich konnte nicht bedauern, sie gehen gelassen zu haben, obwohl bei jedem Gedanken an sie eine leichte Sehnsucht in meiner Brust aufgewallt war.

Das musste ich mir nun eingestehen, während ich mit zwei anderen Freunden begann, die Dachpfannen aufzusammeln, die beim Runterschmeißen neben dem Container gelandet waren.

Als wir eine halbe Stunde später zur Pause ins Hotel traten, stand dort bereits Hazel und verteilte Sandwiches. Sie war voller Baustaub, ihr Gesicht total verdreckt und ihre Augen strahlten. Verdammt, wieso musste sie so schön sein? »Bitte sehr.« Sie reichte mir das Sandwich und lachte über einen Witz, den Sam gerissen, ich aber wegen meines Starrens nicht mitbekommen hatte. »Wie läuft es?« Ich biss hinein und konnte nur mit Mühe ein Seufzen unterdrücken. Hazel hatte schon damals ein Händchen für gutes Essen gehabt.

Sie verteilte weiter Sandwiches, bevor sie ebenfalls zu essen begann. Dafür setzte sie sich auf die unteren Stufen der Treppe. »Wände einreißen ist großartig! Ich glaube, wir müssen noch mehr Zimmer vergrößern.«

Ich lehnte mich an die Wand neben der Treppe und merkte, wie meine Stimmung sank, als Sam sich zu ihr setzte. »Sie macht das echt richtig gut.« Er biss in sein Sandwich und gab ein begeistertes Geräusch von sich, das Hazel mit einem Lachen quittierte.

Stand sie etwa auf ihn? Oder war sie nur nett?

Ich hasste es, dass in mir diese Fragen hochkamen, und richtete mich auf. »Wir werden nur die Wände einreißen, die geplant waren.«

»Das war bloß ein Scherz«, erwiderte Hazel überrascht und zugleich genervt. Sam gluckste neben ihr, als wüsste er genau, was mit mir los war – auch wenn ich selbst keine Ahnung hatte.

Bevor ich mich noch mehr zum Trottel machen konnte, stellte ich mich zu ein paar anderen.

Plötzlich hörte ich das Vibrieren von Handys. Nicht nur von einem Handy, sondern mehreren.

Ich schaute mich irritiert um, während meine Kumpels nacheinander ihr Telefone aus ihren Taschen zogen und nachschauten.

Irritation und Belustigung hingen in der Luft.

»Was ist los?«

Ich zog auch mein Handy heraus und schaute nach. Tatsächlich waren mir über diverse Gruppenchats Fotos zugeschickt worden. Ich öffnete das erste und runzelte die Stirn. Als Überschrift stand dort Sams Name in einem kleinen Heftchen.

Darunter waren zwei Spalten gezeichnet worden. Oben rechts war in geschwungener Schrift ein großes H und über der linken Seite ein O gesetzt.

Und unterhalb dessen waren Sternchen gemalt worden.

»Was ist das denn?«, fragte ich verwirrt, bis mir klar wurde, dass es ein Punktesystem war, bei dem Sam scheinbar für sein Aussehen fünf von fünf Sternen gegeben wurden.

»Da findet dich aber jemand ziemlich heiß«, rief Jack neben mir und grunzte. »Und mich offenbar auch. Allerdings nur diese O. H findet mich wohl kacke.«

Allgemeines Gelächter brach aus, während wir uns die Fotos anschauten. Es mussten sicher hundert Stück sein und auf jedem von ihnen waren Männer aus Eastwood in unserem Alter bewertet worden. Die Seiten hatte jemand abfotografiert und man sah ihnen an, dass sie schon älter waren.

»Von wem ist das?«, fragte ich in die Runde, die immer lauter geworden war. Gelächter erfüllte das Hotel, während alle sich scheinbar dieselbe Frage stellten.

»Hier«, rief Jack plötzlich. »Hier ist die erste Seite. Dieses Buch gehört …« Er verstummte und seine Augenbrauen hoben sich überrascht, wobei er sich in Richtung Treppe drehte.

Dorthin, wo Hazel mit kreidebleichem Gesicht und aufgerissenen Augen saß.

Als sich unsere Blicke trafen, sprang sie von ihrem Platz auf. »Das ist ein Scherz aus der Highschool!«, stellte sie sofort laut klar und schaute alle Anwesenden nacheinander an. »Kommt bloß nicht auf die Idee, wir könnten euch noch genauso attraktiv finden wie damals! Oder unattraktiv«, fügte sie etwas zögerlicher hinzu. »Wir sind nicht mehr so oberflächlich.«

Allgemeines Gelächter brach aus und Sam klopfte Hazel auf die Schulter, aber ich verstand nicht, was er zu ihr sagte.

Es juckte mir in den Fingern, die Bilder durchzuschauen und nachzusehen, was sie über mich geschrieben hatte. Stattdessen steckte ich mein Handy ein.

10

»Das war mal ein dramatischer Auftritt.«

Mein Gesicht brannte, als ich mich gegen Mittag von den anderen verabschiedete, um mit dem Fahrrad ins Hotel zu fahren, in dem ich aktuell übernachtete. Dabei lief über meine Kopfhörer irgendein Song von Britney Spears.

Noch immer hallten mir das Gelächter und die neugierigen Blicke der anderen nach. Natürlich! Ich wäre auch angepisst, wenn ich für mein Aussehen nur zwei Sterne bekommen hätte. Aber vermutlich hätte ich mir bei einer guten Bewertung nicht so viel drauf eingebildet wie ein paar von den Typen.

Männer. So unglaublich eitel.

Alle außer Derek. Er hatte noch gereizter gewirkt als sonst, sich aber nicht anmerken lassen, ob er meine Bewertung gesehen hatte.

Bei dem Gedanken daran, wie er reagieren könnte, glühten meine Ohren.

Während ich gegen den kalten Frühlingswind anradelte, raschelten über mir die kahlen Blätterdächer und unter meinen Fahrradreifen knirschten herabgefallene Stöcke.

Wie hatte das nur passieren können?

Allein die Vorstellung, dass jeder in Eastwood jetzt wusste, wie ich damals die Jungs in unserer Stadt bewertet hatte –

manche ziemlich unfair und andere total übertrieben. Ich war immerhin ein Teenager gewesen, als wir uns diesen Quatsch ausgedacht hatten.

Zudem konnte ich mich höchstens bei der Hälfte daran erinnern, was drinstand.

Das »Hotness-Buch«, wie Olivia und ich es getauft hatten, müsste in irgendeiner alten Kiste unter Klamotten auf dem Dachboden meines Pflegeelternhauses liegen.

Ich erstarrte und hörte einen Moment auf zu strampeln. »Amber …« Der Wind trug mein Flüstern in den Wald und doch schien es mir in den Ohren doppelt nachzuhallen.

Konnte das sein?

Nein. Amber war fies, jedoch immer ins Gesicht und niemals so hinterhältig. Oder doch? Aber wer könnte es sonst noch gewesen sein?

Ihr Freund?

Es wäre schon schräg, wenn er nach diesem kurzen Gespräch in meinen alten Sachen rumwühlen würde.

Ich erschauderte bei der Vorstellung und radelte weiter.

Oder hatte Olivia das Buch veröffentlicht? Ging es vielleicht gar nicht um mich, sondern um sie?

Alleine an sie zu denken, ließ ein faustgroßes Loch in meinem Magen entstehen. Erfüllt mit Scham, Vermissen und dem Wissen, dass ich es versaut hatte.

Sie war vermutlich die einzige wahre Freundin in meinem Leben gewesen. Und ich hatte auch ihr den Rücken gekehrt und es nicht geschafft, den Kontakt zu halten.

Ich seufzte leise und drehte die Musik so laut, dass ich meine Gedanken nicht mehr hören musste.

Während meiner Schicht im *Red Chili* wurde ich angestarrt und Gekicher folgte mir beim Servieren. Ich ignorierte es, auch wenn es mich nervte. Normalerweise war es mir egal, ob die Leute redeten. Doch es kotzte mich an, sobald sie es so offensichtlich taten.

Umso dankbarer war ich, als meine Schicht hinter der Theke begann. Es schien, als wäre es heute deutlich voller. Scheiße. Nicht, dass die Typen alle herkamen und sich irgendwas auf diese dummen Punkte einbildeten.

Timothy Martins, der mich die ganze Zeit anstarrte, würde sicher keine fünf Punkte mehr für einen heißen Haarschnitt bekommen. Ich ignorierte seine Blicke, genauso wie die der anderen, und gab mich unglaublich professionell.

Im nächsten Moment knallte eine Faust auf die Theke und ich zuckte zusammen.

»Hazel!«

Als ich aufschaute, fielen mir fast die Augen aus dem Kopf. »Olivia?«

Meine ehemalige beste Freundin verzog das Gesicht und rieb sich ihre Faust, bevor sie mich böse anstarrte. Ihr schulterlanges braunes Haar wirkte ein wenig zerzaust, aber ansonsten sah sie fantastisch aus. Sie trug dunkle Jeans, einen senfgelben Parka und kniehohe Stiefel. Ihren rot geschminkten Mund hatte sie wütend zusammengepresst. »Wieso ruinierst du mein Leben?«

»Das war mal ein dramatischer Auftritt«, entgegnete ich langsam und war mir bewusst, dass alle Gäste in unmittelbarer Nähe uns neugierig anstarrten. Da mir schon klar war, wovon sie redete, winkte ich eine Kollegin zu mir. »Ich mache mal eine kurze Pause.«

Dann bat ich Olivia, mir nach draußen zu folgen.

Schon als sich die Tür hinter uns schloss, bereute ich, keine Jacke mitgenommen zu haben, denn es war eiskalt. Frierend rieb ich mir die nackten Oberarme und wünschte, mein Shirt wäre etwas dicker. Hier konnten wir jedoch wenigstens ungestört reden. »Ich habe keine Ahnung, wer das Buch veröffentlicht hat.« Ich wackelte mit dem Kopf und zog die Nase kraus. »Nun, ich habe eine Vermutung, bin aber nicht sicher, ob sie stimmt.«

»Eine Vermutung?« Sie schnaufte. »Du kannst mir gerne genauer erklären, warum ich plötzlich von alten Bekannten angegraben werde.«

»Ambers Freund hat mich angebaggert. Ich dachte, er hätte einen Stock im Arsch, und habe deswegen damit angefangen, um ihn ein bisschen zu ärgern. Dann ist er voll drauf eingestiegen und scheinbar haben Freundinnen von Amber uns beobachtet.« Ich seufzte. »Das vermute ich zumindest. Ich habe darum Amber in Verdacht, zumal das Buch eigentlich in meinen alten Kartons auf dem Dachboden lag. Aber ich habe sie noch nicht wieder gesehen, um sie darauf anzusprechen.«

»So ein Miststück«, zischte Olivia und kniff ihre Augen zusammen, als würde sie sich Höllenqualen ausdenken, mit denen sie meine Pflegeschwester bestrafen könnte.

Ich entspannte mich ein wenig, weil ihre Wut sich nun gegen jemand anderes richtete. Dabei musterte ich sie von oben bis unten. »Du siehst echt heiß aus!«

»Danke«, erwiderte sie abweisend und zugleich geschmeichelt. »Ich gehe jetzt ins Fitnessstudio. Da habe ich es übrigens vorhin als Erstes mitbekommen.«

»Tut mir echt leid. Ich war umgeben von lauter alten Schulkameraden, die so ziemlich alle im Buch standen und mich angestarrt haben.«

Olivias Mundwinkel zuckte.»Verdient.«

»Böse«, erwiderte ich, und mit einem Mal war es wie früher, als wären nicht Hunderte Meilen, gebrochene Versprechen und sechs Jahre zwischen uns gewesen. Sie stieß den Atem aus.»Wir sollten es Amber so richtig heimzahlen. Wie sind deine Schichten? Wir zwei sollten einen Kaffee trinken und eine Racheaktion planen, die es in sich hat.«

»Zuerst muss ich sicher sein, dass sie es war.« Ich lachte. »Aber der Kaffee klingt super. Ich bin vormittags nur immer im Hotel und danach hier. Vielleicht vor meiner Schicht?«

»Welches Hotel?«

Ich erzählte ihr das Neueste und sah, wie sich ihre Augen immer mehr weiteten.

»Das ist so cool! Aber ... kommst du denn klar?«

Ich ahnte schon, wohin ihre Gedanken wanderten, und schaute die leere Straße hinunter. Nachdem ich allein die Stadt verlassen hatte, war Olivia meine größte Stütze gewesen und hatte verheulte Telefonate mitten in der Nacht angenommen.»Wir raufen uns zusammen. Derek benimmt sich mir gegenüber echt seltsam. Aber ich für meinen Teil habe das alles hinter mir gelassen.«

Als Olivia nicht antwortete, schaute ich sie an und bemerkte ihre wissend hochgezogenen Augenbrauen. Ich lachte auf.»Ernsthaft. Am Anfang war es hart. Es war plötzlich, als wäre ich nie weg gewesen, doch glücklicherweise hat mich die Realität schnell wieder auf den Boden der Tatsachen geholt – beziehungsweise sein Verhalten. Manchmal schaut er mich an, als hätte ich die Krätze. Aber ich will eh nicht lange bleiben.«

»Also haust du wieder nach New York ab?«

Ich konnte nur nicken.

Erst glaubte ich, sie würde sich jetzt von mir verabschieden, doch dann lächelte sie auf einmal. »Nutzen wir die Zeit. Morgen vor deiner Schicht auf einen Kaffee? Hier oder lieber woanders?«

»Hier bekommen wir den Kaffee umsonst.«

Sie lachte. »Dann komme ich her.« Olivia zögerte einen Moment, lächelte aber doch. »Bis morgen.«

Ich verabschiedete mich von ihr und eilte nach drinnen, weil ich vor Kälte schon zu zittern begann.

Als ich mich an den Platz hinter der Bar stellte, bemerkte ich Timothy Martins' Blick, der unverwandt auf meine Brüste gerichtet war.

Ich starrte ihn so finster an, bis er wegschaute, und zog mir dann meinen Pullover über.

Noch immer spürte ich all die neugierigen Blicke und hörte das Flüstern. Doch mit einem Mal schien es mir nichts mehr auszumachen.

Olivia und ich waren Freundinnen, seit wir uns das erste Mal im Kindergarten begegnet waren. Wir stritten uns um denselben Bagger, bis ein Junge ihn uns wegschnappen wollte und wir ihn gemeinsam verteidigten. Seitdem waren wir unzertrennlich gewesen. Sie als Freundin zu verlieren, war der größte Fehler, den ich bisher in meinem Leben begangen hatte. Ich wusste, was ich unserer Freundschaft antat, als ich immer seltener antwortete und Anrufe öfter aufschob.

Ich hatte es nicht geschafft, den Kontakt aufrechtzuerhalten, und mir eingeredet, dass eine so große Distanz unser Verhältnis sowieso zwangsweise zerstört hätte.

Doch jetzt wurde mir klar, dass ich dumm gewesen war.

Olivia war der einzige Mensch auf der Welt, dem ich jemals wirklich vertraut hatte. Möglicherweise wurde es Zeit, dass ich nun damit begann, mein Leben neu zu ordnen. Ich wollte Eastwood und meine Pflegefamilie hinter mir lassen. Aber vielleicht würde es mir dieses Mal gelingen, unsere Freundschaft aufrechtzuerhalten.

Ich lächelte während meiner restlichen Schicht.

»Was soll der Scheiß?«

Ich drehte mich verwirrt um, als Dereks Stimme hinter mir ertönte. Da ich allein war und gerade mit einem riesigen Hammer auf eine überflüssige Wand einschlug, ging ich davon aus, dass er mich ansprach. Deshalb ließ ich den Hammer sinken und nahm die Schutzbrille herunter. »Was ist los?«

Er baute sich vor mir auf und verschränkte die Arme vor der Brust, was seinen Bizeps beeindruckend zur Geltung brachte. Sein Blick wurde eisig und mir schien, als würde er mich niederstarren wollen. »Wieso reißt du die Wand ein?«

Ich blinzelte ihn an. »Die Wand stand auf der Liste.« Dann drehte ich mich um und hob den Bauplan vom Boden auf. »Hier, da ist sie.«

Derek riss mir den Plan aus der Hand, nur um auf die gegenüberliegende Wand zu deuten. »Das ist die falsche! Wir wollten keinen Zugang zum Nebenzimmer, sondern den Abstellraum und das Zimmer zu einem größeren Raum machen!«

Ich öffnete den Mund und spürte, wie meine Wangen zu prickeln begangen. »Ups.«

»Ganz toll«, erwiderte er hörbar genervt und drückte mir den Plan in die Hand. »Jetzt müssen wir die Wand neu aufstellen.«

»Das war keine Absicht.« Ich verschränkte meine Arme, bevor ich einen Schritt zurücktrat und mich ärgerte. »Ich wollte nur helfen.«

»Das nächste Mal solltest du jemanden fragen, anstatt einfach draufloszuschlagen.«

»Es war ein Fehler«, stellte ich erneut klar.

Seine Augen zuckten. »Deine Alleingänge kosten uns Geld.«

»Das tut mir sehr leid. Ich frage Sam, ob er mir hilft, die Wand neu aufzubauen. Ich fände hier einen Einbauschrank sowieso ganz nett.«

Er seufzte und rieb sich sein Gesicht. »Hör auf, mit meinen Kumpels zu flirten.«

»Das ist doch bescheuert!« Empört schnappte ich nach Luft. »Deine Kumpels rennen hier ständig rein und raus und machen sich über diese dämlichen Sternchen lustig, die ich vor Ewigkeiten mal verteilt habe. Ich baggere hier niemanden an!«

»Das war bescheuert.«

»Sag ich doch!« Ich suchte in seinem Gesicht nach einem Zeichen, ob er seine eigene Karte schon gesehen hatte, aber entdeckte nur Genervtheit. »Also, falls du nichts mehr von mir willst, ich bin beschäftigt.« Mein zuckersüßes Lächeln ließ ihn noch finsterer dreinschauen. »Außer natürlich, du willst mir helfen.«

»Ich muss jetzt weg und ein paar Materialien besorgen.«

»Welche von denen, die ich im Internet gefunden habe?«

Er nickte.

»Die Liste habe ich dir doch erst gestern Nacht geschickt.«
»Warum auch immer du bis drei Uhr wach bist, wenn du um acht Uhr hier sein musst.« Er schnaubte. »Aber da waren ein paar gute Sachen dabei, die ich jetzt abhole.«
»Ich bin halt eine Schnäppchenjägerin.« Das zufriedene Grinsen konnte ich mir kaum verkneifen. Nachdem Amber die Liste mit den benötigten Materialien gemailt hatte, hatte ich mich sofort auf die Suche gemacht und so einige Sachen gefunden. Auch wenn mir der wenige Schlaf echt in den Knochen steckte.

Derek seufzte, wie so oft in meiner Nähe. »Ich wollte dir nur Bescheid sagen, dass ich jetzt weg bin. Versuch einfach, nicht mehr so viel kaputt zu machen.«

Ich streckte ihm die Zunge raus, als er ging.

Bei seiner miesen Laune wollte ich ihm auch lieber nicht gestehen, dass ich zwar eine kleine Spaghetti-Pizza mit extra-scharfer Salami bestellt, aber dann doch nur ein winziges Stück vom Rand gegessen hatte. Mir war allein von dem Geruch übel geworden.

11

Hazel

»Die zwei berüchtigten Sternenprinzessinnen.«

Ich war gerade auf dem Weg zu meinem Fahrrad, als das Handy klingelte. Ich zerrte es aus der Tasche und ging ran, ohne nachzuschauen. »Ja?«

»Also, so gut läuft die Zusammenarbeit mit Derek?« Olivia lachte am anderen Ende der Leitung.

Ich musste ebenfalls lachen, weil mein schroffer Tonfall wohl tatsächlich ein wenig übertrieben war. »Woher willst du wissen, dass ich nicht wegen was anderem schlecht drauf bin?«

»Ich habe recht, oder?«

Wieder musste ich lachen und entschied, darauf nicht zu antworten. »Was gibt's? Hast du doch keine Zeit?«

»Könnten wir den Kaffee in meine Wohnung verschieben? Mein beschissener Mitbewohner hat bei seinem Auszug gestern ein Loch in der Wand offenbart und ich muss auf Sam warten. Er wollte sich das mal anschauen.«

Mich wunderte nicht, dass sie denselben Freundeskreis hatte wie Derek. Immerhin war Eastwood recht klein und schon damals hatte jeder jeden gekannt. »Klar, schick mir deine Adresse. Ich bin gerade fertig und wollte noch kurz ins Hotel und duschen.«

Wir verabschiedeten uns und ich stieg auf das Fahrrad, während aus den Kopfhörern Musik dröhnte. Meine Laune war gerade um das Tausendfache gestiegen.

Als ich eine knappe Stunde später bei der Adresse ankam, die Olivia mir geschickt hatte, spürte ich bereits das Brennen in meinen Armen. Der Muskelkater von gestern setzte offenbar ein und wurde zusätzlich von dem heutigen Wandeinreißen verstärkt. Super. Da würde das Kellnern morgen besonders Spaß machen. Ich betrachtete die moderne Tür des Mehrfamilienhauses und warf einen Blick die Straße runter. Wir befanden uns relativ zentral, doch das Haus war neu oder renoviert worden. Die weiße Fassade strahlte grell und die schwarzen Fensterrahmen wirkten wie zu viel aufgetragener Kajal. Es sah ziemlich cool aus.

Das Fahrrad stellte ich direkt neben den Parkplätzen ab, die sich zwischen Haus und Straße befanden. In dem Moment, als ich gerade meinen Rucksack schulterte, fuhr ein Pizzalieferant vor und eilte kurz darauf zu der Haustür. Der Geruch von geschmolzenem Käse ließ mich ihm folgen und ich stieß fast einen Jubelschrei aus, als ich Olivias Stimme in der Gegensprechanlage hörte.

Ich klingelte nicht, sondern ging dem Lieferanten zur Wohnung im Erdgeschoss hinterher, wo ich hinter dem massigen Pizzaboten wartete, bis Olivia bezahlt hatte.

Sie entdeckte mich erst, als sie schon die Tür wieder schließen wollte. Ihr entfuhr ein Lachen, während sie zusah, wie der Pizzabote an mir vorbeilief.»War so klar, dass du pünktlich zum Essen kommst.«

Ich hob meine Nase demonstrativ in die Luft und schnupperte.»Es riecht nach Pilzen und Salami.«

»Pilze für dich und Salami für mich.« Sie winkte mich rein. »Komm, oder willst du im Flur bleiben?«

»Wenn du mir die Pizza hierlässt.« Ich lachte und trat in die moderne Wohnung. »Sag mal, wurde das Haus neu gebaut?«

»Ja, das, was vorher hier stand, wurde abgerissen und die Baufirma hat die Apartments verkauft. Ich musste einfach eins haben.« Sie lief durch den langen, hellen Flur und bog bei der zweiten Tür rechts ab. »Aber der Kredit ist so teuer, dass ich einen Mitbewohner brauche. Konnte ja keiner ahnen, dass der letzte so ein Trottel ist.«

»Bezahlst du die Wohnung alleine?«, fragte ich überrascht und zog die Schuhe aus. Olivias Eltern waren stinkreich und schmissen ihrer Tochter das Geld quasi hinterher.

»Jap. Du kannst dir vorstellen, wie Mum getobt hat, als sie erfahren hat, dass ich mir ohne ihre Zustimmung eine Wohnung gekauft habe.« Sie kicherte. »Was für ein Glück, dass Grandma mir die Anzahlung geschenkt hat.«

»Die Wohnung ist echt toll.« Ich hängte meine Jacke an einen Kleiderbügel, der an eine Garderobe kam, die aus einem langen Stock bestand, der an Ketten befestigt war, die von der Decke hingen.

Begeistert stupste ich den Stock an und sah zu, wie er samt Jacken hin und her schwang. Dann warf ich einen Blick durch die offene Tür, hinter der sich ein weiß gefliestes Badezimmer befand, das aussah, als hätte jemand es für eine Fotostrecke in einer Wohnzeitschrift hergerichtet.

»Danke. Ich wohne schon seit einem Jahr hier, aber bin immer noch nicht mit allem fertig.«

»Dann bleibt dir der Spaß länger erhalten.« Ich ging weiter und trat in die Küche, in die Olivia die Pizzen gebracht hatte.

Die mattschwarzen Küchenfronten und Arbeitsflächen wurden nur durchbrochen von einer hellen Echtholztheke, die in den Raum hineinragte und an der passende Thekenstühle standen. Ganz wie es sich für eine Hochglanzmagazinküche gehörte, hatte Olivia auf der Theke ein Tablett mit Kerzen in bunten Gläschen und einer roten Glasvase platziert, aus der ein getrockneter Blumenstrauß ragte.

Olivia drückte mir zwei Pizzateller samt Pizzen in die Hand. »Bringst du die bitte ins Wohnzimmer?«

Sie erklärte mir den Weg und ich ging durch den Flur zu einem großen Wohnbereich. Dort offenbarte sich ein breiter Raum mit unzähligen Gemälden an den Wänden rechts und links, während an der Stirnseite eine imposante Glasfront auf eine geräumige Terrasse führte, hinter der sich ein blühender Garten befand.

Ich stellte die Teller auf die bereitgelegten Platzdeckchen, die auf dem Echtholztisch zu meiner Rechten ausgelegt waren.

Mein Blick glitt durch den großen Raum, dessen heller Boden und weiße Wände steril hätten wirken können. Doch die schwarze Sofalandschaft, die leuchtend grünen Vorhänge und der gleichfarbige Teppich lockerten den Anblick auf. Zudem hingen an den Wänden diverse Gemälde, die Olivia sicher selbst angefertigt hatte. Sie war schon immer eine Künstlerin gewesen. »Wow, das ist eine tolle Wohnung!«

Olivia, die gerade mit Getränken hereinkam, lachte. »Ich mag sie auch sehr.«

Ich setzte mich an den Tisch und schenkte uns beiden Cola ein. Dann biss ich in ein Stück Pizza. Vor Freude seufzte ich. »Es schmeckt noch genauso wie früher.«

Olivia nickte, konnte aber nicht antworten, weil sie so einen großen Bissen genommen hatte.

»Ich habe übrigens noch nicht herausgefunden, ob Amber wirklich für die Fotos verantwortlich ist. Sie macht sich rar.«

»Oder sie versteckt sich. Sie war schon immer so hinterhältig.« Olivia rümpfte die Nase und schnitt sich ein Stück Pizza ab. »Es ist auf jeden Fall supernervig. Ständig kommen irgendwelche alten Bekannten vorbei und wollen sich Bilder anschauen.« Als sie meinen verwirrten Blick sah, lachte sie auf. »Meine Kunst kann man jetzt kaufen.«

»Das ist großartig!« Olivia hatte schon früher fantastische Bilder gemalt und in der Highschool ein wenig Geld damit verdient.

»Danke.« Sie kicherte. »Mir ist auch noch kein Racheplan eingefallen. Aber wir finden schon noch was Angemessenes für sie.«

Plötzlich klingelte es.

»Das muss Sam sein.« Olivia ging in Richtung Tür und ich folgte ihr. Ich hatte Sam seit meinem überstürzten Abgang nicht mehr gesehen, da er heute Morgen keine Zeit gehabt hatte, um auf die Baustelle zu kommen.

»Die zwei berüchtigten Sternenprinzessinnen«, begrüßte er uns grinsend.

Ich verzog meinen Mund. »Bitte sag nicht, dass das unser Spitzname ist.«

»Doch.« Er tat so, als würde er nachdenken, und grinste dann. »Den habe ich mir gerade ausgedacht und bin sicher, dass er sich etablieren wird.«

Olivia seufzte schwer und öffnete die erste Tür, die gegenüber dem Badezimmer lag. »Auf jeden Fall danke ich dir, dass du so spontan Zeit hattest. Ich dachte heute echt, ich sehe nicht richtig.«

Sam lachte und trat ein.»Wow, da hat jemand ordentlich Party gemacht.«

»Ich habe keine Ahnung, wie der Arsch das hingekriegt hat.«

Ich folgte den beiden in das schlichte, aber große Zimmer. Mein Blick glitt über den hellen Holzboden, die graue Schlafcouch und einen weißen Schrank, den ich noch aus Olivias Kinderzimmer kannte. Diese eigenwilligen Verzierungen aus kleinen grauen Blümchen um den Spiegel an der mittleren Tür würde ich nie wieder vergessen.

Zuletzt betrachtete ich die weißen Wände, bis zu dem Loch, durch das man auf eine Reihe von aufgehängten Röcken schauen konnten.»Ist das dein Kleiderschrank?«

»Ja«, knurrte Olivia.»Ich habe keine Ahnung, seit wann dieses Loch da ist, aber der Perversling muss mich sogar beim Schlafen gehört haben! Gott sei Dank hatte ich nie ein Date, wenn er da war.« Sie schüttelte sich voller Ekel.

Sam lachte noch immer und ging zum Loch, um es sich genauer anzusehen.»Offenbar hat er irgendwas Schweres dagegengeworfen. Anders kann ich es mir nicht erklären.«

»Er hatte eine Bowlingkugel«, fiel Olivia ein.»Seine Ex und er haben sich kurz nach seinem Einzug gestritten. Ich bin raus, um ihnen Privatsphäre zu gönnen. Danach habe ich die Bowlingkugel nicht mehr gesehen.«

»Oh Mann«, stieß ich aus.»Sind die Wände so dünn?«

»Hier wurde ordentlich am Material gespart. Es ist nur eine Holzkonstruktion mit dünnen Gipskartonplatten, ohne Dämmung dazwischen.« Sam bestätigte meine Vermutung.»An die Wand könnt ihr nicht mal Bilder hängen, ohne dass die euch über kurz oder lang runterkommen.« Er wandte sich zu Olivia um. »Wurde die Wand nachträglich eingebaut?«

»Nein«, erwiderte sie säuerlich in Richtung des Lochs.

»Können wir das irgendwie reparieren und so dicht hinbekommen, dass ich nie wieder Angst haben muss, dass ein Mitbewohner mich beim Schlafen hört?«

»Was hast du nur mit dem Schlafen?«, fragte Sam belustigt.

»Sie redet im Schlaf.« Ich senkte die Stimme. »Dabei verrät sie einem die interessanten Dinge.«

Drohend hob sie den Zeigefinger in meine Richtung, während sie mich anfunkelte. »Ich wusste, dass es ein Fehler war, dich früher bei mir übernachten zu lassen.«

Ich grinste nur.

»Wir bekommen das hin. Wir haben die Möglichkeit, die Wand komplett abzureißen und neu aufzustellen, oder wir hauen da noch Dämmung und eine Holzwand dran. Dann bist du auf jeden Fall vor allen Zuhörern geschützt. Außer natürlich, du bist sehr laut.«

Olivia gab Sam auf seinen süffisanten Ton hin einen Klaps auf den Oberarm. »Du bist ein Flegel.«

»Was ergibt denn deiner Meinung nach mehr Sinn?«, fragte Olivia nun und zog ihre Nase kraus, als sie ein herabhängendes Stück Wand aus dem Loch brach. »Wie konnte der das nur hinter einem Bild verstecken?«

»Wir können eine Holzkonstruktion mit Dämmung und etwas dickeren Gipskartonplatten einbauen. Man könnte hier keine Schränke an die Wand hängen, aber Bilder gingen. Auf deiner Seite könnten wir die Wand verstärken.«

Olivia winkte ab. »Da steht ein Einbauschrank, also ist das dort nicht nötig. Kannst du mir ein Angebot machen?«

»Ich rechne die Materialkosten aus. Wenn du Helfer bekommst, kannst du ein bisschen was sparen.« Er zuckte mit den Schultern und schaute mich an. »Derek hat im Hotel viel zu tun, aber vielleicht kann er ja einen Nachmittag erübrigen.« Olivia strahlte. »Das wäre toll!« »Warum schaut ihr mich so an? Ich bin nicht seine Assistentin.« Ich ging zum Fenster und blickte auf die Hecke vor dem Parkplatz hinunter.

»Okay, ich schicke dir später den Preis«, hörte ich Sam sagen, bevor er sich von uns verabschiedete.

In dem Moment, als er die Wohnungstür hinter sich zuzog, drehte sich Olivia zu mir. »Du suchst nicht zufällig ein Zimmer?«

Erst erstarrte ich, aber lachte dann und folgte ihr wieder in Richtung Wohnzimmer.

»Ich wohne aktuell noch im Hotel und suche tatsächlich eine Wohnung.« Ich setzte mich ihr gegenüber auf meinen Platz und schnitt ein Stück von der mittlerweile lauwarmen Pizza ab. »Aber ich wäre nur für ein paar Monate hier, weil ich nach der Renovierung des Hotels wieder nach New York gehe.« Ich biss ein Stück ab und kaute, nachdem ich ihr damit auch die Möglichkeit gegeben hatte, Nein zu sagen. Natürlich würde ich es verstehen, wenn sie jemanden suchte, der etwas länger bleiben würde.

Immerhin hatte ich sie damals im Stich gelassen, als sie mich gebraucht hätte.

Olivia aß ebenfalls ein Stück ihrer Pizza und nickte langsam, während sie ein nachdenkliches Geräusch machte. »Das passt. Ich brauche einfach jemanden, der sich mit mir die Kosten teilt. Dann hätte ich genug Zeit, um mich in Ruhe nach einem vernünftigen Mitbewohner umzusehen.«

»Wirklich?« Vor Überraschung verschluckte ich mich. Hustend schlug ich mir auf die Brust. Meine Stimme war ein atemloses Keuchen.

Ihr Lächeln war echt und warm, genauso wie früher.

»Wann kannst du einziehen?«

»Mein Zimmer ist bis Ende der Woche bezahlt.«

»Perfekt! Hmm, aber wir müssen zuerst abwarten, ob Sam so schnell ist.«

»Stimmt, aber ich könnte Derek fragen.«

»Jetzt doch?«

Ich warf ihr einen bösen Blick zu und trank einen Schluck meiner Cola. »Er ist Tischler. Das sollte doch ein Klacks für ihn sein, oder?«

»Verputzen müsste er die Stoßnähte auch«, dachte sie laut nach. »Aber streichen kann ich selbst. Wünschst du dir eine Farbe?«

»Es ist deine Wohnung.« Ich trank erneut einen Schluck.

Sie nickte langsam. »Ich denke, ich fände Weiß nicht schlecht.«

Ich musste so überraschend losprusten, dass mir die Cola aus der Nase kam.

Olivia starrte mich an, schnappte nach Luft und klammerte sich am Tisch fest, als ein Lachanfall sie schüttelte.

Mir schossen Tränen vor Lachen in die Augen und wir brauchten ewig, um uns zu beruhigen.

»Das wird toll.« Olivia streckte mir ihr Glas entgegen. »Auf die coolste WG.«

»Auf uns«, stieß ich an und lächelte so breit, dass meine Wangen wehtaten.

12

Derek

»Wie ein Feigling habe ich mich versteckt
und dich beobachtet.«

»Also muss ich dir heute Abend, nachdem ich hier im
Hotel geschuftet habe, auch noch dabei helfen, Olivias
Wohnung zu renovieren?« Ich rieb mir über das Gesicht
und gähnte. Bis Mitternacht hatte ich im Hotel den letzten
Schutt weggeräumt. Ryan war zwischendurch aufgetaucht
und hatte mir geholfen, trotzdem war es verdammt spät
geworden.

Hazel drückte mir einen To-go-Becher Kaffee in die Hand,
während sie mir zum Auto folgte. Es war kurz nach sieben
und viel zu früh. »Es ist für Olivia. Und auch für mich, ja,
dann muss ich mir keine Wohnung außerhalb Eastwoods
suchen.«

Ich seufzte und trank einen Schluck Kaffee. Es nervte mich
tierisch, dass sie noch genau wusste, wie ich ihn am liebsten
mochte. »Ich habe echt viel zu tun.«

»Okay«, lenkte sie sofort ein und stieg auf der Beifahrerseite ein, als wir meinen Truck erreichten.

Ich traute ihr kein Stück und starrte sie beim Hinsetzen
an. »Okay?«

Sie zuckte mit den Schultern. »Wenn du nicht kannst,

dann ist das so. Ich dachte mir, fragen kostet ja nichts. Dann macht Sam das eben über seine Firma.«

Ich konnte nur knapp nicken und startete den Motor.

»Wir müssen also Holz abholen?«

Ich wusste nicht, ob Hazel absichtlich das Thema wechselte. Natürlich hatte ich viel zu tun, und mit Hazel unnötig Zeit zu verbringen, stand nicht ganz oben auf meiner Wunschliste. Es machte mich schon irre, wenn meine Freunde über ihre blöde Sternebewertung redeten, als hätten sie dafür einen Preis gewonnen. Ich hatte mir die Bewertung über mich noch immer nicht angesehen. Es war mir egal, was sie dort eingetragen hatten.

Ich schnaubte. Ja, sicher, deshalb starrte ich auch ständig mein Handy an und war kurz davor, mir alle Bilder anzuschauen.

Als ich Hazels fragenden Blick spürte, fiel mir ein, dass sie noch immer auf eine Antwort wartete. »Genau. Amber hat eine Firma kontaktiert, die ihr Lager leer macht. Ein Secondhand-Händler für Baumaterialien.«

»Dass es so was gibt«, überlegte sie laut. »Wir arbeiten richtig ressourcenschonend.«

»Gehst du jetzt unter die Ökos?«

»Was ist eigentlich dein Problem?« Hazel versuchte, ruhig zu klingen, doch ich kannte sie gut genug, um zu wissen, dass es bereits in ihr brodelte.

»Keine Ahnung, was du meinst«, erwiderte ich und stellte das Navi ein. Großartig. Zwei Stunden allein mit Hazel im Auto. Aber es war niemand anderes da gewesen, der Zeit für die lange Fahrt gehabt hätte. Meine Kumpels hatten ja selbst noch ein Leben.

Ich startete den Motor und fuhr vom Parkplatz des

Hotels, wenn man die Schotterpiste denn so nennen konnte.

»Du ignorierst mich. Ständig. Du tust so, als wäre ich Luft. Du kannst ruhig so tun, als wäre ich dir egal. Aber wir beide wissen, dass ich dir noch unter die Haut gehe. Sonst würdest du dich nicht so offensichtlich darum bemühen, so zu tun, als wäre es anders.«

»Ich tue überhaupt nichts«, erwiderte ich und presste meine Kiefer aufeinander. »Ich habe dich damals gebeten, mich nach New York zu begleiten, und du bist nicht mitgekommen. Vergangenheit. Können wir nicht einfach von vorne anfangen?«

Ärger ließ meine Augenbrauen zu einer geraden Linie werden. »Oh bitte«, stieß ich aus und konnte nicht verhindern, genervt zu klingen. »Du siehst mich doch an, als hätte ich dir dein verdammtes Herz gebrochen. Dabei war das damals auch nicht leicht für mich.«

»So sehe ich dich gar nicht an!« Sie protestierte ein wenig zu heftig, und die Vorstellung, dass ich sie seinerzeit tatsächlich so sehr verletzt haben könnte, war einfach beschissen.

»Oh, doch. Das tust du.«

»Na und? Erst hast du mich geküsst und dann alleine am Bahnhof warten lassen. Eine SMS wäre nett gewesen.«

Ich konnte sie deutlich vor mir sehen. Die Achtzehnjährige von damals, die mutterseelenallein am Bahnhof stand und darauf wartete, dass ich endlich auftauchte. Scheiße, das war so verdammt feige von mir gewesen. »Du hast recht.«

»Ist mir schon klar.« Sie sackte in sich zusammen und drehte ihren Kopf weg.

113

Ich strich mir über die Stirn und fluchte. »Weißt du, ich fand dich damals heiß. Okay?« Mein Tonfall war aggressiv, weil es mich nervte, wie schlecht ich mich jetzt fühlte. Hazel wandte sich ruhig zu mir um und wartete einfach ab. »Auf deinem Geburtstag wollte ich dich küssen. Es kam mir so falsch vor. Wir gehören ja irgendwie zu einer Familie, aber sind nicht verwandt. Doch damals ... du warst so hübsch.« Ich atmete aus und erlebte all die Gefühle von früher erneut.

All dieses Verlangen, das Herzklopfen, als ich sie das erste Mal sah, und den Schmerz, als sie mir dann gestand, dass sie abhauen würde.

»Als du mir offenbart hast, dass du die Stadt verlassen würdest ... ich habe wirklich gezögert. Einen Moment lang.« Ich drehte mich kurz zu ihr und sah in ihre viel zu schönen braunen Augen. »Einen Moment lang wollte ich mit dir kommen.«

Ich konzentrierte mich auf die Auffahrt zum Highway. »Aber ich konnte es nicht. Nicht, weil ich dich nicht gewollt hätte.«

Einen Moment lang sagte ich nichts, sondern dachte an damals, an die Zeit danach, in der ich mich davon hatte abhalten müssen, ihr doch zu folgen.

»Warum bist du dann nicht mitgekommen?«, fragte sie leise und gefasst, ohne jede Wut.

»Ich war zu der Zeit erst kurz bei euch, kaum ein halbes Jahr. Ihr wart meine siebte Familie und ich hatte nur Unsinn im Kopf. Eines Nachts bin ich in eine Firma eingebrochen, einfach aus Spaß, und weil meine damaligen Freunde Trottel waren. Da hat Negan mich erwischt.« Ich lachte schnaubend. »Er hätte die Cops rufen können. Stattdessen hat mich den Schaden abarbeiten lassen und mir ermöglicht, nach meinem Highschool-Abschluss eine Ausbildung bei ihm anzufangen.«

»Das wusste ich nicht.« Hazels überraschter Tonfall wunderte mich nicht.

»Woher auch? Ich habe niemandem davon erzählt.« Ein halbes Lächeln umspielte meine Lippen, während ich mich auf die schlängelnde Straße vor uns konzentrierte, die durch die Wälder Vermonts führte. »Ich musste bleiben. Für mich. Negan war der Erste, der jemals an mich geglaubt und mir eine Chance gegeben hat. Er hat mir eine Zukunft geboten. Und egal, was ich damals für dich empfunden habe, ich konnte das nicht versauen. Ich wollte diese Chance und du wolltest weg von hier.« Mir entfuhr ein hohles Lachen. »Ich war da. Am Bahnhof. Wie ein Feigling habe ich mich versteckt und dich beobachtet. Ich war kurz davor, dich zu bitten zu bleiben. Doch dann habe ich dein Gesicht gesehen. Ich wusste, dass du gehen musstest. Für dich selbst. Es wäre nicht fair gewesen, dich vor die Wahl zu stellen. Für einen Kuss. Nur für einen einzigen Kuss.«

Hazel murmelte ein verstehendes »Ach«, als würde sich plötzlich jedes Detail zusammensetzen. Als würde sie auf einmal alles begreifen.

Sie lehnte sich gegen die Kopfstütze und atmete hörbar ein und aus. »Wow. Ich habe all die Jahre nur daran gedacht, wie ich mich damals gefühlt habe. Dabei ging es nie um mich, oder?«

»Nein. Vielleicht hätte es ein Uns gegeben, wenn du nicht gegangen wärst. Aber das stand seinerzeit nicht zur Debatte. Ich musste bleiben«, sagte ich noch einmal, nur damit sie wirklich verstand. »Ich musste es für mich selbst tun. Negan hat mir diesen Weg gezeigt und ich wusste, würde ich ihn nicht gehen, wäre ich irgendwann vielleicht sogar im Knast gelandet. Der Einbruch war nicht mein erster. Aber damals schwor ich mir, es würde mein letzter sein.«

Niemand wusste davon, nur Negan. Ich hätte nicht gedacht, dass ich irgendwem jemals von dem Einbruch und allem erzählen würde. Doch Hazel war nicht irgendwer.

Auch wenn uns nur ein einziger Kuss und viel zu lange Monate der Sehnsucht verbunden hatten, verdiente sie die Wahrheit. Wieder dachte ich an ihren enttäuschten Gesichtsausdruck, der sich in Entschlossenheit gewandelt hatte. Damals war es der richtige Weg. Für uns beide.

Wir schwiegen eine Weile und ich erwartete nicht, dass Hazel etwas sagte. Mir war klar, dass sie das alles erst einmal verdauen musste.

Vermutlich hatte sie mich in den letzten Jahren gehasst, was ich ihr auch nicht verübeln konnte.

Sie hätte damals wenigstens eine Verabschiedung verdient. Doch ich war jung und befürchtete, sie könnte mich mit ihren wunderschönen Augen dazu bringen, meine Meinung trotzdem noch zu ändern.

»Danke.« Hazels Stimme war samtig weich. »Das zu hören, hat irgendwie gutgetan.«

»Ich hätte es dir längst sagen sollen.«

»Manchmal gibt es keine perfekten Augenblicke, nur Momente, in die man die Wahrheit reinwerfen muss, um zu schauen, was damit passiert.«

»Vielleicht hätten wir uns den Zoff vorher ersparen können.«

»Bisher haben wir uns ziemlich human verhalten«, befand sie, und da musste ich ihr recht geben. »Na ja, ich zumindest. Du warst ein Arsch.«

Ich lachte, konnte es gar nicht verhindern, und funkelte sie an, was sie mit ausgestreckter Zungenspitze erwiderte. Ihr Lächeln tat mir gut.

Wer hätte gedacht, dass ich mir das irgendwann selbst eingestehen würde.

13

Hazel

»Verschwinde besser, bevor ich meine Heckenschere raushole und dir damit was abschneide!«

Nachdem Derek mir offenbart hatte, warum er mich damals am Bahnhof stehen gelassen hatte, spürte ich, wie eine Last von meinen Schultern fiel, die mir zuvor nicht einmal aufgefallen war.

Selbst jetzt, ein paar Tage später, während meiner Schicht im *Red Chili*, musste ich an das Gespräch denken. Auch wenn es mir vorkam, als hätte ich es im Laufe unserer Fahrt oft genug noch einmal in meinem Kopf durchgespielt.

Während wir die Baumaterialien abgeholt, eingeladen und zum Hotel gebracht hatten, lag eine Ruhe über uns, die es vorher noch nie gegeben hatte. Es war, als hätten wir eine riesige Mauer zwischen uns eingerissen und wüssten nicht, wie es nun weitergehen sollte.

Derek hatte sogar ohne ein weiteres Wort am nächsten Tag bei Olivias Wand mitgeholfen, sodass ich noch an demselben Wochenende hatte einziehen können. Da ich nur wenige Kartons besaß und Olivia die Möbel stellte, war dies eine Angelegenheit von knapp einer Stunde gewesen.

Dennoch hätte ich meine Freude kaum beschreiben können, als Derek am Umzugstag plötzlich mit seinem Pick-up vor dem Hotel aufgetaucht war. Ohne dass ich ihn darum hatte bitten müssen.

Ein dümmliches Lächeln breitete sich auf meinen Lippen aus.

»Hazel?«

Ich blinzelte und starrte in das argwöhnisch dreinblickende Gesicht meines Chefs Joe, der aussah, als hätte er mich schon öfter angesprochen. »Oh, hi, entschuldige. Ich war irgendwie abgelenkt.«

Er grunzte, wobei sich sein ergrauter Schnäuzer verzog. »Habe ich gesehen. Dein Glück, dass es noch ziemlich ruhig für einen Samstagnachmittag ist.«

Dafür, dass er fast siebzig war, hatte er sich erstaunlich fit gehalten. Sein Haar war stets kurz geschnitten und er trug immer Jeans und einen schlichten Pullover. Ich schnupperte. Das Aftershave war neu. »Sag mal, hast du ein Date?« Bei jedem anderen Chef hätte ich diese Frage vielleicht etwas zurückhaltender formuliert. Aber da ich Joe seit meiner Kindheit kannte, ließ ich das unnötige Drumrumgerede sein.

Er wurde tatsächlich rot! »Also nicht direkt.«

»Indirekt?« Lächelnd polierte ich das Glas weiter. »Weiß deine Angebetete etwa nichts davon und du stalkst sie heimlich?«

»Was? Nein!«, rief er entsetzt. »Kind, was ist nur los mit dir?«

Ich kicherte und tätschelte ihm die Schulter. »Das war ein Witz. Natürlich würdest du so was nie tun. Also, was ist das für ein nicht direktes Date?«

»Ich besuche heute Maggys Pokerrunde.«

Ich stockte beim Abtrocknen und kniff die Augen zusammen. »Maggy? Meinst du meine Maggy?«

»Ja, mit der Eastwood-Hexe«, erwiderte er trocken. »Das ist übrigens einer deiner bescheuertsten Spitznamen gewesen.«

»Das war ich nicht allein«, konterte ich und grinste, als mir sein nervöses Hin- und Hergetrete bewusst wurde. »Und da willst du Maggy schöne Augen machen?« Statt mir zu antworten, druckste er herum.

»Sie steht voll auf diese Rosenpralinen von der Bäckerei in der Innenstadt.« Er nickte ein wenig zu schnell, wich aber meinem Blick aus. »Meinst du?«

»Blumen mag sie nicht. Also lass die auf jeden Fall weg. Die Rosenpralinen reichen. Vor allem für den Anlass und wenn noch andere Leute dabei sind.« Ich grinste und wackelte mit den Augenbrauen. »Meinen Segen hast du, falls dich das interessiert.«

»Na ja«, gestand er schwerfällig und kratzte sich am Hinterkopf, wo sein Haar bereits ganz dünn war. »Du bist wie ihre eigene Enkelin gewesen. Sie hat ja keine Kinder.«

»Ich müsste sie echt mal besuchen. Es war so viel los, dass ich es einfach vergessen habe. Kannst du für mich nachhorchen, ob sie mir vielleicht böse deshalb ist?«

»Maggy? Bestimmt.« Er lachte grollend und betrachtete eines der Bilder an den Wänden, bevor er in die Hände klatschte. »Nun, ich gehe dann mal. Maggy hasst es, wenn man zu spät zu ihren Pokerabenden kommt.«

Mein Finger hob sich ermahnend, denn nachdem ich auch schon ein paarmal daran teilgenommen hatte, wusste ich genau, wie der Abend enden konnte. »Lass dich nicht von ihr abzocken.«

Er lachte und nickte, bevor er die Hand zu einem Gruß hob und ging.

Ich verbiss mir ein Grinsen, während ich ihm hinterherschaute. Der alte Joe hatte es also auf Maggy abgesehen. Maggy hatte oft gesagt, dass sie ihren ersten Mann vermisste, der leider viel zu früh gestorben war. Aber bisher hatte sie keine Andeutungen gemacht, ob sie zu haben wäre.

Ich schnaubte. Ein bisschen Romantik schadete in keinem Alter. Außerdem war Joe einer der Guten.

Als er gerade das Red Chili verlassen hatte, drängte sich eine Gruppe älterer Herren herein, die lautstark nach Burgern verlangte.

Dann mal ran an die Arbeit.

.   .   •   .
•   .   •   .
     .   •

Die Tage spielten sich langsam ein. Vormittags arbeitete ich im Hotel, wo wir pünktlich mit den Entkernungsarbeiten fertig wurden – laut Sams Zeitplan.

Dort lächelte mich Derek mittlerweile sogar an, wenn wir uns sahen. Nur kurz und knapp, aber es war ein Fortschritt zu früher.

Dafür merkte ich, dass ein paar seiner Kollegen mich anbaggerten. Nur ein bisschen, als würden sie abschätzen wollen, ob ich noch immer Interesse haben könnte. Nur weil ich sie mal ganz gut in unserem kindischen Hotness-Buch bewertet hatte.

Oh nein, bitte nicht. Das nervte so hart!

Mittags fuhr ich in meine neue Wohnung, zog mich um und dann ging's weiter zur Schicht im Red Chili.

Außer sonntags. Diese Tage gehörten mir.

Amber hatte mir eine kurze SMS geschrieben, dass ich

zum heutigen Sonntagsdinner eingeladen war – sicher das Werk von Ryan oder Derek. Da ich bisher noch keine Gelegenheit dazu gehabt hatte, sie auf das Hotness-Buch anzusprechen, hatte ich natürlich sofort zugesagt.

Ich machte gerade Pancakes zum Frühstück, als es an der Tür klingelte.

Da ich gehört hatte, dass Olivia unter die Dusche gestiegen war, öffnete ich die Tür. Als ich unseren alten Klassenkameraden erkannte, der vor der Tür wartete, entglitten mir meine Gesichtszüge.»Troy?«

Er lächelte mich an.»Der bin ich.« Troy war immer noch der gut aussehende, durchtrainierte Footballspieler von damals, nur ein paar Jahre älter.»Ist Olivia da?«

»Olivia?« Meine Verwunderung wuchs ins Unermessliche.»Meinst du etwa die Olivia, die du im letzten Highschool-Jahr flachgelegt hast und über die du dann im Schulflur vulgäre Witze erzählt hast?« Mit leiser und drohender Stimme trat ich vor, um ihm den Zeigefinger in die Brust zu bohren.»Dass du es wagst, hier aufzutauchen! Verschwinde besser, bevor ich meine Heckenschere raushole und dir damit was abschneide!«

Er wurde bleich und trat einen Schritt zurück.»Hey. Ich …«

Ich hielt meinen Finger auf ihn gerichtet und presste die Lider zusammen.»Wag es ja nicht wiederzukommen!«

»Hazel …«

»Hau ab!« Damit schlug ich ihm die Tür vor der Nase zu.

»Wow, du bist ja ein richtiges Muttertier geworden.«

Olivias Stimme ließ mich herumfahren. Sie lehnte mit verschränkten Armen und in einen flauschigen roten Bademantel gehüllt in der Badezimmertür.»Ist schon ein bisschen süß.«

»Woher weiß er, wo du wohnst?« Noch immer fassungslos über diesen Besuch lief ich durch den Flur.

»Wir hatten Sex.«

Ich erstarrte auf dem Weg. »Schon wieder, meinst du?« Sie stöhnte und schob mich in die Küche, wo meine Pancakes bereits zu lange darauf warteten, gewendet zu werden. Die waren dann wohl verbrannt.

Ich warf sie in den Müll und ließ Olivia Zeit für eine Antwort, während ich eine neue Portion Teig in die Pfanne gab. »Ja, wir haben uns letztens wiedergesehen und uns ausgesprochen. Na ja.« Sie schnaubte und lehnte sich gegen die Arbeitsplatte. »Wir waren eher völlig betrunken und es endete im Bett. Ich dachte, ich wäre ihn los. Der Typ ist ein einziger Fehler. Einer, den ich sogar zwei Mal gemacht habe.«

»Wow.« Ich zog das Wort lang, zu sprachlos für eine einfallsreichere Reaktion. Troy war der absolute Oberarsch gewesen und hatte Olivia das Abschlussjahr zur Hölle gemacht. Sie hatte Ewigkeiten für ihn geschwärmt. Irgendwann bekam er das mit, schleppte sie nach einer Party ab, und was danach folgte, waren Monate der Erniedrigung, gefüllt mit extremem Liebeskummer. Nicht nur, dass er ihre Nacht herausposaunt und sie zur Schulschlampe degradiert hatte, nein, er machte ihr sogar immer wieder Hoffnungen.

»Sag mal, hast du in meiner Abwesenheit Medikamente genommen, die sich auf deine geistige Gesundheit ausgewirkt haben?« Meine Stimme war ruhig, während ich innerlich zitterte.

»Natürlich nicht«, wischte sie die Frage lässig beiseite. »Als ich ihn zum ersten Mal wiedergesehen habe, habe ich ihm erst mal meinen Cocktail ins Gesicht geschüttet und bin

gegangen. In der nächsten Bar tauchten er und seine Kumpels aber wieder auf.«
»Was für ein Zufall.« Meine Stimme war staubtrocken.
»War es nicht. Er folgte mir, um sich zu entschuldigen. Ich war zu dem Zeitpunkt schon ordentlich über den Punkt.«
»Ich weiß nicht, was ich dazu sagen soll«, gestand ich ehrlich. »Das war damals echt eine harte Zeit. Hast du ihm wirklich verziehen?«
»Natürlich nicht«, erwiderte sie mit einem höhnischen Lachen. »Aber ich habe vor, ihn so richtig dafür leiden zu lassen.«
Ich wendete die Pancakes und konnte ihr nur nickend zustimmen. »Okay. Wenn er es schafft, dir schon wieder das Herz zu brechen, werde ich ernsthaft die Heckenschere rausholen.«
Olivia lachte leise. »Besitzt du so was überhaupt?«
»Nein, aber ich werde mir demnächst im Baumarkt eine kaufen. Nur für Troy.« Ich lehnte mich mit der Hüfte gegen die Arbeitsplatte und verschränkte meine Arme vor der Brust. »Genug geschimpft. Er ist ein Arschloch. Ich hasse ihn sehr. Aber du bist erwachsen und triffst deine eigenen Entscheidungen. Und wenn er dich wieder zum Weinen bringt, gibt es eben einen verheulten Mädelsabend.« Ich verzog meinen Mund und wedelte wegwerfend mit dem Pfannenwender. »Vielleicht muss ich kurz mit der Heckenschere rausgehen, aber ich bin für dich da.«
Olivia blinzelte und sah mich mit vor Rührung geweiteten Augen an.
»Egal, was kommt, ich bin auf deiner Seite. Wenn du ihn daten willst, mach das. Sobald ich ihn sehe, werde ich scheiße zu ihm sein, aber das wird er ja wohl verkraften.«

Sie lächelte mich an, als wäre ich ein niedlicher Hundewelpe. »Danke.«

Grinsend wandte ich mich wieder dem Frühstück zu. »Ich muss das mit der guten Freundin aufholen, nachdem ich es so lange hab schleifen lassen.«

»Apropos – keine Ahnung. Mir fällt keine gute Überleitung ein.« Olivia stand auf und ging zum Kühlschrank. »Was läuft denn da jetzt zwischen Derek und dir?«

Sie holte Marmelade und Sirup raus, die sie auf einem Tablett abstellte.

»Es läuft nichts. Aber es gab ein paar Antworten.« Ich erzählte ihr von unserer Autofahrt und seinem Geständnis. Dabei organisierte Olivia Besteck und Teller, die ebenfalls auf das Tablett kamen.

Ich holte die letzten Pancakes aus der Pfanne. »Scheint so, als hätte ich viele Tränen umsonst vergossen.«

»Selbst wenn du das damals gewusst hättest, wärst du am Boden zerstört gewesen. Eine Achtzehnjährige möchte, dass ihr Schwarm sich für sie entscheidet. Immer nur für sie. Jetzt bist du ein bisschen schlauer.«

»Ein bisschen?« Ich hob meine Augenbrauen und folgte ihr mit dem Teller voller Pancakes in das Wohnzimmer.

Gemeinsam deckten wir den Tisch.

Olivia lachte. »Du bist noch jung. Die Weisheit kommt mit dem Alter.«

»Du bist drei Monate älter als ich.«

»Wer sagt denn, dass ich weise bin? Immerhin habe ich mit meinem Hass-Jugendschwarm geschlafen.«

Ich setzte mich ihr gegenüber an den Tisch und lachte.

»Oh ja, das war so dumm.«

Sie beschmiss mich mit einer Serviette.

Ich warf ihr eine Kusshand zu und gemeinsam begannen wir zu essen. Es war perfekt.

Kaum stand ich vor Ambers Haustür und hob meine Hand, um zu klingeln, wurde mir schon geöffnet. Doch statt ihr befand sich ihr Freund Frederic vor mir. »Hi.« Ich zwang mich zu einem halben Lächeln. »Nett, dich zu sehen.«

»Du musst Amber sagen, dass wir nicht geflirtet haben«, presste er statt einer Begrüßung hervor und kniff warnend seine Augen zusammen.

Ich schnaubte und drängte mich an ihm vorbei ins Haus. »Also ich habe nichts getan.«

»Ich auch nicht!«

Meine Augenbrauen berührten fast meinen Haaransatz, als ich ihn ansah und ihm mit einem Blick zu verstehen gab, dass er sich selbst gerne belügen konnte. »Haltet mich aus eurer Beziehung raus. Ich will keinen Stress.« Gerade als ich meine Jacke an die Garderobe hängte, näherten sich Schritte. Was auch immer Frederic noch sagen wollte, ging in der Stimme meiner Pflegeschwester unter. »Hazel, schön, dass du gekommen bist.«

Ihre Scheinheiligkeit ließ mich die Augen verdrehen. »Danke für die Einladung. Also, verrat mir mal – woher hattest du das Hotness-Buch? Hast du in meinen alten Klamotten herumgewühlt?«

Amber hob ihr Kinn und wurde gleichzeitig rot. Sie warf Frederic einen eisigen Blick zu, der sich schleunigst aus der Schusslinie brachte. Als er weg war, glich ihre Stimme eher dem Zischen einer Schlange. »Du hast meinen Freund angebaggert! Meine Freundinnen haben euch beobachtet.«

Verachtung wuchs in mir und ich betrachtete Amber, die auch ohne Blutsverwandtschaft und all die Differenzen wie eine richtige Schwester für mich gewesen war. Offenbar war ich die Einzige von uns beiden, die dies so sah. »Wir haben uns unterhalten. Was auch immer deine Freundinnen gesehen haben – du solltest dich fragen, wieso er so was hätte tun sollen und wieso du es so bereitwillig geglaubt hast.« Ambers Brust hob und senkte sich angesichts ihres schweren Atems und ihr Kiefer mahlte.

Glücklicherweise klingelte es gerade hinter mir, und ich würde es nicht zugeben, aber Erleichterung überkam mich. Ich wollte weder Kämpfe führen noch streiten und am liebsten einfach einen Waffenstillstand vorschlagen. Doch Amber hatte sich darauf versteift, dass ich der Feind war. Großartig. Und das alles nur, weil ich ihren Freund ein wenig ärgern wollte. Im Nachhinein war mir natürlich auch klar geworden, dass das eine absolut miese Aktion gewesen war. Aber man musste mir zugutehalten, dass ich sofort wieder ausgestiegen war, als die Situation aus dem Ruder lief.

Amber warf mir einen letzten eisigen Blick zu, bevor sie die Tür öffnete.

Draußen stand Ryan und tippte auf seinem Handy. Er hob seinen Zeigefinger, um uns zu bedeuten, dass er noch einen Moment brauchte, und merkte natürlich nichts von der Eiseskälte, die um uns herum alles gefrieren ließ.

Er brummte, was einem Countdown ähnelte, bevor er »Okay« rief und sein Handy in die Innenseite seines Jacketts gleiten ließ. »Einen wunderschönen Abend, liebe Schwestern.«

»Guten Abend.« Amber versuchte hörbar, sich zu beruhigen, doch ihre Stimme war noch immer kalt.

Ryan runzelte seine Stirn, während er eintrat. »Alles okay?«

Da ich halb hinter Amber stand und sie mich nicht sah, schüttelte ich stumm den Kopf und zog dabei eine bedeutungsvolle Miene.

Sofort blickte Amber über ihre Schulter. Als hätte sie Augen im Hinterkopf. Wie gruselig.

»Nein, wir streiten. Wie immer.« Ich sah Ryan mit einem gepressten Lächeln an. »Das wird echt ein unangenehmes Essen.«

»Nur, wenn du deine Finger nicht bei dir behalten kannst!«

Ryans Augen weiteten sich überrascht und sein Blick heftete sich an Amber. »Okay … was habe ich verpasst?«

»Sie denkt, ich hätte Frederic angebaggert. Aus Wut hat sie ein altes Buch von mir und Olivia veröffentlicht, in dem wir die Jungs aus der Stadt mit Sternchen bewertet haben. Richtig peinlich, falls du es dir nicht denken kannst.« Den letzten Satz richtete ich an Amber.

»*Was* hast du getan?«

Ambers Nasenflügel blähten sich auf. »Die Clubmitglieder haben sie beobachtet. Sie hat sich aufreizend vorgebeugt und ihre Brüste präsentiert.«

»Als wäre ich ein Flittchen.« Ihr Angriff beeindruckte mich nicht. »Ich habe mich auf der Theke abgestützt und hatte einen Ausschnitt. Das ist kein Grund dafür, meine Brüste anzuglotzen.«

»Oh bitte«, stieß sie hervor. »Jede Frau, die so rumläuft, will doch angegafft werden!« Sie deutete auf mein Outfit. Ich trug eine zerrissene Jeans und dazu einen schlichten Pullover, der einen kleinen Ausschnitt hatte, bei dem man die Ansätze meiner Brüste sehen konnte.

Mir entwich ein fassungsloses Lachen. »Du tust ja so, als könnte man meine Nippel sehen.«

»Bitte red nicht weiter über deine Nippel«, bat Ryan mich, als wäre er tatsächlich unser großer Bruder, und sah noch weiter Amber an. »Ich kann nicht fassen, wie du Hazel hier darstellst.«

»Ach? Soll ich etwa an dem Mann zweifeln, den ich seit Jahren kenne und liebe? Soll ich etwa ihr glauben, nachdem sie sich die ganze Zeit in der Großstadt versteckt hat und jetzt für das Erbe ihrer Großmutter zurückkommt?«

»Unglaublich«, stieß ich aus und schüttelte den Kopf. »Ich fasse es nicht, dass du das gerade wirklich gesagt hast.«

Sie hob ihr Kinn. »Ich lasse nicht zu, dass du dich an meinen Mann ranschmeißt.«

Ich nickte langsam. Dabei griff ich nach meiner Jacke, die ich bereits aufgehängt hatte. Glücklicherweise trug ich die Schuhe noch. »Gut. Dann sollte ich besser gehen.«

»Ich begleite dich.« Ryan schüttelte den Kopf und öffnete die Tür wieder, die Amber schon geschlossen hatte.

»Was?« Ihre Stimme hallte schrill durch das Haus.

»Tut mir leid, Amber. Aber du übertreibst. Ich kann mir das nicht anhören.« Er schüttelte erneut den Kopf und schaute zu mir herüber. »Komm, ich lade dich zum Essen ein.«

»Du bist auf ihrer Seite?«

»Ich bin auf keiner Seite«, erwiderte er mit Enttäuschung in seiner Stimme. »Aber was du Hazel gerade vorwirfst, ist nicht okay. Selbst wenn sie nackt gewesen wäre, solltest du dich mal fragen, warum dein Freund mit ihr flirten sollte.«

Ambers Atem zitterte, aber sie sagte nichts mehr.

Ich zog meinen Kopf ein und ging an ihr vorbei, ohne sie noch einmal anzusehen. Das musste ich auch nicht, denn ich hatte schon zuvor dieses Blitzen in ihren Augen gesehen. In ihr tobte eine Eifersucht, die sich bis tief in die Eingeweide brannte und sie von innen heraus zu versengen suchte. Dieses Gefühl hatte ich einst auch gehabt. Bei Mark, in unserer ungesunden Beziehung, getrieben von Abhängigkeit und Verzweiflung. Erst als ich das zwischen uns beendet hatte, war diese grausige Empfindung verschwunden.

Vielleicht projizierte Amber ihre Gefühle auf mich, doch selbst wenn es so wäre – es tat weh.

»Unfassbar«, murmelte Ryan neben mir und führte mich zum Auto. »Wie kann man so was nur tun? Aber von dem Buch will ich noch mehr wissen«, erklärte er und entriegelte den Wagen, bevor er mir die Beifahrertür öffnete.

Ich schnallte mich an, während er die Autotür wieder schloss und auf der Fahrerseite einstieg. »Das Buch war eine dumme Idee von zwei jungen Mädchen.«

»Ich muss gestehen, dass ich schon neugierig bin.« Der Motor schnurrte, als er ihn startete. »Stehe ich da auch drin?«

»Da steht jeder Junge drin, den wir damals kannten.«

»Interessant.« Er fuhr los. »Um es klarzustellen, ich will diese Seite sehen.«

Ich lachte. »Kannst du, aber bilde dir bloß nichts darauf ein.«

In seinen Augen blitzte Neugier und um seine Lippen zuckte es, bevor er wieder ernst wurde. »Was ist mit Amber los? Warum glaubt sie, du hättest vor, ihr Frederic auszuspannen?«

»Weißt du noch, als sie mich beim letzten Essen einfach ausgeladen hat?«

»Ich erinnere mich«, meinte er grollend. Mein Blick glitt nach draußen, auf die vorbeiziehenden Vorgärten. »Frederic ist an dem Abend im *Red Chili* aufgetaucht. Ich war noch sauer auf Amber und dachte, ich könnte ihren Freund ein wenig ärgern. Immerhin wirkt er genauso verklemmt wie sie. Also war ich nett. Dass er sofort darauf eingestiegen ist und mich schamlos angebaggern würde, hätte ich nicht gedacht.«

»Hast du Amber davon erzählt?«

»Denkst du, sie hätte mir geglaubt? Sie hasst mich. Und ihre Freundinnen haben ihr ja offensichtlich berichtet, wie ich mich unverfroren an Frederic rangemacht habe.« Ich schnaubte. »Der Typ ist ein Arsch. Aber das muss sie wohl selbst irgendwann herausfinden.«

»Scheiße.«

»Wohin fahren wir?« Überrascht sah ich mich auf dem Supermarktparkplatz um, auf den er jetzt einbog. Er fuhr fast bis vor den Eingang und parkte.

»In den Supermarkt.«

»Und was machen wir hier?« Ich lachte und schnallte mich ab.

»Einkaufen. Ich habe Hunger.«

»Wir können uns auch Burger holen.« Dennoch stieg ich aus.

»Stimmt, aber irgendwie ist mir gerade nach Popcorn.«

»Wir könnten ins Kino gehen«, schlug ich scherzhaft vor.

Ryan blieb direkt vor dem Eingang stehen und erntete damit das wütende Murmeln einer Frau, die hinter uns hergelaufen war und uns nun umrunden musste.

»Kino klingt gut!« Er warf einen Blick auf die teure Uhr an seinem Handgelenk. »Die Sonntagsvorstellung beginnt in zwanzig Minuten.«

»Weißt du denn, was im Moment läuft?« Das Kino dieser Kleinstadt spielte zweimal die Woche, wobei nur ein Film überhaupt gezeigt wurde. Wenn man Glück hatte, war der sogar einigermaßen aktuell. Aber ich erinnerte mich daran, dass das Popcorn spitze gewesen war.

»Keine Ahnung.« Er grinste zu mir herüber. »Hast du Lust?«

»Klar.«

Er zog sein Handy heraus und ging wieder in Richtung Auto. »Ich sage eben Derek Bescheid. Er ist sicher schon bei Amber und hat mitbekommen, dass wir nicht da sind.«

»Meinst du, er ist sauer auf uns?«

»Wieso sollte er?«

Ich zuckte nur mit den Schultern. Es war seltsam, an Derek zu denken und dabei keine Wut oder Enttäuschung zu spüren. Da war nur Derek.

Es tat gut, dass ich dieses Kapitel meines Lebens endlich hinter mir lassen konnte.

Vielleicht könnten wir sogar Freunde werden.

Wir fuhren in die Innenstadt, ohne etwas gekauft zu haben. Das Kino war zugleich die Aula der Eastwood-High. Hier wurden Versammlungen abgehalten, Schulaufführungen fanden statt, und die Kinofilme spielten sie hier auch ab.

Wir parkten vor der Highschool und gingen an dem alten, quadratischen Gebäude vorbei, das eher einem Bunker als einer Schule ähnelte. Aber es war eine tolle Schule gewesen, die ich gerne besucht hatte.

Viele Leute hassten die Highschool – ich hingegen hatte es geliebt, hier zu sein, bei meinen Freunden und den unzähligen Zusatzkursen, die ich belegt hatte. Hier war ich Teil von etwas gewesen, anders als zu Hause, wo meine Pflegemutter nur Gründe suchte, um mich zu piesacken.

14

Derek

»Um das zu bewerten, musst du schon
deinen Pullover ausziehen.«

Ich verfluchte Ryan innerlich, dass er mir seine Nachricht
viel zu spät geschrieben hatte und ich nun hier mit einer
übellaunigen Amber und einem angetrunkenen Frederic saß.

»Ich fasse es nicht, dass er einfach mit ihr abgehauen ist.«
Amber schnitt den Braten auf ihrem Teller so rabiat, als
würde sie das arme Tier erneut umbringen wollen. Mit ihrem
feinen Silberbesteck.

Ich starrte auf ihren Teller und blinzelte, um dieses verstö-
rende Bild aus meinem Kopf zu bekommen. »Was ist überhaupt passiert?«

Amber warf einen mürrischen Blick zu ihrem Freund, der
leise schnaubte, bevor er einen Schluck Wein trank. »Unwichtig. Hazel hat sich natürlich mal wieder danebenbe-
nommen.«

»Mal wieder?« Missbilligung stieg in mir auf, weil sie so
über Hazel redete, obwohl ich keine Ahnung hatte, was vor-
gefallen war. Ich wusste, dass sie Hazel ihren Weggang übel
nahm, aber mittlerweile hatte ich das Gefühl, dass sie ihre
Wut ein bisschen übertrieb. Nachdem Hazel verschwunden
war, hatte unsere Pflegemutter getobt. Doch sie hatte sich

auch relativ schnell wieder beruhigt und ihr Leben weitergelebt, als wäre nichts passiert. Das Gleiche hatte Amber getan, und ich hatte bei ihren regelmäßigen Lästereien, die ich stets zu ignorieren versuchte, nicht den Eindruck gewonnen, sie würde Hazel sonderlich vermissen. Eher hatte mich das Gefühl beschlichen, sie und unsere Pflegemutter wären sich sogar nähergekommen.

Sie ignorierte meinen Tonfall und kaute, während sie weiter ihr Essen malträtierte. »Sie kommt her und denkt, sie könnte wieder alle Aufmerksamkeit auf sich ziehen. Das ist so lächerlich.«

Daher wehte also der Wind. Amber hatte scheinbar Angst, von ihrer Pflegeschwester von ihrem Platz vertrieben zu werden. Die Frage war nur, von welchem. »Was genau hat sie denn getan?«

Angesichts der Genervtheit in meiner Stimme sah sie mich nun doch an. »Das ist unwichtig.«

Ich seufzte und schüttelte den Kopf. »Amber. Hör einfach auf, dich über sie aufzuregen.«

»Stimmt«, stieß sie aus. »Sie ist sowieso in ein paar Monaten weg und dann sehen wir sie wahrscheinlich nie wieder.«

Ihre Worte lösten etwas in meinem Magen aus, das den Braten und die Kartoffeln um das Hundertfache anschwellen ließen. Mir war bewusst, dass sie gehen würde.

Nun, da sie die Wahrheit kannte und wusste, warum ich sie damals versetzt hatte, war plötzlich alles so einfach zwischen uns. Wir lächelten einander im Vorbeigehen an und redeten miteinander, ohne zu streiten.

Das war wirklich eine Verbesserung.

Vielleicht konnten wir Freunde werden. Für ein geschwisterliches Verhältnis, wie ich es zu Ryan oder Amber hatte, war es längst zu spät – dafür fand ich sie zu heiß. Auch wenn ich das nicht offen zugeben würde.

Aber Freunde? Ja, das war ungefährlich.

Warum pisste es mich dann so an, dass sie jetzt nicht hier war? Wieso wollte ich lieber bei ihr und Ryan sein als bei dem Sonntagsessen, das wir schon vor Jahren zur Tradition gemacht hatten?

Amber schnaubte, als würde sie innerlich ein Streitgespräch führen.

Stimmt, könnte aber genauso gut an ihrer Scheißlaune liegen, die mir den Abend verdarb.

Ich aß pflichtbewusst weiter, auch wenn Ambers Braten ziemlich zäh war und die etwas zu salzige Soße daran nichts ändern konnte. Dennoch hatten Ryan und ich uns nie beklagt, denn Amber war diejenige, die uns immer wieder dazu brachte, zusammenzukommen und nicht auseinanderzudriften.

Irgendwie schaffte ich es, Frederic in eine Unterhaltung über den Bürgermeister zu verwickeln. Er liebte es, mit seinem halbwegs prominenten Freund anzugeben, und riss nur zu gern das Gespräch an sich.

Frederic war ein Dummschwätzer, der sich selbst zu wichtig nahm. Aber er schien Amber gut zu behandeln und sie wirkte glücklich. Deshalb ertrugen Ryan und ich ihn.

Als ich nach dem Essen endlich gehen konnte, zog ich noch im Auto mein Handy aus der Tasche. Dabei schaute ich durch die Fenster in Ambers Haus. Sie und Frederic stritten offenbar. Nicht, dass sie mit irgendwelchen Gegenständen um sich warfen. Aber Ambers angespannte Haltung und den verkniffenen Gesichtsausdruck kannte ich nur zu gut.

Es war jedoch nicht so, dass ich mir Sorgen machte. Sie

war jemand, der immer alles im Griff hatte – sicher galt das auch für ihren Freund.

Ich hielt mein Handy ans Ohr.

»Mein Brüderchen!«, rief Ryan begeistert ins Telefon. »Wie schön, dass du dich meldest.«

Seine Stimme klang gelöst und ein leichtes Lallen schwang in den letzten Tönen jedes Wortes mit. »Wir feiern gerade eine kleine Party. Bist du dabei?«

Im Hintergrund hörte ich Hazel kichern.

»Wo seid ihr?«

»Im *Joanas*, du findest uns schon.« Damit legte Ryan auf. Irritiert zog ich die Augenbrauen zusammen und startete den Motor. Ryan feierte gerne und viel. Aber gewöhnlicherweise tat er dies nicht sonntags, wenn normalerweise das Dinner bei Amber stattfand.

Meine Neugier stieg ins Unermessliche, während ich Richtung Innenstadt fuhr und den Pick-up auf dem Parkplatz vor meiner Wohnung abstellte. Das *Joanas* erreichte ich von dort aus innerhalb weniger Gehminuten.

Das Erste, was mir auffiel, während ich die einzige Bar Eastwoods betrat, war der Geruch von Alkohol und die ungewöhnlich laute Musik. Anders als im *Red Chili*, traf man sich hier nur, um zu trinken und zu feiern.

Als ich nun Hazel in der hintersten Ecke tanzen sah, wobei sie gleichzeitig versuchte, einen Dartpfeil auf die Scheibe an der Wand zu werfen, musste ich unwillkürlich lächeln. Neben ihr stand Ryan und feuerte sie lautstark an. Zudem waren Olivia, Sam und noch ein paar andere Leute anwesend, die ich allesamt kannte.

Ich lief an der langen Eichenholztheke entlang, an dem ein paar ältere Männer saßen und belustigt dabei zusahen, wie

Hazel die Mitte der Zielscheibe traf und vor Freude Luft-sprünge machte. Ihr »Ich habe es euch doch gesagt!« über-tönte für einen Moment das Wummern von irgendeinem Song, der aus den betagten Lautsprechern der Bar summte. Niemand schien sich an der Lautstärke zu stören.

Vor allem nicht Hazel, die nun begann, passend zum Song ihre Hüften kreisen zu lassen.

Ich stellte mich an die Bar und bestellte mir ein Flaschen-bier, während ich sie beobachtete. Früher war sie jung und schön gewesen. Getrieben von dem Willen, auszubrechen und die Welt zu erkunden. Doch nun war mir manchmal, als hätte sich eine Müdigkeit in ihre Augen geschlichen, die ich nicht ganz benennen konnte.

Gerade als ich bezahlt hatte und die Flasche an meine Lip-pen setzte, um einen Schluck zu trinken, drehte sie sich zu mir um.

Sie lachte über irgendwas, das Sam gesagt hatte, und ihre dunklen Augen strahlten im schummrigen Licht der Bar.

Doch das war nichts im Vergleich zu dem, wie sich ihre Mundwinkel verzogen, als sie mich entdeckte. Sie lächelte, als hätte sie nur auf mein Auftauchen gewartet, und einen Moment lang schien es nur uns zu geben. Wie damals, als sie mir vor sechs Jahren mit demselben Gesichtsausdruck in die Augen gesehen hatte, der mich dazu brachte, sie endlich zu küssen.

Mein Mund wurde plötzlich trocken und mir wurde be-wusst, dass ich mitten in der Bewegung innegehalten hatte.

Ich trank einen Schluck Bier, und Hazel biss sich auf ihre Unterlippe, als wüsste sie genau, was sie mit mir anrichtete.

»Derek!« Ryan entdeckte mich ebenfalls.

Mit einem Widerwillen, der absolut unwillkommen war,

drehte ich meinen Kopf in seine Richtung und prostete ihm zu, während ich auf die Gruppe zuging. »Hier hätte ich euch nicht vermutet.«

Hazel grinste mich mit funkelnden Augen an. »Ich feiere ungern dort, wo ich arbeite. Außerdem macht das *Red Chili* gleich zu.«

Ich lächelte sie nur an und drehte mich dann weg, um die anderen zu begrüßen. Hazels Strahlen war mit einem Mal zu viel und so intensiv, dass ich nicht wusste, ob ich mich daraus befreien konnte.

»Derek, das musst du dir unbedingt anschauen!« Sam legte seinen Arm um meine Schultern und deutete mit der Bierflasche auf Hazel. »Sie trifft mit dem Dartpfeil jedes Mal!«

Ich lachte, weil ich glaubte, dass er einen Scherz machte. Doch als ich Hazels herausfordernd erhobene Augenbrauen sah, stockte ich. »Jedes Mal?«

Sie zuckte mit ihren Schultern. »Ich habe eben Übung.«

»Deine Schwester«, betonte Sam und grinste dabei etwas zu breit, »hat in den letzten Jahren scheinbar in diversen Bars gearbeitet.«

»Pflegeschwester«, mischte sich nun Olivia ein und schien die Nüchternste zu sein. »Wir haben gerade beschlossen, dass wir irgendwann einen Cocktailabend bei uns veranstalten. Hazel kann scheinbar die coolsten Cocktails im Schlaf mixen und das müssen wir natürlich auf die Probe stellen.«

Mein fragender Blick glitt zu Hazel. Mir wurde klar, dass ich keine Ahnung hatte, was sie in den letzten Jahren in New York gemacht hatte. Woher auch? Ich hatte sie nie gefragt und mehr Zeit damit verbracht, ihr aus dem Weg zu gehen und sie zu ignorieren.

Hazel erwiderte meinen Blick.»Warum schaust du mich so an?«

»Ich bin neugierig.« Schulterzuckend trat ich näher. Olivia lachte mit Sam, Ryan und den anderen über irgendwas und für einen Moment beachtete uns niemand.»Aber viel mehr interessiert mich, warum ihr mich bei Amber habt sitzen lassen.«

Hazels Brauen zogen sich zusammen und ihre Augen schienen dunkler zu werden.»Willst du mir die Laune verderben?«

Ich wollte nicht schuld daran sein, dass dieses Leuchten in ihren Augen verschwand. Also ließ ich zu, dass sich ein träges Lächeln auf meinen Lippen ausbreitete, während ich ihr die Dartpfeile abnahm.»Mal sehen, wer der Bessere ist.«

»Du meinst wohl *die* Bessere«, konterte sie und überließ mir die Pfeile, ohne zu zögern. Dabei streifte sie mit ihren Fingern meine Hand und ich zögerte einen Moment zu lange, bevor sie sie wieder zurückzog.

»Hazel.« Sam trat zu uns und warf mir einen Seitenblick zu, wobei er Hazel mit seinem Ellenbogen anstupste.»Erzähl mal, würdest du meinem Bauch immer noch fünf Punkte geben?«

»Um das zu bewerten, musst du schon deinen Pullover ausziehen.« Olivia lachte und zupfte an Sams dunkelblauem Oberteil, während sie herausfordernd ihre Augenbrauen hob.»Aber ich wette, der Waschbrettbauch unseres Supersportlers ist nicht mehr das, was er mal war.«

Sam lachte ohne Scham und tätschelte seinen flachen Bauch.»Tja, ich esse einfach gerne.«

»Sieht man dir gar nicht an.« Hazel lächelte ihn an und ich kannte sie so gut, um zu wissen, dass dies nur ein Kompliment ohne Hintergedanken war.

Doch Sam raffte das nicht oder wollte es nicht. Er beugte sich zu ihr vor. »Wie wäre es mal mit einem gemeinsamen Kaffee?«

Hazel prustete los. »Willst du etwa mit mir ausgehen?«

Ich spürte, wie meine Muskeln sich entspannten. Ich hatte nicht einmal gemerkt, wie mein Körper plötzlich unter Strom gestanden hatte. Was sollte das denn jetzt? Hazel durfte flirten, mit wem sie wollte. Wir waren Freunde. Mehr nicht. Dennoch konnte ich einfach nicht weggehen. Wie ein Idiot stand ich da und sah zu, wie mein bester Freund Hazel anbaggerte.

Ganz typisch für ihn ließ er sich nicht von Hazels Frage entmutigen. »Ja, komm schon. Ein Date.«

Sofort schoss Hazels fragender Blick zu mir – und was machte ich Trottel? Ich zuckte mit den Schultern, als wäre es mir egal. Es sollte zumindest so sein! Aber verdammt, das war es nicht!

Hazels Augenbrauen zogen sich zusammen, keine Ahnung, was das bedeuten sollte. Dieser Moment hatte auch bloß wenige Millisekunden gedauert, kaum genug, um aufzufallen, doch ich merkte, dass Olivia unseren Blickwechsel mit einem wissenden Grinsen beobachtet hatte.

»Sorry«, meinte Hazel und tätschelte Sams Unterarm. »Ich habe momentan keine Lust auf Dates.«

»Sag gerne Bescheid, wenn du deine Meinung änderst«, erwiderte er, trank einen Schluck aus seinem Bier und wirkte kein bisschen beleidigt.

Hazel wandte sich mir zu und deutete auf die Dartscheibe. »Und jetzt zeig mal, was du draufhast.«

Ich war vollkommen bescheuert, denn ich suhlte mich in ihrer Aufmerksamkeit. Um dieses Gefühl in meinem Inneren ein bisschen auszugleichen, verzog ich keine Miene, als ich an ihr vorbeiging und mich auf den Platz zum Werfen stellte. Die anderen lachten, quatschten und achteten nur halb auf mich. Wir kannten einander schon seit Jahren, trafen uns regelmäßig, und solche Abende waren nichts Ungewöhnliches. Doch Hazels Aufmerksamkeit machte mich irre. Sie stellte sich so dicht neben mich, dass ich ihr Parfüm riechen konnte. Blumig und frisch zugleich. Was war nur los mit mir? War ich jetzt etwa wieder scharf auf sie, nur weil ein paar andere Kerle sie anbaggerten? War ich so ein armseliger Idiot?

Ich biss die Zähne zusammen, warf und traf natürlich nicht die Mitte.

»Uhh«, machte Hazel und ich hörte das siegessichere Grinsen in ihrer Stimme.

»Mach mal einen Schritt zur Seite«, brummte ich.

»Wieso?«, fragte sie leise und beugte sich so weit vor, dass nur ich die folgenden, geflüsterten Worte hören konnte. »Lenke ich dich etwa ab?«

Ich drehte ihr mein Gesicht zu und wir waren uns so nah, dass ich das winzig kleine Muttermal in ihrem Mundwinkel erkennen konnte. »Ja.« Das Wort war nur ein Hauch.

Dennoch hätte es ein Orkan sein können, denn Hazel taumelte ein wenig zurück und blinzelte. Offensichtlich hatte sie mit dieser Antwort nicht gerechnet. Ich auch nicht! Verdammt, wo kam das denn jetzt her?

Hazel fing sich schneller als ich und lächelte mich an, wie eine Löwin, die kurz davor war, ihre Beute zu erlegen.

Ich schüttelte meinen Kopf, während ein schnaubendes Lachen aus mir herausplatzte, und warf erneut. Dieses Mal traf ich.

15

»Würdest du nicht auch gerne einfach mal reinkneifen, um das zu testen?«

Derek flirtete mit mir! Mir war ganz heiß, obwohl ich bereits meinen Pullover ausgezogen hatte und nur noch ein Shirt trug. Verdammt! Ich hatte ihn nur ein bisschen reizen wollen, wie immer. Das war unser Ding! Wieso reagierte er jetzt so darauf? Und weshalb machte mich seine Reaktion so nervös?

Ich wollte mit ihm befreundet sein. Alles andere würde nur wieder in einer Katastrophe enden. Das hatte das letzte Mal doch gezeigt. Wieso also grinste ich immer noch so herausfordernd in seine Richtung? Das musste an dem Bier liegen. Das war sicher schlecht gewesen.

Ich räusperte mich kaum hörbar und trat einen Schritt zurück, damit Derek noch einmal werfen konnte.

»Was ist das denn plötzlich für eine Spannung hier?«, fragte Olivia säuselnd und trat näher an mich heran.

Ich zuckte mit den Schultern und nippte an meinem Bier, nur um ihr nichts erwidern zu müssen. Die Antwort auf ihre Frage hätte mich nämlich ebenfalls interessiert.

»Findest du nicht auch, dass Dereks Hintern noch immer

so knackig ist wie damals? Würdest du nicht auch gerne einfach mal reinkneifen, um das zu testen?«

Ich verschluckte mich an meinem Bier, spuckte die Hälfte auf den Boden und rang hustend nach Luft.

Olivia schlug mir laut lachend auf den Rücken, während ich alle Blicke auf mir spürte.»Du bist so scheiße«, zischte ich.

»Ich habe dich auch vermisst«, schnurrte sie, als mein Hustenanfall sich endlich gelegt hatte.

Die anderen warfen mir fragende Blicke zu und ich winkte mit einem»Verschluckt!«ab, während ich immer wieder hustete, um den Biertropfen in meiner Luftröhre loszuwerden. Er kratzte mich penetrant im Hals.

»Erwischt.«

Ich funkelte Olivia an, doch sie zuckte nur mit den Schultern und schenkte mir ein unschuldiges Lächeln.

Derek konzentrierte sich jetzt auf das Spiel und ließ sich von seinen Freunden aufziehen. So gelöst hatte ich ihn schon ewig nicht mehr gesehen. Vielleicht noch nie.

Ein warmes Lächeln stahl sich auf meine Lippen, während ich ihn beobachtete und geflissentlich Olivias Blick ignorierte.

Was hatte ich mir nur dabei gedacht, diese Freundschaft wieder aufleben zu lassen? Olivia war eine neugierige Besserwisserin.

Wir hatten alle gemeinsam die Bar verlassen und waren zu Fuß nach Hause gelaufen. Eastwood war so klein, dass man von einem Ende der Stadt zum andern höchstens zwanzig Minuten brauchte.

Derek hatte sich als Erster verabschiedet und schien direkt in der Innenstadt zu wohnen. Mir war auf dem Rückweg aufgefallen, dass ich gar keine Ahnung hatte, wo er lebte. Ich wusste überhaupt nichts über ihn, und der Gedanke gefiel mir nicht.

Das musste ich dringend ändern.

Das hatte ich mir gestern Nacht noch vorgenommen, während ich mit Olivia nach Hause gegangen war. Jetzt gerade saß ich auf meinem Fahrrad und war auf dem Weg zum Hotel. Olivia hatte mir ihren alten Fahrradkorb gegeben, in dem nun Sandwiches für Derek und mich und eine gebrauchte Kaffeemaschine lagen. Mir war klar geworden, dass es günstiger wäre, eine Kaffeemaschine zu kaufen, als immer Kaffee zu holen. Deshalb hatte ich kurzerhand heute Morgen bei eBay reingeschaut und glücklicherweise ein Angebot hier in Eastwood gefunden. Als ich angekommen war, hatte sich der Verkäufer als ein Secondhandladen herausgestellt.

Kurz hatte es mich in den Fingern gejuckt, noch ein bisschen zu stöbern, aber ich wollte auch nicht zu spät kommen. Deshalb nahm ich mir eine Erkundungstour für ein anderes Mal vor.

Als ich beim Hotel ankam, war der Parkplatz voller Fahrzeuge von irgendwelchen Firmen.

Ich stellte das Fahrrad neben der Treppe zur Veranda ab und trug meine Sachen ins Innere. Im Vorbeigehen grüßte ich all die neuen, fremden Gesichter und spürte die neugierigen Blicke auf mir ruhen.

Den Korb setzte ich hinter dem Empfangstresen ab, damit er nicht störte, und dann trug ich die Kaffeemaschine zu dem Bauwagen, der an der Seite des Parkplatzes aufgestellt worden war. Hier gab es einen Wasseranschluss beziehungsweise Wasser aus einem Tank, wo ich die Maschine sauber machen konnte, bevor ich sie zurück zum Empfangstresen brachte und Kaffee kochte.

Der Geruch breitete sich schnell aus, während ich die Tassen rausstellte, die Olivia ausrangiert hatte. Es waren einige, und die meisten zeigten irgendwelche kitschigen Sprüche oder Zeichnungen, aber das störte sicher niemanden.

»Hey, da bist du ja.« Dereks Stimme war so nah, dass ich zusammenzuckte.

Keuchend drehte ich mich um und stellte fest, dass er direkt hinter mir stand. »Morgen.«

Sein Mundwinkel zuckte und seine braunen Augen blitzten. »Du hättest keine Kaffeemaschine besorgen müssen.«

»Ich weiß. Aber ich finde Kaffee in den Pausen auch immer nett.« Irgendwie schaffte ich es, gelassener zu klingen, als ich mich fühlte.

»Hazel, Derek, guten Morgen.« Die Stimme ließ Derek zurücktreten.

Ich schaute an ihm vorbei und entdeckte einen ehemaligen Schulkameraden, dessen Name mir allerdings nicht einfallen wollte. »Guten Morgen. Bedien dich ruhig am Kaffee.« Ich deutete auf die Kaffeemaschine.

»Hi«, erwiderte Derek. Stimmt, er hatte den Kerl nie gemocht. Er war … puh, im Baseballteam gewesen? Mir wollte es echt nicht einfallen. Moment, Olivia und ich hatten einen Spitznamen für ihn. Dödel? Doch wieso? Ach ja! Ich unterdrückte ein Lachen. Seine Ex hatte das Gerücht gestreut, er hätte nur einen winzigen, aber dafür sehr fleischigen … *Anhang.*

»Weißt du«, überging Dödel Dereks Begrüßung und

schaute nur mich an.»Wenn ich gewusst hätte, dass du mich so heiß findest, hätte ich dich schon in der Highschool um ein Date gebeten.«

»Alter«, entfuhr es Derek genervt.»Das ist eine Ewigkeit her.«

Dödel lächelte weiterhin mich an.»Hast du Freitagabend schon was vor?«

Ich starrte ihn an, total überrascht von dieser Frage, und unterdrückte noch immer ein Lachen.»Sorry, ich habe momentan kein Interesse an Dates.«

Sein Lächeln wankte nicht einmal. Stattdessen zog er eine Visitenkarte aus seiner schwarzen Arbeitshose und reichte sie mir.»Falls du es dir anders überlegst, ist hier meine Nummer.« Er zwinkerte mir zu und ging dann.

Ich schaute auf die Karte. Ah, er hieß Dillan. Nicht, dass es mich sonderlich interessieren würde.

»So ein Spinner«, hörte ich Derek sagen und blickte zu ihm hoch. Er starrte Dillan hinterher, als könnte er ihm mit seinem Blick Löcher in den Rücken bohren.

»Keine Sorge«, versicherte ich Derek und legte meine Hand auf seine Schulter, um mich an ihn zu lehnen.»Ich gehe schon mit niemandem aus.«

Nun traf sein finsterer Blick mich.»Wieso sollte ich mir Sorgen machen?«

»Du meintest doch, ich soll nicht mit deinen Freunden flirten«, erwiderte ich langsam und konnte nicht verhindern, dass meine Lippen sich zu einem strahlenden Lächeln verzogen.»Offensichtlich macht dir das ja was aus.«

Dann trat ich zurück und rief einmal laut:»Der Kaffee ist fertig. Bedient euch ruhig!«

Ich konzentrierte mich wieder auf Derek.»Und was machen wir jetzt?« Wie von selbst glitt mein Blick über seine Arbeitskleidung, die sich um seinen sportlichen Körper schmiegte.

Mir war, als würde er näher an mich herantreten, obwohl er sich nur leicht vorbeugte, und ein Prickeln breitete sich in mir aus.»Und du spielst mit mir. Seit du wieder da bist.« Mir wurde eiskalt, als mein Herz plötzlich ein wenig schneller polterte, und ich trat zurück. Woher kam denn das jetzt? Ich war schließlich nicht mehr verliebt in ihn! Wir waren Freunde und da war Herzklopfen absolut tabu!

Dereks Augenbrauen hoben sich, als ich nichts erwiderte. Glücklicherweise kamen da die ersten Handwerker und nahmen sich Kaffee.

Ich setzte ein schwaches Lächeln auf.»Also, was mache ich heute?«

»Wir brauchen noch ein paar Materialien«, antwortete Derek langsam, dem wohl aufgefallen war, dass irgendwas mit mir nicht stimmte.»Sam hat mir eine Liste gegeben. Könntest du im Internet danach suchen?«

»Sicher.« Ich räusperte mich, weil mein Hals sich plötzlich eng anfühlte.»Ich habe den Laptop nicht hier, aber das sollte auch übers Handy gehen.«

»Gut. Ich schicke dir die Liste zu.« Er zückte sein Handy, tippte herum und kurz darauf spürte ich mein eigenes Telefon in der Hosentasche vibrieren.

Einen Moment lang starrten wir einander an, bevor ich etwas gepresst lächelte.»Ich suche mir dann mal eine ruhige Ecke.« Mit diesen Worten floh ich vor Derek und diesem Poltern in meiner Brust, das absolut unerwünscht war.

Ich durchkämmte das gesamte Hotel und stellte fest, dass einfach überall Handwerker waren. Leider kannte ich den Zeitplan noch nicht – etwas, das ich dringend ändern musste –, aber offensichtlich wurde hier ordentlich Gas gegeben.

Glücklicherweise fand ich einen Platz in einem der Gästezimmer im zweiten Stock. Ich setzte mich in den Erker, mit dem Blick nach draußen, wo sich der Wald vor mir erstreckte. Dann begann ich mit der Arbeit und durchforstete bis zur Mittagspause das Internet nach Angeboten. Dabei versuchte ich, nicht an Derek zu denken und nicht daran, was da vorhin passiert war. Meine Verliebtheit hatte ich längst überwunden. Wieso fühlte ich mich dann so wie damals?

Ich blickte aus dem Fenster und ließ das Handy sinken. Meine Augen brannten, weil ich viel zu lange auf den Bildschirm gestarrt hatte, und ich blinzelte.

Was hatte sich geändert?

Derek reagierte neuerdings auf mich. Etwas, das er noch nie getan hatte. War das der Grund, weshalb mein Herz jetzt verrücktspielte?

Ich brummte nachdenklich und sog meine Unterlippe ein. Oder ging es gar nicht um mein Herz?

»Das könnte sein«, murmelte ich und erhob mich ganz automatisch.

Einen Moment lang zögerte ich, gab mir dann aber einen Ruck. Ich musste herausfinden, was los war, und dafür musste ich einen einfachen Test machen.

Deshalb durchkämmte ich das gesamte Hotel nach Derek, fand ihn aber nirgends. Ein Blick auf den Parkplatz verriet mir, dass er nicht weggefahren sein konnte, da sein Truck noch dort stand.

Dödel war mir am nächsten, weshalb ich ihn nach Derek fragte.

Er zeigte ein vielsagendes Grinsen, als hätte ich nur einen Vorwand gesucht, um ihn anzusprechen. Würg. »Er ist im Wintergarten mit einem Statiker.«

»Danke.« Mein Lächeln war unverbindlich und dennoch schien es Dödel zu veranlassen, seinen Blick langsam über meinen Körper gleiten zu lassen. Ich hätte ihm ins Gesicht boxen können. Ein alter Kollege, Türsteher durch und durch, hatte mir beigebracht, wie ich mich gegen unliebsame Avancen zur Wehr setzen konnte. Aber da es sicher nicht gut ankam, wenn wir unsere Handwerker schlugen, drehte ich mich stattdessen stumm um. Dabei war ich mir seiner Blicke überdeutlich bewusst und hatte das Gefühl, er würde mir jetzt auf den Arsch glotzen.

Ich schüttelte meinen Ekel ab und lief durch den gläsernen Wintergarten. Derek stand gerade am anderen Ende des Raumes und unterhielt sich mit irgendwem. Kurz zögerte ich, dann sagte ich »Hallo« und stellte mich daneben.

Derek warf mir nur einen fragenden Blick zu, bevor er sich wieder auf den Herrn konzentrierte, der ihm gerade etwas von Statik erzählte. Scheinbar lag die gesamte Last der Decke dieses Raumes auf den Fensterrahmen. Das war wohl schlecht, denn die Fenster waren im Eimer.

»Wir könnten Stahlträger einsetzen«, schlug Derek vor und deutete auf die breiten Fensterfronten. »Diese mauern wir ein und dann kommen dazwischen die Fenster. Es wird immer noch genug Lichteinfall geben.«

Der Statiker zeigte nach oben zum Dach, das zur Hälfte aus Glas bestand. »Die Fenster müssten ebenfalls getauscht werden.«

Derek nickte nur langsam und seufzte. »Oder wir nehmen die Fenster raus, machen daraus ein normales Dach – was günstiger und einfacher wäre – und gestalten diesen Wintergarten direkt zu einem Saal um.«

Der Statiker nickte und notierte sich etwas. »Ich erstelle Ihnen einen Plan für die Stahlträger. Die können Sie Ihrem Bauleiter geben. Der Raum wird auch ohne Dachfenster noch imponieren.« Erneut nickte Derek, wirkte aber nicht sonderlich beeindruckt.

Der Statiker verabschiedete sich von uns und ging.

»Das wird Amber gar nicht gefallen.«

Ich schnaubte. »Dann soll sie das alles bezahlen. Ich finde die Idee ausgezeichnet und bin sicher, dass der Raum am Ende toll aussehen wird. Allein der Ausblick auf den kleinen See und den Wald dahinten ist phänomenal.«

»Du hast recht. Ich lasse sie einfach zusätzlich noch beide Alternativen durchrechnen und dann werden die Kosten sie schon überzeugen.« Nachdenklich sah er sich um. »Der Raum ist perfekt für große Veranstaltungen. Was meinst du, wie viele Leute hier Platz finden?«

Ich überlegte, kaute dabei auf meiner Unterlippe herum und versuchte zu verbergen, wie viel es mir bedeutete, dass er mich miteinbezog. »Hundert bis hundertfünfzig Leute«, schätzte ich. »Aber ich war noch nie gut in so was.«

Dann trat ich auf ihn zu, so nah, dass er seine Überlegungen fallen ließ und mich fragend ansah. »Mir ist etwas klar geworden.«

»Ach ja?« Seine Augen fixierten mich, dunkel und intensiv.

Ich spürte ein Kribbeln auf der Haut und schnaubte unwillig. »Ich will etwas ausprobieren.«

»Was?«

Statt ihm zu antworten, packte ich ihn an seiner Jacke. Mein Herz schlug schneller und ich zog ihn so fest an mich, dass wir uns an den Beinen, am Bauch und an der Brust berührten.

»Hazel«, flüsterte er, völlig erstarrt, als wüsste er nicht, was er tun sollte.

Ich verharrte, während Derek seinen Kopf senkte, so weit, dass unser Atem sich vermischte. Seine Lippen waren nur wenige Zentimeter von meinen entfernt. Der Geruch von Holz haftete an ihm und ich sog ihn ein.

Keiner von uns rührte sich und doch schien in mir ein Sturm zu toben. Hitze breitete sich in mir aus, während ein Vibrieren durch mein Innerstes fuhr. Ich presste die Beine zusammen, atmete schneller und erzitterte, wobei sich zugleich ein Verlangen in mir ausbreitete, das ich schon lange nicht mehr gespürt hatte.

Das hier war … wow – und gleichzeitig genau das, was ich mir erhofft hatte.

Ein Lachen entfloh mir, atemlos und beinahe ein Keuchen. Mein Körper protestierte einen winzigen Moment, bevor ich zurücktrat.

Wir starrten einander ein. In Dereks Gesicht wuchs die Verwirrung, während ich lachte. »Puh!«

Derek räusperte sich und trat ebenfalls einen Schritt zurück. »Was soll der Mist?«

»Ich dachte schon, dass ich noch …« Ein geradezu verzweifeltes Lachen kam über meine Lippen. »Dass ich noch in dich verliebt wäre.«

Seine Lippen pressten sich zu einer harten Linie. »Ach ja?«

»Ja!« Jetzt hallte mein Lachen durch den Wintergarten. »Dabei ist das nichts anderes als körperliche Anziehung.«

Ein riesiger Brocken löste sich von meinen Schultern und ich klatschte in die Hände. »Wow, das erleichtert mich wirklich!« Beschwingt drehte ich mich in Richtung des Ausgangs. »Danke für den Test.«

»Sicher.« Er starrte mich an, als wäre ich vollkommen wahnsinnig.

»Ich mache dann mal weiter!« Wieder musste ich lachen und vertrieb damit den letzten Rest des Prickelns, das seine Nähe in mir ausgelöst hatte. Es erleichterte mich unermesslich, dass diese alte Verliebtheit wirklich weg war. Natürlich fand ich Derek immer noch heiß. Vermutlich wäre es sogar seltsam, wenn mein Körper jetzt nicht mehr auf ihn reagieren würde. Mich zu ihm hingezogen zu fühlen, machte mir keine Angst. Das war von dem Moment an so gewesen, als ich ihn zum ersten Mal traf. Schlimmer wäre es, wenn meine alten Gefühle für ihn wieder hochkommen würden. Diese Verliebtheit, die mein Herz in den Abgrund gerissen hatte, wollte ich nie wieder fühlen.

16

Derek

»Die werden vermutlich auch weinen.
Vielleicht wird auch jemand kotzen.«

Ich starrte Hazel hinterher, die aus dem Saal lief, als hätte sie gerade im Lotto gewonnen. Und das nur, weil sie scheinbar herausgefunden hatte, nicht mehr in mich verliebt zu sein. Es waren sechs Jahre vergangen, natürlich hatte ich nicht mehr damit gerechnet, dass sie noch romantische Gefühle für mich hegte. Aber verdammt, irgendwie fühlte ich mich jetzt vor den Kopf gestoßen.

Zugleich klopfte mein Herz viel zu schnell und viel zu laut.

Körperliche Anziehung.

Es hatte bereits in ihren Augen geleuchtet, als ich ihren Flirt erwidert hatte. Aber es jetzt aus ihrem Mund zu hören, ließ eine Unruhe in mir hochkommen, die ich schon lange nicht mehr verspürt hatte.

»So ein Biest«, murmelte ich und schüttelte den Kopf. Ich stieß ein verzweifeltes Lachen aus, das in dem leeren Saal verloren ging und durch die zerbrochenen Scheiben verschwand.

Wäre sie jemand anderes, hätte ich diese Worte, diesen gesamten *Test* als Provokation aufgefasst. Aber Hazel war so. Sie machte keine halben Sachen.

Ein Grinsen stahl sich auf meine Lippen. Soso. Körperliche Anziehung also.

Etwas in mir machte einen fröhlichen Hüpfer, und in mir machte sich auf einmal eine unsägliche Vorfreude darauf breit, Hazel wiederzusehen. Wie von selbst bewegten sich meine Füße zurück in die Lobby, um sie zu suchen. Die perfekte Rache wäre doch ein kleiner Test, um zu prüfen, wie groß diese körperliche Anziehung wirklich war.

»Derek!« Ich erstarrte und jegliche Vorfreude verpuffte, als ich Maggys Stimme durch den Eingangsbereich peitschen hörte.

Ich verzog den Mund und sah in Richtung Eingang, wo sie und Elinor standen und mich beide mit finsteren Blicken bedachten. Maggy ähnelte in diesem Moment so sehr Betty, dass ich schluckte, um den Kloß im Hals loszuwerden. Dann grinste ich versöhnlich und breitete meine Arme aus, während ich auf die beiden zuging. »Was verschafft uns die Ehre?«

»Diese Bude hat Betty euch also vererbt?« Maggy klang fassungslos, wütend und ein bisschen verwirrt.

»Ja, so ähnlich.« Ich erzählte ihnen von den Details des Erbes, denn über kurz oder lang würden sie es eh herausfinden. In Eastwood blieb sowieso nichts geheim.

Elinor schnaubte und hielt sich an ihrem Gehstock fest, während sie sich in der mit dunklem Holz vertäfelten Lobby umsah. »Wieso hat sie uns nie etwas gesagt?«

»Vermutlich, weil ihr daraus ein Hexenzirkel-Hauptquartier gemacht hättet.« Hazels Lachen überrollte mich und ich merkte, wie ich grinste, als sie hinter ihnen auftauchte. Sie fiel den beiden alten Damen um den Hals und ich beobachtete fasziniert, wie sie die Umarmung liebevoll erwiderten. Niemand außer Hazel konnte die drei, jetzt nur noch zwei, derart um den Finger wickeln.

»Wo kommst du denn her?«, fragte Elinor überrascht und spähte hinter sie nach draußen.

»Ich war in einem der Toilettenwagen. Sie sind erstaunlich sauber. Und zum Glück haben sie fließendes Wasser zum Händewaschen. Auch wenn es saukalt ist.« Sie rieb sich demonstrativ die Finger. »Was verschafft uns die Ehre? Und wieso hat euch Joe gefahren?« Hazels Grinsen traf Maggy und sie sah sie an, als erwartete sie eine bestimmte Antwort.

Doch Maggy machte eine wegwerfende Handbewegung. »Joe hat Pokerschulden bei mir, und die zahlt er in Form eines Fahrdienstes ab.«

Hazel lachte so plötzlich und laut los, dass sich mehrere Handwerker neugierig zu uns umdrehten. »Und ich habe ihn noch vor dir gewarnt.«

Elinor kicherte nun auch und beugte sich leicht vor. »Ich schwöre dir, der hat doch absichtlich verloren. Er steht nämlich auf Maggy.«

Hazel biss sich vergnügt auf die Unterlippe und ich sah, wie ihr Tränen in die Augen schossen. Ob vor Rührung oder unterdrücktem Lachen, konnte ich nicht sagen.

»Papperlapapp.« Unwirsch wedelte Maggy mit ihrer Hand vor Elinors Gesicht, was diese zurückzucken ließ. Dann blitzten böse Blicke zu Hazel und mir. »Wieso müssen wir bitte von Amanda Simmens erfahren, dass ihr von Betty ein Hotel geerbt habt?«

Hazel verzog den Mund. »Ich wollte euch besuchen, ich schwöre es. Aber es war so viel zu tun. Aber jetzt seid ihr ja hier!« Sie klatschte in die Hände und ihre Augen begannen

zu strahlen.»Darf ich euch das Hotel zeigen? Es muss unglaublich viel gemacht werden, aber es ist wunderschön.«
»Ich weiß«, stieß Maggy, nur ein bisschen beschwichtigt, aus.»Hier haben wir als Kinder immer gespielt.« Ihr Blick schweifte durch die Lobby und ihre Stimme verlor ein wenig von der üblichen Strenge.»Ich war noch nie hier drin. Wir waren immer nur am See oder auf der Veranda.«
Mein Blick fiel auf Hazel, deren Augen einen traurigen Ausdruck angenommen hatten. Sie hakte sich bei Maggy unter.»Dann wird es jetzt wohl Zeit für eine Führung.« Sie lächelte mich fragend an, als bräuchte sie die Erlaubnis dazu.

Ich nickte, auch wenn es unsinnig war, und musste zugeben, für einen Moment wäre ich liebend gerne mit ihnen gegangen.

Doch da rief irgendwer meinen Namen und ich seufzte. Zurück an die Arbeit.

Nachdem die letzten Handwerker gegangen waren, schloss ich das Hotel ab und trat auf den dunklen Parkplatz. Mein Wagen stand als einziger noch hier. Wind ließ die Baumspitzen wogen und eisig strich er mir über den Nacken. Ich störte mich jedoch nicht an der Kälte, denn sie war mir lieber als brütende Hitze. Mein Atem bildete weiße Wölkchen und deutete an, dass es diese Nacht vermutlich wieder frieren würde. Ich zog das Handy aus der Hosentasche und wählte Sams Nummer.

Er ging nach dem ersten Klingeln ran.»Hey.«
»Ich bin heute die Liste durchgegangen und …«
»Kann das warten? Ich habe hier ein kleines Problem. Wir,

meine ich damit«, unterbrach er mich und erst jetzt hörte ich die Nervosität in seiner Stimme.

»Was ist los?« Meine Schritte knirschten auf dem Kies und ich stellte mir vor, wie es sich wohl anhören würde, sobald man die Parkplätze gepflastert hätte.

»Ich bin gerade bei Amber. Wir wollten etwas besprechen. Sie hat wohl nur derzeit ...«

Im Hintergrund schepperte es laut und ich vernahm das wütende Brüllen einer Löwin – Ambers Brüllen. Etwas, das ich schon seit unserer Kindheit nicht mehr gehört hatte. Sofort rannte ich zu meinem Wagen, entriegelte ihn und sprang auf den Fahrersitz. »Was ist passiert?«

»Komm einfach so schnell wie möglich her, ja?«

»Braucht jemand einen Krankenwagen?«

»Noch nicht«, antwortete Sam gedehnt, als wäre er sich nicht sicher. Dann sagte er etwas zu Amber und legte gleichzeitig auf.

Ich entspannte mich und gab im selben Augenblick Gas. Was auch immer los war, es war nicht so grauenvoll, dass man einen Notarzt oder die Polizei benötigte. Aber es musste schrecklich genug sein, damit Amber ausflippte.

Vom Hotel bis zu Ambers Haus brauchte ich nicht länger als acht Minuten, inklusive diverser roter Ampeln. Wir hatten nicht viele davon in Eastwood, aber gerade heute schienen sie mich alle verhöhnen zu wollen.

Ich parkte den Wagen am Straßenrand und erstarrte, als ich an dem weiß gestrichenen Gartenzaun ankam. Auf dem Rasen lagen Berge von Sachen. Klamotten, Elektronik, eine immense CD-Sammlung.

Waren das zwischen den Socken und dem alten Koffer etwa Frederics Schach-Preise? Doch, das mussten sie sein.

So oft, wie er damit angegeben hatte, erkannte ich sie schnell.

Ich lief an den Sachen vorbei und bemerkte erst jetzt, dass die Fenster zum Vorgarten geöffnet waren. Im Wohnzimmer stand Amber und packte bereits einen weiteren Haufen, um ihn nach draußen zu werfen. Hinter ihr entdeckte ich Sam, der aussah, als wäre er am liebsten überall anders, nur nicht hier.

Er sah mich als Erster und rannte zur Haustür, um sie mir zu öffnen, noch bevor ich die Veranda erreichte.

»Was hat Frederic angestellt?«

Sam verzog seinen Mund. »Scheinbar ist er nicht nur ein Langweiler, sondern auch ein Betrüger.«

»So ein mieses Arschloch!« Ambers Wut schien das Haus erzittern zu lassen.

Weil ich genau wusste, dass ihr dieser Wutausbruch schon morgen unangenehm sein würde, zog ich schnell Schuhe und Jacke aus, bevor ich ins Wohnzimmer lief. Dort war es wegen der geöffneten Fenster eiskalt.

Ich trat neben Amber und nahm ihr den Haufen ab, den sie gerade rauswerfen wollte. »Schwesterchen.«

Sie atmete schnaubend wie ein wütender Stier durch die Nase aus. »Derek. Geh mir aus dem Weg.«

»Wie wäre es, wenn wir erst einmal reden?« Ich hob meine Hände, wie zum Beweis, dass ich unbewaffnet war. »Du scheinst wütend zu sein.«

»Wütend?« Sie schnaufte und ich meinte, ein Feuer in ihren Augen auflodern zu sehen. »Ja! Ich bin wütend! Ich habe nämlich einen Tanga in Frederics Jackett gefunden. Dann habe ich ein wenig gewühlt.« Sie spuckte das letzte Wort geradezu aus, während ihre geröteten Augen einen glasigen Glanz annahmen. »Und ich habe Quittungen entdeckt. Für Hotels. Blumen. Schmuck! Nichts davon war für mich!« Meine Augen weiteten sich und ich ballte die Hände zu Fäusten. Ich würde diesen Dreckskerl fertigmachen! »Er hat eine Affäre! Und als ich ihn angerufen habe, hat er mir gesagt, ich solle mich nicht so aufregen! Ich wette, er ist nicht einmal auf einer verdammten Geschäftsreise, sondern vögelt irgendeine Tussi!«

Ich nickte langsam, drehte mich um, öffnete das Fenster wieder und streckte ihr meine Hände entgegen. »Dann lass uns seinen Scheiß aus deinem Haus werfen und dafür sorgen, dass die ganze Nachbarschaft erfährt, dass er hässliche Unterhosen mit Enten darauf trägt.«

Amber starrte mich einen Moment lang an. Dann prustete sie los, bevor Tränen über ihre Wangen strömten und sie ganz entkräftet in die Knie sank. »Die habe ich ihm geschenkt.«

»Oh.« Ich wechselte einen Blick mit Sam, der hinter Amber stand und noch immer so aussah, als würde er am liebsten abhauen wollen. Ich bedeutete ihm, dass er jetzt gehen konnte. Er warf mir ein dankbares Lächeln zu und stahl sich davon, ohne sich von Amber zu verabschieden. Sie bekam nichts mit, sondern schluchzte einmal laut, während ihr Körper zu zittern begann.

Ich schloss die Fenster wieder und zog die Vorhänge zu, um uns vor neugierigen Blicken zu schützen. Dann setzte ich mich neben Amber und legte meinen Arm um sie, zog sie zu mir und strich ihr über den Rücken. »Das ist Scheiße.« Mehr konnte und brauchte ich nicht zu sagen.

Amber nickte nur und beruhigte sich langsam, während leise Tränen über ihre Wangen auf meinen Pullover tropften.

Ich roch nach Schweiß und Arbeit, doch sie merkte es nicht einmal, während sie sich an mich lehnte.

Ich wusste nicht, wie lange wir so dasaßen, aber irgendwann schniefte sie einmal laut, bevor sie sich räusperte und sich langsam von mir löste. »Danke, dass du gekommen bist.« Ihr Lachen war traurig. »Sam muss mich für eine Irre halten.«

»Das tut er nicht.« Ich lachte, als ich ihre hochgezogenen Augenbrauen sah, die ihren typischen Blick untermauerten, mit dem sie einen dazu bringen wollte, die Wahrheit zu sagen. »Vielleicht hast du ihn ein bisschen erschreckt.«

»Ich muss mich das nächste Mal bei ihm entschuldigen.«

»Wenn du das möchtest, kannst du das tun. Aber er wird dir das nicht nachtragen.« Ich stand auf, als sie es auch tat, und sah mich im Wohnzimmer um. Es war ein einziges Chaos.

Überraschenderweise schien Amber dies nicht wahrzunehmen, denn ihr Blick glitt zu dem riesigen Foto, das an der Wand hinter dem Esstisch hing. Auf dem Bild waren sie und Frederic auf dem Abschlussball zu sehen. »Ich werde es ihm überlassen, die Verlobungsfeier abzusagen. Was für ein Glück, dass er alle bisherigen Kosten übernommen hat. Es hätte mir sowieso zu denken geben müssen, dass er mir schon vor dem Antrag gesagt hat, wann er sich mit mir verloben will. Und ich dumme Kuh habe sogar die Vorbereitungen für die Feier übernommen!« Sie schnaubte und ein hochmütiger Ausdruck trat auf ihr Gesicht. »Vielleicht sollte ich shoppen gehen, solange ich seine Kreditkarte habe.«

Mir fehlten die Worte. Ich war wütend auf Frederic, dass er es geschafft hatte, Amber zum Weinen zu bringen. Zugleich war ich ehrlich gesagt auch ein wenig überfordert angesichts ihrer Offenheit. Das plötzliche Klingeln ließ uns gleichzeitig zusammenzucken.

Sofort wischte Amber sich unter den Augen die Tränen weg, doch als sie zur Tür laufen wollte, hielt ich sie zurück. »Das mache ich.«

Sie nickte mit einem traurigen Lächeln und ich ging zur Tür, um sie zu öffnen. Mein Körper spannte sich an, in Erwartung, gleich Frederic gegenüberzustehen, der versuchte, die Wogen wieder zu glätten. Stattdessen blickten Hazel und Olivia zu mir hoch.

»Wo ist sie?« Ich hatte Hazel seit ihrem achtzehnten Geburtstag nicht mehr so entschlossen erlebt.

»Amber ist im Wohnzimmer. Aber ...« Sie ließ mich gar nicht ausreden, sondern kam einfach herein und rannte an mir vorbei. Olivia folgte ihr. Beide trugen braune Tüten, die aussahen, als hätten sie gerade den Supermarkt leer gekauft.

»Was wollt ihr hier?« Ambers Stimme zitterte und ich beeilte mich, ins Wohnzimmer zu kommen.

Dort standen Hazel und Olivia bereits in Ambers offener Küche und räumten die Einkaufstüten leer.

Hazel sah zu Amber herüber. »Das hier ist ein Notfall und wir sind da, um zu helfen. Wir haben Snacks, Eis, Süßigkeiten, Zutaten für meine berüchtigten Du-kannst-mich-mal-Cocktails, und eine Familienpizza ist bereits bestellt. Joe hat mir für den Rest des Abends freigegeben, damit ich mich um meinen familiären Notfall kümmern kann.« Sie deutete auf sich und Olivia. »Wenn du mir die Nummern deiner Freundinnen gibst, rufe ich sie für dich an. Wenn du keinen Bock auf die hast, dann bleiben Olivia und ich hier. Wenn du mit

Ryan und Derek abhängen willst, steht Ryan bereits in den Startlöchern. Aber es kommt nicht infrage, dass du heute Nacht alleine bist.«

»Was?« Amber blinzelte zu oft und ihr Mund war geöffnet.»Warum tust du das?«

»Weil du meine Schwester bist«, erwiderte Hazel leise und hielt eine Flasche Rum in die Luft.»Wie viele Cocktails soll ich mixen?«

Amber schaute zu mir herüber und lächelte schwach.»Könntet ihr Ryan anrufen?«

»Ich erledige das.« Olivia zückte ihr Handy und deutete auf Hazel.»Ich warte im Wagen auf dich«, sagte sie, als wäre es ganz selbstverständlich, dass sie wie zwei Hurrikans hier hereinstürmten, Alkohol und Essen brachten und dann wieder verschwanden.

Diese nickte, doch zu unser aller Überraschung schüttelte Amber ihren Kopf.»Ich denke ... wir werden sicher mehr als nur eine Runde Cocktails brauchen.«

Hazel lächelte bei dieser Andeutung, dass Amber sie gerne bei sich hätte.

Olivia drückte ihr Handy ans Ohr und legte nur wenige Sekunden später wieder auf.»Ryan ist auf dem Weg. Wir sehen uns!« Damit verschwand sie genauso schnell, wie sie aufgetaucht war, und wir blieben zurück.

Ich stand nur da, direkt neben Amber, und wir starrten Hazel an, die die Schränke öffnete und schließlich vier Gläser fand. Dann begann sie mit routinierten Griffen Cocktails zu mixen.

»Also.« Amber zog das Wort lang und ging zögernd auf ihre eigene Küche zu.»Wir trinken jetzt einfach?«

»Nein.« Hazel sah nicht einmal auf, während sie mit geübten Griffen die Zutaten sortierte.»Wir trinken und schauen einen Film. Du wirst weinen. Ich werde sehr wahrscheinlich auch weinen und unsere Jungs …«Sie stockte und ließ ihren prüfenden Blick über mich gleiten.»… die werden vermutlich auch weinen. Vielleicht wird auch jemand kotzen.«

»Oh, bitte nicht«, stieß Amber aus und ihr Blick huschte besorgt über ihren weißen Teppich und das hellgraue Sofa. Hazel lachte auf und deutete auf mich.»Besorg mal Decken.«

»Du meintest das mit der Kotze ernst?«, kreischte Amber.

»Nein, aber die Chips krümeln.« Hazel grinste und zwinkerte ihr zu.»Wenn du willst, können wir die Sachen draußen im Garten auch verbrennen.«

»Ich denke nicht …«

»Amber, das war ein Scherz.«

»Der war überhaupt nicht lustig!«

Hazels Lippen verzogen sich zu einem liebevollen Lächeln.»Ich war noch nie so lustig, wie ich mir erhofft habe. Also los, besorgt Decken. Ryan müsste gleich da sein.«

»Woher …«

»Sam hat mich angerufen«, sagte Hazel zu Amber, als diese nicht weitersprach, und konzentrierte sich wieder auf die Cocktails. Selbst an Eis hatte sie beim Einkaufen gedacht.»Liebeskummer tut weh, aber es ist wichtig, ihn auch zu leben. Wenigstens ein Mal.« Ihr wissender Blick traf erneut Amber.»So, wie ich dich kenne, hättest du vermutlich deinen Prada-Rock in weniger als zehn Minuten wieder glatt gestrichen und so getan, als hättest du alles im Griff.«

Amber schob ertappt die Unterlippe vor und ich musste mein Lächeln verbergen, weil Hazel so verdammt richtiglag.

»Genau das konnte ich nicht zulassen!« Sie deutete auf uns beide. »An die Arbeit. Die Pizza sollte bald kommen und bis dahin müssen wir fertig sein!«

»Wieso?« Amber konnte es einfach nicht lassen.

»Weil ich es so sage!«

Ich stieß ein lautes Lachen aus und floh dann unter Ambers funkelndem Blick.

Es dauerte keine halbe Stunde, bis die Familienpizza geliefert wurde. Sie war so groß, dass sie fast den gesamten Platz auf Ambers Couchtisch einnahm. Ryan war zwischendurch ebenfalls aufgetaucht und hatte Amber zuerst wortlos in den Arm genommen, bevor er direkt dazu übergegangen war, Hazel zu helfen.

So saßen wir mit Pizza in der Hand auf dem Sofa und für einen Augenblick war es wie früher. Hazel und ich hatten uns auf dem Boden niedergelassen, die Rücken an die Couch gelehnt, während Ryan im Sessel saß und Amber sich auf der Couch ausgebreitet hatte. Obwohl sie noch ihr Kostüm trug, hatte sie sich von Hazel zudecken lassen und schlürfte nun ihren Cocktail.

Im Fernsehen lief ein Liebesfilm, den ich nicht kannte und den ich niemals freiwillig geguckt hätte.

Doch nun saß ich hier und schaute mich um, während Wärme in mir aufstieg. Ich blickte zu Hazel, die mit glänzenden Augen den Fernseher anschaute, und mir wurde klar, dass ich mich schon lange nicht mehr so vollständig gefühlt hatte wie in diesem Moment.

17

»Die Frage ist nur, wie viel Verwüstung du hinterlassen wirst, wenn du wieder gehst.«

»Was machst du hier draußen?«

Als ich Dereks Stimme hörte, zuckte ich derart zusammen, dass mir ein Schrei entfuhr und ich beim Herumdrehen mit dem Knie gegen die Veranda knallte. »Au!« Derek, dieser miese Hund, lachte laut.

Unter Schmerzen stöhnte ich und rieb mir mein Knie. »Ich brauchte nur ein wenig frische Luft. Bei dem letzten Cocktail habe ich wohl ein bisschen mit dem Rum übertrieben.«

»Und ich dachte, das wäre Absicht gewesen.« Derek lehnte sich neben mir an die Veranda und blickte zu den Klamottenhaufen auf dem Rasen. Er trug noch seine Arbeitssachen, was Amber nicht mit einem Wort kommentiert hatte. Ein untrügliches Zeichen dafür, wie mies es ihr wirklich ging.

»Nein«, gab ich zu, und als der Schmerz endlich nachließ, lehnte ich mich wieder gegen die Veranda. »Schläft Amber?«

»Ja. Ryan ebenfalls. Deine Drinks können einen echt ins Koma befördern.«

Ich kicherte. »Ich denke, das war die Mischung aus Alkohol, Zucker und Fett.«

Derek rieb sich den Bauch und stöhnte leise.»Das war echt übel.«

Lächelnd schaute ich wieder auf den Rasen. Meine Hände ballten sich wie automatisch zu Fäusten, während mir Ambers Weinen in den Ohren nachhallte. Sie hatte sich bemüht, leise zu sein, doch natürlich hatte ich sie gehört.»Frederic verdient einen Arschtritt.«

»Den wird er bekommen.«

»Gut.«

Ich sah im Augenwinkel, wie Derek sich mir zuwandte.»Das war wirklich nett von dir. Gerade nach dem, wie Amber sich dir gegenüber verhalten hat.«

»Ich bin eben ein netter Mensch«, hörte ich mich automatisch sagen und seufzte.»Sie war echt fies zu mir. Aber sie ist einfach meine Schwester. Wenn mir jemand das Herz brechen würde, wäre so ein Abend das gewesen, was ich mir gewünscht hätte.«

»Hat … dir jemand schon mal das Herz gebrochen?«

Ich lachte.»Echt jetzt?« Er versuchte zwar, cool zu wirken, doch ich sah ihm an, dass dies kein Thema war, über das er gerne sprechen wollte. Ebenso wenig wie ich.»Also, wie fandest du den Film?«

»Grauenhaft.« Sein Mundwinkel zuckte.»Aber ich muss gestehen, die meiste Zeit habe ich nicht auf den Film geachtet.«

»Sondern?« Unter seinem Blick wurde mir warm, obwohl ich schon Gänsehaut von der Kälte hatte.

»Ich musste die ganze Zeit an deinen kleinen Test heute Morgen denken.«

Meine Wangen kribbelten bei der Erinnerung und ich musste mir ein Grinsen verbeißen, als ich an sein entsetztes

Gesicht von vorhin dachte. »Keine Angst, ich bin wirklich nicht verliebt in dich. Das war nur ein dummer Gedanke, der sich schnell geklärt hat.«

Er kam näher – nur ein wenig, nur so weit, dass seine folgenden Worte sich nach mehr anfühlten, als sie sollten. »Aber du findest mich heiß.« Er brachte es auf den Punkt. »Hässlich bist du nicht.«

»Ich finde dich auch nicht hässlich.«

»Das ist genau das, was ein Mädchen hören möchte«, erwiderte ich trocken und versuchte, damit über meinen schneller werdenden Puls hinwegzutäuschen.

»Weißt du, ich dachte immer, wenn du irgendwann zurückkommen solltest, würde mich das nicht interessieren.«

»Du hast mich nicht unbedingt mit Ballons und Konfetti willkommen geheißen.«

Er wiegte seinen Kopf hin und her, als wären meine Worte nicht das, was er gemeint hatte.

Ich wusste genau, wovon er redete. Hier ging es nicht um etwas, das er gesagt oder getan, sondern darum, was er gefühlt hatte.

Das Schweigen zwischen uns dehnte sich aus und ich würde die Stille nicht mit sinnlosen Worten füllen, denn ich wollte hören, was er dachte und noch zurückhielt.

»Du hast mich überrascht.« Er lehnte sich gegen die Veranda und schaute hinaus auf den Garten.

»Womit?« Ich imitierte seine Haltung und zog dabei meinen Mantel ein wenig fester um mich. Es war echt kalt, aber um nichts in der Welt würde ich diesen Moment gerade zwischen uns vermasseln. Ich wollte unbedingt hören, was er mir zu sagen hatte.

»Mit allem.« Er stieß ein leises Schnauben aus und der

Mundwinkel, den ich sehen konnte, zuckte.»Du kommst hierher wie ein Wirbelwind und reißt alles mit dir.« Sein Gesicht drehte sich zu mir und mit seinem Blick strich er über meine Lippen.»Die Frage ist nur, wie viel Verwüstung du hinterlassen wirst, wenn du wieder gehst.« Nun waren es meine Mundwinkel, die zuckten.»Das kommt wohl darauf an, wie viel du mich verwüsten lässt.« Seine Augenbrauen zogen sich fragend zusammen. »Es ist so«, begann ich und atmete tief durch.»Wir haben eine Geschichte. Eine sehr kurze, aber es ist eine Geschichte. Und irgendwie hat sie uns beiden wehgetan. Aber das ist vorbei. Für mich zumindest. Ich habe mit dem, was damals war, abgeschlossen.« Mit den Fingern strich ich über das raue Holz der Veranda.»Natürlich finde ich dich heiß, aber das hat nichts mit der Vergangenheit zu tun.« Meine Augen trafen wieder seine, denn ich wollte, dass er wusste, wie ernst es mir war.»Ein Teil von mir hat dich immer vermisst und sich ständig gefragt, was gewesen wäre, wenn. Jetzt weiß ich, dass das Unsinn war. Wir waren so jung. Das hätte nur katastrophal enden können.«

»Aber nun sind wir älter?«

»Es sind immerhin sechs Jahre vergangen.«

Derek trat etwas näher an mich heran, sodass sich nun unsere Arme berührten.»Ich habe das von damals auch hinter mir gelassen. Und ich finde dich ebenfalls heiß.«

»Du sagst das so, als müsste ich daraus irgendwelche Schlüsse ziehen.« Ich lachte und lehnte mich ein wenig näher an ihn heran, weil mir so kalt war und ich das Kribbeln genoss, das seine Nähe in mir auslöste. Da es rein körperlich war, machte es mir keine Angst mehr.

Derek schaute zu mir herunter und senkte dabei seinen

Kopf so sehr, dass seine Lippen beinahe meine Stirn berührten. »Wir sollten nach vorne schauen.«

»Das tun wir doch«, flüsterte ich, schloss die Augen und spürte seinen Atem auf meiner Stirn. »Wir haben das Kriegsbeil begraben, wie man so schön sagt.«

»Und doch ist da diese Anziehung zwischen uns.«

Ich schluckte und öffnete meine Augen wieder. »Seit wann bist du so direkt?«

»Das war ich schon immer.«

»Nie zu mir.«

»Dann wird es wohl Zeit, dass wir uns neu kennenlernen.« Er hauchte die Worte und seine Hand legte sich auf meine Wange. Funken aus purer Hitze durchfluteten meinen gesamten Körper.

Wie von selbst wandte ich mich ihm vollständig zu und legte meinen Kopf in den Nacken. Ich wollte ihn fragen, ob er sich sicher war und ob er das wirklich für eine gute Idee hielt.

Stattdessen legten sich meine Hände auf seine Brust und fuhren langsam über seine Jacke nach oben. Meine Finger verhakten sich in den Kordeln seiner Kapuze und zogen ihn sanft zu mir herunter, bis nur noch Zentimeter unsere Lippen voneinander trennten. »Wir kennen uns doch schon.«

»Aber ich habe den Geschmack deiner Lippen vergessen.«

In seinen Augen lag eine stumme Frage.

Mein Herz pochte schneller und lauter. Aufregung ließ meinen Körper kribbeln und in meiner Mitte regte sich ein so plötzliches Sehnen, dass ich die Beine zusammenkneifen musste. Ich stöhnte und es war kaum mehr als ein Hauch.

Doch Derek quittierte es mit einem Knurren und zog mich an sich. Seine Lippen trafen auf meine, hart und drängend, bevor er den Kuss vertiefte und langsamer wurde, geradezu zärtlich. Sie waren so weich wie damals und doch lag dahinter eine Sehnsucht, die meine Beine zittrig werden ließ. Ich schlang die Arme um ihn und stellte mich auf die Zehenspitzen. Derek kam mir entgegen und ließ zugleich seine Zunge in meinen Mund gleiten. Alles in mir zog sich zusammen, während ich ihn mit ebensolchem Verlangen küsste. Dereks Hand glitt über meinen Rücken, bis zu meinem Po. Er lachte leise, als ich ein Knurren ausstieß. Mit einem Ruck packte er meinen Hintern und hob mich auf die Brüstung der Veranda. Ich schlang die Beine um seinen Körper und zog mich fest an ihn. Hitze züngelte durch meine Adern und meine Haut schien in Flammen zu stehen.

Wir küssten einander, als hätten wir viel zu lange damit gewartet.

Das Geräusch von Reifen auf Asphalt ließ uns stoppen.

Derek lachte und lehnte seine Stirn an meine, während ein Auto am Haus vorbeifuhr und etwas weiter hinten stehen blieb. Großartig. Einer von den neugierigen Nachbarn hatte uns gesehen.

»Wir sollten aufhören.« Er strich mit seinen rauen Fingern über meine Wange. »Ich weiß nämlich nicht, wie lange ich mich zurückhalten kann.«

Hitze prickelte in meinem Bauch und breitete sich aus, während ich Derek mit glühendem Blick ansah. »Was genau würdest du denn tun, wenn wir weitermachen?«

Er beugte sich zu mir vor, bis seine Lippen mein Ohrläppchen berührten. »Alles, wovon wir vor sechs Jahren geträumt haben.«

Ich erzitterte und machte einen Schritt zurück, um dieser Hitze zu entkommen, die so plötzlich zwischen uns herrschte. »Dann sollten wir wohl reingehen.« Ich befeuchtete meine plötzlich trockenen Lippen. »Wir sollten aufhören. Weil wir Freunde sind«, fügte ich etwas verspätet hinzu. »Richtig«, sagte er leise. »Wir sollten nach den anderen sehen.« Noch während er meinen Satz vervollständigte, schoss mir gleichzeitig das Bild eines Gästebettes in den Sinn. Schlagartig wurde dies durch den Gedanken an Amber und Ryan zerstört. »Okay, besser hättest du die Stimmung nicht versauen können.« Ich lachte und merkte plötzlich, wie eiskalt mir war. »Komm, ich mache uns noch einen Cocktail und wir schauen uns einen Film an.«

Derek lachte ebenfalls und legte seinen Arm um mich, während wir zur Tür gingen.

Ein Lächeln umspielte meine Lippen, als ich durch die Haustür trat, und das war vermutlich das erste Mal seit einer Ewigkeit, dass mir das passierte. Vielleicht würde ich dieses Haus irgendwann nicht mehr als den Ort betrachten, der mir meine Jugend versaut hatte.

Zugleich war ich mir bewusst, dass dieser Kuss nicht mehr war als eine alte Anziehung, die uns noch nicht ganz losgelassen hatte. Wir waren Freunde und wir sollten das wirklich nicht wiederholen.

Auch wenn ich zugeben musste, dass dieser zweite Kuss tausendmal besser geschmeckt hatte als unser erster vor sechs Jahren.

18

Derek

»Dieses Mal ist mein Herz nicht involviert
und ich bin kein Teenager mehr.«

»Da ist aber jemand gut drauf.«
Ich hörte auf zu pfeifen und sah mich zu meinem Partner
um. Dabei zuckte ich mit den Schultern. »Das Lied ist eben
gut.« Durch die Halle dröhnte Musik aus dem Radio und ich
hatte keine Ahnung, was das für ein Song sein sollte. Ehrlich
gesagt, hatte ich bis gerade eben nicht einmal darauf geachtet.

Negans Augenbrauen hoben sich, während seine Augen
zu blitzen schienen. »Sicher.« Er setzte sich auf den freien
Stuhl neben meiner Werkbank und verschränkte seine Arme
vor dem Bauch. »Wie läuft es denn in dem Hotel?«

Ich war heute früh hergekommen, um noch die alte Kommode fertigzustellen, bevor ich gleich wieder ins Hotel fahren würde. Momentan schlief ich eindeutig zu wenig, aber
das machte mir nichts aus, weil ich beide Jobs mochte.

Beim Weiterarbeiten brachte ich Negan auf den neuesten
Stand.

»Das klingt doch ganz ordentlich.«

Die Tür nach draußen öffnete sich und wir blickten gleichzeitig auf, als Sam reinkam.

In seiner gewohnt beschwingten Art durchschritt er den Raum und hatte sein übliches Grinsen im Gesicht. »Hallo, Leute, was gibt es Neues?«

Meine Gedanken wurden überflutet mit den Erinnerungen an Hazels Lippen und ich bemühte mich, nicht allzu dümmlich zu grinsen. Das war doch irrsinnig. Es war nur ein Kuss gewesen. Nichts Ernstes. Dennoch. Wie ein Teenager hatte ich mich davon abhalten müssen, sie ständig zu befummeln. Dabei hätte Ryans und Ambers Schnarchen von ihren Schlafplätzen auf der Sofalandschaft abturnend genug sein müssen. Aber diese Anziehung zu Hazel hatte schon immer etwas Überirdisches gehabt. Und ich hatte bereits früher gewusst, dass, wenn ich ihr einmal nachgab, sie mich verschlingen würde. Aber mir war, als würde Hazel es wert sein. Wenigstens für die kurze Zeit, die sie noch da sein würde.

Hazel hatte damals tiefe Spuren auf meiner Seele hinterlassen. Sie war in mein Leben getreten und hatte mich all die Jahre nie ganz losgelassen. Es musste ein Zeichen sein, dass sie nun wieder da war. Wir waren Freunde, und weil sie gehen würde, könnten wir niemals mehr sein. Aber vielleicht hätte diese kurze Zeit mit ihr etwas Heilsames, das dem verknallten Jungen von vor sechs Jahren endlich Ruhe schenkte.

Als ich Sams fragendem und Negans wissendem Blick begegnete, räusperte ich mich und setzte eine finstere Miene auf. »Frederic hat Amber betrogen.«

Der Mund meines Partners öffnete sich vor Überraschung, während Sam wissend nickte. Ein Wunder, dass diese Neuigkeit noch nicht die Runde gemacht hatte. Gut, es war früh am Morgen, also gab ich den Klatschmäulern der Stadt ein wenig Zeit. Dass es etwas zu tratschen gab, würde jedem

174

spätestens dann ersichtlich, der an Ambers Haus vorbeifuhr und die Klamotten dort auf dem Rasen liegen sah.

Wieder wallte Wut in mir auf, während ich darüber nachdachte, wie Frederic meine Pflegeschwester behandelt hatte. Sie war unsere Familie und ich würde ihn das irgendwie büßen lassen. Das hatten Ryan und ich nach unserem dritten Cocktail geschworen. Mann, die Dinger hatten es in sich. »Amber hat es gestern Abend herausgefunden«, sagte ich zu Negan, um ihn auf den neuesten Stand zu bringen. »Sie war richtig fertig. Aber ich bin sicher, dass Frederic am Ende derjenige ist, der bereuen wird, überhaupt geboren worden zu sein.«

»Echt mutig von dem.« Sam schnaubte. »Ich würde mich ja als harten Hund bezeichnen, aber selbst ich würde mich nicht mit Amber anlegen.« Er schaute mich fragend an. »Wie geht es ihr denn heute?«

»Okay, denke ich.« Wie sollte es einem schon gehen, wenn man erfuhr, dass der langjährige Partner einen betrog? Das sprach ich aber nicht aus und beließ es bei dieser Floskel.

»Was für ein Glück, dass sie nicht verheiratet sind. Ein Ring am Finger macht alles schwerer.« Negan schüttelte mit bedauernd hochgezogenen Augenbrauen den Kopf. »Das ist beschissen, aber es ist gut, dass sie es jetzt herausgefunden hat. Noch kann sie sich ohne viel Stress von ihm trennen.«

Einen Moment lang nickten wir alle schweigend. Dann klatschte Sam in seine Hände. »Das Gute ist natürlich, dass wir Frederic nicht mehr auf unseren Partys tolerieren müssen. Der Kerl ist echt so was von langweilig.«

Mir entfuhr ein Lachen.

»Deshalb bin ich aber natürlich nicht hier. Ich habe Amber

nicht erreicht.« Sam wedelte mit der Hand, als wäre eine Glühbirne über seinem Kopf, die gerade aufleuchtete. »Ich habe eine neue Liste mit Materialien, die ihr besorgen müsst. Von dem Dachdecker. Entweder wir kaufen die Sachen von ihm oder organisieren sie selbst. Er muss es bis morgen Abend wissen.«

Ich nahm ihm die Liste ab. »Hazel wird sicher was finden.« »Sie ist echt gut darin, oder?«

Obwohl es mich nervte, ignorierte ich die leise Bewunderung in seiner Stimme. »Sie scherzt schon immer, dass wir besonders ressourcenschonend arbeiten.«

»Da hat sie gar nicht so unrecht«, murmelte Negan und reckte seinen Hals, um einen Blick auf die Liste zu werfen.

Ich reichte ihm den Zettel und schaute wieder zu Sam. »Ich sag dir Bescheid.«

»Weißt du, ich kann ihr die Liste auch ...«

»Schon okay«, unterbrach ich ihn und winkte möglichst lässig ab. »Ich fahre eh gleich wieder zum Hotel und werde sie unterwegs einsammeln. Bei dem Regen hat es keinen Sinn, wenn sie mit dem Fahrrad fährt.«

Beide Männer blickten aus dem Fenster, hinter dem feiner Nieselregen die Luft erfüllte. Klar, das war jetzt nicht das größte Unwetter, aber auch das konnte einen nass machen.

»Super.« Sam grinste und tauschte einen Blick mit Negan aus, bevor er wieder in Richtung Ausgang lief. »Wir sehen uns. Ich schaue heute Nachmittag noch mal rein. Da wollten die Maurer fertig werden.«

»Super, bis später.«

Negan hielt es genau so lange aus, bis Sam die Tür hinter sich zugezogen hatte. »Also, was läuft da zwischen Hazel und dir?«

Ich zuckte die Schultern und konzentrierte mich auf die Arbeit. »Keine Ahnung, wovon du redest.«

»Das weißt du doch genau.« Er lachte leise und ich sah im Augenwinkel, wie er den Kopf schüttelte. »Ich will nur nicht, dass du wieder verletzt wirst. Als sie das letzte Mal gegangen ist, hat sie dich mit einem ganz schön gebrochenen Herzen zurückgelassen.«

Ich richtete mich auf und schaute ihn an. »Dieses Mal ist mein Herz nicht involviert und ich bin kein Teenager mehr.«

Natürlich verstand ich, was er meinte. Damals hatte es mir mehr zugesetzt, sie gehen gelassen zu haben, als ich mir eingestehen wollte. Doch das wäre dieses Mal anders. »Wir haben nur ein bisschen Spaß.«

Mein Partner und Freund sah aus, als würde er mir kein Wort glauben, aber dann klopfte er mir auf die Schulter, bevor er ging. »Du weißt schon, was du tust.«

Einen Moment lang blickte ich ihm hinterher und hoffte, dass wir beide recht hatten.

19

»Ich habe Hunger, und die Standpauke solltest du dir anhören, während ich mir ein Sandwich mache.«

Als Derek mich in seiner Mittagspause nach Hause fuhr, damit ich pünktlich vor meiner Schicht im *Red Chili* duschen gehen konnte, hätte mich nichts darauf vorbereiten können, was passierte, als ich durch die Wohnungstür trat. Lautes Stöhnen erfüllte den Flur.

»Oh nein …« Ich erstarrte in der offenen Tür, zerrissen von dem plötzlichen Verlangen nach Flucht und dem Wissen, dass ich dringend etwas zu essen brauchte und mich für die Arbeit umziehen musste.

Deshalb kniff ich die Augen zusammen. »Olivia?«

Das Stöhnen hörte schlagartig auf. Dann erklangen ein Poltern und ein Fluchen.

»Hi, Troy«, rief ich hinterher, als ich seine Stimme erkannte. Erneut folgte ein Fluchen. Dieses Mal von Olivia. Wir hatten uns schon seit ein paar Tagen nicht mehr über Troy unterhalten, aber scheinbar lief da doch wieder etwas zwischen ihnen. »Ich gehe jetzt duschen!«

Ich eilte in mein Zimmer, holte mir Klamotten und stieg so schnell wie noch nie unter die Dusche. Dabei hoffte ich, Troy würde sich in der Zwischenzeit verziehen.

Sicher wollte Olivia ihm sein Scheißverhalten von damals heimzahlen, aber ich befürchtete dennoch, dass sie da wieder mit einem gebrochenen Herzen rausgehen könnte.

Als ich eine halbe Stunde später umgezogen, frisch geschminkt und mit geföhnten Haaren aus dem Badezimmer trat, war es ruhig.

Ich horchte dennoch ein paar Augenblicke lang im Flur nach verdächtigen Geräuschen.

»Er ist weg.«

Ich folgte Olivias Stimme und landete im Wohnzimmer, wo sie auf der Couch saß und einen Kaffee trank. »Ich hoffe, das war jetzt nicht allzu peinlich.«

»Euer Quickie in der Mittagspause?«

Sie zuckte mit ihren Schultern. »Er will ein Date und ich meinen Spaß.«

Ich biss mir auf die Innenseite meiner Wange. »Komm mit. Ich habe Hunger, und die Standpauke solltest du dir anhören, während ich mir ein Sandwich mache.«

Sie stöhnte, folgte mir jedoch ansonsten anstandslos.

»Du solltest nicht so was Halbgares aus euch machen«, begann ich und holte derweil alles für mein Sandwich heraus. »Er sollte dir Geschenke machen und sein ganzes, mickriges Leben lang um Verzeihung bitten und nicht«, mein Blick traf ihren, »für einen Fick in der Mittagspause vorbeikommen.«

Olivia blieb stumm und verschränkte die Arme vor der Brust, während sie im Türrahmen lehnte.

Ich schmierte Mayonnaise auf die Toastscheiben. »Du kannst tun, was du willst, ehrlich, aber ich schwöre, die Heckenschere steht bereit, wenn du sie brauchst.«

Nun lachte Olivia doch und kam zu mir, um sich neben

meinem Sandwich auf die Arbeitsplatte zu setzen.»Machst du mir auch eins, du weiseste Freundin der Welt?«

»Natürlich«, erwiderte ich hochnäsig und hob meine Augenbrauen, während ich ein Grinsen kaum unterdrücken konnte.»Das gefällt mir. Den Titel sollten wir beibehalten.«

Sie streckte mir ihre Zunge entgegen.»Hättest du wohl gerne.«

»Ja, sicher. Wer nicht?« Ich kicherte und belegte die Toastscheiben, bevor ich das Sandwich in der Mitte teilte und ihr die eine Hälfte reichte.»Willst du was Interessantes hören?«

Sie biss hinein und nickte.

»Derek und ich haben uns gestern Nacht noch geküsst.«

Sie blinzelte mich an und kaute schneller.»Jetzt erst? Wie konntet ihr der Spannung zwischen euch so lange widerstehen?«

»Jetzt erst?«

Sie schüttelte den Kopf und zog ihr Handy aus ihrer Hosentasche, bevor sie einhändig zu tippen begann.»Ryan hatte so recht ... schade um die zehn Dollar.«

»Ihr habt gewettet, dass wir uns küssen?« Fassungslos starrte ich sie an.

»Natürlich«, erwiderte sie, ohne mich anzusehen.»War doch klar, dass das passiert.«

»Du schreibst doch jetzt nicht ernsthaft Ryan, dass wir uns geküsst haben?«

Olivia erstarrte und ließ das Handy sinken.»Hat er es nicht mitbekommen? Er war doch gestern Abend auch bei Amber. Übrigens, wie geht's der Ärmsten jetzt?«

»Denkst du ernsthaft, wir würden vor unseren Pflegegeschwistern rumknutschen?« Nun biss ich auch in mein Sandwich und kaute schnell, weil ich nicht mehr viel Zeit hatte.»Haben wir nicht, bevor du antwortest. Amber geht es okay. Heute Morgen war sie gefasster, aber ich denke, sie muss den Schock noch überwinden. Ich wollte später noch mal nach ihr schauen.«

»Soll ich dich nach deiner Schicht abholen und wir fahren zusammen?«

»Mit dem Auto sind wir schneller als mit dem Fahrrad.« Ich kaute noch, während ich sie mit einem Grinsen und zusammengekniffenen Augen ansah.»Hast du etwa Angst, du könntest ohne mich in der Wohnung wieder schwach werden?«

»Hau einfach ab«, erwiderte sie ernst und grinste dann doch, als ich mit den Augenbrauen wackelte.»Du bist echt doof! Warum habe ich dich noch mal einziehen lassen?«

Ich kicherte.»Weil ich spitze bin.«

Sie verdrehte die Augen und hüpfte von der Arbeitsplatte. »Und du nervst.«

»Ist mir klar.« Ich warf ihr eine Kusshand zu und stopfte mir den Rest des Sandwiches in den Mund, bevor ich ihr winkte und in den Flur lief. Wegen meines kurzen Plauschs mit Olivia war ich nun etwas spät dran und musste mich beeilen, wenn ich pünktlich sein wollte.

Zum Glück brauchte ich zu Fuß nur knapp zehn Minuten bis zum *Red Chili* und kam gerade noch rechtzeitig an.

Meine Kollegin verabschiedete sich hastig, während ich mir die Schürze umband und begann, die Tische zu bedienen. Ich war so gut drauf, dass selbst der nervigste Gast meiner Laune nichts anhaben konnte.

Doch natürlich dauerte es nicht lange, bis ich die ersten Gesprächsfetzen über Ambers Ausraster mitbekam. Ich lief gerade mit einem Tablett und einem Glas darauf an einer

Frau vorbei, die so laut lachte, dass man meinen könnte, sie fände es toll, wie meine Pflegeschwester behandelt worden war.

Deshalb stolperte ich und –»Oh nein!«, rief ich entsetzt und tat so, als müsste ich einem Gast ausweichen, sodass das Glas auf ihrem Tisch landete und sich der Inhalt über ihrer weißen Hose ergoss.»Das tut mir schrecklich leid!« Sie schrie auf und sprang in die Höhe, damit jeder im Laden den Fleck zwischen ihren Beinen bewundern konnte.

»Können Sie nicht aufpassen?«

Ich lächelte sie halb bedauernd an und hob die Packung mit den Servietten vom Tisch auf.»Das bekommen wir sicher ganz einfach raus.«

Sie fluchte, bezahlte natürlich nicht und verließ den Laden, so schnell sie konnte. Ihre Begleiterinnen versuchten, nicht allzu laut zu lachen.

Dennoch konnte ich den Rest des Abends nicht aufhören, an diese kleine Szene zu denken. Amber war zu mir auch nicht immer nett gewesen und ich fragte mich, wie viele Leute aus der Stadt wohl ebenso schadenfroh reagierten, wenn sie von Frederics Betrug erfuhren. Ich meine, dieser miese Penner hatte es mit einer anderen getrieben, während er Amber vorgemacht hatte, ihr bei ihrer seltsamen Verlobungsfeier einen Antrag machen zu wollen. Das war doch widerlich!

Amber war wirklich gemein zu mir gewesen, aber selbst sie verdiente so eine Behandlung nicht. Ich hatte nicht gelogen, als ich Derek sagte, sie sei immer noch ein Teil meiner Familie. Sie und Ryan waren das, was ich als Familie bezeichnen würde. Genauso wie Elinor und Maggy.

Derek war … na ja, er war ein anderes Thema.

Ein Grinsen schlich sich auf meine Lippen und ich saugte für einen Moment die Wangen ein, um es zu unterdrücken.

»Warum grinst denn meine Lieblings-Großenkelin so?«

Ich fuhr herum, als Maggys Stimme ertönte, und hätte dabei fast einem Gast das Tablett gegen die Stirn geschlagen. »Entschuldigung! Dafür gibt es gleich einen Nachtisch umsonst.« Ich deutete auf die Karten, die noch auf dem Tisch lagen. »Sucht euch ruhig was aus, ich bin gleich wieder da.«

Die beiden Gäste waren so überrumpelt, dass sie nur nicken konnten. Ich schenkte ihnen noch mein schönstes Lächeln, bevor ich zum Eingang lief, wo Maggy stand. »Meine liebste Großtante.« Ich begrüßte sie mit einer kurzen Umarmung und spähte hinter sie. »Wo ist denn Elinor? Man sieht euch doch immer nur zu zweit.«

Maggy funkelte mich an. Dann rollte sie mit den Augen und deutete mit dem Daumen über ihre Schulter. »Sie ist in der Apotheke nebenan.«

Ich kicherte und hakte mich bei ihr unter. »Möchtet ihr ein Stück Kuchen? Da ist ein Platz direkt am Fenster frei geworden. Ich wollte gerade dort abräumen. Von dort aus hat man die beste Aussicht auf die Hauptstraße.«

Sie ließ sich von mir durch den Laden ziehen. »Wieso sollte mich die Aussicht interessieren?«

»Weil du es liebst, Menschen zu beobachten.« Ich grinste sie an, als wir am Tisch stehen blieben, und begann das Geschirr der vorherigen Gäste wegzuräumen. »Außerdem könnte es sein, dass ich Amanda Simmens hier jeden Nachmittag in Leggings vorbeigehen sehe. Sie geht neuerdings walken.«

»In Leggings?« Maggy schob mich zur Seite und setzte

sich auf den Platz, von dem aus man den besten Blick auf die anderen Gäste und die Straße hatte. Ich lachte und räumte schnell alles weg, bevor ich den Tisch abwischte. Gerade als ich die Karten brachte, kam auch Elinor in den Laden. Mit ihrem Gehstock war sie ein wenig langsam, aber sie legte einen Zahn zu, als Maggy hastig mit ihrer Hand zu wedeln begann.

Sie schenkte mir nur ein flüchtiges »Hallo, Schätzchen«, bevor sie sich kichernd ihre Finger auf die Lippen drückte und nach draußen schaute, wo gerade Amanda Simmens mit Walkingstöcken vorbeiging. »Jemand sollte dieser Frau sagen, dass rosa Leggings nichts verstecken.«

»Es sieht aus, als wäre sie nackt.« Maggy lachte so laut, dass sie damit den Raum erfüllte, und ich spürte, wie sich uns neugierige Blicke zuwandten. Glücklicherweise war Mrs Simmens in diesem Moment schon um die Ecke verschwunden.

»Sucht euch in Ruhe etwas aus, ich komme sofort wieder.« Damit verschwand ich, um den Mann und seine Begleiterin zu bedienen, dem ich gerade beinahe eins mit meinem Tablett verpasst hätte.

Zum Glück waren Maggy und Elinor genau in dem Tagestief gekommen, das zwischen dem Mittags- und Feierabendgeschäft lag. Deshalb gesellte ich mich zu ihnen an den Tisch, nachdem all meine Kunden bedient waren.

»Also, warum seid ihr wirklich hier?«

Maggy und Elinor hoben gleichzeitig ihre Augenbrauen.

Ich hob ebenfalls meine Augenbrauen und schnaubte. »Ich kenne euch. Wir haben Kaffeezeit, und die verbringt ihr schon seit Ewigkeiten im Café neben dem Blumenladen, weil sie die beste Sahne machen. Also raus mit der Sprache. Habt ihr von Amber und Frederic gehört?«

»Also ist es wahr?« Maggy schnaubte und umklammerte die Gabel so fest, als würde sie sich vorstellen, wie sie damit auf Frederic einstach. »Dieser miese kleine Mistkerl.«

»Ich habe von Anfang an gesagt, dass er ihr nur Kummer bringen wird.« Elinor schüttelte ihren Kopf und aß ein Stück Torte, wobei sie ganz leicht die Oberlippe kräuselte. Der Kuchen war hier gar nicht so schlecht, aber die beiden waren trotzdem in allem sehr eigen.

»Dann müssen wir es wohl tun.«

Ich blinzelte Maggy verwirrt an. »Was wollt ihr tun?«

»Ihn umbringen lassen.«

Ich lachte auf, doch verstummte schlagartig, als die beiden keine Miene verzogen. Sofort beugte ich mich über den Tisch und näher zu ihnen herüber. »Das kann nicht euer Ernst sein!«

Maggy stieß ein schnaubendes Lachen aus. »Du hättest dein Gesicht sehen sollen! Natürlich bringen wir niemanden um.«

»Zumindest nicht selbst«, murmelte Elinor und grinste, als sie meinen schockierten Gesichtsausdruck sah. »Schätzchen, wir werden ein paar lustige Geschichten über ihn herumerzählen, die noch niemand kannte. Die haben wir uns aufbewahrt.«

»Für den Fall, dass er sich schlecht benimmt«, klärte Maggy mich nun auf und ein fieses Lächeln zupfte an ihren Mundwinkeln. »Oh, das wird Spaß machen.« Dann wurde sie wieder ernst. »Wie sicher ist es, dass es vorbei ist?«

»Kommt drauf an, ob Amber ihm verzeihen kann und Frederic gut darin ist, sie zu überzeugen.«

»Ihre Schwäche für ihn wird ihr Untergang sein. Keine

Frau sollte sich hinter einen Mann stellen, außer sie möchte ihn erstechen.«

»Elinor«, zischte ich und musste zugleich lachen. Dabei warf ich einen kurzen Blick durch das Lokal, bevor ich mich wieder auf meinem Stuhl zurücklehnte. »Ich wollte später nach ihr sehen.«

»Das ist eine gute Idee. Du musst verhindern, dass sie noch mal auf diesen schwachsinnigen Gedanken kommt, sich mit ihm verloben zu wollen«, sagte Maggy langsam und kaute dann nachdenklich, wobei auch sie ihren Mund leicht verzog. Ich musste ihnen zugutehalten, dass sie sich echt bemühten, den Kuchen zu mögen. Zumindest taten sie so. »Hat sie wirklich all seine Klamotten im Vorgarten verteilt?« Ihr Blick richtete sich auf mich.

»Das ist ein gutes Zeichen. Jemand wie Amber würde niemals so etwas tun und sich dann damit blamieren, den Dreck wieder ins Haus zu schleppen.« Elinor nickte ausladend und schob den Teller mit dem halb aufgegessenen Kuchen von sich. »Okay, das geht nicht. Was ist das für ein Zucker da drin? Ist das etwa Stevia?«

»Hab ich auch gedacht«, stieß Maggy aus und schob den Kuchen ebenfalls von sich, während sie aufstand. »Entschuldige, Liebes, aber das geht wirklich nicht. Was bekommst du von uns?«

Ich schmunzelte. »Ihr seid eingeladen.«

Elinor schnaubte abfällig und zog ihr Portemonnaie aus ihrer Handtasche, bevor sie mir einen Zwanzigdollarschein gab.

Ich gab nach und wollte das Wechselgeld aus meinem Portemonnaie holen, doch sie winkte ab. »Ihr jungen Leute braucht es viel dringender. Sieh es als Trinkgeld.«

»Danke schön.« Ich gab den beiden einen Kuss auf die Wange und öffnete ihnen noch die Tür, damit sie rausgehen konnten. Ihr Besuch war wirklich angenehm gewesen.

Gedankenverloren stand ich wenige Minuten später hinter der Theke und wischte den Tresen, in Ermangelung weiterer Arbeit. Die Tische waren alle sauber und die Gäste bedient.

Maggy und Elinor hatte ich aufgrund meiner Besuche bei Betty öfter gesehen. Wir hatten gemeinsam gescherzt, während Betty immer schwächer geworden war und versucht hatte, sich ihre Schmerzen nicht anmerken zu lassen. Es war so beschissen gewesen.

Und dennoch war ich dankbar, dass ich in diesen letzten Monaten an ihrer Seite hatte sein können.

Ich war mir nicht sicher, ob ich nach der Renovierung des Hotels die beiden so schnell wieder verlassen könnte. Also endgültig. Die Vorstellung, dass der Kontakt so lange abbrechen könnte, bis eine von ihnen anrief, um mir zu sagen, dass sie krank war – oder Schlimmeres –, bescherte mir Gänsehaut.

Ich atmete tief durch und ließ meinen Blick zu der Fensterfront gleiten, hinter der immer wieder Autos vorbeifuhren und Fußgänger vorbeispazierten. Erst einmal würde ich nicht so schnell verschwinden. Das Hotel war nicht ansatzweise fertig, und solange dies so war, musste ich mir um die Zukunft keine Gedanken machen.

Mein Handy vibrierte in der Hosentasche und ich zog es heraus. Normalerweise ließ ich es immer in der Tasche liegen, die sich hinten bei den Mitarbeiterschränken befand. Doch wegen Amber hatte ich es ausnahmsweise bei mir behalten. Nicht, dass ich davon ausging, sie würde mich in einem Notfall anrufen. Aber man konnte ja nie wissen. Eine Textnachricht war eingegangen. Von Derek. Mein Herz machte einen Satz, als ich sie öffnete.

Derek: Ist es seltsam, wenn ich dich frage, ob wir was trinken gehen wollen?

Ich starrte die Worte an, wobei irgendetwas in meinem Magen Purzelbäume schlug. War das sein Ernst? Wir sahen uns sonst ausschließlich bei Amber oder im Hotel. Das war sogar mehr als nur ein Schritt in Richtung Freundschaft. Wenn man das nach diesem phänomenalen Kuss auf Ambers Veranda überhaupt noch behaupten konnte. Andererseits war das zwischen uns rein körperlich. Wir fanden uns anziehend und das war okay für zwei junge Menschen. Konnten wir dann noch Freunde sein? Oder war das ein Freundschaft-plus-Ding? Der Gedanke war bescheuert, weil ich automatisch davon ausging, dass wir weitergehen würden. Aber das wollten wir nicht, weil wir Freunde waren. Oder?

Ich atmete tief durch und strich mir mit der anderen Hand über mein Gesicht. Wir waren Freunde. Es war okay, sich mit Freunden zu treffen, und es musste auch nicht bedeuten, dass wir weitergehen würden. Nur was trinken. Er hatte mich ja nicht um ein Sexdate gebeten.

Oh Mann, warum machte mich seine Nachricht dann so nervös?

Er war online, also wartete er vielleicht auf meine Antwort.

Ich: Ist das eine Fangfrage?

Derek: Ich hole dich dann nach deiner Schicht ab.

Ich: Da wollte ich mit Olivia zu Amber fahren und
nachschauen, wie es ihr geht.

Derek: Moment.

Derek: Ryan fährt heute Abend zu ihr.

Ich: Ist Ryan gerade bei dir?

Derek: Ja. Dann hole ich dich nach deiner Schicht ab.
Hoffentlich hast du Hunger.

Ich: Ich dachte, wir gehen was trinken.

Es brauchte volle zwei Minuten und den genervten Ruf eines
Gastes, damit ich aufhörte, auf seine Antwort zu warten.

Ich stöhnte innerlich, schob das Handy wieder in meine
Hosentasche und versuchte, mich auf die Arbeit zu konzentrieren.

20

Hazel

»Das ist echt das Widerlichste, zu dem du mich
jemals überredet hast.«

»Das ist jetzt aber kein Date, oder?« Ich stellte die Frage,
direkt nachdem ich mich in Dereks Auto gesetzt hatte und
gerade anschnallte.

Er lacht neben mir. »Du klingst, als hättest du Angst, es
könnte eins sein.«

Ich schaute ihn mit hochgezogenen Augenbrauen an.
»Soll das deine Antwort sein?«

Seine Lippen verzogen sich zu einem geradezu sinn-
lichen Lächeln. »Wenn es ein Date wäre, würdest du es
merken.«

»Gut. Ich will das zwischen uns echt nicht verkomplizie-
ren. Erst hassen wir uns, dann knutschen wir und jetzt ...«

»Wir unternehmen einfach gemeinsam was.« Nun lachte
er. »Mir ist klar geworden, dass wir uns kaum kennen. Vor
sechs Jahren waren wir beide zu sehr mit unserem eigenen
Kram beschäftigt ... ich zumindest. Jetzt können wir von
vorne anfangen und Freunde werden.«

»Stimmt.« Ich entspannte mich ein wenig und schaute zu
ihm hinüber. Er trug ein kariertes Hemd und eine dunkle
Jeans. »Du hast dich ja richtig schick gemacht.«

»Was?« Dereks Lachen wurde lauter. »Weil ich ausnahmsweise keine dreckigen Sachen trage?«

»Ganz genau.« Ich ließ mich von seinem dunklen Lachen anstecken und genoss das Prickeln, das es in meinem Magen auslöste. »Ich mag es, wenn du so lachst.« Sein Blick flog zur mir. »Ich mag es, wenn du mich zum Lachen bringst.«

Ich wurde rot und war dankbar, dass er sich wieder auf die Straße konzentrierte. »Also, wohin fahren wir?«

»Westwood.«

»Was machen wir denn dort?« Ich musste lächeln, als wir aus Eastwood rausfuhren und kurz darauf an der unscheinbaren Zufahrt zum Hotel vorbeikamen. Es war bereits dunkel, und da es bewölkt war, erhellten nur Dereks Scheinwerfer die kurvige Straße vor uns, die mitten durch den Wald führte.

»Erinnerst du dich noch daran, dass du mich, kurz bevor du gegangen bist, unbedingt dazu überreden wolltest, Sushi zu probieren?«

Ich lachte so heftig, dass mein Bauch wehtat. »Du hast dich gewehrt, als würde ich dir ein Haibaby auf den Schoß legen wollen.«

Er schnaubte bei diesem Vergleich.

»Soll das bedeuten, du hast in den letzten sechs Jahren nicht ein Mal Sushi gegessen?«

»Nope.«

»Nicht wahr!« Ich starrte ihn an. »Na, dann wird es aber höchste Zeit!«

»In Westwood hat ein Asiate aufgemacht. Bei ihm gibt es einfach alles. Es ist aber sicher nicht so gut wie in New York.«

Ich schnaufte. »Als hätte ich mir das richtig gute Sushi in New York leisten können.«

191

»Wie lief es für dich in New York?«

»Eher schlechter als besser, aber ich war gerade dabei, mir was aufzubauen.«

»Also halten wir dich zurück?«

»Nein.« Ich lachte und betrachtete das Ortseingangsschild von Westwood, als wir in die Stadt hineinfuhren. Hier in diesem Bereich war es noch echt nett und vermittelte den Eindruck einer Kleinstadt, doch im Norden befanden sich einige Fabriken, in der die Hälfte der Menschen der Region arbeiteten. Im Westen lag das Westwood College, das ich besucht hätte, wenn ich nicht direkt nach dem Highschool-Abschluss gegangen wäre. »Es ist nicht so, als wäre es wirklich gut gelaufen. Eher so, dass ich mir vielleicht eine Wohnung hätte leisten können, die größer ist als ein Schuh-karton.«

Derek lachte.

»Glaub mir«, rief ich und stimmte in sein Lachen mit ein. »Mein Bett befindet sich quasi neben der Toilette, und wenn ich mich lang genug mache, kann ich aus der Dusche heraus kochen.«

»Das kann nicht dein Ernst sein!« Er brüllte vor Lachen und ich konnte nicht anders, als ihn anzusehen. Seine Züge schienen zu leuchten, wenn er so lachte, und ich fragte mich, ob ich das jemals zuvor gesehen hatte.

Ich schaute nach links, wo wir an der Kanzlei von Hender-son & Stewards vorbeifuhren, deren helle Fassade von der Straßenlaterne beleuchtet wurde. Der Gedanke, dass Betty all das geplant hatte, während ich sie jede Woche im Kran-kenhaus besuchte, ließ einen Kloß in meinem Hals wachsen.

Ich wünschte mir, sie wäre noch hier und wir alle hätten irgendwie anders zueinandergefunden.

Derek bog kurz darauf auf den Parkplatz eines Restaurants ein, an dessen Eingang zwei Drachenstatuen positioniert waren.

Wir suchten uns drinnen einen Platz am Fenster aus und bestellten unsere Getränke, bevor wir uns die Menükarte anschauten.

»Ich wäre dafür, dass wir das Erlebnismenü für die ganze Familie bestellen.« Ich legte meine Karte flach hin und deutete auf die Beschreibung. »Es gibt gebratene Nudeln, Sushi und gebratenen Reis, Frühlingsrollen und gebackenes Hähnchen.«

»Meinst du, wir werden davon satt?«

Ich hob bei seinem sarkastischen Tonfall die Augenbrauen.

»Wenn nicht, müssen wir wohl Nachtisch bestellen.« Ich schaute auf die Auswahl. »Eis.«

»Okay, ordern wir das Familienmenü«, gab er sich geschlagen und klappte die Karte zu.

Als unsere Getränke gebracht wurden, bestellte ich, was uns einen etwas irritierten Blick einbrachte, weil das Menü eigentlich für vier Personen gedacht war.

»Also, du hast in einer Schuhschachtel gelebt. Was hast du gemacht, wenn du nicht gerade dort warst?«

»Ich habe einen Job in einer Bar, den ich echt mag, und das Fitnessstudio, in dem ich tagsüber arbeite, hat mir eine Fortbildung angeboten. Zur Trainerin. Darauf hätte ich echt Lust.«

»Du hast am Anfang erwähnt, es gäbe jemanden, der dort auf dich wartet?«

Ich überlegte einen langen Moment, was er meinte, bevor ich lachte. »Meine Chefs warten auf mich. Sonst niemand. Ich habe viel zu viel Zeit mit Arbeiten vergeudet.«

193

»Das klingt irgendwie echt einsam.«

Das traf es auf den Punkt. »Manchmal war es das tatsächlich.« Ich biss mir auf die Unterlippe und schnappte mir einen Salzstreuer, um ihn in meinen Fingern zu drehen. »Lass uns das Thema wechseln. Ich wüsste viel lieber, wie deine letzten Jahre so waren.«

Er diskutierte nicht und das mochte ich so sehr an ihm. »Wie du weißt, bin ich jetzt Tischler. Na ja.« Er zuckte mit den Schultern. »Ich gehe arbeiten, treffe mich mit Freunden und sonntags mit Amber und Ryan.«

»Klingt langweilig.« Mein Mundwinkel hob sich.

»Na, wenn das nicht Hazel Flemming ist!« Jemand trat an unseren Tisch.

Ich sah hoch und erkannte Timothy Martins sofort wieder.

»Hi, Tim.«

»Tim«, begrüßte Derek ihn einsilbig.

»Ich wollte nur mal Hallo sagen.« Er grinste vielsagend zu uns herunter und schien schon ordentlich angetrunken zu sein.

Anders als vor ein paar Tagen im *Red Chili* machte ihm mein böser Blick gerade überhaupt nichts aus. Er befeuchtete seine Lippen. »Also, Hazel, hast du Lust, mal mit mir auszugehen?«

»Alter, was stimmt nicht mit dir?«, platzte es lachend aus Derek heraus.

»Was denn? Sie fand mich früher heiß! Wieso sollte das nicht immer noch so sein?«

»Das war in der Highschool, und ich habe nur deinen Haarschnitt mit der vollen Punktzahl bewertet. Seitdem bin ich viel weniger oberflächlich geworden.«

»Komm schon.« Er zwinkerte mir zu und ließ dabei seine

Muskeln spielen. Im Gegensatz zu früher hatte er ordentlich Muskelmasse zugelegt und sah aus, als wäre er täglich mehrere Stunden im Fitnessstudio. Nicht, dass ich auf so was stehen würde.»Ein Date.«

Ich zögerte und wusste nicht, wie ich ihn möglichst höflich abservieren sollte.

»Sie hat Nein gesagt.« Auf Dereks Gesicht schien sich ein Gewitter zusammenzubrauen. Ein Blizzard, so eiskalt waren seine Augen geworden.

Timothy betrachtete ihn einen Moment lang abwartend, bevor er mir zuzwinkerte.»Wir sehen uns.«

»Oh Mann«, stieß ich leise aus und verzog meinen Mund. »Das ist neu. Bisher wurde ich nur angestarrt.«

Derek brummte nur und atmete hörbar auf, als das Essen serviert wurde. Ich hatte keine Ahnung, was mit ihm los war. Außer natürlich, dass es ihn nervte, wenn jemand mich um ein Date bat. Aber wieso sollte ihn das stören?

Ich merkte, dass ich lächelte, und biss mir auf die Unterlippe. Das war kein bisschen angebracht, nun, da wir Freunde werden wollten!

Derek schnappte sich eine kleine Maki-Rolle mit Gurke und hielt sie hoch, während er mich ernst anblickte und sich vorbeugte.»Warum mache ich das noch mal?«

»Für unsere Freundschaft.« Ich strahlte ihn an und nahm mir ebenfalls ein kleines Stück Sushi. Dann zählte ich von drei rückwärts.

Bei eins aßen wir gleichzeitig einen Bissen und ich beobachtete Derek ganz genau.

Er verzog angewidert den Mund und ich musste die Lippen zusammenpressen, um nicht vor Lachen das Essen wieder auszuspucken.

»Das ist echt das Widerlichste, zu dem du mich jemals überredet hast.«

Ich lachte laut auf und zog alle Blicke auf uns. Doch es war mir egal, weil ich nur Augen für Derek hatte, der gerade versuchte, unauffällig seinen winzigen Bissen in einer Serviette verschwinden zu lassen.

Er deutete auf mich. »Dafür wirst du später die Spaghetti-Pizza mit der extrascharfen Salami essen!«

»Bitte nicht!« Tränen schossen mir in die Augen, so hart musste ich jetzt lachen. »Ich habe es schon versucht – aber ich konnte einfach nicht.«

»Du wirst!«

Ein Klingeln ertönte und wir brauchten einen Moment, um zu realisieren, dass es sein Handy war.

Er zog es aus seiner Jackentasche und verzog seinen Mund. »Das ist meine Nachbarin. Sie ist siebzig und ruft nur an, wenn es wichtig ist.«

»Geh ruhig ran.« Ich schnappte mir ein weiteres Stück Sushi und freute mich innerlich, dass die ganze Portion jetzt mir allein gehörte.

»Hallo, Mrs Simmens.« Er nahm seine Gabel und drehte ein paar Nudeln auf seinem Teller, wobei er zuhörte und immer wieder nickte. Während seine Miene sich verdüsterte, ließ er die Gabel langsam sinken. »Natürlich. Ich komme sofort. Bis gleich.« Er legte auf. »Tut mir leid. Scheinbar hat meine Nachbarin einen Wasserschaden und weiß nicht, was sie tun soll.«

»Das ist doch kein Problem«, versicherte ich ihm sofort und erhob mich halb, während ich der Bedienung zuwinkte. Sie eilte zu uns herüber und ich bat sie, das Essen einzupacken. Sie beteuerte uns, dass dies keine Umstände bereitete, und verschwand mit der riesigen Platte in Richtung der Küche.

Auf Dereks fragenden Blick lachte ich spöttisch und machte eine Handbewegung, die den Tisch und meinen Platz einschloss. »Du denkst doch nicht wirklich, ich würde hier alleine sitzen und eine Familienportion essen.«

»Ah«, machte er lang gezogen und biss sich leicht auf die Unterlippe. »Wenn es um dich geht, bin ich mir bei gar nichts sicher.«

Ich schmunzelte. »Außerdem ist das die perfekte Gelegenheit, mir deine Wohnung anzusehen.«

Er verzog die Lippen. »Tu nicht so, als hättest du nicht aufgeräumt. Du warst früher der reinlichste Mensch, den ich je kennengelernt habe, und das wird sich doch bestimmt nicht geändert haben.«

Er zuckte vage mit den Schultern. »Ich rufe mal Sam an. Er hat sicher jemanden, der sich um Wasserschäden kümmern kann.«

»Sam kennt echt jeden.«

Derek zog die Augenbrauen zusammen, während er auf sein Handy eintippte. Es schien ihn zu ärgern, wenn ich über seinen besten Kumpel redete.

Und das gefiel mir irgendwie.

Aber wir waren Freunde. Das durfte mir nicht gefallen.

Während Derek telefonierte, kam die Bedienung mit der Rechnung und teilte uns mit, dass das Essen gleich fertig sei. Ich dankte ihr und bezahlte. Derek funkelte mich wütend an. Aber das machte mir nichts. Durch meine vielen Schichten im *Red Chili* und die recht günstige Miete bei Olivia war es kein Problem für mich, zu bezahlen.

»Das hättest du nicht tun müssen«, erklärte mir Derek, während wir wenige Minuten später drei Tüten mit Schachteln voller Essen in sein Auto luden.

»Ist mir klar«, erwiderte ich und stellte alles in den Fußraum des Beifahrersitzes, bevor ich mich selbst setzte. »Aber es ist ja nicht so, als würde ich dir das Ganze überlassen. Wir können ja bei dir weiteressen.«

Derek räusperte sich. »Klar.«

»Essen«, stellte ich klar und schnallte mich an. »Kein Sex.«

»Hazel!« Er stöhnte. »Warum machst du das?«

»Was genau?«

»Über Sex reden. Wir haben doch schon festgestellt, dass wir uns körperlich anziehend finden.«

»Oh«, stieß ich aus, als wäre mir ein Licht aufgegangen. »Jetzt habe ich es laut gesagt und du wirst den Rest des Abends nur noch daran denken können? Derek, das solltest du nicht. Wir sind Freunde, und Freunde stellen sich nicht vor, wie der andere nackt aussieht.«

Derek stöhnte genervt und fuhr los. »Du machst mich irre.«

»Ich weiß«, sagte ich lächelnd und hatte keine Ahnung, warum ich mit einem Mal so zufrieden war.

21

Hazel

»Okay, wer hat die Partyflyer verteilt?«

Derek parkte in der Innenstadt und führte mich an den Läden vorbei zu einer unscheinbar wirkenden Eingangstür. »Du wohnst über einem Schuhladen?«

»Ich bekomme dort sogar Rabatt. Sie sind meine Vermieter.«

Mein Lachen hallte im Treppenhaus wider, während wir die Treppen zur obersten Etage hochstiegen und schließlich vor einer weißen Wohnungstür stehen blieben.

»Wir sollten erst das Essen wegbringen, bevor wir zu Mrs Simmens gehen.« Derek schloss die Tür auf und führte mich in einen hellen, schmalen Flur, von dem drei Türen wegführten. Ich zog meine Schuhe aus und stellte sie zu der Reihe von Boots, die alle fein säuberlich vor der Garderobe aufgereiht waren. Dabei spähte ich ins Badezimmer, das recht klein war und in das gerade so eine Toilette, eine Dusche und ein Waschbecken passten. Ich stellte mir vor, wie Derek sich in die Kabine quetschte, und dann, wie ich mich dazugesellte. Sofort prickelten meine Wangen.

»Du kannst übrigens deine Schuhe anlassen«, informierte mich Derek, und als ich zu ihm hinübersah, schmunzelte er, als würde er meine Gedanken erraten.

»Okay.« Mit glühenden Wangen lief ich hinter ihm her.
»Hier ist das Bad«, erklärte er mir und deutete dann auf den nächsten Raum. »Da das Schlafzimmer.«

Ich folgte seiner ausgestreckten Hand und entdeckte ein Schlafzimmer, in dem ein großes Bett mit grau gepolstertem Kopfteil fast den gesamten Raum ausfüllte. Hinter der Tür befand sich ein riesiger Kleiderschrank. Kein Fernseher. Interessant.

Gegenüber dem Fenster hing ein breites Bild mit der Skyline irgendeiner Stadt, die ich nicht sofort erkannte. Die grauen Möbel, die weißen Wände und die graue Hängelampe strahlten einen sehr klaren Stil aus.

»Und hier ist der Rest meines Apartments.« Er schob die letzte Tür auf und führte mich in einen riesigen Wohnbereich.

»Ach, hier ist der Rest deines Zuhauses versteckt.« Allein das Wohnzimmer war so groß, dass meine alte Bleibe sicher dreimal reingepasst hätte. Eine ausladende Sofalandschaft befand sich zu meiner Rechten, direkt vor einem Balkon, der die gesamte Länge des Raumes einnahm.

Links dominierte eine Küche mit grauen Fronten und Arbeitsflächen den Raum und in der Ecke befand sich ein Esstisch.

Und direkt vor mir war noch genug Platz für einen Billardtisch. »Also hier finden die guten Partys statt?«

Derek lachte. »Ein paar, ja.«

Er deutete auf die Küche und wir stellten die Tüten auf der Arbeitsplatte ab, bevor wir seine Wohnung wieder verließen und genau gegenüber klingelten.

Eine ältere Dame mit Lockenwicklern in den Haaren und einem schicken Bademantel öffnete uns. Sie strahlte, als sie Derek entdeckte. Doch das änderte sich, als sie an ihm vorbei zu mir sah. Amanda Simmens, die Streitfreundin Nummer eins der Hexen von Eastwood. Scheinbar war ich seit der Kuchensache während Bettys Beerdigung nicht mehr auf neutralem Boden.

»Guten Abend«, begrüßte ich sie mit meinem freundlichsten Lächeln.

Etwas besänftigt kniff sie ihre Lippen zusammen und öffnete die Tür. »Derek, deine Freunde sind bereits da. Danke, dass du dich so kurzfristig darum gekümmert hast.«

»Was ist denn überhaupt los?«, fragte Derek und trat in die Wohnung ein. Sie war genauso geschnitten wie seine, doch man merkte hier deutlich den Altersunterschied der Bewohner. Während seine Wohnung modern und geradezu kühl eingerichtet war, herrschten bei ihr dunkles Holz und viel Schnickschnack vor.

Aus dem Bad hörte ich bereits Stimmen und entdeckte kurz darauf Sam und einen weiteren Kumpel von Derek. Jack, der immer wieder im Hotel geholfen hatte. Ich begrüßte beide mit einem Lächeln, das sie erwiderten.

Offenbar hatte Mrs Simmens beim Öffnen ihres Waschbeckenunterschrankes einen nassen Fleck in der Wand entdeckt, der ihr erst aufgefallen war, nachdem alle Handtücher aus dem Schrank gefallen waren.

Sam und Jack hatten das Möbelstück bereits in den Flur gestellt und begutachteten den Schaden. »Wir werden die Wand öffnen müssen«, erklärte Jack und sah Mrs Simmens entschuldigend an. »Erst dann kann man sagen, wie groß der Schaden wirklich ist.«

»Kann man das Bad denn noch benutzen?«

»Vorerst ja.«

»Gut.« Sie seufzte schwer und rieb sich die Stirn.

Jack erhob sich aus seiner hockenden Position.»Dennoch habe ich vorübergehend das Wasser beim Waschbecken abgedreht. Sie müssten sich die Hände in der Küche waschen. Die Dusche und die Toilette funktionieren weiterhin. Ich würde sagen, ich komme morgen früh mit einem Team vorbei, wenn Ihnen das recht wäre?«

»Vielen Dank, dass das so kurzfristig klappt.« Sie tätschelte Jacks Hand.»Sie alle sind wirklich zu freundlich.« Selbst ich bekam ein kurzes Lächeln.

Wir verließen ihre Wohnung, und als sich die Tür schloss, drehte Sam sich zu Derek um.»Dafür bekomme ich jetzt ein Bier.«

Überraschenderweise sah Derek mich fragend an. Etwas überrumpelt brauchte ich einen Augenblick, um zu reagieren.»Klar, kommt. Wir haben Tonnen von Essen.«

Ich war mir nicht sicher, aber Derek wirkte für einen Moment enttäuscht, bevor er die Tür aufschloss.

Sam und Jack klatschten sich ab und gemeinsam gingen wir in Dereks Wohnung, wo sich alle in der Küche sofort auf die Schachteln stürzten.

»Das Sushi gehört mir«, stellte ich klar und schnappte Sam die Schachtel weg, als dieser gerade hineinschaute, um zu inspizieren, was darin war.

Er setzte ein Hundewelpengesicht auf.»Teilst du vielleicht ein oder zwei Stück?«

Ich tat so, als würde ich überlegen.»Hmm, na gut.«

Derek schob Sam zur Seite.»Los, hol das Bier vom Balkon.«

Sam lachte und salutierte, bevor er nach draußen ging. Derweil verdrückte Jack bereits seine dritte Minifrühlingsrolle.»Echt lecker. Woher ist das?«

»Aus Westwood«, antwortete Derek und klang ein wenig genervt.

Jack bekam das gar nicht mit, denn er lief mit den Frühlingsrollen und ein paar weiteren Schachteln in Richtung Tisch. »Superlecker.«

»Hey«, flüsterte ich Derek zu, als die anderen außer Hörweite waren. »Alles klar bei dir?«

»Sicher«, brummte er und stapelte weitere Schachteln. »Zehn Dollar, dass einer von beiden dich heute noch um ein Date bittet.«

»Ich wette dagegen«, erwiderte ich und öffnete die Schubladen, bis ich endlich das Besteck fand.

Erst als wir das Essen auf dem Tisch verteilten, wurde mir bewusst, wie viel wir hier eigentlich liegen hatten.

Mein Handy klingelte, und als ich es aus meiner Handtasche zog, die auf dem Barhocker lag, lächelte mir Ryans Gesicht entgegen. »Hey, alles klar bei euch?«

»Hi, Schwesterchen. Amber schläft jetzt.« Er stockte, als Gelächter hinter mir erklang. »Bist du auf einer Party?«

»Quatsch. Ich bin bei Derek. Sam und Jack sind auch hier.«

»Super, bis gleich!« Er legte auf, bevor ich etwas erwidern konnte.

Auf Dereks fragenden Blick zuckte ich mit den Schultern. »Ryan hat sich gerade selbst eingeladen.«

Es dauerte keine zehn Minuten, da klingelte es an der Tür. Aber als ich öffnete, stand da nicht nur Ryan, sondern auch Olivia und Troy.

»Okay, wer hat die Partyflyer verteilt?«, fragte ich, als sie reinkamen und Olivia mich zur Begrüßung fest umarmte.

Sie kicherte. »Ich habe uns eingeladen. Wir haben Ryan

getroffen, und unser Date war so langweilig, dass ich dringend Ablenkung brauchte.«

»Äh«, machte ich und deutete auf Troy, der mit den Händen in seinen Hosentaschen etwas verloren hinter ihr stand. »Ist er dein Date?«

Sie zuckte mit den Schultern. »Habe mich überreden lassen.«

Ich fand Troy immer noch für alles scheiße, was er ihr angetan hatte, aber gerade hatte ich schon ein bisschen Mitleid mit ihm. »Dann geht mal in den Wohnbereich. Dort gibt es Essen.«

»Perfekt.« Sie hob eine Tüte, die mir zuvor nicht aufgefallen war. »Ich habe Nachtisch.«

Ich lugte hinein und entdeckte eine Schüssel. »Was ist denn da drin?«

»Troy hat mir Mousse au Chocolat gemacht. Wir können ja gemeinsam bewerten, ob sie schmeckt.« Sie stöckelte in Richtung Wohnbereich.

Als Troy ihr folgen wollte, hielt ich ihn zurück.

Er seufzte leise. »Ich werde mich benehmen, sonst drohst du mir wieder mit der Heckenschere.«

»Ja, genau«, erwiderte ich und kniff die Augen zusammen. »Wieso lässt du dich so von ihr behandeln?« Meiner Stimme war der Argwohn deutlich anzuhören.

»Ich mag sie«, antwortete er mir mit einem Schulterzucken. »Sie ist echt cool.«

Ich kniff die Augen zusammen, und obwohl sich alles in mir dagegen sträubte, klang er, als würde er es ernst meinen. »Na gut. Aber ich beobachte dich.«

Er hob seine Augenbrauen und wirkte ein bisschen genervt.

»Komm.« Ich lief voraus.

Olivia saß bereits neben Jack und lachte über irgendetwas, das er gerade gesagt hatte.

Troy brummte, aber als er an mir vorbeiging, hatte er ein Lächeln aufgesetzt. Natürlich kannten sich längst alle und begrüßten sich mit einem Handschlag.

Derek sah mich fragend an, als ich mich zu ihm in die Küche stellte, wo er gerade Servietten aus einer Schublade holte.

»Ryan hat sie mitgebracht.« Ich schnappte mir eins von den Bieren, die auf der Theke standen, und öffnete es mit einem bereitliegenden Flaschenöffner. »Ist doch eine nette Runde.«

»Besser als deine Partys in New York?«

Ich hob meine Augenbrauen. »Du weißt aber schon, dass ich Barkeeperin bin?«

»Das ist dein Job.«

Ich nahm einen Schluck von meinem Bier. »Eigentlich habe ich fast nur gearbeitet und versucht, mich über Wasser zu halten. Also ist diese Party hier wohl das Aufregendste, was ich privat in den letzten Jahren erlebt habe.«

Als Derek nicht antwortete, begegnete ich seinem Blick, der so voller Mitleid war, dass ich wegschauen musste. »Sieh mich nicht so an.«

»Sorry.« Er nahm sich ebenfalls ein Bier. »Dann machen wir daraus mal eine richtige Party.«

Wir stießen an und sahen uns beim Trinken in die Augen.

Eine Stunde später platzte Dereks Wohnung beinahe aus allen Nähten, weil auf einmal ganz Eastwood aufgetaucht war. Jeder hatte Alkohol und Essen mitgebracht. Irgendwer hatte die Musik aufgedreht und jemand anderes hatte Mrs Simmens mit einem riesigen Kuchen bestochen – keine Ahnung, wo der so spontan herkam.

Ich stand mitten im Wohnzimmer und tanzte mit Olivia, während ich den Kopf in den Nacken legte. Es war so warm, dass ich nur noch ein Top trug und meine Haare mit einem Essstäbchen zu einem Dutt gedreht hatte.

Es war laut und voll. Die Musik bebte und dennoch schien überall Lachen zu erklingen.

Ich hatte bereits mit unzähligen ehemaligen Mitschülern gequatscht. All die Jahre hatte ich geglaubt, dass sich sowieso niemand für mich interessierte, aber alle hatten sich über meine Anwesenheit gefreut.

Ich war voller Endorphine, ein bisschen betrunken und konnte nicht aufhören zu lachen.

Olivia schien es genauso zu gehen, denn sie tanzte bereits seit einer Stunde mit mir zwischen all diesen Leuten, mit denen wir aufgewachsen waren.

Ich schaute an ihr vorbei und entdeckte Troy, der sich mit ein paar Gästen unterhielt, Olivia aber die ganze Zeit im Blick behielt. Sie hingegen drehte ihm demonstrativ den Rücken zu. »Du hattest also ein Date mit ihm?«

Olivia grinste und tanzte langsamer. »So in der Art.«

»Trefft ihr euch öfter? Also, außerhalb unserer Wohnung.«

Sie zuckte mit den Schultern. »Manchmal. Aber mir ist noch nicht eingefallen, wie ich ihn am besten leiden lassen könnte.«

Ich lachte, weil ich ihr kein Wort glaubte. »Willst du das überhaupt noch?«

Sie kniff ihre Augen zusammen und dennoch lächelte sie.

»Ich bin nach wie vor auf deiner Seite«, stellte ich klar und hörte nun auf zu tanzen, weil mir die Puste ausging. »Mach, was du für richtig hältst. Ich werde dich immer lieben.«

»Aww!« Sie schlang ihre Arme um mich und wiegte sich mit mir. »Danke!«

Ich lachte und begegnete unvermittelt Dereks Blick. Er stand mit Ryan und ein paar anderen in der Küche. Plötzlich zog es mich zu ihm. »Bin gleich wieder da.«

Olivia knutschte meine Wange ab und ließ mich los, bevor sie weitertanzte.

Als Derek sah, dass ich auf ihn zuging, löste er sich von seiner Gruppe und lief in den Flur.

Neugierig folgte ich ihm. Irgendwie schien mir, als wäre sein Blick ein Zeichen gewesen. Aber er drehte sich auch nicht mehr um, weshalb ich mir beim Hinterherlaufen ein wenig blöd vorkam.

Er lief direkt zu seinem Schlafzimmer.

Ich zögerte kurz, schob dann aber die angelehnte Tür auf und trat ein. Derek zog gerade sein Shirt aus und zeigte mir seine definierten Rückenmuskeln. Ich schloss die Tür hinter mir. »Hast du mich absichtlich hergeführt?«

Derek fuhr herum, die Augen vor ehrlicher Überraschung aufgerissen. »Ich …«

Mir entschlüpfte ein Lachen, weil ich offenbar alles falsch interpretiert hatte. »Schon okay.« Dann biss ich mir auf die Unterlippe und betrachtete seinen flachen Bauch und seine Brustmuskeln, denen man deutlich ansah, dass er hart arbeitete.

»Sieh mich nicht so an«, bat Derek heiser und trat auf mich zu. Ich musste meinen Kopf in den Nacken legen, um ihn ansehen zu können. »Ich konnte dir noch gar nicht für diese Party danken.« Er hob seine Hand und zögerte einen Moment, dann strich er mir über die Wange. »Ich will dich wieder küssen. Die ganze Zeit. Aber ich glaube, das liegt an dem vielen Bier.«

Ich lächelte leicht und stellte mich auf die Zehenspitzen. Sanft küsste ich seinen Mundwinkel und flüsterte an seinen Lippen: »Ich glaube, das liegt an unserem letzten Kuss.«

Er atmete geräuschvoll aus, rührte sich jedoch nicht. »Wieso?«

»Weil er so gut geschmeckt hat, dass man noch mehr will.«

Ich legte meine Lippen auf seine, bewegte mich aber nicht, während wir gemeinsam atmeten. »Freunde?« Er musste es sagen, musste mir – uns! – bestätigen, dass das hier noch im Rahmen war und wir uns noch nicht auf gefährlichem Terrain befanden. Es durfte nicht so enden wie damals, mit gebrochenen Herzen und Tränen. Ein oder zwei gestohlene Küsse würden uns aber nicht wieder in den Abgrund stürzen, oder?

»Freunde«, stieß er aus, bevor seine Arme meinen Körper umschlangen und fest an sich zogen. Seine Lippen drängten sich gegen mich. Mir entschlüpfte ein kehliges Stöhnen und sanft strich er mit seiner Zunge über meine.

Wir wankten und fielen so plötzlich aufs Bett, dass ich mit den Zähnen gegen seine Lippe stieß.

»Tut mir –«

Derek erstickte meine Entschuldigung mit einem hungrigen Kuss, während seine Finger unter mein Top glitten.

Ich stöhnte an seinen Lippen und krallte mich an seinen Oberarmen fest. Er drängte seinen Oberschenkel zwischen meine Beine und drückte sanft gegen meine pulsierende Mitte. Entzücken ließ mich erzittern und ich seufzte. Im selben Moment schob irgendwer die Tür auf. Partylärm, der zuvor nur dumpf zu hören gewesen war, flutete den Raum.

Ein »Upsi« ertönte, und noch während wir auseinanderfuhren, wurde die Tür wieder geschlossen.

»Oh Mann.« Lachend lehnte ich meine Stirn an seine. »Ich fühle mich wie auf der Highschool.«

»Wäre es schräg, wenn ich jetzt vorschlagen würde, einfach weiterzumachen und vorher die Tür abzuschließen?« Er klang ein bisschen verzweifelt.

Ich küsste ihn schnell auf die Wange und stand auf. »Superschräg.«

Er seufzte schwer und ließ sich rücklings aufs Bett fallen. »Gib mir einen Moment, dann komme ich nach.«

Mein Blick fiel auf die Wölbung in seiner Jeans und ich biss mir auf die Lippen. »Alles klar. Bis gleich.«

Ein winziger Teil von mir verfluchte mich, als ich sein Schlafzimmer verließ. Sich von seinen Gefühlen übermannen zu lassen, war eine Sache, aber im Wissen, dass irgendwer uns gesehen hatte und uns über kurz oder lang sicher jemand vermissen würde, könnte ich mich sowieso nicht mehr entspannen.

Ich ging zurück auf die Party, wo Olivia mir einen wissenden Blick zuwarf, und holte mir ein neues Bier. Das Hochgefühl von vorhin schwoll wieder an und es kam mir vor, als würde ich schweben.

Eine frühere Mitschülerin quatschte mich in der Küche an und wir lachten gemeinsam über vergangene Partys und Streiche, die wir unseren Lehrern gespielt hatten. Ich spürte sofort den Moment, als Derek wieder zurückkam. Sein erhitzter Blick traf meinen und ich musste wegschauen, weil ein Prickeln in den Tiefen meines Bauches einsetzte.

Jack trat plötzlich zwischen uns und legte seine Arme um unsere Schultern.»Ladys! Wie schön, euch wiederzusehen.« Glasige Augen bezeugten seinen Pegel.»Hazel, meine Noch-Ehefrau nimmt mich momentan total aus und ich könnte ein wenig Aufmunterung gebrauchen. Du hättest nicht Lust auf einen Kaffee?«

Ich prustete los, löste mich von ihm und holte gerade zehn Dollar aus dem Portemonnaie, als Derek zu uns trat. Mit den Worten»Du hattest recht« drückte ich ihm das Geld in die Hand, bevor ich mit meiner Mitschülerin tanzen ging und Jack ein»Danke, aber eher nicht« zuwarf.

Er schlug die Hände an seine Brust, als würde ich ihm das Herz brechen, lachte jedoch dabei.

Dass Amber dieses Buch veröffentlicht hatte, war wohl ein Witz für diese Kleinstadt.

Wir stellten uns zu Olivia, die noch immer die Tanzfläche unsicher machte. Während ich meine Arme in die Luft reckte und mich zur Musik bewegte, verstärkte sich das Gefühl des Schwebens, und zum ersten Mal seit einer langen Zeit schien einfach alles perfekt zu sein.

22

Hazel

»Muss an dem vielen Gras liegen.«

Im Hotel erledigte ich in der kommenden Woche nur Botengänge, quatschte mit den Arbeitern und recherchierte wieder nach ein paar Materialien. Diese besorgten wir uns weiterhin aus Abverkäufen oder Hausauflösungen. Glücklicherweise lief das echt gut und ehrlich gesagt begeisterte es mich, was für eine Summe wir damit tatsächlich sparen konnten. Mittlerweile konnte ich nicht mehr ganz so viel tun, aber leistete meinen Beitrag, indem ich Kaffee kochte, kurzfristige Einkäufe oder manchmal kleinere Arbeiten übernahm. Dennoch fand ich es toll, hier zu sein. Die Leute lachten über das Hotness-Buch und mir machte es nichts aus. Ich nahm die ganze Sache gelassen, und das merkten die Menschen. Deshalb war es vermutlich auch kein großes Thema mehr. Außer natürlich, dass ich noch nie so viele Einladungen auf einen Kaffee bekommen hatte wie bisher.

Glücklicherweise fiel es mir nicht schwer, unliebsame Einladungen mit einem entwaffnenden Lächeln abzuschlagen. Immerhin hatte ich in den letzten Jahren als Frau in New York hinter einer Bar gestanden. Da waren diese netten Bitten um einen Kaffee hier ja noch harmlos.

In dem Moment, als Derek durch die Tür des Bauwagens

kam, hüpfte mein Herz einmal heftig und im selben Augenblick begann mein Handy zu klingeln. Seit seiner spontanen Party hatten wir uns nicht mehr alleine gesehen, weil er in den letzten Tagen vormittags öfter in seiner Tischlerei gewesen war, während ich nachmittags meine Schichten hatte. Als ich die Nummer des Fitnessstudios sah, legte sich meine Stirn in Falten. »Einen Moment.«

Derek nickte zur Begrüßung und stellte die beiden Kaffeebecher auf den Tisch des Bauwagens, wobei er sich mit einem Lächeln mir gegenüber auf die rissige Bank setzte.

»Hazel Flemming«, meldete ich mich und schaute durch das schmutzige Fenster hinaus auf den Parkplatz.

»Hi, Hazel«, begrüßte mich mein Chef und klang ungewohnt ernst. »Wir müssen über deinen Kumpel sprechen.«

»Welchen Kumpel?«

»Der, für den du ein Empfehlungsschreiben verfasst hast. Der Mistkerl hat zwei Laufbänder geschrottet und ein drittes geklaut. Und seine Adresse stimmt ebenfalls nicht.«

Ich stöhnte, als mir klar wurde, von wem er reden musste. »Meinst du Mark?«

»Wieso empfiehlst du uns so ein Arschloch?«

»Ich habe gar nichts gemacht. Der muss das Schreiben gefälscht haben. Warum hast du mich nicht angerufen, um zu prüfen, ob es echt ist?«

Mein Chef fluchte lautstark am anderen Ende der Leitung. »Kennst du seine echte Adresse? Die Polizei ist hier.«

Ich rieb mir die Stirn. »Ich kann euch eine Adresse nennen. Aber ich weiß nicht, wie aktuell die ist.«

»Egal, vielleicht hilft sie uns.« Er fluchte erneut.

»Moment.« Ich stellte ihn auf laut und tippte eine Nachricht mit der Adresse. Aber ich war mir fast sicher, dass er

212

dort nicht mehr lebte. Ich machte den Lautsprecher wieder aus und begegnete Dereks fragendem Blick. Dabei zuckte ich mit den Schultern. »Es tut mir echt leid, dass er euch bestohlen hat. Ich schwöre dir, ich hätte den Typen niemals für das Fitnessstudio empfohlen.«

»Sorry, ich wollte dich nicht so anfahren.«

»Ich kann euch seine Nummer geben. Also zumindest die, mit der er sich zuletzt bei mir gemeldet hat.«

»Danke, vielleicht hilft das. Die, mit der ich ihn angerufen habe, war natürlich nicht mehr vergeben.«

Ich schickte ihm noch Marks Kontakt aus meinem Handy und dann verabschiedete sich mein Chef auch relativ schnell wieder bei mir.

Mark hatte angekündigt, dass er den Job haben wollte, aber ich hätte nicht damit gerechnet, dass er sich den so ergaunern würde. Dieses Arschloch!

»Gibt es ein Problem?« Derek schob mir den Kaffee hin.

Ich schüttelte den Kopf und erzählte ihm alles. Von Mark berichtete ich nur das Nötigste – dass er mein Ex war und wie er mir seit unserer Trennung so gut wie jeden Job versaut hatte.

»Was für ein Penner«, stieß Derek aus und trank einen Schluck Kaffee.

»Tja, er ist in der Entwicklung beim Teenager stehen geblieben«, murmelte ich und verdrehte die Augen. »Muss an dem vielen Gras liegen.«

»Drogen?« Seine Augenbrauen hoben sich anklagend.

»Für mich war es nur ein Mal«, gab ich leise zu und zog die Nase kraus. »Aber es war nicht mein Ding.« Bis heute gruselte es mich allein bei der Erinnerung daran, wie angewidert ich am nächsten Tag von mir selbst gewesen war.

»Und was passiert jetzt? Ist dein Job weg?«

»Keine Ahnung«, gab ich leise zu. »Darüber habe ich nicht nachgedacht. Mal schauen. Ich werde mit dieser Frage warten, bis ich weiß, wann ich zurückfahre.«

Derek nickte langsam. »Ergibt wohl Sinn.«

Schweigen breitete sich zwischen uns aus, das wir damit ausfüllten, unseren Kaffee zu trinken.

Ich überlegte, Mark anzurufen, ließ es dann jedoch sein. Die Polizei würde sich um ihm kümmern.

Aber Diebstahl? Ernsthaft?

• • • • •

Wenn ich jemanden ein paar Tage später nicht im *Red Chili* erwartet hätte, dann war es Amber. Ryan hatte mir geschrieben, dass sie sich von der Arbeit krankgemeldet hatte und zu Hause wütete.

Doch als sie mit einem schicken pastellrosafarbenen Kostüm durch die Eingangstür kam und mit ihren Zwölf-Zentimeter-Absätzen durch den Laden stöckelte, schien kein Tag seit unserem ersten Wiedersehen vergangen zu sein.

Überraschenderweise setzte sie sich auf einen der Barhocker direkt vor mir und lächelte mich an. Ihre blonden Haare hatte sie zu einem tiefen Dutt gedreht und ihr rosafarbener Lippenstift passte perfekt zu ihrem Kostüm. »Schmeckt der Cappuccino hier?«

»Ich mag ihn. Hübsch siehst du aus.«

Sie hob ausdrucksvoll eine Augenbraue. Das hatte sie schon immer beherrscht. »Danke. Du auch. Sind wir fertig mit den Schmeicheleien?«

Ich runzelte die Stirn und bemerkte ihre angespannte Haltung. Dann wurde mir das leise Flüstern bewusst, das von ein paar anderen Tischen kam und das Amber sicher nicht überhörte.»Natürlich. Ich habe mit Derek rumgemacht.«

»Nein!«Ihr Mund öffnete sich überrascht und sie riss die Augen auf.

Zack, abgelenkt. Aber so ganz durchdacht war diese Aussage wohl nicht. Meine Wangen wurden warm.»Ich möchte nicht, dass es komisch wird und du es über Gerüchte hörst. Wir wurden dabei gesehen. Du weißt ja, wie schnell Eastwood dabei ist, Neuigkeiten zu verbreiten.«

Sie nickte langsam und setzte sich wieder aufrechter hin.»Das freut mich für euch. Aber mehr will ich darüber echt nicht hören.«

»Das dachte ich mir schon.«

Einen Moment lang war es komisch zwischen uns, dann kicherte Amber leise.»Oh Mann, jetzt habe ich total den Faden verloren. Danke.«

»Kein Problem.«Ich ging zur Kaffeemaschine und machte ihr einen Cappuccino. Dann legte ich ihr einen Keks auf den Unterteller und servierte ihr beides.»Also, was führt dich in diesen miesen Schuppen?«

Sie überging meine Anspielung auf ihren letzten Aufenthalt hier, wo sie sich angestellt hatte, als würde jeden Augenblick eine Ratte aus der Ecke gekrochen kommen.»Ich habe herausgefunden, dass Angela, dieses scheinheilige Miststück, scheinbar eine Affäre mit Frederic hatte.«

Meine Augenbrauen hoben sich und ich lehnte mich mit beiden Händen auf die Theke.»Wer war das noch mal?«

»Eine meiner besten Freundinnen.«Kurz schien die Wut in Ambers Augen zu wanken, bevor sie schluckte und wieder ein Feuer darin flackerte.»Zumindest war sie es.«

»Wie hast du das herausgefunden?«, fragte ich bedauernd.

»Ich habe für heute Morgen den Club zum Frühstück eingeladen. Jedenfalls einen Teil von ihnen, meine engsten Freundinnen. Und da haben sie es mir gesagt.« Einen Moment lang blinzelte ich sie nur an. »Du meinst ... sie wussten es die ganze Zeit?« Diesen Club kannte ich. Lauren, unsere Pflegemutter, war ebenfalls Teil dieses Clubs gewesen. Die Eastwood Ladys oder so was. Sie gehörten zum Stadtkomitee und entschieden über so ziemlich jede Feierlichkeit, die hier abgehalten wurde. Es wunderte mich nicht, dass Amber Teil davon war.

»Es klang so. Keine von ihnen hatte anscheinend das Bedürfnis gehabt, mich einzuweihen.« Sie rührte im Cappuccino und betrachtete den Schaum. »Ich fühle mich so dumm.«

»Du bist nicht dumm«, widersprach ich ihr sofort. »Dumm ist Frederic, wenn er es wagen sollte, sich hier noch einmal blicken zu lassen.«

»Und so, wie es sich anhörte, hatten sie diese Affäre eine ganze Weile.« Sie biss sich auf ihre rosafarbenen Lippen. »Ich weiß nicht einmal, ob er mir überhaupt jemals treu war. Vielleicht in den ersten drei Wochen.« Sie schnaubte und schüttelte den Kopf, wobei sie das Plätzchen auf ihren Löffel legte und dann in den Schaum tunkte.

»Rede dir bitte nicht ein, dass du irgendwas falsch gemacht hast. *Er* hat dich belogen. *Er* ist der Böse. Niemals du.« Ich wollte sie in den Arm nehmen und fest drücken. Stattdessen sah ich im Augenwinkel, wie jemand den Arm hob und nach mir verlangte. So ein Mist, dass ich auf der Arbeit war. »Bin gleich wieder da.«

Amber nickte und ihre Schultern sanken ein wenig herab. Ich bediente die Kunden und dann die nächsten und natürlich winkte mich danach noch jemand heran. Als ich endlich zurück an die Theke kam, war Amber bereits aufbruchbereit.

»Der geht aufs Haus. Soll ich dich später besuchen?«, fragte ich, als sie bezahlen wollte und schon ihr Portemonnaie rausgeholt hatte.

Doch sie schüttelte ihren Kopf. »Das ist wirklich nett von dir, aber ich glaube, ich brauche noch ein paar Tage ohne Gesellschaft.«

»Aber ruf mich bitte an, falls was ist.«

Sie lächelte und presste dann, mit Bedauern in ihren Augen, die Lippen zusammen. »Es tut mir leid, dass ich so ein Biest war.«

Ich winkte ab. »Egal, was passiert, wir sind eine Familie.«

Kurz wirkte es, als würde sie mich umarmen wollen, doch dann straffte sie ihre Schultern. »Danke für den Cappuccino.«

Ich lächelte sie an und schaute zu, wie sie ging. Mir war klar, dass sie jetzt erst mal trauern musste. Das Ende einer Beziehung tat weh, und es war okay, darum zu weinen. Immerhin war sicher nicht alles immer schlecht gewesen. Auch wenn sich Frederic als der größte Oberarsch von Eastwood herausgestellt hatte.

Es wäre schön, wenn man Arschlöcher immer direkt auf den ersten Blick erkennen könnte. Aber manchmal hatte man keine andere Wahl, als sich von seinem verliebten Herzen führen zu lassen und im schlimmsten Fall auf der Nase zu landen.

23

Hazel

»Also geht bei dir nur obdachlos oder superschick?«

Die nächsten Tage vergingen wie im Flug. Vormittags arbeitete ich im Hotel und nachmittags im *Red Chili*. Meine gesamte Freizeit verbrachte ich entweder mit Olivia, die noch immer ihre seltsame Sache mit Troy am Laufen hatte, oder ich traf mich mit Derek. Weil wir uns jetzt schon ein paar Tage nicht mehr gesehen hatten, stand ich nun vor seiner Tür.

Als er endlich öffnete, hielt ich eine Tüte hoch. »Überraschung!«

Ein Lächeln ließ sein Gesicht erstrahlen. Seine Haare waren feucht, als wäre er gerade frisch aus der Dusche gestiegen, und er trug eine alte Jogginghose und ein Shirt. Einen Moment lang starrte er mich an, bevor er die Tür öffnete. »Komm rein.«

Offenbar war die Überraschung gelungen. »Meine Schicht ist ein wenig früher zu Ende, weil eine Kollegin mit mir getauscht hat.«

»Was für eine Ehre, dass du dann direkt bei mir vorbeikommst.« Er deutete neugierig auf die Tüten in meiner Hand. »Woher wusstest du, dass ich Hunger habe?«

»Weil du – genauso wie ich – immer essen könntest«, zog

ich ihn auf und überreichte ihm meine Jacke. Die Schuhe stellte ich zu seinen. Derek versuchte, in die Tüte zu linsen, doch ich zog sie weg. »Das ist eine Überraschung.«

Er brummte unwillig, was ein wenig zu gespielt klang, um echt zu sein. »Du willst also, dass ich wieder was Neues probiere, oder?«

»Korrekt.« Ich kicherte übermütig und tänzelte in Richtung Küche. Seit dem Augenblick, in dem meine Kollegin heute Mittag um einen Schichttausch gebeten hatte, freute ich mich schon darauf, Derek zu sehen. Natürlich hatte ich vorher vorsichtig nachgehakt, was er denn an diesem Abend so vorhatte. Dass er sich ausnahmsweise nicht mit seinen Freunden traf, war geradezu ein Zeichen für mich gewesen. Das zwischen uns war total harmlos und ungezwungen. Genau das machte den Reiz davon aus.

»Du musst dafür arbeiten«, informierte ich ihn und stellte die Tüte auf die Arbeitsplatte. Dann drehte ich mich um und atmete geräuschvoll ein, als ich bemerkte, wie nah er mir war.

»An was für Arbeit hast du denn gedacht?«, fragte er leise und betrachtete mich unter halb geöffneten Lidern.

Ich schluckte hart und versuchte, meine plötzlich wirren Gedanken zu ordnen. »Du darfst das Gemüse schneiden.«

Einer seiner Mundwinkel hob sich, denn er wusste genau um seine Wirkung auf mich. »Okay.«

Ich griff nach der Tüte und hielt sie hoch. »Und ich schneide die Hauptzutaten.«

Er lächelte noch immer und so langsam bekam ich weiche Knie. Deshalb drehte ich mich lieber von ihm weg und holte zuerst einen Topf heraus.

»Was genau ist das?«, fragte er neugierig und trat so nah hinter mich, dass mir ganz warm wurde.

»Das ist ein Fonduetopf.«

»Warte mal, ist das so ein Teil, wo man Öl reintut und dann mit Stäbchen sein Fleisch selbst zubereiten muss?« Er nahm es mir ab und betrachtete es von allen Seiten. »Ist das auch dicht?«

Ich lachte. »Das ist es. Nur dass wir uns kein Fleisch zubereiten, sondern es ein vegetarisches Fondue wird.«

»Geht das überhaupt?«, fragte er hörbar skeptisch.

Als Antwort lachte ich nur.

»Und was gibt es dazu?« Derek holte nacheinander alle Zutaten heraus. Darunter diverse Dips, Brokkoli, Blumenkohl, Möhren, Pilze, Zucchini, Paprika und Tofu. »Bist du dir sicher, dass das schmeckt?«

»Nein. Das Rezept habe ich online gefunden und dachte, das könnten wir doch einfach mal probieren.«

Seine Lippen zuckten, als hätte er einen Gedanken, den er nicht mit mir teilen wollte. »Und was machst du?«

»Ich mache den Bierteig, in den wir das Gemüse dann tunken und mit dem wir es im Öl frittieren.«

»Und das geht in diesem Topf?«

Lachend wedelte ich mit der Hand. »Hör auf, Zeit zu schinden, und schneid endlich das Gemüse. Ich bin kurz vorm Verhungern.«

»Du könntest das nächste Mal auch gerne was Fertiges mitbringen.«

Ich grinste ihn an. »Das würde aber nur halb so viel Spaß machen.«

Die Wärme in seinen Augen gab mir recht und für einen Moment lächelten wir einander einfach nur an. Das reichte, um mein Herz ein klein wenig schneller schlagen zu lassen. Ich drehte den Kopf als Erste weg. »Du hast nicht zufällig einen leckeren Wein hier?«

»Nur, wenn du Wein wie Bier schreibst.«

Ich lachte und knuffte ihn in die Seite. »Wie früher!«

»Nur besser«, sagte er leise, und als ich zu ihm hinübersah, verbarg er ein Lächeln, während er seine Besteckschublade öffnete und ein Messer herausholte.

Wir arbeiteten schweigend nebeneinander und dieses Ungezwungene zwischen uns fühlte sich genau richtig an. Es war schön, ihm nahe zu sein und zu wissen, dass wir es dieses Mal nicht versauen würden. Wir waren einfach Freunde, die zwischendurch miteinander rummachten. Meine innere Stimme flüsterte, dass dies nur in einer Katastrophe enden konnte, doch ich ignorierte sie. Wir waren jetzt reifer und wussten, wann wir aufhören sollten, bevor irgendwer verletzt würde.

»Hast du eigentlich mal wieder was von Ryan gehört?«, fragte ich und goss Öl in den Fonduetopf, bevor ich ihn an einer Steckdose anschloss. Erst heute Morgen hatte ich den Topf zufällig in Olivias Abstellkammer gefunden.

Derek schob den klein geschnittenen Brokkoli in ein Schälchen, bevor er mit der Paprika weitermachte. »Ja, er fragt regelmäßig nach den Fortschritten im Hotel. Er ist gerade dabei, einen neuen Firmenzweig zu eröffnen, und hat deshalb ein wenig Stress.«

»Wow«, entfuhr es mir. »Es ist wirklich beeindruckend, was er alles quasi aus dem Nichts aufbaut.«

»Das ist einfach sein Ding. Er hat gefunden, was er mag und kann.«

»Ich weiß gar nicht, ob ich ein Ding habe.«

Derek lachte schnaubend und ich stöhnte gespielt.»So meinte ich das nicht!«

»Ist mir klar!«, erwiderte er und wurde wieder ernst.»Wie meinst du das? Hast du in New York nichts?«

»Ich arbeite wirklich gerne im Fitnessstudio. Und der Job hinter der Bar ist toll. Aber einfach nur Barkeeperin zu sein, erscheint mir irgendwie zu wenig.« Ich zuckte mit den Schultern.»Wenn wir das Hotel verkaufen, werde ich mir aber etwas suchen, was mich wirklich glücklich macht.«

»Eine eigene Bar vielleicht?«

»Das wäre ein Klischee.«

Derek blieb völlig ernst.»Eine Barkeeperin, die sich eine eigene Bar wünscht?«

Ich nickte ausdruckslos.»Ein Mädchen, das ihr Glück in der großen Stadt suchte und im Alkohol fand.«

»Das klingt schrecklich!«, erwiderte er und lachte los.

Affektiert hob ich meine Schultern.»Stimmt, vielleicht werde ich mal Besitzerin einer Bar und nenne sie *The Drunk Lady*.«

»Fürchterlich!«

»Großartig!«, konterte ich und konnte nicht aufhören zu strahlen. Nicht wegen des Themas, nur weil es so schön war, wie ungezwungen es auf einmal zwischen uns sein konnte.

Wir lächelten, der Moment dehnte sich aus, und kurz glaubte ich, Derek würde mich wieder küssen. Doch er drehte sich weg und arbeitete weiter. Zwischen uns war eine Anziehung, die mich wahnsinnig machte. Bei Derek zu sein, fühlte sich leicht an, und dem ständigen Drängen in mir zu widerstehen, war genau das Gegenteil.

»Amber hat übrigens ihren Job gekündigt.«

»Welchen Job?« Der Themenwechsel kam plötzlich, aber

ließ jegliches Prickeln verschwinden. Das war auch besser so. Dafür war ich nicht hier. Nur um mit ihm Zeit zu verbringen. Ganz unverbindlich.

»Sie hat als Frederics Sekretärin gearbeitet.«

»Nein!« Ich hatte Probleme, meinen offen stehenden Mund zu schließen. »Wirklich?«

Er nickte bedeutungsvoll. »Sie hat direkt nach dem College dort eine Stelle angenommen.«

»Was für eine dumme Idee«, sagte ich halblaut und verzog meinen Mund. »Und jetzt?«

»Jetzt ist sie arbeitslos, aber sie wirkte recht gefasst.«

»Wann hast du sie das letzte Mal gesehen?«

»Das ist auch schon ein paar Tage her. Sie wollte alleine sein.«

Ich nickte und holte Besteck und Geschirr aus den Schränken. »Dasselbe hat sie mir auch gesagt.«

»Und ich habe eine Freundin von ihr aus dem Club getroffen. Scheinbar meldet Amber sich dort ebenfalls nicht.«

»Kein Wunder, wenn die alle wussten, dass Frederic sie beschissen hat«, erwiderte ich grimmig.

»Wirklich?«

»Amber hat mir das erzählt.«

Derek fluchte leise.

»Ich besuche sie morgen und werde nach ihr sehen.«

»Das ist eine gute Idee.« Derek schwieg kurz und deutete dann auf das Gemüse. »Reicht das wohl?«

»Auf jeden Fall.« Ich nahm zwei Schalen mit geschnittenem Gemüse mit und stellte sie auf den Tisch. Das Fondue roch, als wäre es bereit. »Ich bin gespannt, ob du es magst.«

»Und ich erst«, sagte er skeptisch und setzte sich mir gegenüber an den Tisch. Dann nahm er sich einen Fonduespieß und wedelte damit herum. »Dann zeig mal, wie ich davon satt werden soll.«

Ich lachte. »Du spießt dir ein Stück Gemüse auf, dann tunkst du es in den Teig und hältst den Spieß in das Öl. Der Teig wird frittiert und danach kannst du das Essen genießen.«

Er stöhnte, als mein Spieß mit dem Gemüse im Öl landete. »Oh nein, meine Wohnung wird nach Frittierfett stinken.«

Ich verzog den Mund und musste ihm recht geben. »Wir können ja danach lüften.«

Er versuchte, nicht zu lachen, und funkelte mich über den Tisch hinweg an. »Das nächste Mal machen wir das bei dir.«

Ich wedelte mit meiner Hand. »Versuch nicht, das hier hinauszuzögern!«

Als wir unser Gemüse herausnahmen, betrachtete er es skeptisch. Dann biss er einfach hinein und brüllte im nächsten Moment. »Heiß!«

Ich kippte fast vom Stuhl vor Lachen.

Es hatte Jahre und einen Kontaktabbruch gebraucht, doch jetzt hatte ich das Gefühl, wir könnten wirklich Freunde werden.

Am nächsten Morgen hielt ich es nicht mehr aus und fuhr zu Amber. In meiner Armbeuge hing ein Korb mit allem, was man für frische Pancakes brauchte. Zudem hatte ich auch Brötchen und Aufschnitt dabei.

Amber öffnete nicht nach dem ersten Klingeln und auch nicht nach dem zweiten.

Ich runzelte die Stirn und klingelte erneut. Dieses Mal

länger und auf die Weise nervtötend, von der ich wusste, dass Amber sie nicht ignorieren konnte.

Ich behielt recht. Einen Moment später wurde die Haustür aufgerissen und ein Geist stand vor mir. Ein Geist im Bademantel, mit verfilzten Haaren und dunklen Schatten unter den Augen.

»Hallo. Ich bin hier, um den Zombie abzuholen«, scherzte ich und schob mich an ihr vorbei ins Haus, bevor sie mich wieder wegschicken konnte. »Probst du für ein Casting oder sollten wir zum Arzt fahren, um dich einmal durchchecken zu lassen?«

Ich blickte Amber abwartend an, erhoffte mir einen frostigen Kommentar oder wenigstens ein wütendes Funkeln. Stattdessen seufzte sie, als hätte sie aufgegeben.

Ehrliche Sorge ließ mein Lächeln in sich zusammenfallen. »Ich bin hier für ein Schwestern-Frühstück.«

»Ich habe keinen Hunger«, erwiderte sie tonlos.

»Du siehst aus, als hättest du die letzten drei Wochen keinen Hunger gehabt«, bemerkte ich und ging in Richtung Küche. »Komm, essen wir eine Kleinigkeit.«

Als ich dort ankam, erstarrte ich mitten in der Tür und holte erschrocken Luft. »Meine Güte, wurdest du überfallen?«

Amber stieß ein schweres Seufzen aus. »Was tust du hier?«

»Feststellen, dass du scheinbar die Kontrolle über deinen Haushalt verloren hast.«

»Ich habe alles verloren«, murmelte sie und zum ersten Mal hörte ich ein leises Zittern in ihrer Stimme.

»Frederic ist nicht alles«, widersprach ich und schob eine Ansammlung halb angefangener Essenslieferungen zur Seite. Dann stellte ich meinen Korb ab.

Sie brummte hinter mir.

»Okay. Du gehst jetzt duschen«, begann ich und sah ihr unerbittlich ins Gesicht, »weil du stinkst.«

Ein Funkeln der alten Amber trat in ihre eng zusammengekniffenen Augen, aber sie schwieg. Scheinbar versuchte sie, mich in Grund und Boden zu starren, doch in ihrer derzeitigen Verfassung bewirkte ihr Blick überhaupt nichts bei mir.

»Währenddessen werde ich aufräumen. Okay? Ich werde auch extra alles falsch einräumen, damit du dich noch die nächsten Tage über mich ärgern kannst. Genau so, wie du es magst.«

Das hatte ich früher immer getan, wenn sie mir auf die Nerven ging, und sie war jedes Mal darauf eingestiegen.

Ein Schmunzeln ließ sie ihren rechten Mundwinkel heben. Dann seufzte sie erneut.

Mir kam der Gedanke, dass sie dies in den letzten Tagen vermutlich ziemlich oft getan hatte.

»Los, geh schon.« Ich wedelte mit der Hand und verscheuchte sie.

Amber ging tatsächlich und kurz darauf hörte ich das Rauschen der Dusche eine Etage über mir.

Ich lächelte und begann aufzuräumen.

Glücklicherweise war Amber selbst in ihrer Unordnung ordentlich, sodass ich eigentlich nur den Müll wegschmeißen, das Geschirr einräumen und alle Flächen einmal abwischen musste.

Nach dem Aufräumen machte ich ungefragt ein paar Pancakes und deckte den kleinen Frühstückstisch in der Küche.

Danach blieb mir genug Zeit, um einmal die gesamte untere Etage zu staubsaugen und noch ein bisschen im Wohnzimmer aufzuräumen.

Ich trat an die Treppe, als mir klar wurde, wie lange sie bereits oben war. »Amber? Geht es dir gut oder soll ich hochkommen?«

»Ich komme ja schon!« Sie klang genervt.

Lachend ging ich zurück in die Küche, um uns Kaffee zu kochen. Dass Amber entnervt schien, war ein gutes Zeichen. Das war auf jeden Fall besser als der emotionslose Zombie, der mir die Tür geöffnet hatte.

Als Amber in die Küche kam, saß ich am Tisch und nippte an diesem leckeren Cappuccino, den ihre Kaffeemaschine mir gerade zubereitet hatte. Sobald das Hotel verkauft war, würde ich mir auch so ein Ding zulegen. Dabei wollte ich gar nicht darüber nachdenken, was die Maschine wohl gekostet haben musste.

»Zufrieden?« Amber ließ sich mir gegenüber auf den Platz sinken.

Ich betrachtete ihren schicken babyblauen Pullover, zu dem sie passend eine weiße Chinohose trug. »Willst du zu einer Konferenz?«

»Wieso?« Sie blickte auf ihre Klamotten herunter. »Das ist ein akzeptabler legerer Lock.«

»Also geht bei dir nur obdachlos oder superschick?«

»Superschick würde ich das jetzt nicht nennen.« Amber versuchte, ihrer Stimme die gewohnte Schärfe zu verleihen, doch ich hörte die Unsicherheit darin. Meine Güte, was hatte der Typ mit meiner Pflegeschwester nur gemacht? Ich hoffte, dafür würde das Karma ihm so richtig fest in die Eier treten, sonst könnte ich das auch liebend gerne übernehmen.

»Danke für das Frühstück.« Amber griff nach der Kaffeetasse, die neben ihrem Teller stand, und füllte ein bisschen Milch hinein. »Ich fühle mich bereits viel besser. Auch wenn mir sehr wohl aufgefallen ist, dass du die Tassen zu den Tellern gestellt hast.«

»So wie es dir gefällt.« Ich grinste sie an. »Dir soll doch nicht langweilig sein, wenn ich nicht da bin.«

»Du warst schon immer zu lieb zu mir.« Ihr Lächeln erreichte ihre Augen nicht.

Ich schlug die Beine übereinander und nippte an meinem Kaffee. »Okay, lass uns mit dem Mist aufhören. Es geht dir nicht gut und es nervt mich, dich so zu sehen.«

»Es nervt dich?«

»Richtig. Es nervt. Also müssen wir was tun, damit ich nicht mehr so genervt bin.« Mein Lächeln fühlte sich an, als wäre ich der Leibhaftige, der ihr eine Falle stellen wollte. »Deshalb habe ich mir etwas für dich überlegt.«

»Ach ja?« Argwohn schwang in ihrer Stimme mit und sie klang schon fast wie die Alte.

»Ganz genau. Ein Wochenende in New York mit Alkohol, Strippern und deiner allerliebsten Schwester, und natürlich einer Freundin deiner Wahl. Olivia hat sich bereit erklärt, mitzukommen, und falls du ein wenig Freiraum brauchst, werden wir uns zurückziehen.«

Ihr Blick glitt nach unten, nur so kurz, dass es mir normalerweise nicht aufgefallen wäre. Aber Amber wich niemals dem Blick anderer Leute aus. Sie konnte einen in Grund und Boden starren. »Nein, ich will niemanden mitnehmen.«

Ihr Tonfall, traurig und trotzig zugleich, ließ mich nicken und keine weiteren Fragen stellen. »Geht klar.«

»Olivia kann trotzdem mitkommen«, erwiderte Amber. »Sie ist recht witzig. Und ...« Sie biss sich auf die Unterlippe.

Ich musste lachen.»Sag schon.«

»Ich habe gehört, sie trifft sich mit Troy.«

»So könnte man es nennen.« Treffen. Mittagsfick, würde ich sagen, aber ich behielt dies für mich.»Eastwood ist einfach zu klein. Hier kennen die Leute deine schmutzigen Geheimnisse, noch bevor du was Schmutziges getan hast.« Amber atmete hörbar ein und aus.»Ja. Ich verstehe so langsam, warum du damals gegangen bist.«

Ich nippte an meinem Kaffee.»Das hatte nichts mit dieser Stadt zu tun und das solltest du wissen. Aber das ist kein Thema für ein nettes Frühstück.« Mit diesem gekonnten Themenwechsel deutete ich auf den gedeckten Tisch.»Bedien dich. Ich habe den ganzen Vormittag Zeit.«

»Musst du nicht ins … Hotel?« Das schlechte Gewissen über ihr langes Fortbleiben stand ihr ins Gesicht geschrieben.

»Nein, die Handwerker, Derek und Sam haben es gut im Griff. Wir haben richtig Materialkosten einsparen können und in den nächsten Tagen werde ich nicht wirklich gebraucht. Deshalb auch die spontane Idee mit New York.« Ich lehnte mich mit den Ellenbogen auf den Tisch.»Wir werden ein wenig Spaß haben und du bekommst den Kopf frei.«

Sie saugte ihre Unterlippe ein.»Wann geht es los?«

»Morgen früh.«

»Das ist ganz schön spontan.«

»Es ist ja nicht so, als hättest du was anderes vor.« Meine Augenbrauen hoben sich in einer stummen Herausforderung.

Das folgende Seufzen war lauter als das vorherige.

»Olivia fährt uns und wir übernachten in einem Hostel.«

»Auf gar keinen Fall!« Entsetzen breitete sich auf Ambers

Gesicht aus und sie sprang vom Stuhl auf. Ohne ein weiteres Wort lief sie aus dem Raum, und ich war so überrascht von ihrer plötzlichen Energie, dass ich ihr nur hinterherstarren konnte.

Kurz darauf hörte ich sie telefonieren. Nur zwei Minuten später kam sie zurück und trug dieses überhebliche Lächeln zur Schau, das ich damals so gehasst hatte. »Wir haben eine Penthouse-Suite. Natürlich zahlt Frederic.« Ihr Lächeln wurde zu einem Grinsen und sie hielt eine Kreditkarte hoch. »Offenbar ist die noch gültig. Solange das noch so ist, habe ich schon mal bezahlt. Inklusive aller Anwendungen im Spa-Bereich.«

»Großartig!« Sofort schnappte ich mir mein Handy und stornierte das billige Hostel, das ich gemietet hatte. Die Absteige war mir sowieso nicht geheuer gewesen, aber das Einzige, was ich mir hätte leisten können.

Danach aßen wir, und obwohl Amber wieder ein wenig in sich zusammensank, schien sie ein bisschen besser drauf zu sein.

Die Arbeit nervte heute. Nein, es war nicht die Arbeit. Sondern die Leute. Das Wetter war mies. Es regnete unaufhörlich, was gar nicht so ungewöhnlich für Anfang April war. Aber scheinbar schlug es ihnen derart auf die Laune, dass sie entweder ruppig oder brummig waren.

Deshalb erleichterte mich Dereks Lächeln umso mehr, als er zu einer kurzen Mittagspause ins *Red Chili* kam.

Er setzte sich an die Theke und ich beugte mich für einen Kuss darüber. Es passierte ganz automatisch, und erst als ich mich wieder zurückzog, wurde mir klar, dass wir uns das erste Mal in der Öffentlichkeit geküsst hatten. Ich tat so, als wäre nichts geschehen. Lautlos atmete ich aus, während ich Derek die Karte reichte.

Auch ohne mich umzusehen, spürte ich ein paar neugierige Blicke auf uns.

Wir waren Pflegegeschwister und nicht einmal miteinander aufgewachsen. Nichts an unserer ... Situation war verwerflich. Außerdem war es nur ein kurzer Kuss. Er hatte überhaupt nichts zu bedeuten.

Immerhin waren wir jetzt Freunde. Freunde, die hin und wieder knutschten. Was war da schon dabei?

Dennoch klopfte mein Herz ein klein wenig schneller, während ich Derek unauffällig beobachtete. War das jetzt okay? Das zwischen uns war unser kleines Geheimnis gewesen. Nichts Großes, nur ein paar Küsse.

Aber das jetzt ...

Diese Kleinstadt würde uns so was von zerreißen. Ich verdrängte diesen schrecklichen Gedanken. Immerhin waren wir nun erwachsen und konnten machen, was wir wollten!

Ich straffte meine Schultern ein wenig und atmete durch, weil Derek völlig gelassen blieb. Zumindest ließ er sich nichts anmerken, als er sich eine Portion Pommes mit einem Burger bestellte.

»Kommt sofort.« Ich gab die Bestellung weiter und musste noch ein paar andere Kunden bedienen oder abkassieren, bevor ich mich zurück an meinen Platz hinter die Theke stellen konnte.

»Wie war es bei Amber?«

»Sie war ein Zombie. Aber das bekomme ich wieder hin. Sie, Olivia und ich werden spontan übers Wochenende nach

New York fahren. Ich denke, das wird sie aufmuntern. Das und das superteure Hotel, das sie für uns über Frederics Kreditkarte gebucht hat.« Ich kicherte und hob meinen Finger, als hinter mir ein Bimmeln ertönte.

Als ich Derek sein Essen brachte, hatte er die Stirn gerunzelt. »Ihr wollt wegfahren?«

»Ja, ich dachte, es wäre eine gute Idee. Wieso? Findest du das blöd?«

»Nein. Nein, alles gut.«

»Zweimal Nein bedeutet Ja.« Ich lehnte mich auf der Theke vor und klaute ihm eine Pommes, während ich mein Grinsen kaum verbergen konnte. »Wirst du mich etwa vermissen?«

Er schmunzelte und nahm den Burger in beide Hände. »Natürlich. Wie könnte ich das nicht?«

Lachend erhob ich mich und ging zu dem winkenden Gast am anderen Ende des Lokals. »Lass es dir schmecken.«

Derek nickte nur und aß. Und plötzlich hatte ich ein seltsames Gefühl, das ich allerdings nicht näher benennen konnte. Ich zögerte, doch dann schüttelte ich es ab. Wahrscheinlich schlug mir das schlechte Wetter jetzt auch schon aufs Gemüt.

24

Derek

»Es war absolut keine dumme Idee, sie zu küssen,
und wehe, du behauptest vor Hazel, ich hätte das gesagt!«

Hazel war seit gestern Nacht in New York. Sie hatte mir
Fotos mit Amber und Olivia geschickt. Am Abend aus
einem luxuriösen Hotelzimmer und später dann aus einer
Bar. Und heute Morgen schienen die drei in einem Spa zu
sein.

Sie hatten Spaß, und das Wichtigste war, dass Amber
wirkte, als würde die Ablenkung gut helfen.

Ich hatte also gar keinen Grund, mich so seltsam zu fühlen. Ich konnte es nicht einmal beschreiben. Es war so ein un-
erwünschtes Ziehen in der Magengegend, das einfach nicht
mehr aufhören wollte.

Plötzlich schlug mir jemand auf den Rücken und ich
keuchte überrascht, während ich mich aufrichtete.

Sam grinste. »Ich habe gehört, du und Hazel habt euch
endlich gefunden.« Er hob ein Sixpack Bier in die Höhe.
»Darauf sollten wir anstoßen.«

Ich lachte und deutete auf die umstehenden Elektriker,
die gerade dabei waren, ihre Sachen zu packen, und dabei
scherzten. Sie waren schon in Feierabendlaune und ich
konnte es ihnen kaum verübeln. »Gib mir noch eine halbe

Stunde, dann ist hier Feierabend.«Ich reagierte gar nicht auf seine Andeutung.

Als die letzten Elektriker gefahren waren, setzten Sam und ich uns auf die Treppenstufen in der Eingangshalle und stießen an.

»Ich finde es toll, dass ihr endlich ein Paar seid.« Sam trank einen großen Schluck von seinem Bier.

»Wir sind nur Freunde.«

Er zog die Augenbrauen zusammen und lachte verständnislos. »Was ist das denn für ein Quatsch? Ihr seid doch schon seit der Highschool heiß aufeinander. Freunde? Also, ich hätte auch gerne so eine heiße Freundin, mit der ich in der Öffentlichkeit rummache.«

»Es war ein Kuss. Die Leute sollten echt aufhören zu reden. Außerdem wäre es dumm, etwas mit ihr anzufangen, weil es feststeht, dass sie gehen wird.«

»Hat sie das gesagt?«

Ich nickte und trank einen Schluck.

»Auch, seitdem ihr was am Laufen habt?«

»Nicht so richtig, aber ich glaube nicht, dass das was an ihrer Entscheidung ändert.«

»Wow.« Sams Augen weiteten sich.

»Was ist?« Ich trank erneut. Wenn das so weiterging, würde ich das Bier innerhalb weniger Minuten geleert haben.

»Du hast Schiss.«

»Quatsch.« Ich schnaubte und stieß ein höhnisches Lachen aus. »Ich interpretiere nur nicht so viel in ein paar Küsse wie du. Ist ja nicht so, als hätten wir miteinander geschlafen.«

»Habt ihr nicht?« Er lachte leise. »Was ist nur los mit dir?«

»Es hat sich einfach nicht ergeben.« Dabei war es nicht so, dass ich nicht total scharf auf sie wäre und es mich nicht irre machte, wenn wir uns berührten. Aber obwohl ich absolut nichts gegen ungezwungen Sex hatte, wusste ich, dass es mit Hazel etwas anderes sein würde. Es würde etwas bedeuten und ich war mir nicht sicher, ob wir uns das wirklich antun sollten. Auch wenn ich jetzt schon versuchte, nicht zu viele Gefühle in diese Sache reinzustecken, bemerkte ich selbst, wie oft ich an sie dachte.

»Das klingt nach einer verdammten Ausrede.« Er deutete mit seiner Flasche auf mich. »Du hast doch nur Angst, es könnte dir das Herz brechen, wenn sie wieder geht. Deshalb hältst du sie auf Abstand.«

Mit einem Seufzen rieb ich mir über das Gesicht. »Was willst du von mir hören, Sam? Dass es eine dumme Idee war, sie zu küssen? Ich weiß das selbst.«

»Es war absolut keine dumme Idee, sie zu küssen, und wehe, du behauptest vor Hazel, ich hätte das gesagt!« Er lachte und lehnte sich zurück, stemmte dabei seine Ellenbogen auf eine Treppenstufe hinter uns. »Du fristest so ein trauriges Dasein. Mal hier und da ein One-Night-Stand und das war's. Du denkst nur an die Arbeit, was echt nicht verkehrt ist – ist bei mir ja nicht anders. Aber seit du mit Hazel dieses ... Ding am Laufen hast, bist du viel entspannter geworden. Und hey, wann hast du dich das letzte Mal von einer Frau in der Öffentlichkeit küssen lassen?«

»Meinst du, sie hat das absichtlich gemacht?« Ich richtete mich etwas auf. »Denkst du, sie wollte mir damit irgendwas sagen?«

»Oh Mann, das wäre echt übel.« Er lachte, doch wurde schlagartig ernst, als er meinen Gesichtsausdruck sah. »Entspann dich, das ist nicht ihr Stil.« Sam wedelte mit der Hand und zeigte auf mich und sich. »Sie ist keine von denen, die unbescholtenen Singles wie uns einfach eine Falle stellen und ihr Revier markieren.«

Mein schallendes Lachen füllte die gesamte Eingangshalle des Hotels aus. »Ich bin echt ein Trottel. Du hast recht. Hazel ist viel zu cool für so einen Scheiß.«

»Aber die eigentliche Frage ist doch: Wieso hast du so eine Angst davor? Oder ist es gar keine Angst? Wünschst du dir vielleicht, sie würde ihr Revier abstecken?«

»Alter, gehst du jetzt unter die Psychologen?«

Sam lachte und schüttelte den Kopf. »Ich will einfach, dass du es nicht versaust. Sie ist heiß und hat Pfiff. Sie ist genau das, was so ein Sturkopf wie du braucht.«

»Und du bleibst der ewige Single?«

»Sicher, einer von uns muss doch den coolen Onkel spielen, wenn du anfängst mit Frau, Haus, Hof und Kind.«

»Ich glaube, Ryan wird derjenige sein, der ewig ledig bleibt.« Ich zog mein Handy aus der Hosentasche. »Bei dem muss ich mich auch mal melden. Er schuldet mir noch ein Abendessen, weil er mich damals mit Amber und Frederic – diesem miesen Hund – alleine gelassen hat.«

»Mann, das ist echt eine üble Geschichte. Der hat sich seitdem auch nicht mehr in der Stadt blicken lassen. Ich habe gehört, der ist auf einem Liebesurlaub auf Hawaii oder so.«

»Ich könnte kotzen. Zum Glück sind wir den Trottel los.« Ich trank einen großen Schluck. »Sie ist jetzt übrigens mit Hazel und Olivia auf einem Mädelstrip in New York.«

»New York? Macht dich das nervös?«

Der Mistkerl kannte mich einfach zu gut, aber das würde ich ihm sicher nicht auf die Nase binden. »Wieso sollte es?«

Ich tat so, als wäre ich voll auf meine Nachricht an Ryan konzentriert.

Sam lachte erneut wissend. »Ich habe gehört, ihr sollt ziemlich verliebt ausgesehen haben.«

Diese ganze Stadt hatte doch einen Schaden. Und doch ... »Ach, erzählt man sich das?«

»Das und auch, dass der alte Joe das *Red Chili* an eine uneheliche Tochter aus den Südstaaten vererben wird.«

Die Leute waren echt bekloppt. Und doch war diese Stadt meine Heimat. Sie würde es immer sein. »Das Gerücht ist neu.«

»Wahrscheinlich hat er eine junge Kundin im *Red Chili* zu lange angesehen und dann wurde ihm direkt was angedichtet.« Sam schüttelte seinen Kopf und leerte sein Bier. »Was machst du heute so, jetzt, da Hazel nicht in der Stadt ist?«

»Fühlst du dich etwa vernachlässigt?«

Er zuckte mit den Schultern. »Die Jungs würden sich bestimmt freuen, dich im *Joanas* zu sehen.«

Ich wackelte mit meinen Augenbrauen. »Wollt ihr etwa beim Dartspielen abgezogen werden?«

»Du hast eine ganz schön große Klappe dafür, dass deine Freundin dich jedes Mal besiegt.«

Ich boxte ihm gegen die Schulter. »Ich habe kein Problem damit, mich besiegen zu lassen.«

»Aber sicher nur, weil das für dich immer zu Sex führt – zumindest hoffentlich sehr bald.«

Mein Lächeln versiegte. »Sprich bloß nicht über Hazel und Sex im gleichen Satz.«

Sams Grinsen wurde verschlagen. »Verknallt, sag ich doch. So eifersüchtig wird man nur, wenn Gefühle im Spiel sind.«

Ich ging nicht auf diese Bemerkung ein, sondern exte nun ebenfalls das Bier. Im selben Moment vibrierte mein Handy.

»Alles klar, Ryan ist heute Abend auch dabei.«

»Je mehr, desto besser.« Sam erhob sich nun und schaute sich um. »Das Hotel ist wirklich ein Schmuckstück. Ich bin echt gespannt, wer es am Ende kaufen wird.«

»Schade eigentlich. Ich hätte gerne miterlebt, wie Betty es eröffnet und die Gäste in den Wahnsinn treibt.« Ich stand nun ebenfalls auf und betrachtete lächelnd diese Baustelle, die im Grunde genommen so viel mehr war. »Was denkst du, wann wir so weit sind?«

»Bei dem Tempo können wir im Sommer verkaufen. Und das ist noch mit viel Puffer geplant. Wieso? Wollt ihr schon einen Makler einschalten? Meine Cousine arbeitet mittlerweile für einen größeren Immobilienmakler in Westwood.«

»Ich denke, das bespreche ich mit den anderen. Wird wohl nicht schaden, jemanden drüberschauen zu lassen.«

»Betty hat sich da echt ein cooles Projekt einfallen lassen.«

Sie hatte es selbst machen wollen, und bevor sie gestorben war, machte sie daraus eine Familienzusammenführung. Ich war mir sicher, ihr würde gefallen, wie wir uns mittlerweile entwickelt hatten.

Für Frederic hatte sie sowieso noch nie etwas übriggehabt.

»Sie ist auch nie müde geworden zu betonen, wie schändlich sie es fand, dass wir keinen Kontakt mehr zu Hazel hatten.« Ich presste die Lippen zu einem traurigen Lächeln zusammen.

»Tja, und jetzt machst du mit ihr rum.« Sam stieß ein brüllendes Lachen aus, als ich ihm fest gegen die Schulter boxte, und rieb sich die schmerzende Stelle. »Das war ein Scherz!«

»Du bist echt ätzend.«

»Und deshalb sind wir Freunde!« Er lachte noch lauter und stellte das Bier hinter den Empfangstresen. »Fürs nächste Mal.«

»Ich weiß nicht, ob ich Bock habe, mit dir noch Bier zu trinken.«

Sam grinste bei meinem düsteren Tonfall. »Du magst mich.«

»Hau ab, du Spinner.«

Sam salutierte und lief rückwärts in Richtung Ausgang. »Wir sehen uns heute Abend in der Bar! Wehe, du kommst nicht! Dann tauchen wir bei dir zu Hause auf und laden den Rest der Stadt ein. Du weißt, dass ich das tun würde.«

Das wusste ich ganz genau. »Bis später!«

Sein Lachen hallte noch im Eingangsbereich nach, als er schon verschwunden war.

Einen Moment hielt ich im Hotel inne und schaute mich um. Die Elektriker hatten in den Wänden lange Schlitze hinterlassen und es roch nach Staub und Holz. Dennoch war da noch immer dieser Geruch von Tabak mit einem Hauch Vanille in der Luft.

Betty sollte jetzt hier stehen.

Aber da sie nicht da war, würden wir unser Bestes für sie geben.

Automatisch dachte ich an Hazel, wie sie jeden Tag die Handwerker versorgte und alles ihr mögliche tat, obwohl sie keine Ahnung von Baustellen hatte.

Sie sprach es zwar nie aus, doch ich hatte das Gefühl, dass sie wieder gerne in Eastwood war. Aber ich machte mir keine Hoffnungen darauf, sie könnte sich dazu entscheiden hierzubleiben.

Sie war schon einmal gegangen und sie würde es erneut tun.

25

Hazel

»Mit euch würde ich sogar in meinen besten Schuhen
durch den Regen laufen.«

»Ich glaube, mir war noch nie in meinem Leben so schlecht«,
stieß eine gedämpfte Stimme in der Nähe aus, die sich ganz
nach Amber anhörte.

Ich brummte, während ich irgendwie versuchte, mein Gesicht aus dem Kissen zu holen, bevor ich erstickte. Mit viel
Mühe konnte ich mich auf den Rücken drehen und bereute
es sofort, als die Welt bedrohlich wankte.

»Das war die beste Nacht meines Lebens!« Olivia riss
die Vorhänge des Apartments mit so viel Enthusiasmus zur
Seite, dass sie sich anhörten wie Messer, die gerade geschärft
wurden.

»Ich erschieße dich«, brummte Amber und ich spürte, wie
jemand versuchte, mir die Decke zu klauen.

Ich klammerte mich daran fest. »Seid leise … wieso ist mir
so schlecht?«

»Zwei Worte.« Olivia kicherte und sprang aufs Bett, wobei die Matratze unter ihrem Gewicht bedrohlich wippte.
»Tequila Sunrise.«

»Bitte sagt mir, dass ich gestern keinen Alkohol aus dem
Bauchnabel eines Strippers getrunken habe.«

Bei Ambers Worten entkam mir ein leises Kichern, das meine Kopfschmerzen leider nur noch verstärkte. »Bitte bringt mich nicht zum Lachen, sonst kotze ich vermutlich auf die Bettdecke.«

»Ich habe euch schon Aspirin und Wasser hingestellt. Bedient euch. Das Frühstück wird hier nicht ewig serviert, und ich werde auf keinen Fall gehen, ohne noch einmal dieses absolut grandiose Rührei gegessen zu haben.«

»Olivia«, begann Amber mit einem Stöhnen. »Danke, dass du nüchtern geblieben bist.«

»Sicher. Ich muss doch heute fahren. Außerdem hättet ihr euch sonst von wer weiß wem abschleppen lassen.«

Amber kicherte. »Hazel nicht. Sie hatte ja ständig Herzchen in den Augen, während sie über Derek gesprochen hat.«

Da die beiden sowieso nicht aufhören würden zu reden, sollte ich das Aufstehen wohl besser hinter mich bringen.

Irgendwie schaffte ich es in eine aufrechte Position und nahm mir eine Aspirintablette vom Nachttisch, die ich dann mit Wasser herunterstürzte. Ich lehnte mich mit geschlossenen Augen gegen das gepolsterte Kopfteil des Bettes unserer Suite. »Ich weiß echt nicht, ob ich schon was essen kann.«

»Aha, das Thema wird jetzt also gewechselt?« Olivia lachte. »Wie du willst. Aber ihr zwei werdet mich gefälligst begleiten und mir dabei zusehen, wie ich mir den Bauch vollschlage.«

»Ich dusche als Erste.« Amber schnaubte angewidert, und als ich die Augen aufschlug, schnupperte sie gerade an den Ärmeln ihres roten Paillettenkleides, das sie gestern getragen hatte.

Ich musste kichern, worauf ich prompt einen bösen Blick

kassierte, was mich nur noch mehr zum Lachen brachte. Mit ihrer verschmierten Schminke sah sie aus wie ein fieser Panda in einem Partykleid.

Ich kicherte noch lauter und stöhnte zugleich, weil ein schmerzhaftes Pochen in meinem Kopf einsetzte. Ambers Lippen zitterten und im nächsten Moment lachte auch sie.

»So gefallt ihr mir besser«, rief Olivia und zog Amber aus dem Bett. »Los, geh duschen. Ich habe schon echt Hunger.«

»Wozu die Eile?«, fragte ich und kuschelte mich noch einmal in die superweichen Laken. Mein Blick fiel aus dem Fenster, hinter dem uns New Yorks Skyline vor einem grauen Morgenhimmel begrüßte, während Regen gegen die Scheiben prasselte. Wolkenkratzer ragten in den Himmel und ich wusste, wenn ich näher treten würde, wäre da ein fantastischer Ausblick auf den Central Park. Amber hatte Frederics Kreditkarte regelrecht glühen lassen. Gestern hatte sie uns auf einen Shopping-Trip eingeladen und nun war ich stolze Besitzerin einer dunkelroten *Dolce & Gabbana*-Handtasche, die ich mir im Leben nie hätte leisten können. Bei ihrem Vorschlag war mein Protest auch deutlich leiser ausgefallen, als er sollte, denn immerhin war es Rachegeld, das sie verprassen wollte. Wer war ich, ihr dies zu vermiesen?

»Das Frühstück! Außerdem haben wir bereits neun Uhr und müssen in einer Stunde auschecken.« Olivia begann, die Klamotten aufzuheben und sie aufs Bett zu werfen. »Mach dich schon mal nützlich und räum deinen Koffer ein!«

Ich murrte, doch bei diesem Befehlston konnte ich nicht anders, als zu gehorchen. Immerhin war sie unsere Fahrerin und ich würde ihr zutrauen, uns einfach zurückzulassen.

Eine Dreiviertelstunde später traten wir mit dem Gepäck aus dem Aufzug und checkten aus. Die Koffer konnten wir glücklicherweise in einem separaten Raum einschließen lassen, um noch in Ruhe zu frühstücken. »Darauf freue ich mich schon seit dem Aufstehen.« Olivia schnurrte förmlich, während sie das Büfett mit glänzenden Augen betrachtete.

Wir setzten uns an einen Tisch in der Nähe des Essens. Die Fensterplätze waren natürlich alle belegt, aber auch so konnten wir auf den Central Park schauen, der trotz des Regens bereits gut besucht war. Eine Bedienung kam und nahm unsere Getränkebestellungen auf. Ich wollte meinen Magen nicht überfordern und gönnte mir deshalb ein einfaches Brötchen mit Käse und ein Schälchen mit Obstsalat.

Amber ging es bedeutend schlechter als mir, aber auch sie nahm sich ein wenig Obst mit, an dem sie dann knabberte, als wäre sie auf einer knallharten Diät.

Wie angekündigt, hatte Olivia sich eine Portion Rührei geholt, das frisch von einem Koch direkt am Büfett zubereitet wurde. Es roch wirklich gut, aber ich wusste, dass ich das jetzt nicht schaffen würde.

»Was meinst du, wie lange wir Frederics Kreditkarte wohl noch ausreizen können?« Olivias Augen leuchteten vergnügt und sie seufzte genüsslich, nachdem sie sich einen Bissen in den Mund geschoben hatte.

»Keine Ahnung.« Amber nahm einen Schluck Wasser. »Aber bisher hat er es nicht gemerkt oder er wagt es nicht, sie sperren zu lassen.«

»Ein richtiges Arschloch«, brummte ich, wie schon so oft an diesem Wochenende, obwohl ich geplant hatte, überhaupt nicht von ihm zu sprechen. Doch das Gespräch landete irgendwie immer automatisch bei ihm.

»Ich habe meine Kündigung übrigens jetzt eingereicht.« Als sie meinen fragenden Blick sah, zog sie ihre Nase reumütig kraus. »Ich habe gekniffen und mich vorher nur krankgemeldet. Sagt es bitte nicht den anderen.«

»Ich schweige«, versprach ich ihr.

»Du hast für ihn gearbeitet, oder?«, fragte Olivia und lächelte Amber ermutigend an.

»Die dümmste Entscheidung meines Lebens. Ich habe keine Ahnung, was ich jetzt machen soll.«

»Du bist jung«, entfuhr es mir und ich lachte. »Dein ganzes Leben liegt noch vor dir. Lass dir das nicht von einer miesen Beziehung versauen. Du kannst alles werden, was du willst.«

»Wow.« Olivia gluckste. »Du solltest Motivationsrednerin werden.«

Ich deutete mit einer Gabel und ernstem Gesichtsausdruck auf sie. »Das Buch ist bereits in Arbeit.«

Jetzt lachten alle, sogar Amber, und dann seufzte sie: »Das Problem ist einfach, das ich nicht weiß, was ich machen soll. Ich habe das College abgeschlossen und dann direkt als Sekretärin bei Frederic in der Firma angefangen.« Sie zögerte und spießte ein Stück Melone auf. »Natürlich könnte ich weiter als Sekretärin arbeiten. Oder im Büro als Sachbearbeiterin. Lernen kann man bekanntlich alles. Aber ich weiß nicht, ob es das ist, was ich möchte.«

Ich verstand sie so gut. »Dann nimm dir die Zeit, um es herauszufinden. Es ist nie zu spät, etwas Neues zu lernen.«

Sie lächelte, warm und echt. »Danke.«

»Gerne«, antwortete Olivia für mich und erhob sich. »Ich hole mir noch ein bisschen Speck. Möchtet ihr was?«

Amber stieß ein gequältes Stöhnen aus. »Hau ab, du grausamer Mensch.«

Olivias Kichern folgte ihr bis zum Büfett.

»Wieso trägst du eigentlich das ganze Wochenende schon diese Mörderpumps?« Olivias Frage ließ uns alle auf die superteuren Schuhe von Amber hinunterschauen. Leuchtend rote High Heels, die trotz unserer heißen Party noch immer nagelneu aussahen. Daneben sahen meine schwarzen Boots und Olivias hellbraune Stiefel geradezu billig aus.

Wir standen nebeneinander unter dem Vordach des Hotels und warteten darauf, dass der Parkservice uns Olivias Auto brachte. Die Koffer hatte er bereits mitgenommen und eingeladen, sodass wir gleich nur noch einstiegen und losfahren mussten.

»Weil ich sie mag.« Amber zuckte mit ihren Schultern. »Ich fühle mich wohl in ihnen.«

Olivia stieß ein verständnisloses Brummen aus. »Das ist so übel. Ich würde gerne mal deine Füße röntgen lassen, um nachzuschauen, ob sie noch eine normale Form haben.«

Darüber wollte ich gar nicht nachdenken. »Die sind schon echt hübsch. Hattest du keine Angst, dass sie dieses Wochenende kaputtgehen? Es war ja mehr oder weniger klar, dass wir feiern wollen.«

»Das sind meine Lieblingsschuhe«, meinte Amber, was nicht wirklich eine Antwort war.

»Und die hast du angezogen, obwohl du gesehen hast, dass es heute schon den ganzen Morgen wie aus Eimern schüttet?«Olivia deutete auf die Regenflut, die auf den Zeltstoff prasselte und vom Vordach strömte. »Ich wollte diese Schuhe tragen, weil ich mich echt wohl mit ihnen fühle.

Dieses Wochenende ist so was von außerhalb meiner Komfortzone gewesen, und dennoch war es das Schönste, was ich seit Langem hatte. Wisst ihr, meine Freundinnen scheinen irgendwie … ich weiß nicht.« Sie räusperte sich. »Mit euch würde ich sogar in meinen besten Schuhen durch den Regen laufen.«

»Ohhhhhh!« Olivia und ich umarmten Amber gleichzeitig von der Seite.

»Ich mag dich auch!«, sagte Olivia, während ich vor Rührung nur nicken konnte.

Ambers Wangen waren gerötet, als wir uns von ihr lösten. »Ich weiß gar nicht, wie ich euch verdient habe.«

»Wir sind wie Engel«, begann Olivia und betrachtete uns ernst. »Wir kommen genau dann, wenn man uns braucht.«

Ich musste schallend lachen. »Ist das nicht aus der Werbung von einem Abschleppdienst?«

Olivia winkte ab und deutete in den Regen, wo gerade ihr Wagen vorgefahren wurde. »Auf geht's, nach Hause. Ich brauche dringend noch ein paar Sonntagsstunden auf meinem Sofa.«

»Ach ja, wir haben Sonntag«, hörte ich Amber murmeln, als wir zum Auto gingen.

Wie bereits auf dem Hinweg stieg ich vorne ein, während Amber sich nach hinten setzte. Olivia gab dem Fahrer ein Trinkgeld und kurz darauf fuhren wir auch schon los.

»Habt ihr beiden Lust, mir beim Sonntagsdinner zu helfen?«, fragte Amber.

Nachdem es beim letzten Mal so katastrophal endete, fühlte ich mich bei dem Thema ein wenig unwohl. Auch wenn wir ein tolles Wochenende gehabt hatten und uns mittlerweile großartig verstanden, schwangen diese blöden Momente irgendwie noch nach.

»Das ist echt nett von dir, aber ich bin heute selbst bei meinen Eltern zum Essen eingeladen«, sagte Olivia und starrte dabei konzentriert auf die Straße.

Ich gähnte ausgiebig, weil mich Autofahrten als Beifahrer immer so müde machten. »Ich komme gerne.«

»Wundervoll«, meinte Amber von hinten und ich hörte, wie auch sie gähnte. »Gegen fünf Uhr beginne ich mit den Vorbereitungen.«

Ich lächelte und kuschelte mich in den Beifahrersitz, während mir langsam die Augen zufielen. Das Wochenende war großartig gewesen. New York hatte uns mit offenen Armen empfangen und war genau so, wie ich es mir als Achtzehnjährige vor etlichen Jahren erhofft hatte.

Um halb vier stand ich bei Amber vor der Haustür.

Sie hatte sich etwas *Bequemes* angezogen, was so viel bedeutete, dass sie eine superteure Hose und eine Bluse trug. Ich verstand unter bequem eine alte Jogginghose und einen dunklen Pullover – in manchen Dingen trennten uns eben Welten.

»Du bist aber früh dran.« Sie öffnete mir die Tür, damit ich eintreten konnte, und klang überraschenderweise erfreut. »Ich brauche dringend Hilfe beim Kartoffelschälen.«

Daher wehte der Wind also. »Die Handlanger-Fee, stets

zu Diensten.« Ich zog die Schuhe im Flur aus und hängte meine Jacke an der Garderobe auf.

»Kann ich dir diese wichtige Aufgabe auch wirklich anvertrauen?«

Oh mein Gott, machte sie etwa einen Scherz? Ich lachte, als mir ihr Grinsen auffiel. »Ich habe in so vielen Küchen gearbeitet, du wirst schon sehen – ich gehöre zu den Besten.«

»Küchen? Hast du gekocht?«

»Quatsch, ich war nur Kartoffelschälerin.«

Unser Lachen erfüllte die gesamte unterste Etage, während ich ihr in die Küche folgte. Dort machte ich mich sofort an die Arbeit. Währenddessen kümmerte sich Amber um den Braten.

Eine Weile arbeiteten wir schweigend, wobei im Radio irgendein brandneuer Song lief, von dem ich mir noch nicht sicher war, ob ich ihn grandios oder nervig fand.

»Du hast also in Küchen gearbeitet?«

»Ja, in ein paar, kurz nachdem ich nach New York kam.«

Überrascht schaute ich zu ihr hinüber, als sie das Thema aufgriff. Sie betrachtete mich mit einem auffordernden Lächeln und schien mehr wissen zu wollen.

»Na ja«, begann ich zögernd und blickte wieder die Kartoffeln an. Irgendwie fühlte sich das sicherer an. »Als Achtzehnjährige hat man nicht unbedingt die freie Auswahl an Jobs. Eine Weile lang war es wirklich schwer. Ich konnte mich gerade so mit Aushilfsjobs über Wasser halten. Vor allem Küchenjobs in irgendwelchen gammeligen Hinterhofimbissbuden haben mir geholfen, nicht zu verhungern.«

»Das klingt … hart.« Amber klang erschüttert.

Ein Teil von mir wollte zurückrudern und ihr versichern, dass es gar nicht so gewesen war. Keine Ahnung, warum ich sie plötzlich anlügen wollte. Sie war nicht irgendeine flüchtige Bekannte, die mich auf offener Straße fragte, wie es mir ging. Deshalb antwortete ich ehrlich, auch wenn die Erinnerung an damals wehtat. »Das war eine beschissene Zeit. Aber irgendwann wurde es besser. Vor allem, als ich endlich einundzwanzig wurde und die guten Jobs in den Bars annehmen konnte. Meinen ersten bekam ich sogar in der Bar, in deren Küche ich gespült habe. Mann, da habe ich beim Gläserwerfen echt viele Scherben verursacht.«

»Wieso hast du Gläser geworfen?«

»Weil ich dachte, dass man das in Bars so macht, wenn man cool sein will.« Ich lachte, denn das waren dieselben Worte, die ich meinem damaligen Chef als Erklärung für das Chaos geliefert hatte. Sein schallendes Lachen klang mir sogar heute noch in den Ohren.

»Wow«, stieß Amber aus und ihr schien so gar nicht nach Lachen zumute zu sein. »Du hast also drei Jahre quasi am Hungertuch genagt?«

»Mehr oder weniger.«

»Hast du uns so sehr gehasst, dass du dieses Leben dem bei uns vorgezogen hast?« Ihre Worte waren schärfer als jede Klinge.

Ich schluckte und ließ die Kartoffel und den Schäler sinken, während ich zu ihr hinübersah und ebenfalls nicht mehr lächelte. »Du weißt nicht, wie es damals für mich war. Wie Lauren zu mir war. Und ja, ich wäre lieber obdachlos gewesen, als noch einen Tag länger mit ihr zusammenzuleben.«

Amber nickte, auch wenn in ihren Augen noch immer Verständnislosigkeit lag. »Was für Jobs hattest du noch?«

Ich war dankbar für den Themenwechsel und erzählte ihr

von meinen verschiedenen Arbeitgebern und ein wenig von dem Leben in New York. Es war nicht nur schlecht gewesen und ich wollte, dass sie das wusste.

Dennoch hing noch ein übler Nachgeschmack auf meiner Zunge, als am Abend Derek und Ryan auftauchten. Allein das Gespräch auf unsere damalige Situation zu lenken, reichte, um ein leichtes Unwohlsein in mir nachklingen zu lassen.

»Alles klar?« Derek sah mich fragend an. Er musterte mein Gesicht, als würde er etwas suchen. Plötzlich war ich schrecklich unbeholfen und wusste nicht, wohin mit den Händen. »Natürlich.«

»Mein Schwesterchen!« Ryan zog mich in seine feste Umarmung. »Es ist so schön, euch wiederzusehen. Eastwood war einfach nur grau ohne euch.«

»Aww«, machte ich gerührt und tätschelte seine Wange. »Du kannst so süß sein!«

Er grinste schief. »Das kann ich tatsächlich.«

Amber kam und begrüßte die beiden, bevor wir alle gemeinsam ins Esszimmer gingen. Dort hatten wir bereits gedeckt, sodass es direkt mit dem Dinner losgehen konnte.

»Das duftet herrlich.« Ryan rieb sich die Hände, und auch wenn ich wusste, dass er Ambers Essen sonst nicht so gerne mochte, schien er es wirklich ernst zu meinen. Ich fand es rührend, wie wichtig ihm diese Sonntagsdinner waren.

»Guten Appetit«, rief Amber und wedelte mit ihren Händen, damit sich jeder selbst bediente.

»Also, wie war euer Wochenende?«, fragte Ryan sofort neugierig. Natürlich hatten wir ihn und Derek mit vielen Fotos versorgt.

Amber antwortete als Erste. »Ich glaube, ich war noch nie

in meinem Leben so betrunken.«Ihr ernster Ton wurde durch ihr Lächeln abgemildert.»Es war großartig.«

»New York ist eben großartig, wenn es das möchte.«Ich lächelte ebenfalls und lud mir etwas Salat auf den Teller.

Ryan lachte.»Wart ihr wirklich in einer Stripperbar?«

Ich sah ihn empört an.»Wie soll man ein trauriges Mädchen denn sonst aufmuntern?«

»Der Spa-Bereich war aber auch nicht übel«, meinte Amber, deren Wangen rot anliefen.

Ryan lachte noch lauter.

Ich sah zu Derek, der ungewöhnlich still war. Er erwiderte meinen Blick.»Wart ihr in der Bar, in der du … arbeitest?«Er zögerte beim letzten Wort kaum merklich und ich fragte mich, wieso.

»Nein, Hazel meinte, der Schuppen wäre nicht teuer genug für Frederics Kreditkarte.«Amber kicherte und grinste mich an.»Es war wirklich ein schönes Wochenende.«

»Von Frederic finanziert?«Ryan grölte.»Genau so sollte es sein!«

»Ich hoffe, ihr habt die teuersten Drinks der Stadt bestellt.«Dereks Mundwinkel zuckten.

»Jap, und den hat Amber direkt aus dem Bauchnabel eines Strippers geschlürft.«

»Hazel!«

Ich lachte so sehr, dass meine Wangen wehtaten.

26

Derek

»Wahrscheinlicher wäre doch ein Herpes von irgendeiner Knutscherei mit einem Wildfremden gewesen.«

Hazel von New York sprechen zu hören, zerstörte jegliches Hochgefühl, das ich bei unserem Wiedersehen verspürt hatte. Es war, als wäre New York der heiße Ex, mit dem ich konkurrieren musste und von dem ich wusste, dass Hazel noch an ihm hing. Ich hasste es. Den ganzen Abend versuchte ich schon, mir nicht anmerken zu lassen, wie viele unerwünschte Gedanken sich plötzlich in meinem Hinterkopf einnisteten.

Was war nur los mit mir? Wir hatten Spaß. Wir waren Freunde. Wir waren kein Paar oder so was. Das wollten wir auch nicht sein, denn das würde sowieso nicht gut gehen. Wieso fühlte ich mich dann wie der zur Seite gedrängte Lover?

»Ich werde jetzt etwas kundtun, was vermutlich total schräg und unvernünftig klingt, deshalb bitte ich euch, nicht sofort auszuflippen, okay?«

Unser aller Augen richteten sich auf Amber, die nun nervös in die Runde sah und ihre Lippen befeuchtete. Keiner sagte etwas.

Sie nickte, als würde sie sich selbst Mut zusprechen wollen, und stieß den Atem lang gezogen aus. »Die vergangenen

Wochen waren wirklich hart für mich. Ich habe gemerkt, dass mein Leben mich nicht glücklich machen wird. Ich habe mich von Frederic abhängig gemacht und das war dumm. Nun habe ich viel nachgedacht und während des letzten Wochenendes wurde mir klar, dass es vielleicht Zeit für mich ist, ein paar Risiken einzugehen.«

Sie zögerte und Ryan schob ein aufmunterndes »Ja?« ein. »Ich habe mit dem Gedanken gespielt, das Hotel zu behalten und es zu eröffnen.«

Einen Moment lang herrschte Stille zwischen uns allen und keiner schien zu wissen, was er sagen sollte.

»Wow.« Hazel brach als Erste das Schweigen.

»Ich weiß, das klingt verrückt«, sagte Amber schnell. »Ich habe das Ganze auch noch nicht richtig durchdacht. Aber ich könnte mein Haus verkaufen und euch auszahlen. Zumindest teilweise. Das müsste man natürlich alles noch mal durchrechnen. Ich habe zwar überhaupt keine Erfahrung mit einem Hotel, doch ich ... seit ich es das erste Mal betreten habe, war da dieses Gefühl ...« Sie zögerte.

»Das Gefühl hatte ich auch.« Hazel lächelte Amber an. »Das Hotel ist wirklich besonders, oder?«

Diese nickte und sah dann zu Ryan und mir. »Ich wollte diesen Gedanken in den Raum werfen. Bitte sagt nichts dazu. Denkt einfach darüber nach. Ich möchte keine vorschnellen Antworten, die einer von euch bereuen könnte. Es ist ein Risiko. Vielleicht werde ich euch das fehlende Geld, das ihr mit einem Verkauf bekommen könntet, niemals zurückzahlen, falls ich versage. Aber danach könnte man immer noch verkaufen. Also denkt darüber nach.«

Ryan öffnete seinen Mund, doch Amber sah ihn scharf an. »Nichts. Wir reden in ein paar Tagen darüber, okay?«

Ryan nickte langsam.

Als Ambers Blick mich traf, tat ich es ihm nach. Ehrlich gesagt, war eine Nacht Bedenkzeit wirklich nicht schlecht. Mit diesem Vorschlag hatte Amber uns alle tatsächlich überrumpelt. Wie kam sie denn auf die Idee, ein Hotel leiten zu wollen, wenn sie keine Ahnung davon hatte?

»Wow, das war eine echt krasse Enthüllung«, warf Hazel nun ein und klatschte in ihre Hände. »Ich denke, das ist der perfekte Moment, um das Dessert zu holen.«

»Ich gehe mal an die frische Luft.« Ryan erhob sich und ich folgte ihm. »Bin dabei.«

Während Amber und Hazel in der Küche verschwanden, gingen wir nach draußen auf die Veranda. Es war bereits dunkel und kühl. Genau das Richtige, um einen freien Kopf zu bekommen.

Ryan zündete sich eine Zigarette an. Als er mir eine anbot, winkte ich ab.

»Ist auch besser so«, meinte er mit einem tiefen Zug. »Also, was denkst du?«

»Ich bin überrascht. Das kommt plötzlich, oder?«

»Sehe ich genauso.« Er blies den Rauch langsam aus. »Meinst du, sie will damit etwas kompensieren?«

»Könnte sein.« Auf den Gedanken war ich noch gar nicht gekommen.

»Nicht, dass sie sich in irgendwas verrennt. Es ist nicht so, dass ich ihr das nicht zutrauen würde, oder es mir ums Geld ginge. Aber was ist, wenn sie von einem Chaos ins nächste rennt?«

Da musste ich Ryan recht geben. Vielleicht versuchte Amber verzweifelt, irgendwo Halt zu finden, während sie aktuell noch mit beiden Armen in der Luft ruderte.

254

»Wer hätte gedacht, dass die zwei nach New York fahren und Amber mit dieser Idee zurückkommt? Wahrscheinlicher wäre doch ein Herpes von irgendeiner Knutscherei mit einem Wildfremden gewesen.«

»Oh Mann.« Ich lachte, auch wenn ich angewidert klingen wollte. »Ist doch wahr! In New York ist einfach alles denkbar. Wäre sehr wohl möglich gewesen, dass Amber der Stadt genauso verfällt wie Hazel damals.«

»Was hat das mit einem Herpes zu tun?« Meine Stimme klang noch immer amüsiert, aber mir war alles anderes als nach Lachen zumute.

»Es bleibt an einem hängen. Ich habe früher auch mit dem Gedanken gespielt, nach New York zu ziehen. Für meine Geschäfte wäre es sicher zuträglicher gewesen.«

Das hatte ich nicht gewusst. »Was hat dich daran gehindert?«

Ryan nahm noch einen Zug von seiner Zigarette und lächelte zu mir herüber. »Amber hätte mich umgebracht, wenn ich auch nur ein Sonntagsdinner verpasst hätte.«

Ich stieß ein schnaubendes Lachen aus. »Wohl wahr.«

Ich betrachtete die Straße, die ich jede Woche hierherfuhr, und die Nachbarschaft, in der ich jeden einzelnen Nachbarn persönlich kannte. Diese Stadt war meine Heimat, und selbst wenn mir klar war, dass es albern klang, wusste ich, dass New York mich nicht glücklich machen würde.

Natürlich war ich auch schon dort gewesen, an ein paar Wochenenden und zum Feiern. Und jedes Mal hatte ein kleiner Teil von mir gehofft, ich würde Hazel über den Weg laufen. Eine total dumme Hoffnung angesichts der schieren Massen von Menschen, die tagtäglich durch New York liefen.

Aber dennoch war da stets dieser Gedanke gewesen: Was wäre, wenn …

Zugleich hatte ich immer gewusst, dass diese Stadt niemals ein Ort sein könnte, an dem ich es länger als einen Monat aushielt.

»Ich frage mich wirklich, wie sie auf die Idee gekommen ist, das Hotel übernehmen zu wollen.« Hazel lächelte und in ihren Augen lag ein fassungsloser Ausdruck. Wir saßen nebeneinander auf meiner Dachterrasse, eingewickelt in Decken, und in unseren Händen hielten wir jeweils eine Tasse Kaffee. Es war dunkel und über uns glitzerten die Sterne, während es noch immer nach dem nie enden wollenden Regen der letzten Tage roch. Sie war spontan vorbeigekommen, weil Olivia sich mit Troy traf und sie keine Lust hatte, ihnen bei ihrem Bettsport zuzuhören – ihre Worte.

»Hat sie sich an eurem Wochenende irgendwie seltsam benommen?«

»Meinst du, außer der Sache mit dem Alkohol und dem Bauchnabel?« Hazel kicherte. »Ja, das ganze Wochenende war seltsam. Aber das Hotel hat sie nicht ein einziges Mal erwähnt. Vielleicht hatte sie den Gedanken schon vorher und hat ihn jetzt erst ausgesprochen.«

Ich nickte langsam und spürte die Wärme ihres Körpers durch die Decken dringen. Wir berührten uns an den Armen und an den Beinen und trotzdem war es heute nicht nah genug. »Könnte sein.« Ich lehnte mich ein wenig näher an sie. »Ich habe dich vermisst.« Die Worte kamen einfach aus meinem Mund und einen Moment lang fluchte ich innerlich, weil mir klar wurde, dass dieses Freundschaftsding irgendwie doch nicht so gut funktionierte.

Sie blickte zu mir herüber, und ein Lächeln, bei dem selbst die Sterne erblassen würden, erhellte ihr gesamtes Gesicht.

»Ist das so?«

»Hattest du Spaß?«

»Oh ja.« Sie schaute zum Himmel hoch. »Aber das lag vor allem daran, dass Amber und ich uns so nahe waren. Es ist fast wie früher, bevor alles zwischen uns schiefging. Das war wirklich toll. Ich hoffe, wir können das Kriegsbeil endlich begraben.«

»Habt ihr das nicht schon?«

Nun zuckte sie mit den Schultern und ihre Lippen bildeten eine schmale Linie.

»Was ist los?«

»Sie könnte ihre Meinung ändern.« Sie verzog ihren Mund, doch das Lächeln erreichte ihre Augen nicht. »Das klingt so kindisch. Aber ich habe ein bisschen Angst.«

»Wovor?« Ich richtete mich ein wenig auf.

»Dass sie mich nur benutzt, weil es ihr schlecht geht, und sie, wenn sie wieder festen Boden unter den Füßen hat, nichts mehr mit mir zu tun haben will.«

»Bis dahin bist du ja vielleicht schon weg.« Ich hatte keine Ahnung, woher dieser plötzlich bittere und geradezu provozierende Tonfall kam.

Hazel hörte ihn auch und runzelte irritiert ihre Stirn.

Ich öffnete den Mund und wollte abwiegeln, da rettete mich das Klingeln ihres Telefons.

Sie machte ein erstauntes »Oh«, als sie aufs Display sah, und ging dann ran. »Hier Hazel.«

Während sie telefonierte, atmete ich tief durch und trank einen Schluck von meinem Kaffee. Dabei folgte ich unweigerlich ihrem Gespräch, bei dem ihre Stimme einen immer höheren Ton annahm und ihre Augen zu leuchten begannen.

Als sie auflegte, grinste sie.

»Was ist los?«

Sie hatte ihren Mund geöffnet und stieß ein erfreutes, kurzes Lachen aus. »Scheinbar hat einer meiner alten Chefs seine Bar an seinen Sohn übergeben, und der möchte mich als Barchefin einstellen.«

»Was? Warum?« Mir wurde flau im Magen.

»Weil er meinte, dass er noch keine Kollegin hatte, die seine Kundschaft derart um den Finger wickeln konnte.«

Hazel kicherte und das Strahlen nahm sogar noch zu.

»Wow, das ist ja echt …« Ich verstummte und starrte Hazel an, als wäre sie nicht von dieser Welt.

Mein Blick fuhr über ihre dunklen Haare, die bei Nacht schwarz wirkten. Ihre vollen Lippen waren leicht geöffnet und ein fragender Ausdruck lag in ihren wunderschönen Augen. Hazel würde gehen.

Es war, als würde ich dies zum ersten Mal realisieren.

»Wie ist das?«, fragte sie.

Ich schob die Decke von mir, beugte mich vor und küsste sie hart. Sie erwiderte den Kuss, ohne zu zögern, und ihre Arme schlangen sich um mich.

Ich musste sie haben. Jetzt.

Fest zog ich sie an mich und trug sie in die Wohnung.

»Ich glaube, wir können keine Freunde mehr sein«, stieß ich hervor, während ich sie in mein Schlafzimmer brachte und es irgendwie schaffte, unsere Lippen voneinander zu lösen. »Ich will dich. Aber ich weiß nicht, was wir dann noch sind.«

Hazels Lächeln wurde sanft und sie strich über meine Wange. »Wir müssen uns keinen Stempel aufdrücken. Wir können einfach wir selbst sein. Nur gemeinsam.«

Ich küsste sie, weil ich schlicht nicht mehr anders konnte.

27

Hazel

»Ich nehme alles zurück. Dieser Bademantel
ist so viel heißer als nackte Haut.«

Ein sehnsüchtiges Stöhnen entschlüpfte Derek, als ich an seinen Hemdknöpfen herumfummelte. Er löste sich nur für eine Sekunde von mir, um es sich einfach über den Kopf zu zerren. Seine Lippen fanden wieder meine, während wir uns die Klamotten vom Leib rissen und in unserer Unterwäsche aufs Bett fielen.

Schwer atmend ließen wir voneinander ab. Derek fing meinen Blick auf, wobei er mir mit seinen rauen Händen über den Bauch strich. »Ich wollte dich nicht so überfallen.«

»Ach nein?« Langsam beugte ich mich vor und küsste ihn erneut, während seine Finger an dem Bund meines Slips entlangfuhren. Ich bebte und atmete zittrig aus, als er unter den Stoff glitt und mich dort berührte, wo ich es mir am meisten ersehnte.

Er neckte mich und spielte mit mir, während ich mich unter ihm wand. In mir toste ein Sturm, und in dem Moment, als ich erbebte und meinen Rücken durchbog, zog er seine Hand zurück.

»Nein«, stöhnte ich schwach und starrte ihn mit entsetzt flatternden Lidern an. »Warum hörst du auf?«

»Weil ich spüren will, wie du kommst.« Er beugte sich zurück und zog seine Nachttischschublade auf, aus der er ein kleines glänzendes Päckchen hob. Ich schnaubte, setzte mich auf und entriss es ihm. »Dann beeil dich gefälligst.« Er lachte leise, während er sich vorbeugte und die Häkchen meines BHs öffnete. Langsam und bedächtig schob er mir die Träger von den Schultern und blickte mich an, als wäre ich ein Kunstwerk.

Ich lächelte unter diesem Blick, der so ehrlich war, dass ich mich nicht einen Moment lang unwohl fühlte.

»Du bist wunderschön«, flüsterte er rau.

»Und du bist noch angezogen«, erwiderte ich leise und räusperte mich, weil meine Stimme plötzlich belegt klang.

Sein Mundwinkel zuckte, während er sich seine Boxershorts auszog und dann auf meinen Slip deutete.

Ich entledigte mich ebenfalls vollständig meiner Klamotten und konnte nicht anders, als ihn anzustarren. Mein Herz pochte unendlich laut. Hunderte Male hatte ich mir ausgemalt, wie es sein würde, hatte geträumt und mich selbst berührt, und jetzt war es so weit. Wir würden miteinander schlafen.

Es gab keine Zweifel mehr zwischen uns, kein Zögern. Nur uns und diese Nacht.

»Hör auf, nachzudenken«, flüsterte Derek, küsste meinen Hals und kniete vor mir auf dem Bett.

Alle Gedanken verflüchtigten sich und ich lächelte träge, während ich ihm das Kondom überstreifte.

Sanft drückte er mich in die Matratze. Als er in mich hineinglitt, grub ich meine Fingernägel mit einem tiefen Stöhnen in seine Schultern.

Unser Atem vermischte sich, während wir uns drängend miteinander bewegten und alles um mich herum zu verschwimmen begann.

In mir spannte sich jeder Muskel an und ich kippte mein Becken, um ihm noch näher zu kommen. Zugleich drängte ihn mein Stöhnen zu einem schnelleren Takt. Die Welt zerfloss und es gab nichts mehr als uns und all die Stellen, an denen wir uns berührten. Die Zeit dehnte sich aus und alles um mich herum wurde zu einem unwirklichen Rauschen, während wir uns miteinander bewegten. Unsere Lippen lösten sich nicht ein einziges Mal voneinander. Ein tiefes Sehnen baute sich in mir auf und ich glaubte, in diesem Gefühl zu ertrinken.

Plötzlich überkam mich ein heftiges Zittern, das mich keuchend zurückließ.

Derek stöhnte meinen Namen und erschauderte über mir.

Unser Atem ging hart und stoßweise, als er von mir herunterrollte, das Kondom abzog, wegwarf und mich dann fest in seine Arme zog.

Ich spürte seinen schnellen Herzschlag unter meinem Ohr und war voller Erstaunen, weil es genauso war, wie ich es mir immer erträumt hatte, und zugleich so viel besser.

Ich erwachte mit einem trägen Lächeln und blinzelte angesichts der Morgensonne, die durch einen Spalt zwischen den Vorhängen auf das Bett fiel. Langsam zog ich mit müden Muskeln die Decke über meine Schultern und kuschelte mich noch ein wenig mehr in das warme Bett. Hinter mir spürte ich Derek, dessen Atem schwer und gleichmäßig ging.

Die letzte Nacht ... ich konnte sie kaum in Worte fassen. Wir hatten miteinander geschlafen und zugleich war es so viel mehr gewesen.

Erstaunen erfüllte meinen Körper und ließ mein Herz hüpfen, als mir klar wurde, dass ich erneut dabei war, mich in Derek zu verlieben. Wir waren Freunde geworden und hatten uns einreden wollen, dass die Anziehung zwischen uns nur körperlich war und nichts zu bedeuten hatte. Ich schmunzelte über mich selbst. Das war so klar gewesen. Dennoch machte mir das Gefühl keine Angst.

Hinter mir hörte ich, wie Derek sich regte.

Ich wollte mich gerade umdrehen, als ich spürte, wie er erstarrte und ein leises »Fuck!« ausstieß.

Es fühlte sich an, als hätte man mich mit Eiswasser übergossen, und ich atmete nur noch ganz flach.

Derek bemühte sich, still aus dem Bett zu steigen, und ich hörte, wie er seine Klamotten einsammelte, bevor er nahezu lautlos das Zimmer verließ. Was wurde das denn jetzt?

Ich atmete tief durch und versuchte, die aufkommende Panik zu unterdrücken. Was auch immer seine Reaktion ausgelöst hatte, das konnte sicher nicht unsere Nacht gewesen sein. Oder?

Ein Teil von mir wollte sich die Decke über den Kopf ziehen. Doch ich zwang mich, aufzustehen und in meine Klamotten zu schlüpfen.

Als ich Dereks Schlafzimmer verließ, war die Wohnung ruhig. Im Badezimmer war er nicht, also ging ich in Richtung Wohnbereich. Es gab sicher eine Erklärung für sein Verhalten.

Wir hatten miteinander geschlafen und nicht betrunken geheiratet.

Ich entdeckte Derek auf der Terrasse. Wind zerrte an seinem Shirt und feiner Nieselregen hinterließ feuchte Flecken darauf. Dennoch stand er da, als würde er das Aprilwetter nicht einmal bemerken.

Seit zwei Monaten war ich schon hier, und doch kam es mir vor, als wäre ein halbes Leben vergangen. Ich ging in die Küche und machte uns Kaffee, bevor ich zu Derek nach draußen trat.

Er drehte sich nicht zu mir um, obwohl er hören musste, wie ich die Tür öffnete. Meine Hände umklammerten die Tassen und zitterten vor plötzlicher Nervosität. Sicher gab es eine einfache Erklärung für sein Verhalten.

»Guten Morgen«, sagte ich und stellte mich neben ihn.

Er betrachtete einen Moment lang die Kaffeetasse, die ich ihm entgegenhielt, und machte keine Anstalten, nach ihr zu greifen. »Letzte Nacht war ein Fehler.«

Ich lachte, weil er das sicher nicht ernst meinen konnte. »Es war ein Fehler?«

Er nickte und sah mich immer noch nicht an. »Wir hätten das nicht tun sollen.«

»Aber …« Ich verstummte und kam mir unsagbar dämlich mit den beiden Kaffeetassen vor. Langsam stellte ich sie auf dem kleinen Tisch ab, als meine Hände auf einmal zu zittern begangen.

»Wir werden uns nur gegenseitig wehtun.« Derek atmete hörbar durch. »Bitte geh.«

»Was? Wieso machst du das jetzt?« Ich trat direkt vor ihn und wollte ihn zwingen, mich anzusehen. Das konnte er einfach nicht ernst meinen!

Doch er blickte stur geradeaus. »Weil wir zwei niemals Freunde sein können.«

»Ich dachte, wir brauchen keinen Stempel.«

»Er war immer da, auch wenn wir ihn nicht sehen wollten. Wir werden einander wehtun und das wird unserer Familie nur schaden.«

Ich atmete schneller. »Ach so? Plötzlich interessiert dich die Familie? Wovor hast du solche Angst?«

Zum ersten Mal, seit ich zu ihm getreten war, sah er mich an, und die Kälte in seinem Blick schnitt mir direkt ins Herz. »Du solltest jetzt gehen.«

Ein Teil von mir wollte ihn packen und schütteln, wollte etwas zerstören und wüten. Doch zugleich brannten Tränen in meinen Augen und ich wusste, dass ich sie nicht mehr länger würde zurückhalten können.

Deshalb straffte ich die Schultern und ging, ohne einen Blick zurückzuwerfen.

Was auch immer sein Problem war, ich würde mich nicht erniedrigen, um es zu lösen. Wenn er mich nicht in seiner Nähe haben wollte, dann würde ich das akzeptieren. Egal, wie sehr das auch schmerzte.

Zugleich hasste ich mich dafür, dass ich die ganze Zeit geglaubt hatte, wir wären erwachsen genug, um mit unseren Gefühlen umzugehen. Einen Scheiß waren wir.

Wir hatten miteinander rumgemacht wie Teenager und ich hatte mir eingeredet, mein Herz heraushalten zu können.

Offenbar hatte ich nichts dazugelernt. Gar nichts.

Olivia öffnete mir die Tür, weil ich meinen Schlüssel vergessen hatte. Als sie mich sah, drehte sie sich um und rief in die Wohnung: »Troy, du musst gehen.«

»Du musst ihn nicht wegen mir rauswerfen.« Ich seufzte und drängte mich an ihr vorbei in die Wohnung.

»Ich hatte eh keine Lust mehr auf ihn.«

»Weißt du«, begann ich und zog im Flur Schuhe und Jacke aus. »Ich bin immer auf deiner Seite. Er war ein richtiger Arsch. In der Highschool. Aber das heißt nicht, dass du auch ein Arsch zu ihm sein musst.«

Olivia starrte mich an.

»Sorry«, stieß ich aus und ging in mein Zimmer. »Ich sollte für heute besser die Klappe halten. Ich gehe jetzt noch ein wenig schlafen.«

Ich verkroch mich unter meiner Decke. Doch egal, wie lange ich die Augen schloss oder an die Wand starrte, ich konnte einfach nicht wieder einschlafen.

Derek hatte mich rausgeworfen!

Wir hatten miteinander geschlafen. Wie konnte er das nur tun? Er hätte gestern darüber nachdenken sollen, dass ihm dieser Schritt zu viel war.

So ein Arsch.

Ich riss die Decke von mir und stand auf. Unmöglich konnte ich jetzt wieder einschlafen.

Als ich nach draußen auf die Terrasse trat, sah ich Licht in Olivias Gartenhütte leuchten.

Ich hatte einen Bademantel an und stieg in meine Gartenschuhe, bevor ich über den Rasen zur Hütte lief.

Die Decke war mit einem Netz aus Lichterketten bespannt, die warmes Licht verteilten. Die Glastür war weit geöffnet und Olivia stand mit dem Rücken zu mir an ihrer Staffelei. Links und rechts an den Wänden waren Bilder angelehnt. Manche waren abstrakt, wild und bunt, andere zeigten ganz klassische Motive.

Olivia hatte Talent.

Jetzt jedoch starrte sie die Leinwand an, der Pinsel in ihrer Hand war erhoben, doch sie rührte sich nicht.

»Brauchst du Inspiration?«

»Willst du mein Aktmodel sein?«, kam es unvermittelt, und Olivia schaute mich mit hochgezogenen Augenbrauen über die Schulter hinweg an. »Ich nehme alles zurück. Dieser Bademantel ist so viel heißer als nackte Haut.«

Ich lachte auf und wickelte den pinken Bademantel ein wenig enger um mich. »Meinst du, damit hätte ich Derek davon abhalten können, mich wie Dreck zu behandeln?«

»Was hat er getan?« Olivias Finger umschlossen den Pinsel fester.

Mein Blick glitt über die Bilder und ich fühlte den Schmerz so intensiv, dass ich einige Male blinzeln musste, um nicht in Tränen auszubrechen. »Wir haben miteinander geschlafen. Gestern Nacht. Heute Morgen hat er mir gesagt, dass es ein Fehler war.«

»Wa–« Olivia ließ den Pinsel fallen und kam zu mir, um mich einmal fest an sich zu ziehen und ihre Arme um mich zu schlingen. »So ein mieser, blöder …«

»Warum tut er das?«, unterbrach ich sie und kniff meine brennenden Augen zusammen.

»Angst«, flüsterte Olivia und löste sich von mir, um mich anzusehen. »Und weil er ein Idiot ist.«

Sie seufzte und schaute wieder auf die Leinwand. »Das ist er offensichtlich. Erzähl mir alles. Von Anfang bis Ende.«

Ich erzählte ihr von meinem Besuch bei ihm, dem Anruf und seinem plötzlichen Drang, mich zu küssen.

Dabei trat ich näher und setzte mich auf einen kleinen Hocker.

»Was ist, wenn er …«

»Bitte nicht«, schnitt ich ihr das Wort ab. »Such keine Erklärungen für sein mieses Verhalten. Er ist ein Arsch. Das ist gerade das Einzige, worüber ich nachdenken will. Diese Nacht zu analysieren, würde mich jetzt zu sehr fertigmachen.«

»So wie ich mich Troy gegenüber wie ein Arsch aufgeführt habe?«

»Ich will dich ja nicht beleidigen, aber du bist schon echt hart zu ihm.« Mein Blick wanderte über eine raffiniert gezeichnete Blume, die einsam aus einer Vase herauslugte. »Tut mir leid, dass ich so gemein zu dir war.«

»Danke, dass du so ehrlich zu mir warst. Ich brauche keine Heuchler in meinem Leben.«

Ich musste lächeln und betrachtete weiter die Bilder. »Was machst du jetzt?«

»Abstand halten und nachdenken.«

»Gute Idee«, sagte ich leise. »Dasselbe hatte ich auch vor. Gezwungenermaßen.«

Olivia schwieg und ich war ihr dankbar, dass sie keine weiteren Beleidigungen auf Derek abfeuerte, wie ich es bei Troy getan hatte. Nicht, dass man diese Situationen vergleichen könnte. Aber es hätte auch nicht unbedingt geholfen. Sie kannte Derek immerhin. Es war alles gut gewesen. Bis wir miteinander geschlafen hatten.

Vielleicht war dieser eine Schritt zu viel gewesen und deshalb hatte er mich die ganze Zeit auf Abstand gehalten.

Doch wieso hatte er dann seine Meinung geändert? Er hatte den ersten Schritt gemacht und ich war bereitwillig mitgegangen. Aber irgendwann in dieser Nacht waren wir wohl in verschiedene Richtungen abgebogen.

»Ich werde dich jetzt malen.« Olivia sagte es, als wäre es eine Drohung.

»Ich werde mich nicht ausziehen.«

»Du könntest mir eine Schulter zeigen«, schlug sie ernst vor und sah mich über den Rand der Leinwand hinweg an. »Komm schon, enthüll mir ein bisschen Haut.«

Ich erwiderte ihren Blick und zog den knöchellangen Bademantel ein wenig höher, sodass sie mein Schienbein sehen konnte.

»Oh ja«, stieß sie mit einem Knurren aus. »Das wird das heißeste Bild, das jemals in diesem Schuppen gemalt wurde.«

»Ich fühle mich entblößt.« Ich lachte und war drauf und dran, den Bademantel wieder runterzuschieben.

»Wehe, du bedeckst dich!« Olivias Stimme war so laut, dass sicher die Nachbarn sie hören konnten.

Von irgendwo ertönte ein Lachen und sofort prustete ich los, während Olivia sich grinsend auf die Unterlippe biss und ihren Pinsel in die Farbe tauchte, die neben ihr auf einem kleinen Beistelltisch stand. »Jetzt halt still«, befahl sie etwas leiser. »Ich muss malen, um meinen Kopf frei zu bekommen.«

Ich lächelte nur müde und bewegte mich nicht mehr. Stattdessen ließ ich mich von der Musik erfüllen und versuchte, den Schmerz über Dereks Zurückweisung auszublenden und einfach gar nichts zu fühlen.

Es klappte nicht gut.

Aber es war besser, als traurig und alleine in meinem Bett zu liegen.

28

Hazel

»Du kommst doch direkt aus der Hölle.«

Ich hatte die Musik so laut aufgedreht, dass mir die Nachrichten und Anrufe auf meinem Handy erst auffielen, als ich draufschaute, um das Wetter für den Abend zu prüfen. Es sah nach Regen aus, aber gleichzeitig war es heute auch so warm, dass ich nicht zu dick angezogen zu meiner Schicht fahren wollte.

Die gestrige Nacht steckte mir noch in den Knochen. Wir waren bis drei Uhr wach geblieben, um das Gemälde fertig zu bekommen, und am Ende hatte ich es nicht einmal sehen dürfen. Danach war ich in einen tiefen und traumlosen Schlaf gefallen. Den Wecker hatte ich ausgestellt und war heute Morgen auch nicht ins Hotel gefahren.

Nun war ich dabei, mein Bett unter das Fenster zu schieben, während das Radio laut dröhnte.

Vier verpasste Anrufe von Amber und eine Nachricht.

Komm sofort ins Hotel!

Sie war vor knapp zwanzig Minuten verschickt worden. Schlagartig polterte mein Herz wie verrückt. Ich drückte geradewegs auf Zurückrufen, aber natürlich ging nur die Mailbox dran. Kurz darauf saß ich schon auf dem Fahrrad. Es musste etwas passiert sein, wenn Amber mir so eine Nachricht schickte. Ganz ohne Gruß oder sonst irgendwas. Ich strampelte noch schneller und erreichte das Hotel in so kurzer Zeit wie noch nie.

Das Fahrrad warf ich mehr hin, als dass ich es ordentlich abstellte, bevor ich in Richtung Veranda eilte und den Reißverschluss meines Mantels aufzog. Der Pullover klebte an meiner Haut und ich fror im selben Moment, als Luft durch den geöffneten Mantel drang.

Ich riss die Tür auf. »Was ist los?«

Eine Gruppe von Menschen stand in der Lobby, die mehr eine Baustelle war, und die lautstarke Diskussion geriet ins Stocken. Zeitgleich drehten sich alle Köpfe zu mir um. Ich entdeckte Derek zuerst. Sein Blick fand meinen und es lag dieselbe Härte darin wie vor Wochen, als wir uns auf Bettys Beerdigung wiedergesehen hatten. Also reichte eine Nacht, um all das Gute zwischen uns ungeschehen zu machen.

Ich schluckte den Schmerz hinunter und bemerkte nun auch Ryan, Sam, Amber und Mr Stewards. In dem Moment, als ich mich fragte, was Bettys Nachlassverwalter hier machte, trat hinter Ryan eine Frau zur Seite, die ich zuvor nicht registriert hatte.

Ich erstarrte und mir wurde eiskalt, während mein Mund sich fragend öffnete, jedoch kein Ton aus mir herauskommen wollte.

Lauren. Meine Pflegemutter trat zur Seite und ihr typisch höhnisches Lächeln ließ Übelkeit in mir aufsteigen. Sie trug einen schicken Hosenanzug und auf ihrem platinblonden Schopf thronte eine schwarze Sonnenbrille. »Hazel. Wie überraschend. Die große Stadt scheint dich endlich mundtot gemacht zu haben.«

Die Enge in meiner Kehle nahm zu und dennoch schaffte ich es, eine unbeteiligte Miene aufzusetzen, und schlenderte in ihre Richtung. »Wow, und bei dir scheint Botox wohl nicht mehr zu wirken.«

Irgendwo ertönte ein unterdrücktes Lachen und mir wurde bewusst, dass ein paar Arbeiter in der Nähe waren und uns neugierig betrachteten.

»Jetzt ist nicht die Zeit für Beleidigungen.« Ambers strafender Blick traf meinen. Sie hätte mir genauso gut ein Messer in die Brust rammen können.

Ich schaffte es, mir nicht anmerken zu lassen, wie sehr mich ihre Worte verletzten und wie weh es tat, dass sie mich rügte, obwohl Lauren es gestartet hatte.

»Was ist hier los?«, stellte ich also die dringlichste Frage und hob das Kinn leicht an, während ich zu Mr Stewards sah.

Er schüttelte meine Hand. »Es ist schön, Sie wiederzusehen.«

»Danke, schöner wäre es, wenn die Umstände anders wären.«

Er presste seine Lippen zusammen und ich meinte, er versuchte, ein Schmunzeln zu verbergen. »Mrs Duston ...«

»Mrs Fisher, bitte.« Meine ätzende Pflegemutter hielt ihre Hand hoch und präsentierte einen Ring mit einem obszön großen Diamanten. Der war nie im Leben echt. Kein halbwegs normaler Mann würde für die Alte so viel Geld ausgeben. Bitterkeit verpestete meine Gedanken und ich blinzelte, um mich wieder zu konzentrieren.

»Richtig, Mrs Fisher hat auf mein Schreiben reagiert.«

»Ganz genau«, zischte sie und lachte höhnisch, wobei sie sich in der Lobby umsah. »Meine Mutter vermacht mir also nur ein bisschen alten Schmuck und ihr bekommt das hier? Das ist ein Witz!«

»Und doch hat alles seine Richtigkeit.« Mr Stewards lächelte sie schmallippig an. »Betty hat Ihnen vermacht, was Ihnen ihrer Meinung nach zusteht.«

»Aber ich bin ihre leibliche Tochter!« Ihre Stimme wurde zu einem fiesen Zischen. »Mir steht mehr zu als diese lächerlichen Ketten und Ohrringe! Diese Hütte hier ist viel mehr wert!«

»Diese Immobilie war tatsächlich nicht viel wert, als Ihre Pflegekinder sie erbten«, stellte Mr Stewards klar. »Das, was Sie hier sehen, ist das Ergebnis harter Arbeit und erheblicher Investitionen.«

»Das mag von mir aus so sein«, erwiderte sie mit dem Lächeln einer Schlange. »Aber ich bin mir sicher, dass die Anwälte meines Mannes da ganz bestimmt noch etwas finden werden.«

»Warum tust du das?«, platzte es aus mir heraus. »Du hast Betty gehasst und offensichtlich hast du genug Geld. Weshalb hast du es nötig, hier so einen Aufstand zu machen?«

Derek seufzte leise, sagte jedoch nichts. Es war dasselbe Geräusch, das er früher gemacht hatte, wenn ich mich ihr entgegenstellte, anstatt es gut sein zu lassen. Aber ich würde es niemals hinnehmen. Diese Frau würde nie wieder gewinnen!

»Weil ich es verdient habe«, erwiderte sie leise und betrachtete mich von oben bis unten. »Sag mir, womit hast du das hier verdient? Du bist doch abgehauen und hast dich einen Dreck um Betty geschert.« Ein giftiges Lächeln trat auf ihre Lippen. »Aber genau in dem Moment, als sie todkrank wurde, hast du dich ja so aufopfernd um sie gekümmert. Was für ein Zufall, nicht?«

»Was willst du mir hier vorwerfen?«

»Bitte hört auf zu streiten«, ging Ryan dazwischen und rieb sich die Stirn. »Das bringt jetzt nichts. Lauren, ich verstehe deinen Unmut, aber dein Verhalten ist unnötig. Du hast doch etwas bekommen und solltest dankbar dafür sein. Immerhin hast du dich nicht einmal auf der Beerdigung von deiner eigenen Mutter verabschiedet.«

»Das tut nichts zur Sache«, wischte sie seinen Einwand einfach weg. »Ich habe gleich einen Termin hier mit meinen Anwälten. Wir werden den Wert dieser Immobilie neu bestimmen lassen. Immerhin ist die Erbschaft noch nicht durch, oder? Ihr bekommt das Haus erst vollständig, wenn es renoviert ist, also wird sich auch der Wert des Erbes ändern.«

»Du kommst doch direkt aus der Hölle«, knurrte ich leise.

Sofort sah Amber mich strafend an. »Mach es gefälligst nicht noch schlimmer!«

Ich schluckte den Schmerz hinunter, der plötzlich in meiner Kehle brannte, und schüttelte den Kopf. »Wie könnt ihr dabei zusehen, wie sie uns fertigmachen will?«

»Wir lassen uns nicht fertigmachen.« Nun sah Ryan mich warnend an. »Aber wir sollten auch nicht völlig kopflos in diese neue Situation hineinrennen.«

Ich presste die Lippen zusammen.

Jemand trat hinter uns ins Hotel und Lauren stieß einen erfreuten Laut aus. Der Anzugträger musste sicher der Anwalt sein, von dem sie gerade gesprochen hatte. Sie führte ihn direkt herum und kümmerte sich nicht weiter um uns.

In mir brodelte es, während ich ihr hinterhersah, und am liebsten wollte ich schreien und auf irgendetwas einschlagen. Lauren wiederzusehen, setzte mir sehr viel mehr zu, als ich erwartet hätte.

»Müssen wir uns Sorgen machen?«, fragte Amber prompt Mr Stewards. Dieser schüttelte seinen Kopf. »Nein, sie kann Ihnen das Erbe nicht streitig machen.«

»Könnte sie einen Anteil zugesprochen bekommen?« Auch Ryan klang nicht sonderlich erfreut.

Der Nachlassverwalter seufzte. »Sagen wir so, es ist so gut wie ausgeschlossen, aber ich werde jetzt in die Kanzlei fahren und noch einmal alles prüfen.«

Er verabschiedete sich von uns und zurück blieb ein verflucht mieses Gefühl.

»So eine verdammte –«

»Hör bitte auf«, unterbrach Derek mich. »Beleidigungen bringen jetzt überhaupt nichts.«

Ich starrte ihn an und plötzlich war da ein Brennen in meinen Augen, das genauso wehtat wie das Beißen in meiner Brust. »Natürlich bringt es nichts, diese dumme Schnepfe zu beleidigen, aber es tut gut.«

»Okay, wir können scheinbar nichts machen.« Amber strich sich über die Haare, die sie zu einem strammen Zopf gebunden hatte. »Ich muss gestehen, ich stehe noch ein bisschen unter Schock. Ich hätte nicht gedacht, dass sie hier auftaucht.«

»Das hat wohl keiner von uns«, stimmte Ryan ihr zu und wurde durch das Klingeln seines Handys unterbrochen. Er zog es aus der Hosentasche und entfernte sich einige Schritte von uns, um den Anruf entgegenzunehmen.

»Sollten wir vielleicht die Sanierung stoppen?«
Mir begegneten die verständnislosen Blicke von Amber und Derek. »Na ja, wenn wir nicht weitersanieren, steigt auch der Wert des Hotels nicht. Wenn sie also sogar einen Anspruch erwirken kann, könnten wir damit unseren Verlust minimieren.«

»Ich weiß nicht.« Derek schaute zur Treppe, wo Lauren und ihr Anwalt vorhin nach oben verschwunden waren. »Das würde uns Zeit kosten. Ich wollte nicht ewig meine Arbeit in der Tischlerei schleifen lassen.«

Ich verstand ihn und gleichzeitig stöhnte ich genervt, während ich mich zu Amber drehte. »Was meinst du?«

»Du bist sauer auf sie. Wie immer. Das verstehe ich«, sagte sie zu meiner Überraschung. »Aber du solltest jetzt weniger an Rache denken, sondern an uns alle.«

»Was?«, entfuhr es mir laut. »Ich denke an uns alle! Habt ihr mir nicht zugehört?«

»Doch, natürlich. Deine Überlegung ist auch sehr richtig. Aber wir sollten keine voreiligen Schlüsse ziehen. Außerdem haben wir die Arbeiten bereits vergeben, und wenn wir sie jetzt einstellen und in ein paar Wochen wieder loslegen wollen, könnte es Monate dauern, bis die Firmen uns erneut einplanen können.«

Amber sah mich an, als wäre ich ein Kind, das mitten in einem Trotzanfall steckte. »Versteh das doch. Wir können nicht einfach sagen, dass wir alles stoppen, weil wir dann genauso Geld verlieren werden.«

Innerlich machte etwas in mir dicht und ich nickte langsam. »Das verstehe ich.« Mein Blick flog zu Derek, der mich ansah, als wäre alles gesagt. Ich hatte keine Ahnung, was plötzlich los war, aber ich sah ihm an, dass er sich verschloss.

Deshalb trat ich einen Schritt zurück.»Und was jetzt?«
»Ich fahre jetzt nach Hause und bereite das Gästezimmer
vor.« Amber schnaubte.

Mir wurde abwechselnd heiß und kalt.»Du lässt sie bei
dir übernachten, obwohl sie uns das Hotel wegnehmen
will?«

»Sie hat mich großgezogen«, war Ambers verständnislose
Antwort.»Du weißt doch, wie sie ist. Sie wird eine große
Show veranstalten, dann wird ihr langweilig und sie haut
wieder ab. So habe ich sie immer im Blick.«

»Das ist ein guter Plan. Tu so, als wärst du auf ihrer Seite,
könntest aber nichts machen. Vielleicht vertraut sie sich dir
an.« Derek lächelte Amber halb an und klopfte ihr dann
auf die Schulter.»Ich fahre jetzt erst mal in die Tischlerei.«

Sein Blick traf mich und ich sah den Widerwillen in seinen
Augen.»Soll ich dich mitnehmen?«

Wie konnte er mir mit so einer einfachen Frage nur so sehr
wehtun? Nach außen hin blieb ich völlig distanziert.»Ich
bin mit dem Fahrrad hier.«

Er nickte knapp und dann ging er.

»Was ist los mit euch?« Amber hatte die komische Stimmung zwischen uns natürlich bemerkt.

Dennoch schottete ein Teil von mir mein Herz von ihr ab.
Ich hatte geglaubt, wir würden uns zusammenraufen und
so was wie Freundinnen werden. Aber es brauchte kaum
mehr als eine Minute, um mir zu zeigen, dass es in dieser
Familie immer eine Mauer geben würde – und ich würde
stets alleine auf einer Seite stehen.

Sie atmete laut aus, als ich ihr nicht antwortete.»Wenn du
mit jemandem reden willst, du hast ja meine Nummer. Ich
fahre jetzt nach Hause.«

»Bis dann«, erwiderte ich leise und sah ihr dabei zu, wie sie verschwand.

Einen Moment lang stand ich völlig verloren in der Lobby und starrte vor mich hin, während der Baulärm wieder anschwoll. Nun, da es nichts mehr zu sehen gab, wurde scheinbar auch weitergearbeitet.

Ein Teil von mir wollte nach oben rennen und Lauren und ihren Anwalt aus dem Fenster werfen. Der andere Teil von mir drängte danach, sich zusammenzurollen und in Selbstmitleid zu suhlen.

Stattdessen riss ich mich zusammen und ging nach draußen. Ryan lief auf dem Schotterparkplatz auf und ab und telefonierte noch immer.

Ich winkte ihm kurz zu, stieg auf mein Fahrrad und fuhr los. Tief in mir fühlte ich mich wie betäubt und nahm kaum den Weg bis zur Wohnung wahr.

Gerade als ich das Fahrrad abstellte, parkte vor dem Haus ein Auto, das mir sehr bekannt vorkam.

Ich sah Troy, noch bevor er mich bemerkte. »Was machst du hier?«

»Hazel, deine gute Laune ist mal wieder unschlagbar«, begrüßte er mich mit einem angestrengten Lächeln. Er öffnete die Beifahrertür und holte einen Strauß gelber Rosen heraus. Olivias Lieblingsblumen. »Ich wollte ihr die vor die Tür legen und sie überraschen. Was auch immer los ist. Sie antwortet nicht mehr auf meine Nachrichten.« Sein Blick wurde argwöhnisch. »Du würdest sie nicht zertrampeln, oder?«

Ich hörte ihm an, dass er mir das zutraute, und im selben Moment prustete ich los, weil das so bescheuert war. »Weißt du, ich mag dich nicht und wir wissen beide, wieso. Aber Blumen zu zerstören ist echt nicht mein Ding.«

»Ich liebe Olivia.«

Erschrocken über seine Worte und die Tatsache, dass ich ihm glaubte, konnte ich ihn nur anstarren.

Troy drückte mir den Strauß in die Hand. »Bis dann.«

Natürlich warf ich die Blumen nicht in die Tonne – auch wenn der alte Troy es verdient hätte –, weil ich wusste, wie sehr Olivia sich über sie freuen würde. Aber vielleicht war es an der Zeit, dass ich nicht mehr den alten Troy in ihm sah. Möglicherweise musste ich mir eingestehen, dass er sich seit der Highschool verändert hatte – so wie ich auch.

Deshalb stellte ich sie in der Wohnung in eine Vase, zog mir eine Jogginghose und einen großen Pullover an und rollte mich in einer Decke auf dem Sofa ein.

Doch statt mich auf meine momentane Lieblingsserie über ein Backduell zu konzentrieren, konnte ich nur an die Begegnung mit Lauren denken. Allein der Gedanke an sie reichte aus, dass ich mich fühlte, als hätte jemand in mir den Fluchtmodus aktiviert. Ich wollte am liebsten wegrennen, damit ich sie nie wiedersehen musste.

Sie brachte alles in meiner Nähe zum Einstürzen, selbst dieses kurze Aufkeimen von Freundschaft, das sich zwischen Amber und mir entwickelt hatte.

Ich hatte keine Ahnung, was ich tun sollte.

29

Hazel

»Wir könnten sie aus der Stadt jagen.
Sicher finde ich jemanden, der noch eine Mistgabel
im Schuppen stehen hat.«

Olivia fand mich nach dem Einkaufen wie eine Kugel zusammengerollt auf ihrem Sofa, und statt zu fragen, setzte sie sich zu mir und strich über meinen Kopf. Ich weinte nicht, denn die Tränen hatte ich vermutlich alle beim Weggang nach New York verbraucht. Stattdessen starrte ich mit einem miesen Gefühl in der Brust vor mich hin.

»Ich habe gehört, dass Lauren wieder in der Stadt ist.«

»Das ging schnell«, murmelte ich, wunderte mich aber nicht darüber. Eastwood könnte genauso gut nur aus einer einzigen Straße bestehen, so flott sprach sich hier alles herum.

»Will sie euch wirklich das Hotel wegnehmen?«

»Sie will ihren Anteil daran, weil ihr der geerbte Schmuck nicht reicht.« Ich schnaubte und erhob mich schwerfällig. Dennoch behielt ich die Decke weiterhin um mich geschlungen, als wäre ich ein äußerst großer und trauriger Burrito.

»Geht das denn?«

»Angeblich nicht.« Ich dachte an das Gesicht von Mr Stewards.»Aber ich befürchte, sie wird ein Schlupfloch finden. Du kennst sie. Wenn sie sich etwas in den Kopf gesetzt hat, verbeißt sie sich wie ein Terrier darin.«

»Ich hasse sie.«

»Ich auch.« In meinen Worten klang nur erstaunlich wenig Wut mit, sondern vielmehr Resignation. »Aber weißt du, was ich am meisten hasse?«

Olivia schüttelte ihren Kopf und griff nach der Fernbedienung, um den Fernseher leiser zu stellen. Im Hintergrund brüllten sich drei Nachwuchskonditoren an – keine Ahnung, wieso.

»Sie schafft es, innerhalb von fünf Minuten einen Keil zwischen die anderen und mich zu treiben.« Ich konnte kaum verhindern, wie Erinnerungen an die Vergangenheit meine Gedanken verpesteten.

Eine war besonders prägnant. Olivia und ich waren feiern gewesen. Als ich mich wieder ins Haus schleichen wollte, lief ich versehentlich Laurens damaligem One-Night-Stand in die Arme. Er hatte mich nur überrascht angestarrt und war dann aus dem Haus verschwunden.

»Wo kommst du denn her?«, hatte Lauren gebrüllt, noch bevor ich in mein Zimmer hatte flüchten können.

»Geht dich nichts an«, hatte ich erwidert und ich erinnerte mich noch genau, dass ich meinen roten Lieblingsrock mit schwarzen Stiefeln und einem passenden Shirt getragen hatte. Nichts Anrüchiges, denn sogar die Strumpfhose war blickdicht gewesen.

Lauren hatte angewidert auf mich heruntergeschaut und ihre Nase gerümpft.»Es ist vielleicht deine Sache, dass du wie eine Nutte herumläufst, aber wenn du Geld damit verdienst, will ich einen Anteil.«

Noch heute stieg Ekel in mir auf.»Ich kann nichts dafür, dass dir die Männer wegrennen.«

»Hazel, kannst du es nicht einfach gut sein lassen?«

Ambers Stimme hatte mich damals so sehr erschreckt, dass ich einen Moment lang die Luft anhielt.

»Sie hat mich als Prostituierte bezeichnet!« Amber hatte nur geseufzt. So wie heute.

Ich kniff die Augen kurz zusammen und verdrängte die Enge in meiner Brust. Dann erzählte ich Olivia alles von dem heutigen Aufeinandertreffen mit meiner tollen Familie.

Einen Moment lang blickte Olivia nachdenklich auf den Fernseher, bevor sie sich wieder mir zuwandte.»Vielleicht ist es nur dein Gefühl, das dich das alles glauben lässt. Du bist damals wegen ihr abgehauen und jetzt löst allein die Begegnung mit ihr negative Emotionen in dir aus.«

Ich nickte langsam, auch wenn ich noch nicht ganz wusste, worauf sie hinauswollte.

»Was ist, wenn du das auf die anderen projizierst? Ich will dir das nicht einreden, und sollten sie scheiße zu dir sein, stehe ich auf deiner Seite. Nur denk mal darüber nach. Ihr standet alle unter Stress. Vielleicht haben sie nicht so feinfühlig reagiert, wie du es gebraucht hättest. Doch haben sie wirklich Partei ergriffen?«

Ich zog die Decke ein wenig fester um mich.»Nicht unbedingt, aber ... es war so ein Gefühl.« Seufzend legte ich den Kopf in den Nacken.»Du hast vermutlich recht. Ich hasse diese Frau einfach so sehr. Sie hat mir mein Leben damals echt zur Hölle gemacht, und sie jetzt wiederzusehen – am liebsten hätte ich laut geschrien. Wahrscheinlich bin ich schlichtweg enttäuscht, dass es den anderen nicht genauso ging.«

Olivia legte einen Arm um mich. »Ich denke, dass du jedes Recht hast, sie scheiße zu finden. Leider können wir die anderen nicht dazu zwingen, ebenso zu empfinden. Sie sind hiergeblieben und vermutlich hat sie die drei nicht so behandelt wie dich. Deshalb trifft sie das alles nicht so hart.«

»Könnte sein.« Meine Stimme verlor sich in einem leisen, nachdenklichen Brummeln. »Aber Dereks seltsames Verhalten ist echt.«

»Natürlich ist das echt. Ich habe übrigens lange darüber nachgedacht. Und es tut mir leid, ich muss jetzt allerdings einfach meine Überlegungen zu seinem seltsamen Verhalten loswerden.« Sie lachte und löste sich von mir. »Er hat sich auf euch eingelassen, und dann ruft jemand aus New York an und bietet dir deinen Traumjob an. Offensichtlich hat er direkt Schiss bekommen.«

»Wovor denn?«

»Na, dass du gehst.« Sie stieß ein Lachen aus, das deutlich machte, für wie beschränkt sie mich hielt. »Er hat vermutlich geglaubt, du würdest den Job sofort annehmen.«

»Oh.«

»Ja! Oh! Ist doch klar, dass er das denkt. Du hast von Anfang an gesagt, dass du nur während der Sanierung hier sein wirst und anschließend wieder gehst. Wieso sollte er dann was anderes glauben?«

Langsam zog ich die Schultern hoch und biss mir auf die Unterlippe. »Wir haben nicht wirklich darüber geredet.«

»Ist es etwas Ernstes für dich?«

Mein Herz wummerte bei dieser Frage und ich spürte Schmetterlinge im Magen, die ich so konsequent als reine körperliche Anziehung interpretiert hatte. »Ich weiß es nicht. Mein Kopf sagt Nein, aber mein Herz …«

»Siehst du! Ihm wird es sicher auch so gehen. Man sieht ihm an, wie verrückt er nach dir ist. Und jetzt hat er Angst bekommen, dass du wieder gehst. Wärst du ihm egal, würde er sich nicht wie ein Trottel benehmen.«

»Du hast recht.«

»Ich weiß.« Sie grinste mich an.

»Ich muss mit ihm sprechen und klären, was das zwischen uns ist.«

»Das wird ihm sicher helfen, wieder klar zu denken. Und das Problem mit Lauren könnt ihr dann gemeinsam lösen. Ihr steht einfach alle gerade unter Stress.«

Auf einmal hatte ich es eilig, die Decke loszuwerden und in mein Zimmer zu kommen. Dort zog ich mich um und eilte dann aus der Wohnung, aber vorher gab ich Olivia einen dicken Kuss auf die Wange.

Ohne sie würde ich noch immer auf dem Sofa vor Selbstmitleid vergehen und mir die Frage stellen, wie Lauren nur ständig fähig war, mein Leben zu versauen.

Aber das konnte sie nur, wenn ich ihr die Macht über mich und meine Gedanken gab. Niemand hatte sich offensiv auf Laurens Seite gestellt. Alle waren angespannt gewesen und ich hatte sicher nur Geister gesehen, die es gar nicht gab.

Ich schloss mein Fahrrad auf und schwang mich auf den Sattel.

Lauren wollte sich nehmen, was uns gehörte und wofür wir hart gearbeitet hatten. Aber wenn wir zusammenarbeiteten, würde sie das nicht schaffen.

Und Derek … natürlich war es mein Plan gewesen, nach New York zurückzukehren. In den letzten Wochen war mir jedoch klar geworden, wie gut es sich anfühlte, hier zu sein.

Bei Derek und den anderen. Ich hatte noch nicht offensiv darüber nachgedacht, aber musste mir jetzt eingestehen, dass mir der Gedanke, doch zu bleiben, gefiel. Das lag nicht nur an Derek, sondern auch an Ryan, Amber und natürlich Olivia. Menschen wie sie hatte es für mich in New York nie gegeben. Dort war es nur ums Überleben gegangen. Hier konnte ich *leben*.

Und dass Amber das Hotel übernehmen wollte ... ich konnte es mir richtig vorstellen, und ich musste gestehen, dass ich sogar gerne ein Teil von alldem sein mochte. Mir ging es nicht ums Geld. Selbst ohne einen Verkauf hätte ich immer noch mehr als früher – eine Familie und Freunde. Ich würde auf jeden Fall gewinnen.

Auch im Hinblick auf Lauren ging es mir nicht darum, dass ich Geld verlieren könnte – es war die einfache Tatsache, sie nicht als Gewinnerin dastehen lassen zu wollen.

Grimmig presste ich meine Zähne aufeinander und fuhr ein wenig schneller. Zuerst steuerte ich *Negan and Son, Woodworking* an. Es war die Tischlerei, bei der Derek zunächst eingebrochen und später Partner geworden war.

Allein der Gedanke daran reichte, um mich lächeln zu lassen. Er hatte sich ein Leben hier aufgebaut und das war großartig. Ich könnte nicht wütend sein, dass er mich damals alleine gehen ließ, selbst wenn ich gewollt hätte. Dafür hatte er dieses Leben einfach zu sehr verdient.

Ich klopfte und umrundete die Halle, aber es schien niemand hier zu sein. Freitagnachmittags wurde hier wohl nicht mehr gearbeitet – was ich mir hätte denken können.

Mit leichter Enttäuschung wollte ich mein Handy aus der Jackentasche ziehen, nur um festzustellen, dass ich es vergessen hatte. »Wie dumm.«

Aber ich ließ mir keine Zeit, mich zu ärgern, sondern stieg wieder aufs Fahrrad und steuerte die Innenstadt an. Vielleicht war Derek nach Hause gefahren.

Doch auch dort traf ich ihn nicht an.

Gerade als ich aus der Hauseingangstür in die Fußgängerzone trat, hörte ich eine Stimme, die meinen Namen rief. Hoffnung keimte in mir auf, fiel aber sofort wieder in sich zusammen, als ich Maggy am Ende der Straße sah. Sie stand in der Tür der Bäckerei und winkte mir.

Deshalb schnappte ich mir mein Fahrrad und fuhr zu ihr. Doch statt auf mich zu warten, hatte sie es sich natürlich wieder an ihrem Fensterplatz gegenüber von Elinor gemütlich gemacht.

Ergeben ging ich in die Bäckerei, begrüßte die Verkäuferin und setzte mich zu den beiden an den kleinen Tisch.»Was gibt es so Dringendes, dass du mich wie ein Kleinkind quer über die Straße zu dir hinzitierst?«

»Kleinkinder zitiert man nicht zu sich hin«, klärte Elinor mich mit erhobenen Augenbrauen auf.»Die rennen trotz ihrer kurzen Beine viel zu schnell weg, weshalb man sie am besten immer in seiner Nähe hält.«

»Klingt, als würdest du von einem Hund reden.«

Sie grinste nur.

Maggys Blick hingegen war todernst.»Lauren ist wirklich wieder da?«

Ich konnte nur nicken.

Sie fluchte leise und schüttelte ihren Kopf.»Es war so klar, dass dieses Miststück auftaucht, sobald sie die Chance auf Kohle wittert.«

Wieder konnte ich nur nicken. Die Bedienung kam und ich bestellte mir einen Kaffee.

»Wie kommt ihr damit zurecht?« Mitfühlend griff Maggy nach meiner Hand.

»Nicht so gut«, antwortete ich ehrlich. »Aber wir werden das schon schaffen. Bettys Anwalt ist guter Dinge und ich werde Lauren definitiv nicht gewinnen lassen.«

»Wir könnten sie aus der Stadt jagen. Sicher finde ich jemanden, der noch eine Mistgabel im Schuppen stehen hat«, meinte Elinor leise und nachdenklich, als würde sie schon überlegen, wen sie für ihren wütenden Mob anrufen könnte.

»Wir klären das am besten ganz professionell.« Allein dieser Satz reichte, damit ich mich supererwachsen fühlte.

»Sie wird es euch nicht leicht machen. Ich habe gehört, sie steckt gerade mitten in einer schmutzigen Scheidung und sicher kann sie jeden Cent gebrauchen. Sie wird sich zweifelsohne in diese Möglichkeit auf Geld verbeißen.«

»Scheiße«, murmelte ich und lächelte die Bedienung an, die mir meinen Kaffee brachte. »Danke.«

Sie nickte und verschwand wieder.

»Schläft sie wirklich bei Amber?« Elinor klang geradezu angewidert. »Nicht, dass sie denkt, sie könnte das Haus wiederhaben.«

»Ambers Exfreund hat doch den Kaufvertrag damals abgewickelt. Sicher ist der hieb- und stichfest. Der kleine Scheißer hätte sich bestimmt nicht übers Ohr hauen lassen«, fügte Maggy leise hinzu.

»Amber meinte nur, sie würde den Feind nah bei sich haben wollen, um schlimmstenfalls intervenieren zu können.«

»Gar nicht so dumm von ihr.« Elinor trank einen Schluck Kaffee. »Hoffentlich lässt sie sich nur nicht wieder von ihr einwickeln. Sie war damals schon so bedürftig nach Laurens Aufmerksamkeit.«

»Was erwartest du denn? Bei der Vergangenheit?«

»Meine Vergangenheit war ebenfalls schlimm«, erklärte ich Maggy. »Ich bin allerdings nicht auf Laurens Kopftätscheln angewiesen.«

»Du hast auch deine Päckchen«, erinnerte sie mich. »Genauso wie Amber. Und natürlich ist sie jetzt erwachsen, aber ich mache mir einfach Sorgen um sie. Lauren hat sie schon früh manipuliert. Das hat bei dir nie geklappt. Vielleicht war das der Grund, warum sie dich immer so unfair behandelt hat.«

Doch nun kamen mir Zweifel. »Wahrscheinlich sollte ich mit Amber sprechen und sichergehen, dass alles in Ordnung ist. Immerhin habt ihr recht. Es wird bestimmt total unentspannt, wenn ich da auftauche, aber so kann ich wenigstens sicher sein, dass Lauren nicht versucht, Amber irgendwie weichzukochen.«

»Das klingt fantastisch.« Elinor stellte ihre Kaffeetasse ab und lächelte mich begeistert an. »Wir sollten alle fahren.«

»Also …«

»Ja!« Maggy nickte nachdrücklich. »Deinem Fahrrad wird hier vor dem Laden sicher nichts passieren.« Sie holte ihr Handy aus der Tasche.

»Was hast du vor?«

Sie wählte bereits eine Nummer und hielt das Handy an ihr Ohr. Dabei strahlte sie mich an, bevor ihr Gesichtsausdruck wieder ernst wurde. »Joe? Hast du Zeit, uns kurz vom Café zu Amber zu fahren?« Sie wartete einen Moment und dann legte sie einfach so auf.

Ich grinste. »Hat er immer noch Schulden bei dir?«

Maggy nickte und Elinor kicherte. »Er steht so was von auf sie.«

»Papperlapapp«, machte Maggy wegwerfend und wedelte in Richtung der Theke mit dem Arm. »Bringen Sie mir bitte die Rechnung!«

Als wir nur zehn Minuten später in Joes Wagen saßen, hatte ich ein ganz blödes Gefühl bei der Sache. Nicht nur, dass mein Chef mich an meinem freien Tag durch die Gegend fuhr, sondern weil Maggy und Elinor wirkten, als würden sie ein persönliches Hühnchen mit Lauren rupfen wollen.

Es war bereits dunkel, als Joe am Straßenrand vor Ambers Haus hielt und den Motor ausschaltete. Dennoch stieg keiner von uns aus, wir alle starrten wie gebannt auf die Szene, die sich uns hinter dem großen Wohnzimmerfenster bot.

Lauren, Amber, Ryan und Derek saßen am Tisch und aßen.

»Wusstest du von diesem Familientreffen?«, fragte Maggy, obwohl sie die Antwort bereits kannte.

»Ich habe mein Handy vergessen. Sicher haben sie mich eingeladen und ich konnte es bloß nicht sehen.« Bestimmt hätten sie mich nicht einfach außen vor gelassen. Das wäre doch ... nein. Ich schüttelte den Kopf. Das würden sie nicht tun, nicht seitdem wir uns so nahegekommen waren.

»Super«, stieß Maggy aus und ihre Stimme klang wie die einer Todesbotin. »Dann wird es sie gewiss nicht stören, wenn du ein paar Gäste mitbringst.« Damit schnallte sie sich ab und stieg aus dem Wagen.

Ich tat es ihr nach, denn viel schlimmer wäre es auf jeden Fall, sie und Elinor da alleine reingehen zu lassen. Wenn es jemanden gab, der Lauren noch weniger leiden konnte als ich, dann war es Maggy. Betty hatte es lange abgestritten, aber am Ende hatte man ihr angemerkt, wie sehr es sie verletzte, dass ihre einzige Tochter sie bis zum Schluss nicht besucht hatte. Vermutlich war das der Grund, weshalb Lauren nur ein wenig Schmuck geerbt hatte.

Joe wartete im Wagen, während Maggy strammen Schrittes vorausging und Elinor und ich ihr folgten.

Maggy klingelte einmal fest und drängend.

»Hallo. Was …« Ambers Lächeln fiel in sich zusammen, als sie die Haustür öffnete.

Mein Magen verkrampfte sich bei dem Gedanken, mein Auftauchen könnte sie überraschen. Nein, sicher lag es nur daran, dass ich nicht alleine war.

»Danke für die Einladung«, meinte Maggy und drückte sich an Amber vorbei ins Haus. Elinor folgte ihr auf dem Fuße und ließ es sich nicht nehmen, Amber mit dem Gehstock vors Schienbein zu hauen. Versehentlich natürlich.

»Au«, murrte Amber und starrte mich verwirrt an. »Was ist hier los?«

Ich stieß ein hartes Lachen aus. »Das fragst du mich?«

Ein Scheppern unterbrach Ambers Antwort und sofort wechselten wir einen alarmierten Blick und eilten ins Wohnzimmer.

Dort standen Maggy und Elinor vor dem Esstisch.

Derek und Ryan waren von ihren Plätzen aufgestanden und Lauren saß mit ihrem beschissenen Lächeln am Kopfende. So wie früher.

Mein Blick flog über den Tisch, bei dem es kein freies Gedeck gab.

Ich blinzelte. Nein. Sicher hatten sie mich eingeladen und dann einfach nur nicht gedeckt, weil ich nicht geantwortet hatte.

»Wie schade, wenn ich gewusst hätte, dass das so ein großes Abendessen wird, hätte ich mehr gekocht«, meinte

Lauren nun und meine Augenbrauen schnellten in die Höhe.

»Du hast alle eingeladen?«, fragte ich irritiert und sah zu, wie Amber sich nervös über ihren Rock strich. Sie trug fast dasselbe Outfit wie Lauren. Mir wurde schlecht. »Natürlich. Die Familie war schon so lange nicht mehr vereint.« Laurens Lächeln erlosch. »Du verstehst sicher, warum du nicht eingeplant warst. Immerhin wolltest du sowieso nie was mit uns zu tun haben.«

»Hör auf, in unserem Namen zu sprechen.« Dereks forscher Tonfall ließ mich aufatmen. Er trat vom Tisch zurück und atmete ein, als hätte er die ganze Zeit nur darauf gewartet, aufstehen zu dürfen. »Wir haben über eine Lösung gesprochen.«

»Eine Lösung?«, wiederholte ich langsam und sah zu Ryan, der mich entschuldigend ansah.

Er nickte bedächtig. »Ja. Wir wollen doch alle das Thema abschließen können.«

Falten bildeten sich auf meiner Stirn und ich hob und senkte ein wenig übertrieben den Kopf. »Und das Thema, damit meinst du sicher das Hotel?« Ich schaute zu Amber und dann zu Derek. »Das Hotel, von dem auch ich einen Teil geerbt habe?«

Keiner antwortete und betretenes Schweigen setzte ein, das von Lauren durchbrochen wurde. »Sie wollten nur nicht, dass du wieder eine Szene veranstaltest. Du hast ja schon bewiesen, dass du kein Stück reifer geworden bist.«

»Halt bloß dein Maul, du niederträchtiges Weib«, zischte Maggy und sah aus, als würde sie auf Lauren losgehen wollen.

Doch ich legte meine Hand auf ihren Unterarm. »Lass uns

gehen. Sollen sie ruhig das Thema besprechen. Vielleicht bekomme ich ja eine SMS oder so was.«

Maggy schüttelte mit angewidert verzogenem Mund den Kopf und verließ das Wohnzimmer. Elinor funkelte alle böse an und ich drehte mich um, weil all meine Entschlossenheit zu Hilflosigkeit wurde.

Als ich draußen war, ertönten Schritte hinter mir. Hoffnung wallte in mir auf und ich konnte das Herzpoltern kaum unterdrücken, als Derek meinen Arm fasste. »Warte, bitte.«

Ich drehte mich um, doch gab kein Gefühl preis. Nicht, solange sich alles an mir so verletzlich und roh anfühlte. »Was ist?«

»Wir wollten einfach nicht, dass es wieder zu Streit kommt, und sie ein wenig besänftigen.«

Fassungslosigkeit ließ mich schneller atmen. »Weil ich immer Streit anfange, oder was?«

»Nein ... na ja ... wir dachten halt, dass das leichter für uns alle sein könnte.«

Also doch. »Ihr habt mich ausgeschlossen.«

Derek seufzte leise und schaute an mir vorbei zu dem Auto von Joe, bei dem gerade zwei Türen zugeschlagen wurden. Der Motor blieb aber stumm, also warteten sie vermutlich auf mich. »Du hast dich nicht im Griff, wenn sie da ist. Wenn du sie ignorieren könntest ...«

»Hast du überhaupt mal zugehört, wie sie immer mit mir redet?« Ich spürte, wie mir Tränen in die Augen schossen. »Hast du darüber nachgedacht, wie sehr mich ihre Worte verletzen könnten?«

»Sie ist zu jedem so ...«

»Nein«, unterbrach ich ihn und trat einen Schritt zurück,

denn von jetzt auf gleich schien atmen unmöglich.»Willst du nicht hören, wie sie mit mir redet? Schaltest du bei ihren Worten einfach nur ab und hoffst, dass sie schnell den Mund hält? Schön, dass du das kannst. Aber ich habe mir geschworen, mich nie wieder so von ihr behandeln zu lassen.«

»Deshalb wollten wir dich auch außen vor lassen. Du bist zu emotional bei dieser Sache.«

Ich schnappte nach Luft.»Zu emotional? Das kann nicht dein Ernst sein.«

»Hör mal, Hazel …«Er seufzte, als würde ihn das Thema nur nerven, und mir wurde bewusst, dass er überhaupt nichts verstand.

Ich hob die Hände.»Vergiss es. Klärt, was ihr klären wollt. Ich bin raus.«

»Was meinst du damit, dass du raus bist?«

»Vielleicht sollte ich gehen, dann wird sie überhaupt nichts bekommen«, erwiderte ich voller Bitterkeit und konnte ihn kaum noch ansehen.

»Das kann nicht dein Ernst sein.«

Meine Beine fühlten sich bleischwer an, als ich die Stufen der Veranda herunterschritt.»Und ob ich das ernst meine. Du sagtest ja, ich wäre zu emotional bei dem Thema.«

Er schnaubte und Wut schwang in dem Laut mit.»Dann hau doch ab. Das ist sowieso das, was du die ganze Zeit tun wolltest.«

Ich blieb stehen und drehte mich zu ihm um. Meine Augen waren trocken, aber mein Herz weinte.»Du hast von Anfang an nicht geglaubt, dass aus uns was werden könnte.«

Dereks Gesicht war eine undurchdringliche Maske.»Das zwischen uns war nichts weiter als ein bisschen Spaß. Mehr habe ich nie erwartet.«

Meine Kehle verengte sich und Felsbrocken schienen auf meiner Brust zu liegen und mir das Atmen zu erschweren.

»Das kann nicht dein Ernst sein.«

»Natürlich. Du hast von Anfang an deine Fronten geklärt ….«

»Hör gefälligst auf, mir die Schuld zuzuschieben. Verständlicherweise wollte ich anfangs gehen – ich war ja auch mehr als unerwünscht hier!«

»Und du willst immer noch gehen.«

Er hörte nicht zu, und er wollte nicht zuhören. Das sah ich in seinen Augen und an seinen verkniffenen Lippen. Derek machte dicht und glaubte seiner eigenen Wahrheit. Für ihn würde ich diejenige sein, die ihn verließ – schon wieder.

Ich schüttelte den Kopf und drehte mich um. »Leb wohl.« Die Worte waren so leise, dass ich nicht wusste, ob er sie überhaupt gehört hatte.

Meine Hände zitterten, als ich die Autotür öffnete und einstieg. Kein einziges Mal sah ich zurück zum Haus. Niemand hatte mich zurückgerufen. Das war alles, was ich wissen musste.

30

Derek

»Ihr könnte ja Lauren weiter in den Arsch kriechen, wenn euch das glücklich macht.«

»Wie schön«, erklang Laurens Stimme, als ich zurückkam. Meine Hände hatte ich zu Fäusten geballt und schaffte es einfach nicht, sie zu entspannen. »Jetzt können wir sicher wieder in Ruhe essen. Hazel hat schon immer den großen Auftritt geliebt.«

»Sie ist zu Recht wütend«, verteidigte Ryan Hazel, der wie wild auf seinem Handy herumtippte und dabei nicht vom Display aufsah. »Wir haben sie ausgeschlossen, obwohl sie ebenfalls einen Teil des Hotels geerbt hat.«

»Den Teil, der mir hätte zustehen müssen«, meinte Lauren pikiert und wechselte das Thema, bevor einer von uns etwas sagen konnte. »Wir werden uns sicher einigen können. Mein Anwalt hat sich mit einem Bausachverständigen in Verbindung gesetzt. Aber lasst uns das Geschäftliche einmal beiseiteschieben. Wie ist es euch in den letzten Jahren ergangen?«

Ich starrte sie an. »Ist das dein Ernst? Was interessiert es dich? Du willst doch nur Geld und wirst dann wieder abhauen.«

Amber gab mir unter dem Tisch einen Fußtritt. Mit einem

Mal war es genauso wie früher. Amber warnte mich, bevor ich zu weit ging, wir könnten das Thema wechseln und Laurens Geschwätz vergessen. Nur dass Hazel das nie gekonnt hatte. »Wie kommst du darauf, dass Hazel deinen Anteil an dem Hotel bekommen hat?«

»Sie hat das Hotel nicht verdient. Sie ist abgehauen …«

»Sie hat sich um Betty gekümmert, als es ihr schlecht ging. Anders als du.« Ryan legte das Handy nun weg und fixierte Lauren über den Tisch hinweg. »Hör auf, ihr die Schuld für alles geben zu wollen.«

Tat Lauren das? Hatte sie das früher schon?

Lauren durchbohrte Ryan mit Blicken, lächelte dann aber plötzlich. »Ich denke, das Abendessen hat Hazel schön ruiniert.« Sie stand auf und schaute uns nacheinander an. »Entschuldigt mich, ich werde mich jetzt ein wenig ausruhen. Es war ein anstrengender Tag.«

»Gute Nacht«, meinte Amber und lehnte sich mit einem erschöpften Stöhnen zurück, als Laurens Schritte auf der Treppe ertönten. »Ich wusste doch, wir hätten Hazel wenigstens Bescheid sagen müssen.«

»Warum haben wir noch mal darauf bestanden, dass es ohne sie besser wäre?«, fragte Ryan und sah mich anklagend an.

Ich hob meine Hände. »Das war eine einvernehmliche Entscheidung. Ich habe nur eingeworfen, dass Hazel sehr emotional bei diesem Thema wird.«

»Allerdings. Was machst du überhaupt hier? Wieso bist du nicht bei ihr und versuchst, diesen Schlamassel wieder zu klären?«, fragte Amber und sah mich nachdenklich an, als würde ihr erst jetzt bewusst werden, dass Hazel ohne mich gefahren war.

Ich schaute auf das kalt gewordene Steak auf meinem Teller.»Wir hatten Streit. Gestern schon.«

»Weshalb?«Ryans Blick durchbohrte mich beinahe.

»Weil sie ein Jobangebot in New York bekommen hat. Ihren Traumjob. Sie wird zurückgehen.« Amber richtete sich ein wenig auf und mir kam es vor, als würde sie sich versteifen.»Hat sie das gesagt?«

»Wir haben es von Anfang an gewusst«, erwiderte ich und schluckte.»Sie will auf das Erbe verzichten und es damit Lauren heimzahlen.«

»Was?« Amber schnappte nach Luft.»Das … das würde sie nicht tun! Sie weiß doch, dass ich … wir haben keine Entscheidung gefällt, aber sie weiß, dass ich es gerne leiten würde.« Sie schüttelte ihren Kopf.»Das kann nicht sein. Du musst das falsch verstanden haben.«

»Was hast du von ihr erwartet?« Bitterkeit trübte meine Stimme.»Sie verlässt uns. Wie damals.«

»Das kannst du nicht vergleichen.« Ryan schob den Stuhl geräuschvoll zurück.»Sorry, aber ihr zwei verhaltet euch genauso dumm wie früher.« Sein Blick fixierte Amber.»Kaum ist Lauren da, kuschst du, um bloß nicht in die Gefahrenzone zu geraten. Und du«, meinte er und sah nun mich an, »tust dasselbe auf deine Weise.« Er schüttelte seinen Kopf.»Ich kläre das mit Hazel. Ihr könnte ja Lauren weiter in den Arsch kriechen, wenn euch das glücklich macht.«

Ich sprang von meinem Stuhl auf.»Hier kriecht niemand jemandem in den Arsch. Ich will nur nicht alles verlieren, woran wir in den letzten Monaten so hart gearbeitet haben. Das Hotel gehört uns und wir wollen Lauren genauso loswerden wie du, aber wir wollen auch keinen Krieg und im schlimmsten Fall alles verlieren.«

»Und was ist mit Hazel?« Seine Augen funkelten angriffs-
lustig. »Hast du sie ebenso weichgekocht wie all die Frauen
vorher und jetzt schießt du sie ab, bevor es zu ernst werden
kann? Ich dachte wirklich, du würdest mit ihr nicht denselben Scheiß abziehen wie bei allen anderen.«

»Das sagst du zu mir?« Ich schnaubte verächtlich. »Du
hast ja nicht mal Dates, sondern nur One-Night-Stands.«

»Richtig. Bei mir gibt es keine Hoffnungen, nur guten alt-
modischen Sex. Ich verletze keine Gefühle.«

»Hört auf«, unterbrach Amber uns und sah Ryan an. »Es
war doch klar, dass was zwischen den beiden laufen würde.
Schon früher. Dann ist es jetzt eben schiefgelaufen. Das ist
Scheiße und das tut weh, aber es ist kein Grund, dass wir
diese große Chance hinwerfen. Ich will das Hotel nicht verlieren!«

Ryan schüttelte seinen Kopf. »Dir geht es nur um dich.«

Amber schnappte nach Luft, doch Ryan ließ sie nicht ausreden. »Ihr seid zwei beschissene Geschwister. Kein Wunder, dass Hazel so schnell wie möglich abhauen möchte,
wenn ihr schon damals so zu ihr gewesen seid.«

Er packte sein Jackett, das über dem Stuhl hing, und verschwand.

Amber schnappte nach Luft und schaute zu mir herüber.
»Das kann nicht sein Ernst sein.«

»Ich will das Hotel auch nicht verlieren«, stellte ich klar
und wollte nicht auf seine Anschuldigungen eingehen. Es
war besser, wenn wir versuchten, das Geschäftliche von
͵den Gefühlen zu trennen. »Ich werde noch einmal mit Hazel
sprechen und sie dazu bringen, zu bleiben. Du musst irgendwie Lauren loswerden. Sobald Lauren weg ist, wird Hazel
sich beruhigen.«

Amber nickte und verzog kurz darauf den Mund. »Ich habe aber keine Ahnung, wie ich das anstellen soll.« »Rede mit Mr Stewards, vielleicht hat er längst eine Lösung gefunden.« Ich lief in den Flur und zog meine Jacke an. »Wir bekommen das schon hin.« Dann verließ ich das Haus und atmete draußen tief ein. Kühle Abendluft strömte mir in die Lungen und klärte zugleich meine Gedanken.

Ich musste es schaffen, dass Hazel blieb. Dafür brauchte ich nur meine Gefühle außen vor zu lassen. Sie verkomplizierten einfach alles und das hatte ich schon früher gewusst. Aber als sie gestern Abend diesen Anruf bekommen hatte, war etwas in mir durchgebrannt. Es war gewesen, als hätte ein Teil von mir realisiert, dass dies meine letzte Chance war, ihr nahe zu sein, bevor sie wieder ging.

Mein Blick glitt über die ruhige Straße und ich schluckte, als mich die Erinnerung an eine längst vergangene Zeit plötzlich einholte.

Ich war fünf gewesen, als ich mit meiner Mom und Grandma in einem ähnlichen Haus gewohnt hatte. Mir war, als würde ich meine Mom wieder vor mir sehen, wie sie in diesen Wagen stieg. Sie winkte mir noch fröhlich zu.

Doch ich weinte. Weinte. Weinte.

Grandma hielt mich fest, obwohl ich ihr hinterherlaufen wollte. »Ich bin nicht für dieses Leben gemacht.« Das waren die letzten Worte meiner Mutter gewesen, bevor sie mich für immer verließ.

Meine Grandma starb ein Jahr später, und weil meine Mutter unauffindbar war und ich niemanden mehr hatte, landete ich im Heim.

Die plötzliche Enge in meiner Kehle ließ mich gierig noch

mehr Luft einatmen. Lange Zeit hatte ich gehofft und gewartet, hatte geglaubt, sie würde zu mir zurückkehren. Stattdessen erfuhr ich Jahre später, dass sie kurz vor meinem achtzehnten Geburtstag bei einem Unfall gestorben war. All die Jahre hatte sie nur einen Bundesstaat entfernt gelebt. Sie hatte mich verlassen.

Genauso wie Hazel mich früher oder später verlassen hätte. Ein trauriges Lächeln erschien auf meinen Lippen, als ich endlich in Worte fasste, was ich die ganze Zeit zu verdrängen versucht hatte.

Hazel hätte mich so oder so verlassen. Sie liebte New York, und selbst wenn sie für ein paar Wochen glaubte, in Eastwood glücklich werden zu können, würde sie es früher oder später hassen.

Ich schüttelte diese Vorstellung ab und ging zu meinem Jeep. Morgen war auch noch ein Tag, um mit Hazel zu sprechen.

Jetzt brauchte ich ein Bier und Zeit, um mich zu sammeln. Mit den Gedanken an meine Mutter im Hinterkopf würde ich mich ihr nicht stellen können.

31

Hazel

»Ein bisschen Zucker wird den ganzen Mist zwar nicht besser machen, aber wenigstens süßer.«

»Was willst du hier?«

Schien so, als hätte doch nicht der Pizzabote geklingelt. Ich zog die Decke fester um mich und schloss meine brennenden Augen. Hoffnung flammte in mir auf, weil ich hoffte, Derek könnte mir gefolgt sein.

Aber es war Ryans leise Stimme, die Olivia antwortete. »Ich will ihr sagen, dass es mir leidtut.«

»Lass ihn rein.« Mein Rufen war mehr ein Krächzen und Olivia brummte etwas, bevor ich hörte, wie Ryan eintrat.

Als er ins Wohnzimmer kam, hielt er sich nicht mit langen Reden auf, sondern setzte sich zu mir aufs Sofa und zog mich zu einer festen Umarmung an sich. »Es tut mir leid.«

Ich nickte nur an seiner Brust und schloss die Augen, auch wenn meine Enttäuschung immer weiter wuchs, weil es nicht Derek war, der mich umarmte.

»Was sollte der Scheiß überhaupt?« Olivia stellte sich mit verschränkten Armen vor dem Sofa auf und fixierte Ryan wütend, als wäre er schuld an dem Schlamassel.

»Amber und Derek hatten schon immer ihre ganz eigenen Bewältigungsstrategien im Umgang mit Lauren. Ich will den beiden nicht die Schuld zuschieben, aber ich will es einfach erklären.« Er löste sich von mir und lehnte sich auf dem Sofa zurück. »Amber will es ihr fortwährend recht machen und ist in ihre alte Rolle zurückgefallen, weil sie es hasst, wie Lauren ist, wenn sie wütend wird. Und Derek … keine Ahnung, was mit ihm los ist. Er überhört am liebsten alles, will dem Stress aus dem Weg gehen und tut am Ende vermutlich so, als wäre nichts gewesen.«

Ich schniefte, auch wenn nicht mehr als eine Träne geflossen war. Lauren war es nicht wert, dass ich weinte. Und Derek ebenfalls nicht. Er hatte mir deutlich zu verstehen gegeben, dass ich nicht mehr als ein bisschen Spaß für ihn gewesen war.

»Er meinte, du gehst zurück nach New York und schlägst das Erbe aus.«

»Es war nur eine Überlegung«, erwiderte ich und schüttelte den Kopf. »Warum legt er jedes meiner Worte so sehr auf die Goldwaage? Warum will er mich so unbedingt als die Böse sehen?«

»Weil er ein Idiot ist«, platzte Olivia heraus.

»Weil er Angst davor hat, verletzt zu werden. Weil er ein Trottel ist und weil er es noch nie geschafft hat, eine Beziehung zu führen«, wandte Ryan ein.

»Das ist keine Entschuldigung für sein Verhalten. Jeder von uns hat Probleme. Wir brechen dafür aber keine Herzen«, kam es kalt von Olivia zurück, die sich nun auf die Ecke des Sofas setzte.

»Ich habe doch gesagt, dass er ein Trottel ist.« Um Ryans Lippen zuckte es. »Natürlich ist es keine Entschuldigung. Wenn ich gewusst hätte, dass er es nicht ernst meint, hätte ich das zwischen euch nie zugelassen.«

»Als hätte man diese Naturgewalt zwischen den beiden aufhalten können.« Meine beste Freundin schmunzelte, wurde aber sofort ernst, als sie meinen Gesichtsausdruck sah. »Sorry. Ist noch zu früh für Scherze, oder?« Ich nickte langsam. »Viel zu früh.« Dann sah ich Ryan an. »Vielleicht sollte ich meinen Erbanteil Lauren geben. Alle wären glücklich und ich könnte gehen, ohne jemandem finanziell zu schaden. Das Geld ist mir nicht wichtig. Alles, was ich wollte, war, meine Differenzen mit euch beizulegen und ganz von vorne anzufangen. Aber das ist offenbar nicht möglich, weil es dieses eine Thema immer geben wird, das zwischen uns steht. Lauren.« Ich schluckte schwer. »Das muss ich wohl akzeptieren. Das ist vermutlich auch eine Art, mit der Vergangenheit abzuschließen. Akzeptieren, dass sie nicht zu ändern ist, und einfach weitermachen.«

Ryans Stirn furchte sich so sehr, dass ich kurz versucht war, über seine Falten zu streichen. Wann waren wir so alt geworden, dass durchs Stirnrunzeln Furchen entstanden? »Das wirst du nicht tun, und du wirst diesen hirnrissigen Vorschlag auch nicht noch einmal laut aussprechen. Erstens ist es absolut nicht das, was Betty gewollt hätte, und zweitens würde sie dich als rachsüchtiger Geist heimsuchen, wenn du Lauren solch eine Macht über dich gibst.«

»Macht?«

»Ja. Indem du zulässt, dass sie gewinnt, gibst du ihr Macht über dich. Wenn du jetzt gehst, gibst du ihr Macht.«

Ich verstand, was er sagen wollte, aber mir wurde klar, dass er zugleich nicht begriff, was ich fühlte. Deshalb fasste ich nach seiner Hand und brachte ihn damit zum Schweigen. »Danke, dass du hergekommen bist. Ich bin froh, dass ich nicht allen aus der Familie egal bin.« Ich schnaubte leise und ließ seine Hand wieder los. »Ich brauche jetzt aber ein wenig Zeit für mich.«

Er nickte verständnisvoll und zog mich noch einmal fest an sich, bevor er ging.

Danach war es eine Weile ganz still in der Wohnung, während Olivia und ich nebeneinander auf dem Sofa saßen und nachdachten.

»Was hast du jetzt vor?«, fragte sie schließlich leise.

»Keine Ahnung«, gab ich zu und schloss meine Augen. »Aber in einer Sache haben die anderen recht. Ich werde emotional in Laurens Nähe. Sie macht mich wütend.«

»Sie oder die Tatsache, dass die anderen ihre gegen dich gerichteten Beleidigungen einfach immer übergehen?«

»Das auch«, gab ich leise zu. »Irgendwie habe ich geglaubt, etwas hätte sich geändert. Amber und ich sind ... ich dachte, wir könnten Freundinnen werden. Gerade nach dem Wochenende in New York. Und Derek ... keine Ahnung. Scheinbar habe ich zu viel in die Sache hineininterpretiert.«

»Ach, spar dir den Schwachsinn!«, brauste Olivia auf und ballte ihre Hände zu Fäusten. »Jeder Trottel hätte gesehen, dass er Gefühle für dich hat. Er mag dich und das macht ihm eine Scheißangst. Deshalb ist er so ein Arsch. Er will nicht von dir verletzt werden und dreht deshalb den Spieß wieder um. Deshalb hat er doch darauf bestanden, dass *du* abhaust, dass *du* diejenige bist, die gehen *wollte*.«

»Das hat er wirklich oft betont«, sagte ich mit einem traurigen Lachen.

»Siehst du. Er hat Angst vor seinen Gefühlen.«

»Das gibt ihm keinen Grund, mich schlecht zu behandeln.«

Olivia hob eine Augenbraue. »Das habe ich nie behauptet.

Wenn es nach mir ginge … lass ihn in seiner idiotischen Denkweise versauern und such dir einen Typen, der keinen Beziehungsknacks hat.«

Ich lachte leise und lehnte meinen Kopf an ihre Schulter. »Ich habe mich in ihn verliebt. Schon wieder.«

Olivia tätschelte mir die Hand. »Das weiß ich doch längst.«

»Ich weiß wirklich nicht, was ich machen soll.«

»Vielleicht tut Abstand dir gut.«

»Findest du, ich sollte gehen?«

»Es würde mir das Herz brechen, wenn du gehst. Aber es hat dir das Herz gebrochen zu bleiben. Keins von beidem ist schön.«

»Und was soll ich jetzt tun? Wenn ich Eastwood verlasse, verlieren die anderen die Chance auf das Hotel.«

»Also willst du bleiben?«

»Am liebsten würde ich meine Sachen packen und abhauen.«

»Hör zu, ich würde mir wünschen, dass du bleibst«, gab Olivia leise zu. »Aber ich will nicht, dass du dich hier quälst. Wir werden Kontakt halten. Dieses Mal schaffen wir es auf jeden Fall.«

»Das werden wir«, versprach ich ihr und mir selbst ebenfalls.

»Sprich doch mal mit Mr Stewards. Er wird sicher eine Lösung für dieses Problem finden.«

Ich nickte langsam und atmete tief durch. Nachdem die letzten Wochen so schön gewesen waren, wäre ich vor Lachen in Tränen ausgebrochen, wenn mir jemand prophezeit hätte, dass es trotzdem kein gutes Ende haben würde.

305

»Ich verstehe Ihr Problem.« Mr Stewards lächelte mich am nächsten Morgen an, während ich vor seinem Schreibtisch saß und an einem frischen Kaffee nippte. »Dennoch ist Betty da sehr eindeutig gewesen. Sollten Sie Eastwood wieder verlassen, würde das einer Zusammenarbeit zuwiderhandeln.«

»Aber Ryan ist so gut wie nie im Hotel. Einmal die Woche, höchstens zweimal.«

»Nun, er ist regelmäßig da und dies schadet dem Weiterkommen der Sanierung nicht.«

»Und wenn ich jedes Wochenende zurückkommen würde? Oder an einem anderen Wochentag?« Ich hatte keine Ahnung, ob der Aufwand sich lohnen würde und ob ich mir das überhaupt leisten konnte. Dennoch konnte ich den anderen auch nicht alles kaputt machen. Gerade Amber nicht. Wenn sie das Hotel wirklich behalten wollte, würde ich sie darin unterstützen. Egal, wie weh es tat, dass unsere aufkeimende Freundschaft nur eine Illusion gewesen war.

Mr Stewards wirkte unzufrieden, nickte aber dennoch. »Das müsste gehen.«

»Ich kann auch von New York aus weiter helfen und ich werde die ganze Zeit mit Sam in Kontakt bleiben.« Ich räusperte mich und überspielte mein peinliches Herumdrucksen mit einem Schluck Kaffee. »Es ist mir nur wichtig, dass ich die Vereinbarungen nicht breche.«

Der Anwalt nickte verstehend.

»Haben Sie schon herausgefunden, ob Lauren irgendwelche Anrechte auf einen Teil des Hotels hat?«

»Bisher sieht es gut aus. Laurens Anwälte habe sich seither nicht bei mir gemeldet, was mich vermuten lässt, dass sie noch auf der Suche nach einem Schlupfloch sind.«

»Ich hoffe wirklich, sie finden nichts«, murmelte ich und atmete tief ein. »Aber ich danke Ihnen, Mr Stewards.«

»Es tut mir sehr leid, dass Sie Eastwood wieder verlassen.«

»Betty hat sich mit diesem Trick sicher mehr erhofft.« Bilder von Derek, wie er mich hielt und küsste, erschienen in meinem Kopf, und ich blinzelte, um sie loszuwerden. »Ich glaube, eine Zeit lang habe ich es mir auch gewünscht.« Mr Stewards lächelte mich kurz traurig an, bevor wir uns voneinander verabschiedeten und ich aus dem Gebäude trat. Draußen war es kühl und doch schien die Sonne heute ausnahmsweise aus voller Kraft. Ein strahlend blauer Himmel begrüßte mich und ich sog tief den Geruch des sich anbahnenden Frühlings ein.

Ich stieg auf mein Fahrrad und machte mich auf den Weg ins *Red Chili*. Zum Glück hatte eine Kollegin gefragt, ob ich ihre Schicht übernehmen konnte, was ich sofort zugesagt hatte. Alleine in der Wohnung würde ich sicher durchdrehen.

Als ich ankam, waren die Tische nur halb besetzt, was offenbar daran lag, dass morgens um neun Uhr die meisten Leute bei der Arbeit waren.

Joe hatte die Schicht um acht Uhr begonnen und atmete hörbar erleichtert auf, als ich ihn endlich ablöste und er sich nur noch um die Küche kümmern musste.

Ich stellte sicher, dass alle Tische bedient waren, und ging dann nach hinten, um mir von Joe ein schnelles Frühstück machen zu lassen. Mein Magen knurrte, auch wenn ich nicht sonderlich viel Appetit hatte.

»Alles klar?« Joe tat nicht einmal so, als würde er seine Neugier verbergen wollen.

»Es geht.« Ich schaute ihm bei der Arbeit zu, stand unschlüssig neben dem Herd und kam mir plötzlich genauso verloren vor wie vor einigen Wochen, als ich nach Eastwood zurückgekehrt war. »Es ist, als wären mir die Wurzeln entrissen worden«, gab ich langsam zu und fühlte mich ungewohnt verletzlich. Ich stieß ein trauriges Lachen aus. »Dabei sollte mein Aufenthalt hier nie länger als ein paar Monate dauern.«

»Tja, die Liebe funkt bei solchen Plänen gerne mal dazwischen.« Joe reichte mir einen Teller mit einigen Pancakes. »Hier. Ein bisschen Zucker wird den ganzen Mist zwar nicht besser machen, aber wenigstens süßer.«

Ein Lächeln zupfte an meinen Mundwinkeln und ich begann schnell zu essen. Allzu lange wollte ich nicht hier hinten rumstehen. »Wie sieht es denn bei dir aus? Bist du mittlerweile über den Status eines Fahrers hinausgekommen?«

Er lachte und machte den Herd aus. »Maggy war schon immer eine harte Nuss.«

»Oh ja.«

Ein Klingeln ertönte und kündigte einen neuen Gast an. Ich stellte den Teller auf eine freie Arbeitsplatte neben der Tür, damit ich gleich noch ein bisschen weiteressen konnte, und eilte nach vorne. Mein Lächeln fiel jedoch in dem Moment in sich zusammen, als ich Derek auf die Theke zukommen sah.

In meiner Brust kämpften Sehnsucht und Trauer gegeneinander.

»Das zwischen uns war nichts weiter als ein bisschen Spaß. Mehr habe ich nie erwartet.«

»Was willst du hier?«, fragte ich ihn, als er vor der Theke stehen blieb, weil es offensichtlich war, dass er wegen mir hergekommen war.

Er war so dreist, mich warm anzulächeln, als wüsste er um meine Gefühle. Einen Scheiß wusste er.»Ich wollte nur Frühstück.«

»Was soll das?« Meine Stimme zitterte leicht und ich sprach leise, damit niemand es hörte.»Willst du mich wirklich derart beleidigen, indem du so tust, als wäre alles okay zwischen uns?«

Er senkte kurz den Blick, setzte sich jedoch gleichzeitig. Ich gab ihm keine Gelegenheit zu antworten und redete weiter.»Für dich war das alles vielleicht ein One-Night-Stand, aber ich …« Plötzlich versagte meine Stimme und ich wandte mich zur Kaffeemaschine um.»Vergiss es. Du hast deinen Standpunkt deutlich gemacht. Du hast mich gestern ausgeschlossen und bewiesen, wie scheißegal dir meine Gefühle sind.«

»Ich hätte gerne einen Kaffee.«

Wut flammte in mir auf, weil er meine Worte einfach überhörte! Doch statt ihm eine Tasse gegen den Kopf zu werfen, machte ich einen Kaffee und servierte ihn in einem To-go-Becher.»Lass mich in Ruhe.«

»Das Hotel …«

»Ihr werdet nichts verlieren. Keine Sorge. Das ist alles bereits mit Mr Stewards geklärt.« Mein kalter Blick traf seinen und ich drängte all die Sehnsucht in der Brust zurück.»Es war dumm von mir zu glauben, irgendwas hätte sich ändern können.«

»Du warst doch diejenige, die gehen wollte.«

»Du solltest dir mal Gedanken darüber machen, warum du das so oft wiederholst«, erwiderte ich kalt und nickte zur Tür.»Du bist hier nicht erwünscht.« Mit diesen Worten drehte ich mich um und verschwand in der Küche. Seine

Küsse, seine Berührungen, sein Lachen auf meiner Haut und seine Wärme um meine Schultern. Ich spürte alles. Doch das war nicht mehr wichtig, als ich mich mit klopfendem Herzen in die Küche stellte und Joe vormachte, ich würde nur schnell ein wenig von meinen Pancakes essen.

Der Bissen zog sich wie Gummi, und als ich zwei Minuten später zurückkehrte, war der Platz, auf dem Derek gesessen hatte, leer, bis auf ein paar Dollarscheine.

Ich sollte erleichtert sein. Stattdessen war da wieder diese Einsamkeit, die sich genauso anfühlte wie damals, als ich geglaubt hatte, sie würde in einer anderen Stadt verschwinden.

Doch mir wurde klar, dass sie mehr war. Sie war die Sehnsucht in mir, nach Halt und Geborgenheit, nach einer Familie und einem Ort, den ich Zuhause nennen konnte.

Vielleicht wurde es an der Zeit, dass ich nach New York zurückkehrte. Es war naiv gewesen zu glauben, ich würde mein Leben in den Griff bekommen, wenn ich mit meiner Vergangenheit abschloss. Dabei hatte ich tatsächlich einen Moment lang geglaubt, ich könnte mit meiner Familie alle Streitigkeiten begraben.

Es war Zeit, dass ich sie als Teil von mir annahm und aufhörte, zurückzublicken. Alles, was bisher passiert war, gehörte zu mir und würde ewig ein Abschnitt meiner Geschichte sein. Ich würde Lauren niemals verzeihen können, gerade weil sie sich noch immer im Recht sah.

Keine Ahnung, ob es Flucht war, wenn ich jetzt nach New York ging und für Lauren das Feld räumte.

Vielleicht.

Aber es würde mir das Herz brechen, wenn ich bliebe und alles wieder von vorne losginge. Ambers strafende Blicke,

Dereks Distanziertheit und dass die anderen die Augen vor den Schmerzen verschlossen, die ich litt. Ryan sah sie, doch auch er würde irgendwann resignieren. Dafür war Lauren einfach zu laut und zu fordernd. Sie zehrte einen aus, bis sie die Seele verschlungen hatte. Das konnte ich nicht noch einmal durchstehen. Dieses Mal würde ich nicht fliehen. Ich würde gehen, weil es das Beste für mich und meine Seele war.

»Ich komme nächstes Wochenende schon wieder«, beteuerte ich Olivia, während wir am Straßenrand standen und ich meinen Koffer in den Kofferraum des Autos lud. Ein Überfahrer würde mich mitnehmen. Noch wusste ich nicht, wie das dauerhaft funktionieren würde. Aber dafür würde ich einen Weg finden.

Olivia umarmte mich fest. »Ich werde dich trotzdem vermissen. Die Wohnung wird sich so leer anfühlen.«

»Troy ist doch da.«

Sie lachte und zeigte mit ihrem Finger auf mich. »Ha! Du hast seinen Namen ausgesprochen, ohne Würgegeräusche zu machen.«

»Er hat dich wirklich gern.« Mein Grinsen wackelte, weil ich mich den ganzen Morgen wie eine Ertrinkende fühlte. Nicht laut, wie im Film, sondern leise sterbend und im wilden Wasser treibend. Aber es würde niemand kommen und mich aus dem Wasser ziehen. Das musste ich schon selbst tun.

In den letzten beiden Tagen hatte ich beim *Red Chili* gekündigt, mit Sam einen Arbeitsplan ausgearbeitet, sodass ich weiterhin bei der Sanierung helfen konnte, und mir ein WG-Zimmer in New York gesucht. Mir wurde ganz mulmig bei dem Gedanken daran, in eine wildfremde WG zu ziehen. Aber meine Wohnung war noch immer für die nächsten drei Monate untervermietet und bis dahin brauchte ich eben eine günstige Bleibe.

Zudem hatte ich noch mal mit Maggy und Elinor ein Stück Kuchen gegessen und ihnen versichert, dass wir das schon kommende Woche wiederholen würden.

Auch von Ryan hatte ich mich verabschiedet. Nur von Derek und Amber hielt ich Abstand. Die Enttäuschung über ihr Verhalten saß so tief, dass ich mich darauf freute, in der nächsten Woche keine Angst haben zu müssen, sie wiederzusehen.

Da ich den Job als Barchefin in New York angenommen hatte und dort an den Wochenenden bekanntlich Hochbetrieb herrschte, konnte ich mich mit Sam darauf einigen, immer von Montag bis Dienstag zurückzukommen. Das wären dann meine freien Tage in der Bar und im Fitnessstudio, das die Stelle glücklicherweise noch freigelassen hatte – selbst nach dem Debakel mit Mark.

Als ich kurz darauf im Auto saß und wir in Richtung New York fuhren, trat dieses Mal kein Gefühl von Freiheit ein. Mit achtzehn war es mir vorgekommen, als könnte ich endlich wieder atmen. Doch dieses Mal tat es einfach nur weh.

32

»Ihr seid wie zwei ekelhaft verliebte Teenager gewesen.«

Mit einer routinierten Bewegung zog ich die morschen Latten des Verandadaches heraus und reichte sie meinem Kumpel Jack. Er arbeitete tageweise im Hotel, weil er das zusätzliche Geld gut gebrauchen konnte, da er gerade in einem schmutzigen Sorgerechtsstreit steckte und sein Anwalt sauteuer war. Er redete nicht gerne darüber und ich drängte ihn auch nie dazu. Doch heute schien es für ihn kein anderes Thema mehr zu geben. »Wie konnte ich nur glauben, dass das zwischen uns für immer wäre?«

»Keine Ahnung. Ich hatte das Gefühl noch nie«, brummte ich automatisch und runzelte die Stirn, als ein Ziehen in meinem Magen sich meldete.

»Das mit Hazel und dir sah schon ziemlich ernst aus.« Jack schüttelte den Kopf und warf die Latte auf den Haufen, der sich bereits neben der Veranda gebildet hatte. »Aber am Ende hauen sie eh alle ab. Wenigstens will Hazel dir nichts wegnehmen.«

»Wer will wem was wegnehmen?« Sam trat aus dem Hotel und schlenderte zu uns herüber.

»Hazel nimmt Derek keine Kinder weg, wenn sie sich schon aus dem Staub macht«, erklärte Jack und ächzte. »Ich brauche eine Pause.« Er wartete noch mein Nicken ab und zündete sich dann eine Zigarette an.

»Echt schade, dass Hazel wieder in New York ist.« Sam hob provozierend seine Augenbrauen.

Meine Muskeln spannten sich an. »Sie ist bereits weg?«

»Heute Morgen gefahren.«

»Und du weißt das woher?« Ich wollte gefasst klingen, doch meine Stimme ähnelte eher einem eifersüchtigen Idioten.

Sams Augenbrauen hoben sich über einem wissenden Blick. »Wir sind ein paar Details durchgegangen. Sie arbeitet von New York aus weiter. Ryan und Mr Stewards sind eingeweiht.«

»Ach, und Amber und mir wird nicht Bescheid gesagt?«

Mein bester Freund schnaubte. »Nach dem Schwachsinn, den ihr euch geleistet habt?« Er presste seine Lippen zu einer harten Linie, wandte den Blick ab und fixierte mich dann wieder, als könnte er gar nicht anders. »Du bist mein Kumpel, deshalb sage ich dir das jetzt ins Gesicht: Lass sie einfach in Ruhe, wenn du sie nur benutzen willst. Sie war in dich verknallt und du hast es versaut.«

Seine Worte ließen Erinnerungen in mir hochkommen, die ich am liebsten tief in mir vergraben hätte. »Du hast doch keine Ahnung, wovon du redest. Hazel war nicht in mich verknallt. Ich war ihre Übergangslösung. Wir hatten unseren Spaß und fertig.«

Nun schnaubte auch Jack. »Ihr seid wie zwei ekelhaft verliebte Teenager gewesen. Aber es war gut von dir, es zu beenden, bevor sie dir das Herz bricht.«

»Stimmt«, meinte Sam mit vor Hohn triefender Stimme. »Wisst ihr was, suhlt euch ruhig in eurem Selbstmitleid.«

»Ey, ich habe es mir verdient«, rief Jack empört und zog an seiner Zigarette.

»Das hast du. Aber Derek hat es sich selbst zuzuschreiben, wenn er es sich nun endgültig mit Hazel versaut hat.« Ich ballte meine Hände zu Fäusten und wollte plötzlich auf etwas einschlagen. Am liebsten auf Sams Gesicht. »Du hast echt keinen blassen Schimmer, wovon du redest! Oder hat sie dir gesagt, dass sie ihren Traumjob in New York bekommen hat und ganz aus dem Häuschen war? Hat sie dir erzählt, wie toll diese Stadt doch ist, und hast du ihre leuchtenden Augen gesehen?«

»Also hast du ihr einen Gefallen getan?« Sam schüttelte den Kopf und ging bereits in Richtung Parkplatz. »Dann frage ich dich: Hat sie dir gesagt, dass sie zurückwill? Hat sie dir gesagt, dass sie den Job annehmen will?«

Ich antwortete nicht.

»Siehst du. Du hast sie von dir gestoßen, weil du zu feige bist, dich auf das zwischen euch einzulassen. Solange es noch eine Übergangslösung war, war es perfekt. Aber plötzlich wurde es real. Es hätte vielleicht sogar wehtun können. Mach, was du willst, nur hör auf, sie als die Böse hinzustellen.«

»Du hast doch keine Ahnung«, erwiderte ich und schaute ihm hinterher, als er erneut winkte und dann zu seinem Wagen ging. Würden wir ihn nicht noch brauchen, hätte ich vielleicht dem Drang nachgegeben und ihm ins Gesicht geboxt. Er hatte keine Ahnung von Hazel. Wie kam er auf diese bescheuerte Idee, mir etwas von ihr erzählen zu wollen?

»Hör nicht auf ihn. Du hast das Richtige getan. Hazel wollte nie in Eastwood bleiben und hat die Stadt gehasst. So wie meine werte *Ehefrau*.« Jack schnipste die Kippe über die

Veranda auf den Schotterparkplatz und machte sich erneut an die Arbeit.

Einen Moment lang betrachtete ich das letzte Qualmen der Zigarette und wie feine Rauchfäden nach oben zogen, bevor ich mich wieder zusammenriss.

Hazel war weg, es war also genau das eingetreten, was ich immer gewusst hatte.

Wieso fühlte ich mich dann, als hätte sie mich vor ihrem Weggang mit einem Lastwagen überfahren?

Die ganze Woche über arbeitete ich wie besessen und gönnte mir kaum eine ruhige Minute zum Durchatmen. Es war, als müsste ich immer zu tun haben, da sonst ein Teil von mir durchdrehen würde. Meine Wohnung war ein Saustall, weil ich nur zum Schlafen hinfuhr, und ich ignorierte tunlichst den Schal, den Hazel auf dem Sofa vergessen hatte. Er lag seit Tagen noch genauso dort, wie sie ihn hinterlassen hatte, und verhöhnte mich, wenn ich an ihm vorbeilief.

Immer wieder spukten mir Sams Worte im Kopf herum. Wie konnte er es wagen, mir solche Vorwürfe zu machen? Wir alle hatten gewusst, dass Hazel früher oder später gehen würde.

Ich konnte dennoch nicht fassen, dass sie einfach verschwunden war und sich nicht einmal verabschiedet hatte! War ich ihr so unwichtig, dass sie nicht mal mehr ein Lebewohl übrig hatte?

Diese Frage hatte sich in meinem Kopf festgesetzt und machte mich täglich wütender.

Jetzt saß ich schweigend mit Ryan in Ambers Wohnzimmer, da wir uns hier zum Abendessen eingefunden hatten, weil Lauren uns allen etwas mitteilen wollte. Ryan war mal wieder nur auf sein Handy fixiert und bemerkte mein Starren nicht einmal.

»Starr mich nicht so an.« Er hatte es also doch wahrgenommen.

»Warum? Fühlst du dich unwohl?« Ryan legte das Handy zur Seite. »Ich bin genervt. Wieso werden wir hierher zitiert? Diese ganze Scheiße mit Lauren geht mir eindeutig zu lange. Sie hätte nach zwei Tagen weg sein sollen. Jetzt ist sie schon eine Woche hier!«

»Habe ich da etwa meinen Namen gehört?« Lauren kam mit einem Topf in der Hand in den Raum gestöckelt. Wie immer in letzter Zeit hatte sie ihr falschestes Lächeln aufgesetzt. »Aber Jungs, wir wollen uns doch nicht vor dem Dessert streiten.«

Amber folgte ihr auf dem Fuße und konnte nur schwer verbergen, wie genervt sie war. Scheinbar setzte ihr Gast ihr auch zu. Mir wurde klar, dass ich schon seit Tagen nicht mehr mit ihr alleine gesprochen hatte.

»Was sollen wir hier?«, fragte Ryan direkt, noch ehe sich alle gesetzt hatten.

»So forsch?«

»Lass deine Spielchen. Ich will wissen, was wir hier machen«, forderte Ryan und sah zu Amber. »Sorry, aber ich habe keine Lust mehr auf diesen Quatsch.«

Amber warf mir einen leicht verzweifelten Blick zu.

Lauren übernahm das Reden. »Na gut. Dann eben so.« Sie verschränkte ihre Finger ineinander und stemmte ihre Ellenbogen auf den Tisch. »Der Erbvertrag meiner Mutter ist hieb- und stichfest.« Ihr Lächeln nahm einen bitteren Zug

317

an.»Aber ich werde das nicht hinnehmen. Alleine heute hat das Hotel den doppelten Wert wie zu Beginn der Arbeiten, und sobald es fertig ist, wird es Millionen wert sein.«

»Du kriegst keinen Penny«, stellte Ryan klar. »Du hast bekommen, was dir zusteht.«

Verschlagenheit ließ Laurens Gesicht hässlich werden. »Ich kann allerdings die Arbeiten stoppen lassen. Wisst ihr, ich habe noch genug Geld und Geduld für einen Prozess, den ihr euch sicher nicht leisten könnt.«

Amber schnappte nach Luft. »Was? Drohst du uns etwa?«

»Aber Amber«, tadelte Lauren und zog vorwurfsvoll die Augenbrauen hoch. »So einen Unsinn hätte ich von Hazel erwartet. Natürlich drohe ich euch nicht. Ich schlage euch einen Handel vor.«

»Hör auf, Hazel ständig mit reinzuziehen. Sag, was du zu sagen hast!« Ryans Stimme bebte vor Wut.

»Er hat recht«, stimmte ich ihm zu, und zugleich fielen mir Dutzende Situationen ein, in denen sie dasselbe getan und wir es ignoriert hatten. »Lass sie aus dem Spiel.«

»Sie hat so viel kaputt gemacht. Aber na ja«, verwarf Lauren das Thema Hazel und legt den Kopf schief. »Ich möchte den Anteil des Hotels, der mir zusteht. Weil ich natürlich weiß, dass ihr euch das nicht leisten könnt, habe ich mir überlegt zu bleiben. Amber hat mir anvertraut, dass sie das Hotel leiten will – und ich möchte ihre Partnerin werden.«

»Auf keinen Fall«, stieß Ryan aus.

Gleichzeitig schüttelte ich irritiert den Kopf. »Das heißt, du stellst uns vor die Wahl. Entweder du treibst uns mit einer Klage in den Ruin oder du übernimmst das Hotel?«

Lauren lächelte. »Ich nehme nur das, was mir zusteht.«

»Dir steht nichts zu! Du hast bekommen, was Betty dir

vermachen musste, und das war's!« Ryan stand ruckartig auf. »Was ist denn los mit euch?«, fuhr er Amber und mich plötzlich an. »Wieso sagt ihr nichts?«

»Ich will das Hotel«, meinte Amber leise und sah auf den Tisch. Sie verhielt sich wie damals, kurz nach Hazels Weggang. Gerade jetzt, nach Frederics Verrat, schien sie sich an irgendwas festhalten zu wollen – und das war wohl das Hotel. Offenbar ging Amber schon davon aus, dass wir dies nur gemeinsam mit Lauren behalten konnten.

»Ich muss darüber nachdenken«, erwiderte ich und erhob mich ebenfalls.

»Dass du noch darüber nachdenken musst ...« Ryan klang, als wollte er mich anschreien. Stattdessen verließ er, ohne noch ein Wort zu verlieren und mit langen Schritten, das Haus.

Ich sah zu Lauren. »Wieso tust du das?«

Sie zuckte mit den Schultern. »Weil ich die Tochter meiner Mutter bin. Ich finde es nicht fair, dass ihr so viel von ihr bekommt, während mir ein paar lächerliche Schmuckstücke bleiben. Außerdem brauche ich sowieso ein neues Projekt.«

Ich packte Ambers Hand, denn sie hierzulassen, würde bedeuten, sie noch weiter Laurens Gift auszusetzen. »Komm.«

Amber blickte auf den gedeckten Tisch. »Aber ...«

»Wir essen auswärts. Lauren kann ja aufräumen.«

Diese lächelte, als ich ihr einen Seitenblick zuwarf, und winkte uns schadenfroh zu, als ich Amber aus ihrem eigenen Haus brachte.

Wir mussten raus und darüber nachdenken, was jetzt zu tun war. Denn eins wusste ich mit Sicherheit: Lauren würde uns das Hotel wegnehmen, sobald wir sie nur einen Moment aus den Augen ließen. Und das war keinesfalls das, was Betty sich für uns gewünscht hätte.

33

Hazel

»Es war so abartig langweilig ohne dich.«

Musik dröhnte aus den Lautsprechern neben mir und ließ die gesamte Bar beben. Ich lächelte in mich hinein, prüfte den Bestand und hörte dem DJ zu, der heute Nacht auftreten würde und gerade probte. Wir hatten noch ein paar Stunden, bis die Bar öffnete, aber der DJ war jung und wollte, dass alles perfekt lief.

Ich war relativ entspannt. Obwohl der neue Besitzer die Bar eher in eine kleine Disco verwandelt hatte und sich jede Nacht – selbst unter der Woche – Leute teure Cocktails reinkippten, war es irgendwie wie alle anderen Barjobs. Nur, dass ich hier die Arbeitspläne machen und mich um Ersatz kümmern musste, wenn einer der Angestellten fehlte.

Ich hatte erreicht, was ein kleiner Teil von mir sich immer für meine Zukunft hatte vorstellen können – ich leitete eine Bar.

Plötzlich leuchtete mein Handydisplay auf. Es vibrierte auf dem Tresen und für eine Sekunde hörte mein Herz auf zu schlagen. Derek. Sein Name schoss mir durch den Kopf und ich beugte mich vor, um nachzusehen, wer anrief.

Es war Mark. Einen Moment lang erwog ich, dranzugehen und ihm die Meinung zu sagen, weil er das Fitnessstudio abgezogen hatte, nachdem er meine Unterschrift gefälscht hatte. Der Trottel hätte eine ordentliche Standpauke nötig. Doch dann wurde mir klar, dass ich ihn nicht in meinem Leben haben musste, oder gar wollte. Es gab Menschen, die nur Gift für einen waren, und vermutlich war es ein heilsamer Moment, wenn man dies erkannte. Denn nur so konnte man das Gift aus seinem Leben beseitigen.

Ich hob mein Handy auf, drückte Mark weg und blockierte ihn dann. Er war nun Geschichte, und nur weil wir einen Weg unseres Lebens gemeinsam gegangen waren, hieß es nicht, dass ich ihm schuldig war, ihm den Rest des Weges zu ebnen. Als ich das Handy zurücklegte, spielte auf meinen Lippen ein Lächeln und ich machte mich weiter an die Vorbereitungen.

Die Zeit raste und es kam mir vor wie ein Blinzeln, als die Bar plötzlich öffnete und bereits die ersten Gäste eintraten. Glitzernde Kleider und teure Anzüge. Reiche Studenten und Börsenmakler. Sie lachten und tranken miteinander. Es wurde intensiv geflirtet und große Dramen nahmen die Tanzfläche ein.

Ich leitete eine der angesagtesten Bars New Yorks und liebte jede Sekunde. Es war wie ein Rausch, während ich mit einem geübten Lachen Flirtversuche ablehnte und gleichzeitig die Kellnerinnen im Blick hatte.

Jede Nacht war anders und doch … wenn ich mit der aufgehenden Sonne aus dem Hochhaus trat, in dem sich die Bar befand, schien jede Nacht gleich zu sein.

Ich zog meinen Schal fester um mich und wartete dankbar neben dem Türsteher, der ebenfalls Feierabend gemacht hatte. Er rief mir jede Nacht ein Taxi, damit ich sicher nach Hause kam.

New York konnte gefährlich sein, das wusste ich. Aber nach all der Zeit, in der ich mit dem Fahrrad unterwegs gewesen war, fühlte es sich dennoch falsch an. Ich vermisste die Sicherheit, die in Eastwood so selbstverständlich gewesen war.

Ich lächelte dem Türsteher dankbar zu, der mir zunickte und dann in die Nacht spazierte.

Nachdem ich dem Fahrer meine Adresse genannt hatte, blickte ich hinaus auf die Straßen. Die Rushhour stand kurz bevor und schon jetzt drängten sich die Fahrzeuge durch die Stadt. Die Bürgersteige waren voll von Menschen, die entweder aus den Clubs kamen oder auf dem Weg zur Arbeit waren.

Ich beobachtete diese Fremden, die alle ihr eigenes Leben führten. Keiner von ihnen kannte mich oder was ich zurückgelassen hatte.

In Eastwood wusste sicher jetzt schon jeder Bescheid. Über Lauren, das Hotel, die Trennung von Derek. Wobei ... wir waren ja offenbar niemals ein Paar gewesen, das sich hätte trennen können. Ein One-Night-Stand. Meine Augen brannten so plötzlich, dass ich sie zusammenkniff.

Er hatte mir an den Kopf geworfen, dass das zwischen uns nur Spaß war. Doch das war es nicht, was mich verletzt hatte. Es war die Lüge dahinter, die er glaubte. Ein One-Night-Stand. Wir hatten beide gewusst, dass mehr zwischen uns gewesen war als nur Sex.

Ich war mir sicher, dass er es auch gespürt hatte.

Und doch tat er so, als hätte ich mir unsere Innigkeit eingebildet.

Das war es, was mir am meisten wehtat. Er belog sich selbst. Das war auch der Grund, warum ich Abstand brauchte und gehen musste. Solange er selbst glaubte, sich etwas vormachen zu müssen, würde es niemals eine Chance für uns geben.

Ich schluckte und wischte mir unter den Augen entlang, die sich feucht anfühlten, und ließ die Spuren meiner traurigen Gedanken verschwinden.

Der Fahrer setzte mich in einer weniger schönen Gegend von Williamsburg ab, und nachdem ich ihn bezahlt hatte, beeilte ich mich, aus dem Wagen zur Haustür zu kommen. Die Wände im Flur waren mit Graffiti verschönert worden, eigentlich eher Schmierereien als Kunst. Ich hörte die Nachbarin aus der unteren Etage, die schon am frühen Morgen ihren Mann und ihre Kinder anmeckerte, und eilte die abgetretene Treppe hoch.

Die Wohnungstür war so dünn, dass ich beim Umdrehen des Schlüssels eine meiner Mitbewohnerinnen hören konnte. Ich trat ein und nickte ihr aus dem winzigen Flur, in dem jede Ecke mit Schuhen vollgestellt war, zu. Sie saß in der Küche, winkte mir stumm, während sie an ihrer Zigarette zog und dann einen Schwall Rauch gemeinsam mit spanischen Worten in ihr Handy ausstieß, die ich nicht verstand. Sie war Anfang zwanzig und studierte an einer Kunstakademie.

Ich passierte das Zimmer meiner anderen Mitbewohnerin und stieß ein Dankgebet aus, weil sie noch nicht das Bad blockierte. Damit sie mir nicht zuvorkam, holte ich nicht einmal Wechselklamotten, sondern eilte sofort hinein. Um diese Uhrzeit vereinnahmte sie das Bad gerne für eine geschlagene Stunde, um sich für die Arbeit fertig zu machen.

Der Raum verdiente die Bezeichnung Badezimmer kaum, weil man fast in der Toilette stand, während man duschte, und beim Bücken stieß man mit dem Po gegen das Waschbecken. Es gab kaum Platz für unsere Badutensilien, weshalb sie sich auf den Ablageflächen stapelten, die vor Jahren mal an den Wänden angebracht worden waren.

Gerade als ich mich abtrocknete, wurde wüst gegen die Tür gehämmert. »Beeil dich mal! Ich muss pinkeln.«

»Bin gleich fertig«, gab ich in einem ebenso genervten Tonfall zurück.

Eine Minute später trat ich in ein Handtuch eingewickelt und mit den Klamotten von letzter Nacht unterm Arm aus dem Bad. Meine andere Mitbewohnerin quetschte sich an mir vorbei und murmelte dabei ein paar Flüche, die ihren Südstaatenakzent zur Geltung brachten. Ich ignorierte sie und ging in mein Zimmer, in das gerade so ein Bett passte. Es gab einen Einbauschrank, in den ich meine wenigen Klamotten gestopft hatte, und ein winziges Fenster, von dem aus man die Feuerleiter sah. Es war vergittert, und nachdem ich mal einen Jungen dabei erwischt hatte, wie er mich im Schlaf beobachtete, hielt ich die Vorhänge immer schön geschlossen.

Ich bemühte mich, nicht an mein Zimmer in Eastwood zu denken, während ich mir Unterwäsche aus dem Schrank holte. Zusätzlich zog ich noch eine Jogginghose und ein Shirt an, das ich Derek geklaut hatte. Natürlich hatte er mich verletzt, das bedeutete aber nicht, dass ich auf seine gemütlichen Klamotten verzichten würde. Außerdem würde ich niemals weniger bekleidet schlafen gehen, nachdem ich mitbekommen hatte, wie einer der One-Night-Stands der anderen Mädchen sich in der Tür geirrt hatte. Unschönerweise gab es keine Zimmerschlüssel, weshalb das Geschrei danach natürlich entsprechend groß gewesen war.

Ich hasste diese Wohnung und dieses Zimmer. Meine Mitbewohnerinnen waren okay, aber jede von uns war so mit ihrem eigenen Kram beschäftigt, dass wir uns kaum sahen. Das war in Ordnung. Dennoch erinnerte es mich an meine Anfangszeit hier. Mit dieser Einstellung würde ich niemals neue Freundschaften aufbauen können.

Ich seufzte schwer, als ich den Laptop rausholte und einen Streamingdienst öffnete, um mir meine Lieblings-Backshow anzusehen und für einen Moment all den Scheiß um mich herum zu vergessen.

Ich schlief noch in den ersten fünf Minuten ein.

Meine erste Woche in New York verging so schnell wie ein Wimpernschlag. Es kam mir vor, als wäre ich nur kurz weg gewesen, als ich Sonntagnacht mit dem Bus zurück nach Eastwood kam. Leider hatte ich niemanden gefunden, der mich mitnehmen könnte. Also stand ich jetzt nach einer zu teuren vierstündigen Zugfahrt und einer darauffolgenden kurzen Busfahrt am kleinen Bahnhof Eastwoods.

Straßenlaternen spendeten warmes Licht und es war so still, dass ich noch Minuten später die Reifen des Busses auf dem Asphalt hörte, als ich ihn schon längst nicht mehr sehen konnte.

Ich atmete tief ein, um die plötzliche Verlorenheit in meiner Brust einzudämmen, die sich langsam und schmerzhaft in mir ausbreitete.

»Das ist doch lächerlich«, murmelte ich und meine Stimme klang viel zu laut in der Stille um mich herum. Ich strich mir die Haare zurück und straffte die Schultern. »Zwei Tage, dann geht's wieder nach New York und dann suche ich mir Freunde.« Auf der Fahrt war mir klar geworden, dass dies ein Problem war, das ich direkt angehen konnte. Niemand wurde auf Dauer einsam glücklich. Ich brauchte Menschen um mich herum, und so langsam musste ich aufhören, darauf zu warten, dass sie mich fanden.

Da Eastwood nicht wirklich groß war, ging ich zu Fuß. Mein Blick flog in Richtung Innenstadt, wo Dereks Wohnung lag. Um diese Zeit schlief er vermutlich bereits. Er und seine dumme Verbohrtheit.

Ich seufzte schwer und drehte der Innenstadt demonstrativ den Rücken zu. Er war selbst schuld, wenn er mich nicht wollte.

Ich brauchte fünfzehn Minuten und fühlte mich nicht eine Sekunde lang bedroht. Es lagen Welten zwischen New York und Eastwood. Hier war das einzig Gruselige die dunkle Ecke, aus der die Laute von zwei kämpfenden Katzen kamen.

Fünfzehn Minuten später kam ich vor dem Haus an, in dem Olivia wohnte. Mit dem Schlüssel gelangte ich lautlos hinein und versuchte, extra leise zu sein, als ich erst ins Bad und dann in mein Zimmer ging.

Alles hier schien schöner, wärmer und einladender zu sein. Als ich mich unter der Decke einkuschelte und dabei nur Unterwäsche trug, lächelte ich versonnen. Es war so toll, wieder hier zu sein.

»Hazel!« Ein Kreischen ließ mich aus dem Schlaf hochschrecken. Kurz darauf wurde ich wieder in die Matratze gerammt, als Olivia sich auf mich warf. »Wann bist du angekommen?«

Ich stieß ein atemloses Ächzen aus und versuchte, mein Gesicht aus der Matratze zu befreien, um nicht zu ersticken.

Olivia lachte und kletterte von mir herunter.

Gähnend strich ich mir die Haare aus dem Gesicht und setzte mich wieder auf. »Ich bin gestern Nacht angekommen.«

»Wieso hast du nicht angerufen? Ich hätte dich abgeholt.« Vorwurfsvoll runzelte sie die Stirn und betrachtete mich, als suchte sie nach blauen Flecken. »Geht es dir gut?«

Wieder gähnte ich. »Ich bin nur müde. War eine anstrengende Woche.«

»Wie ist es denn, die Chefin einer Bar zu sein?«

Ein Lächeln stahl sich auf meine Lippen und es war echt. »Du musst sie dir anschauen. Superchic, superteuer und superexklusiv. Ich trage jeden Abend coole Klamotten, die mein Chef bezahlt, und habe sogar schon ein paar Schauspieler bedient.«

Olivias Augen weiteten sich. »Echt? Wie cool! Wenn du mich auf die Gästeliste setzt, komme ich unbedingt.«

»Du stehst selbstverständlich dauerhaft drauf.« Ich grinste und die Vorstellung von Olivia in New York hob meine Stimmung ums Tausendfache. Natürlich war mir klar, dass sie dort niemals leben wollen würde. Aber ihre Besuche wären definitiv ein Highlight.

»Awww.« Sie schlang ihre Arme um mich und lehnte ihren Kopf an meine Schulter. »Es war so abartig langweilig ohne dich.«

»Konnte Troy dich nicht ablenken?«

Sie setzte sich auf und zeigte mit dem Finger auf mich. »Du hast schon wieder keine Würgegeräusche gemacht!«

Schulterzuckend stieg ich aus dem Bett und schnappte mir eine Jogginghose und einen Pullover aus dem Schrank.

»Er gibt sich also immer noch Mühe?«

»Oh ja.« Sie zog das A ein bisschen zu lang.

»Spann mich nicht auf die Folter. Was hat er getan?«, fragte ich mit gedämpfter Stimme und zog mir den Pullover über den Kopf.

»Er schenkt mir jede Woche Blumen. Und Schokolade.«

»Manche fänden das süß.«

»Ich weiß nicht. Das ist so aufdringlich. Ich wollte ihn leiden lassen und nun werde ich ihn irgendwie nicht mehr los.« Sie stand nun ebenfalls von meinem Bett auf. »Doch das ist ein Problem für später. Also, was hast du vor? Ich muss jetzt zur Arbeit, aber danach könnten wir was unternehmen, wenn du Lust hast.«

»Das klingt gut. Ich fahre gleich ins Hotel, weil ich einen Termin mit Sam habe.«

»Mit Sam?«

Ich zuckte mit den Schultern. »Er wollte mir nichts Genaues verraten.«

»Seltsam.«

»Ich bin gespannt, wie das Hotel sich in der Zwischenzeit gemacht hat.« Ich ging in Richtung Küche. Müdigkeit hing noch in meinen Gliedern und ich brauchte dringend einen Kaffee.

Olivia folgte mir. »Ich muss es mir auch unbedingt mal anschauen!«

»Komm doch nach der Arbeit vorbei. Ich führe dich herum.«

Olivia strahlte. »Gerne!« Als ihr Blick auf die Uhr an dem Backofen fiel, fluchte sie. »Verdammt! Meine Mutter bringt mich um! Ich sollte sie heute herumfahren, weil ihr Auto in der Werkstatt ist.«

Ich lachte, während kurz darauf die Badezimmertür zugeschlagen wurde. Sie schaffte es, innerhalb von fünf Minuten fertig zu sein und verließ die Wohnung im Laufschritt. Ich setzte mich derweil an die Küchentheke und sog tief den Geruch des frisch gekochten Kaffees ein.

Dabei versuchte ich dieses Gefühl von Nachhausekommen zu ignorieren.

34

Derek

»Wir können nicht zulassen,
dass sie sich einfach nimmt, was uns zusteht.«

Wir fanden einfach keine Lösung. Egal, wie wir es drehten oder wendeten, nichts schien Lauren davon abhalten zu können, uns mit einem Rechtsstreit in den Ruin zu treiben. Ryan tobte seit Tagen vor Wut und ließ sich kaum noch blicken. Amber hingegen wirkte, als würde sie langsam resignieren. Sie saß neben mir auf dem Beifahrersitz und strahlte eine Anspannung aus, die man fast greifen konnte. »Ich weiß, ihr habt mir noch keine klare Antwort darauf gegeben, ob wir das Hotel behalten sollen – aber ich befürchte, uns bleibt keine andere Wahl.«

»Wir können nicht zulassen, dass sie sich einfach nimmt, was uns zusteht.« Meine Hände umgriffen das Lenkrad fester. »Ehrlich gesagt, hat mich deine Bitte im ersten Moment schockiert. Versteh mich nicht falsch, doch ich hätte ehrlicherweise nie damit gerechnet, dass du wirklich Interesse daran hättest, ein Hotel zu leiten. Aber mittlerweile finde ich die Idee echt cool. Ich denke, dass du das schaffen könntest. Nur habe ich keine Ahnung, was wir mit Lauren machen sollen.«

»Wir könnten sie einstellen und dann kündigen.«

»Ihr also eine Falle stellen?«

»Ja«, stieß Amber aus und brummte nachdenklich. »Meinst du, das könnte funktionieren?«

Die Idee klang gut. »Ruf mal Ryan an und frag ihn, was er davon hält.« Amber zog ihr Handy aus ihrer Handtasche, während ich das Radio leiser drehte. Wir waren auf dem Weg ins Hotel, um den Baufortschritt mit Sam zu überprüfen. Lauren war mittags hingefahren und schien uns damit nur noch mehr Druck machen zu wollen.

Amber schilderte Ryan unsere Idee, und der wirkte einverstanden, soweit ich es mitbekam. Amber legte auf, als wir den Parkplatz erreichten. »Er glaubt, es könnte klappen. Am besten sollten wir ihr sagen, dass wir uns eine Zusammenarbeit vorstellen können, aber zu unseren Bedingungen. Alles Weitere würden wir klären, bevor es losgeht. Dann können wir die Sanierung durchführen, ohne dass sie uns dazwischenfunkt. Wir müssen es nur geschickt anstellen. Wir dürfen ihr keine Versprechungen zu einer Partnerschaft machen.«

Ich nickte und parkte den Wagen vor der Veranda, neben ein paar Elektrikerfahrzeugen. Dann schaltete ich den Motor aus. »So machen wir es.«

35

Hazel

»Ich entscheide, wen ich mir nehme, und nicht,
wer mich haben kann. Verstanden?«

Sam und ich waren in der Mittagspause ins *Red Chili* gefahren, um etwas zu essen. Eigentlich hatte ich nicht vorgehabt, noch mal ins Hotel zu fahren, doch dann bekam Sam eine Nachricht von Ryan, dass es am besten wäre, wenn wir uns alle dort träfen. Kurz glaubte ich, er hätte vergessen, dass ich auch in der Stadt war, aber schließlich erhielt ich ebenfalls eine Nachricht von ihm.

Ich hätte niemals zugegeben, wie sehr mich so wenige Worte derart erleichtern konnten und mir das Gefühl gaben, irgendwie doch noch dazuzugehören.

»Vielleicht möchte Ryan ja eine Familienzusammenführung«, mutmaßte Sam, als wir gerade durch die Tür des Hotels traten.

Weißer Staub wurde unter unseren Füßen aufgewirbelt, weil ein Teil der Wand neu verkleidet worden war und die verspachtelten Stellen abgeschliffen wurden. Ich zog mir den Schal vor den Mund und folgte Sam durch die Eingangshalle zur Treppe, die abgeklebt worden war.

Erst als wir im obersten Stockwerk angekommen waren,

ließ ich den Schal wieder sinken. Die Suiten waren die ersten Räume, die so aussahen, als könnte man sie in wenigen Monaten beziehen.

Die Fenster waren ausgetauscht worden und doch musste ich sofort an meinen ersten Besuch hier und den kleinen Unfall denken. Und an Derek. Ich zögerte nur kurz, öffnete die Tür und trat auf den erneuerten Balkon hinaus.

Der Wind war noch kühl, aber die Sonne schien warm auf uns herunter, während wir auf die Baumwipfel hinausblickten, hinter denen sich die Kirchturmspitze Eastwoods erhob.

»Ich liebe diesen Ausblick«, sagte ich und lehnte mich gegen das Geländer. »Die Gäste werden es ebenfalls lieben.«

Laurens Stimme ließ alles in mir zu Eis erstarren und ich drehte mich steif zu ihr um. »Was willst du hier?«

»Die Frage ist viel eher, was *du* hier willst. Sobald ich das Hotel leite, werde ich anordnen, dass du es nicht mehr betreten darfst.« Ihr Blick wanderte über mein Outfit, das aus einer schlichten Jeans, Boots und einer hellen Jacke bestand.

Ich ließ mir nicht anmerken, wie sehr mich ihre Worte erschütterten. »Du hast doch Wahnvorstellungen, wenn du glaubst, du würdest das Hotel leiten.«

Sam stieß neben mir ein zustimmendes Knurren aus.

»Rede ruhig weiter so mit mir. Das wird es dir nicht leichter machen. Gerade jetzt, da deinen lieben Geschwistern langsam klar wird, dass du immer wieder abhauen wirst.«

Meine Hände ballten sich zu Fäusten und ich starrte diese Frau an, die mir so viele Jahre meines Lebens zur Hölle gemacht hatte. Sie würde niemals damit aufhören, denn in ihren Augen war ich ein Störenfried, der ihr andauernd dazwischenfunkte, weil er nicht tat, was sie wollte. Diese Erkenntnis brachte plötzlich Ruhe über den Sturm in meinem Inneren. Ich würde niemals ändern können, was sie von mir dachte. Aber ich konnte mich vor dem Gift schützen, das sie versprühte. Das hatte nichts damit zu tun, dass ich floh, sondern es ging darum, dass ich mir selbst wichtiger war. Dennoch mussten ihre Worte eine Lüge sein. Die anderen würden sie niemals als Hotelleitung einsetzen. Das konnten sie nicht machen. Ihnen war sicher klar, wie weh sie mir damit tun würden.

»Hör nicht auf sie«, meinte nun Sam leise neben mir und sagte dann lauter:»Was wollen Sie überhaupt hier? Das ist Privatgelände, und selbst wenn Sie versuchen, sich einzuklagen, dürfen Sie hier nicht einfach so herumrennen.«

Ich hätte Sam knutschen können.

»Schon okay«, ertönte es plötzlich aus dem Inneren des Hotels.

Lauren drehte sich herum und gab so den Blick auf Derek und Amber frei, die gerade in die Suite traten.

Dereks Gesicht verriet keine Emotionen, und doch sah er mich weiterhin an, als könnte er gar nicht anders.

»Wie schön, dann können wir den Termin ja beginnen«, säuselte Lauren.

Ich versteifte mich, als mir klar wurde, dass Lauren ebenfalls zu diesem Treffen eingeladen worden war.

»Gut, kommen wir direkt zur Sache.« Derek trat nach draußen auf den Balkon und nickte uns knapp zur Begrüßung zu, bevor er sich Lauren zuwandte.»Wir sind mit einer Zusammenarbeit einverstanden.«

»Eine Zusammenarbeit?« Ich würgte die Worte geradezu heraus.

Derek warf mir einen Seitenblick zu und nickte knapp.

»Lauren hat uns vor eine Wahl gestellt, und die haben wir getroffen. Alles Weitere können wir noch klären. Aber uns ist wichtig, dass wir die Arbeiten reibungslos durchführen können.«

Lauren hatte sie vor die Wahl gestellt ... bedeutete das etwa, sie hatte sie erpresst? Hatte gedroht, dass die Arbeiten gestoppt würden? So eine miese Aktion würde gut zu ihr passen.

Und deshalb würden sie Lauren die Hotelleitung übergeben.

Aber wieso erfuhr ich erst jetzt davon? Es war ja nicht so, als wäre ich auf den Mond gezogen und hätte meine Handynummer gewechselt.

»Seid ihr nicht auf die Idee gekommen, mir das zu erzählen?« Meine Stimme war gefasst, obwohl ich innerlich zitterte.

»Lass es bitte, dieses Thema derart an dich zu reißen«, rügte Lauren mich hörbar genervt und wandte sich Amber zu. »Wir werden ganz wunderbar zusammenarbeiten. Davon bin ich überzeugt.«

Ungläubig beobachtete ich Ambers Lächeln. »Das werden wir sicher.«

»Wow«, stieß nun auch Sam neben mir aus, aber so leise, dass nur ich ihn hörte. »Was geht denn hier ab?«

»Ich glaube, ich weiß, was los ist«, flüsterte ich und begegnete dabei Dereks Blick. Er sog die Innenseite seiner Wange ein, etwas, das er immer tat, wenn er wirklich angepisst war.

»Ja? Du kannst dir einen Reim auf diesen Schwachsinn machen?«, fragte Sam wieder leise.

Ich nickte bloß langsam und merkte gleichzeitig, wie sich eine bekannte Schwere über meine Schultern legte. Dabei wandte ich mich Lauren zu. »Wie kommst du überhaupt darauf, dass es zu dir passen würde, in einem Hotel zu arbeiten?«

Laurens Augenbrauen hoben sich abschätzig. »Wie kommst du darauf, dass ich dir irgendeine Antwort schuldig bin?« Sie drehte sich einfach von mir weg und hakte sich bei Amber und Derek unter. »Kommt, wir trinken gemeinsam einen Kaffee. Dann könnt ihr mir genau berichten, was das Konzept unseres Hotels sein wird. Ich habe im Auto ein paar Tapeten- und Teppichmuster, die ich euch unbedingt zeigen muss.«

Die Schwere breitete sich von meinen Schultern über meine Brust aus. Obwohl mein Gesicht eine Maske aus Gleichgültigkeit war, spürte ich tiefe Trauer in mir. Lauren würde sich niemals ändern und das erwartete ich auch nicht. Irgendwie hatte ich geglaubt, ihre Sticheleien einfacher übergehen zu können. Doch das würde ich vermutlich auch nicht in hundert Jahren können.

Sams Hand legte sich auf meinen Unterarm. »Alles okay bei dir?«

Seufzend schüttelte ich den Kopf. »Nein.« Ich legte ihm meine zusammengereimte Erklärung dar und er nickte bedächtig. Es war einfach offensichtlich, dass sie von Lauren erpresst wurden und nun auf ihre Bedingungen eingingen. Ob sie dahinter noch einen anderen Plan verfolgten, wusste ich nicht. Woher auch? Man hatte mich erneut nicht eingeweiht.

»Okay, dann verstehe ich Dereks Verhalten.« Er beugte seinen Kopf, um mich besser ansehen zu können. »Aber ich finde es trotzdem nicht in Ordnung, dass sie dich nicht ins Bild gesetzt haben.«

Mein rechter Mundwinkel hob sich zu einem halben, niedergeschlagenen Lächeln. »Sehe ich auch so.« Ich stieß ein Schnauben aus, das nicht trauriger hätte klingen können. »Eigentlich bin ich den anderen gleichwertig, aber leider behandeln sie mich nicht so.«

»Derek ist ein Idiot.«

»Ich weiß«, sagte ich niedergeschlagen.

»Und Lauren ist ja grausig. Mir ist das vorher nie aufgefallen.«

»Mir schon«, murmelte ich und atmete tief den Aprilwind ein, der mir gerade durch die Haare strich.

Sam legte seinen Arm um meine Schultern. »Komm, ich bringe dich nach Hause. Lass dich nicht von denen fertigmachen.«

Ich nickte nur langsam, denn plötzlich machte etwas in mir Klick. Ich verstand, dass nichts sich jemals ändern würde.

Lauren würde mich immer hassen.

Amber würde vermutlich ewig an Laurens Rockzipfel hängen.

Derek würde sich sowieso nicht mehr für mich entscheiden.

Und ich würde hier niemals glücklich werden, weil ich es nicht akzeptieren könnte, so behandelt zu werden.

Sam führte mich aus dem Hotel heraus und hatte dabei fast durchgehend seine Hand auf meinem Rücken. Das wurde mir aber erst klar, als wir auf den Parkplatz traten und ich Dereks finsteren Blick bemerkte. Er stand mit Amber neben seinem Auto. Lauren war nirgends zu sehen.

»Ernsthaft?«, rief Derek quer über den Parkplatz und kam auf uns zugelaufen. Amber folgte ihm sichtbar irritiert.

Sam war dicht neben mir, als wir bei seinem Auto stehen

blieben und Derek entgegensahen.»Was willst du?«, fragte Sam.

»Kaum ist sie zu haben, machst du dich an sie ran?« Mit »sie« war wohl ich gemeint, denn Derek machte eine unwillige Handbewegung in meine Richtung.

Sam schnaubte.»Alter, hörst du dir eigentlich selbst zu?«

»Ich bin übrigens nicht zu haben«, mischte ich mich ein und verschränkte meine Arme.»Ich entscheide, wen ich mir nehme, und nicht, wer mich haben kann. Verstanden? Außerdem, warum interessiert es dich überhaupt? Du hast doch schon längst klargemacht, wie wichtig ich dir bin.« Mein Blick flog zu Amber, die mich mit zusammengepressten Lippen ansah.»Das habt ihr alle.«

»Wir mussten das tun«, beteuerte Amber plötzlich, als hätte sie die Worte nicht länger zurückhalten können.»Sie hat uns erpresst.«

»Und wir hatten nie vor, sie zur Partnerin oder Leiterin oder sonst was zu machen«, sagte nun Derek und seine Stimme klang dunkel, beinahe bedrohlich.»Wir werden sie los, sobald wir fertig mit der Renovierung sind. Bis dahin kannst du sie ignorieren.«

»Richtig.« Ich schnaubte.»So, wie ihr sie und ihre Spitzen ignoriert.« Langsam schüttelte ich den Kopf.»Sorry, ich kann das nicht mehr.«

»Was meinst du damit?« Derek trat einen Schritt auf mich zu.

Doch ich wich zurück und stieß dabei gegen Sams Auto. »Spielt ruhig ihr Spiel, wenn ihr glaubt, ihr könntet sie später loswerden. Aber das wird nicht klappen. Sobald sie merkt, dass ihr sie reingelegt habt, wird sie sich was Neues ausdenken. Ihr werdet sie niemals los.«

»Wir«, korrigierte Amber mich und versuchte zu lächeln, als würde sie den tiefen Aufruhr in mir spüren. »Es hat nie ein Wir gegeben. Nicht wirklich.« Ich drehte mich zu Sam. »Von mir aus können wir fahren.«

»Und was soll das bedeuten?«, fragte Derek und runzelte die Stirn.

»Du wirst es nie verstehen, wenn du fragen musst.« Ich stieg ein und konnte erst wieder normal atmen, als Sam losfuhr und wir über den Parkplatz rollten. Dabei spürte ich die ganze Zeit die Blicke von Amber und Derek in meinem Nacken.

Am liebsten hätte ich mich noch einmal umgedreht, denn mit einem Mal fühlte sich dieser Weg so endgültig an.

36

Derek

»Ihr seid Scheiße, nur fürs Protokoll!«

»Ich verstehe nicht, wie Sam sich einfach so an sie ranmachen kann!« Es brodelte in mir und ich wollte auf etwas einschlagen, während ich versuchte, mich endlich wieder zu beruhigen. Das klappte aber schon seit heute Mittag nicht und jetzt saß ich hier im *Joanas* und kotzte mich bei Ryan aus.

Wir saßen an dem Tresen der Bar und schauten hin und wieder auf die Wiederholung eines Baseballspiels, das auf dem Fernseher an der Wand lief. Ryan trank einen Schluck aus seiner Bierflasche und zuckte mit den Schultern. »Denkst du nicht, dass du ein wenig überreagierst? Ich wette, Sam hat sie nicht angemacht.«

»Es sah aber verdammt stark danach aus.«

»Warum macht dich das denn so fertig, wenn es sowieso nichts Ernstes war?«

Ich schnaubte und rieb mir mein Gesicht. »Man tut so was unter Kumpels einfach nicht.«

»Aha.«

Wie konnte man nur so nervig sein? »Du bist mir echt keine Hilfe.«

»Ich will dir auch keine Hilfe sein, wenn du dich wie ein

Trottel aufführst. Immerhin war Hazel sowieso schon zu gut für dich und dann benimmst du dich so dumm.«

Plötzlich wurde die Tür der Bar aufgerissen und Olivia stürmte herein. Sie zeigte mit ihrem Finger auf mich. »Du!« Ich blinzelte verwirrt und ein bisschen betrunken. »Was? Ich?«

»Du Vollpfosten hast sie schon wieder verjagt!« Sie bohrte mir ihren spitzen Finger schmerzhaft in die Brust und deutete dann auf Ryan. »Du und deine beschissene Familie!« Das letzte Wort spuckte sie verächtlich aus.

Sofort spannte ich mich an. »Redest du von Hazel?«

»Von wem sonst?« Sie pikte mir erneut in die Brust. »Ihr seid alle so dumm! Ihr lasst zu, dass Lauren Hazel beleidigt, sie niedermacht und ihr wehtut, und hört dabei zu, als wäre es das Normalste der Welt. Sie hat das nicht verdient! Und das weiß sie auch selbst. Deshalb packt sie gerade ihre Sachen!«

Ich richtete mich auf dem Platz auf. »Was meinst du damit? Sie ist doch eh wieder in New York.«

»Ja, noch. Aber so wie es aussieht, hat sie sich ein One-Way-Ticket nach Hawaii gekauft!« Olivias Stimme wurde schrill. »Das bedeutet, ohne Rückflug!«

»Wir wissen, was One-Way-Ticket bedeutet«, erwiderte Ryan nun unwirsch. »Vielleicht fliegt sie ja nur in den Urlaub?«

»Dachte ich auch. Und dann habe ich gehört, wie sie mit einem alten Bekannten telefoniert hat, der auf Hawaii eine Bar aufgemacht hat.« Sie ließ sich neben mir auf den Barhocker sinken und winkte der Bedienung. »Ein Bier, bitte.«

»Willst du damit sagen, dass sie nach Hawaii fliegt? Das ist doch … sie muss sich an den Vertrag halten.« Ich hörte selbst, wie erschüttert ich klang, und konnte es dennoch nicht verhindern. »Sie würde uns nicht im Stich lassen.«

»So, wie ihr sie nicht im Stich lasst? Ihr, das Team, das immer alles gemeinsam entscheidet und Hazel ausschließt. Ihr, die zulasst, dass Lauren sie weiter fertigmacht, und nicht ein Wort sagt. Ihr, die einen auf tolle Patchwork-Familie macht – nur ohne sie.« Sie stieß ein wütendes Knurren aus und winkte der Bedienung erneut. »Vergessen Sie es, ich habe keinen Durst mehr.« Olivia zeigte auf uns und zerrte ihr Handy aus der Tasche, um wild darauf herumzufuchteln. Dann zeigte sie wieder auf uns. »Ihr seid Scheiße, nur fürs Protokoll!« Mit diesen letzten Worten stürmte sie genauso aus der Bar, wie sie gekommen war. Sie hinterließ tausend Fragen und das brennende Gefühl in meiner Brust, dass etwas fürchterlich schiefging.

»Glaubst du, das war ihr Ernst?«

Ryan erholte sich schneller von dem Schock und trank einen großen Schluck aus seiner Flasche. »Würde mich nicht wundern. Leider hat Olivia recht. Bei allem.«

»Aber ...«

»Hör auf, es dir einreden zu wollen. Lauren ist immer Scheiße zu Hazel und wir haben es überhört, doch Hazel kann das nicht. Es liegt nicht in ihrer Natur. Wir haben Hazel vermutlich echt wehgetan. Du wahrscheinlich mehr als ich, aber das ist ja auch keine Ausrede.«

Mit einem langsamen Nicken wurde mir klar, wie sehr ich in all den Jahren versucht hatte, Lauren zu ignorieren, und dabei auch zugleich Hazels Schmerz missachtet hatte.

Verdammt!

Olivia hatte recht. Wir waren Heuchler und hatten sie ausgeschlossen. *Ich* hatte sie ausgeschlossen, weil ich zu verbohrt war, um zu erkennen, dass sie zu gut für mich war. Hazel konnte nicht einfach nach Hawaii gehen! Sie konnte doch jetzt nicht verschwinden! Ich ... ich musste sie aufhalten.

Es war plötzlich, als würde sich mein zukünftiges Leben wie ein Film vor meinen Augen abspulen, und mir wurde bewusst, dass Hazel zu mir gehörte. Ihre Zeit in New York hatte nichts daran geändert, dass sie mir unter die Haut ging. Doch ich befürchtete, dass, wenn sie nun wieder für mehrere Jahre verschwand, ich sie endgültig verlieren würde.

»Ich muss zu ihr.«

»Zu Hazel? Und dann?« Ryan schnaubte belustigt. »Willst du ihr sagen, dass es dir leidtut? Denkst du, sie wird das akzeptieren?«

Ich atmete laut aus. »Vermutlich nicht. Aber ich muss ihr sagen, wie dumm ich war, wie feige und ... dass ich sie liebe.«

»Ehrlich?« Ryans Lippen zuckten.

Ich nickte langsam und konnte selbst nicht fassen, dass ich diese Wahrheit so lange in mir verborgen hatte. »Ich liebe sie.«

»Deshalb hat dich die Vorstellung so irre gemacht, sie könnte wieder gehen.« Ryan klopfte mir auf die Schulter. »Dann geh und schnapp sie dir. Wenn sie dir verzeiht, haben Amber und ich vielleicht auch noch eine Chance auf Gnade.«

Ich nickte, zog ein paar Scheine aus meinem Portemonnaie und warf sie auf den Tresen. Dann rannte ich aus der Bar, als wäre der Teufel persönlich hinter mir her. Ich musste zu Hazel und geradebiegen, was ich verbockt hatte. Hoffentlich war es noch nicht zu spät.

Ich lief viel zu schnell zu ihrer Wohnung und konnte mich nur mit Mühe davon abhalten, Sturm zu klingeln, während ich darauf wartete, dass mir irgendwer die Tür aufmachte. Als Hazel mir öffnete, starrte ich sie einen Moment lang an und war unfähig, auch nur ein Wort zu sagen.

Sie hob ihre Augenbrauen. »Was willst du hier?«

»Es tut mir leid. Ich war ein Idiot.«

Hazel seufzte schwer, trat zurück und zog die Tür komplett auf. »Komm rein, die Nachbarn müssen das nicht hören.«

Hoffnung brachte mein Herz zum Hüpfen und ich trat in die Wohnung ein. Von hier aus sah ich ihr Schlafzimmer und entdeckte einen geöffneten Koffer, der auf ihrem Bett lag. Daneben befand sich ein schwarzer Bikini. Allein die Vorstellung, sie könnte in dem Teil an einer Strandbar arbeiten, ließ meinen Puls in die Höhe schießen.

»Okay.«

Ich blinzelte und brauchte einen Moment, um zu realisieren, dass dies ihre Antwort auf meine Entschuldigung war. Sie hatte die Arme vor der Brust verschränkt und ein resignierter Ausdruck lag in ihren Augen.

»Wirklich. Es tut mir leid. Ich weiß nicht, wie ich so blind sein konnte und warum ich nicht sehen wollte, wie sehr du unter Laurens dummen Sprüchen gelitten hast.«

Ein trauriges Lächeln umspielte ihre Lippen und sie deutete in Richtung Wohnzimmer, bevor sie vorausging. »Das weiß ich ehrlich gesagt auch nicht.«

Ich setzte mich aufs Sofa. »Und dass wir dich ständig ausgeschlossen haben, war Scheiße. Du bist ein Teil von uns und wir hätten dich mehr einbeziehen müssen. Von Anfang an.«

Sie nahm auf dem Sessel mir gegenüber Platz und mein Herz rutschte mir in die Hose. Das war ein schlechtes Zeichen. »Ich bin wirklich froh, dass du das siehst. Aber ich weiß nicht, was du jetzt von mir erwartest.«

»Geh nicht«, stieß ich aus und lächelte sie flehend an. »Ich ... mir ist klar geworden, dass ich in dich verliebt bin. Wobei das eigentlich von Anfang an klar war.« Ich wollte nach ihr greifen, aber hielt Abstand, weil sie nicht so wirkte, als würde sie meine Nähe jetzt wollen.

Sie blickte auf den Boden und atmete tief durch. »Ich fühle dasselbe.«

Mein Herz setzte aus vor Freude.

»Aber das reicht nicht.«

Jegliche plötzliche Hoffnung zerplatzte mit einem Schlag.

»Was?«

Sie zog ihre Beine auf den Sessel und umschlang sie. »Es reicht nicht. Meine Gefühle für dich reichen nicht aus, um Lauren zu ertragen. Vielleicht sind sie dann nicht stark genug.«

»Sie wird nur noch bis zur Eröffnung da sein. Wir stellen sie ein und kündigen ihr dann sofort.«

Hazel schüttelte den Kopf. »Wie schon gesagt, glaube ich nicht, dass ihr sie so schnell loswerdet. Zudem bin ich mir sicher, dass ich die Zeit bis dahin nicht aushalten werde. Und ich möchte es auch nicht. Deshalb ist es aus mit uns. Endgültig.«

»Du stellst sie über uns?«

»Ich stelle mich über uns.« Sie räusperte sich und blinzelte ein paarmal zu schnell. »Ich bin mir selbst zu wichtig, als dass ich das noch länger ertragen könnte. Entschuldige, Derek, aber du hast mitangesehen, wie sie zu mir war. Du hast ihre dummen Sprüche einfach ignoriert, obwohl dir klar sein müsste, wie weh sie mir getan haben. Wieso sollte es jetzt anders sein?« Hazel seufzte erneut schwer und erhob sich. »Es tut mir leid und ich glaube dir, dass du Gefühle für mich hast. Aber ich glaube dir nicht, dass sie reichen, um diesen Teufelskreis zu durchbrechen, in den Lauren euch reingezogen hat.«

Ich stand ebenfalls vom Sessel auf. »Hazel, bitte – gib mir eine Chance.«

Ihre Lippen pressten sich zusammen und sie zögerte, bevor sie ihren Kopf schüttelte. »Es tut mir leid, aber ich kann nicht. Ich mag dich wirklich sehr, doch ich will und werde nicht einen Tag länger mit dieser Frau verbringen.«

Ich öffnete den Mund.

»Bitte zwing mich nicht dazu. Ich weiß, dass es unsere Beziehung vergiften würde. Außerdem hast du mich wegen irgendwelcher fadenscheiniger Gründe verlassen. Woher soll ich wissen, dass du es nicht wieder tust, sobald es ernst wird?« Sie lief in Richtung Flur und ich folgte ihr wie hypnotisiert.

Fieberhaft suchte ich nach den richtigen Worten, doch mein Kopf war wie leer gefegt, weil ich sie verstand und zugleich nicht fassen konnte, wie sehr mich ihre Zurückweisung verletzte. Meine Kehle verengte sich und ich hatte plötzlich das Gefühl, keine Luft mehr zu bekommen.

Sie presste die Lippen zusammen und wartete, ob ich noch etwas sagen wollte. Doch als ich es nicht schaffte, öffnete sie die Tür. »Ich muss packen.«

Einen Moment lang konnte ich sie nur ansehen und mir wurde klar, dass es keine Worte gab, die sie umstimmen würden. Ich hatte es versaut. So sehr, dass mein Wort nichts mehr zählte. Deshalb musste ich ihr beweisen, wie ernst es mir war.

»Ich gebe nicht auf«, versprach ich ihr und unterdrückte mit all meiner Selbstbeherrschung den Drang, sie zu küssen, während ich an ihr vorbei in den Hausflur trat. Ein letztes Mal sah ich sie an, bevor ich die Treppe hinunter und dann nach draußen lief.

Nur einen Tag später stand ich vor Ambers Haus und straffte die Schultern, nachdem ich geklingelt hatte. Noch immer polterte mein Herz, während ich daran dachte, dass Hazel Gefühle für mich hatte. Nach ihrem wütenden Abgang hatte Olivia mir gestern die Seite aus dem Hotness-Buch geschickt, auf der die beiden mir Sterne gegeben hatten.

Hazel hatte mit Herzen bewertet. Nicht mit Sternen. Ich bekam fast keine Luft, wenn ich daran dachte, obwohl sie es vor Jahren in der Highschool reingemalt hatte. Auf allen Seiten dieses Buches hatten sie beide Bewertungen eingetragen. Doch auf meiner waren nur Herzen gewesen. Ohne ein O oder ein H darüber, als wäre es sowieso klar, dass nur eine mich bewerten dürfte.

Ich lächelte kurz wie ein dummer Junge, dann konzentrierte ich mich wieder auf meine Aufgabe.

Jetzt würde ich alles wiedergutmachen.

Ich hatte ihr geschworen, nicht aufzugeben, und das stand außer Frage. Zum Glück hatte ich die Unterstützung unseres Anwalts.

»Oh, Mr Stewards, was machen Sie denn hier?«, fragte

Lauren mit einem charmanten Lächeln, als sie uns die Tür öffnete.

Der Anwalt nahm ihre Hand und schüttelte sie. »Danke, gut. Ich hoffe, Ihnen ebenfalls?«

»Natürlich.« Sie machte einen Schritt zurück und ließ uns eintreten, dann begrüßte sie auch mich.

Ich schenkte ihr nur ein knappes Nicken, während ich schon mal voraus ins Wohnzimmer ging. Ryan und Amber warteten dort bereits.

»Was ist los?«, fragte Amber und warf einen irritierten Blick auf meine alte Sporttasche, die ich ein wenig zu fest umklammert hielt.

»Alles okay?« Ryan trug ausnahmsweise nicht seinen Anzug, sondern Sportklamotten. Offenbar hatte ich ihn gerade aus einer Trainingseinheit geholt.

Ich nickte und atmete tief durch. »Wir werden diesen Schwachsinn jetzt beenden.«

Beide zogen irritiert die Augenbrauen zusammen, doch sagten nichts, denn nun traten Lauren und Mr Stewards in den Raum.

»Ich freue mich immer sehr, wenn ihr so spontan vorbeikommt.« Sie lächelte erst mich und dann Mr Stewards an, bevor sie eine Augenbraue hob. »Aber irgendwie habe ich gerade das Gefühl, ich müsste meinen Anwalt ebenfalls anrufen.«

Ich stellte die Sporttasche auf den Esstisch neben mir. »Das hier ist ein einmaliges Angebot.«

»Ach ja?« Ihre andere Augenbraue hob sich und sie verschränkte die Arme vor der Brust.

»Ich möchte, dass du verschwindest und nicht mehr wiederkommst«, stellte ich klar und zog den Reißverschluss der

Sporttasche auf. »Wir wissen alle, dass du nur hier bist, weil du denkst, du könntest Geld abkassieren. Mr Stewards hat uns versichert, dass du absolut keine Möglichkeit hast, an unseren Teil des Erbes heranzukommen.« Nun kniff sie die Augen leicht zusammen und betrachtete mich abwartend.

»Natürlich kannst du die Bauarbeiten verzögern, aber ich für meinen Teil habe entschieden, dass ich mich nicht von dir unter Druck setzen lassen werde.« Mein Blick flog zu Amber, die mich fassungslos ansah. »Du könntest in der Zeit ein Studium für Hotelmanagement machen.«

Nach einem knappen Nicken von ihr und Ryan wandte ich mich wieder zu Lauren um, deren Lippen nun verkniffen zusammengepresst waren. »Wir werden dein Theater aussitzen. Du wirst Lebenszeit und viel Geld für deine Anwälte verlieren.«

Ihre Lippen waren nunmehr noch ein schmaler Strich und ich meinte, sie mit den Zähnen knirschen zu hören. »Und wie lautet dein Angebot?«

»Nun«, meldete sich jetzt Mr Stewards zu Wort. »Mein Freund, der örtliche Richter, hat mir netterweise eine kurzfristige Verfügung ausgestellt. Sie dürfen sich dem Hotel nicht nähern, wegen Belästigung und übler Nachrede der Besitzerin Hazel Flemming.«

»Das ist doch ein Scherz!«, rief Lauren entsetzt. Wut verzerrte ihre Gesichtszüge. »Diese kleine Schl–«

»Ich würde schön vorsichtig sein«, unterbrach ich sie und rang das Bedürfnis nieder, ihr wüste Beschimpfungen an den Kopf zu knallen. »Du hast die Wahl. Entweder du kämpfst diesen Kampf oder du nimmst diese zehntausend Dollar und verschwindest für immer.«

Mr Stewards trat in seiner stets souveränen Art vor und stellte seine Aktentasche auf den Tisch. Er ließ sie aufschnappen und zog ein Dokument hervor. »Mit Ihrer Unterschrift auf diesem Vertrag bestätigen Sie, dass Sie von weiteren Forderungen gegenüber meinen Mandanten absehen und sich zusätzlich vom Hotel fernhalten werden.«

»Das ... das kann nicht euer Ernst sein!« Sie schaute an mir vorbei. »Amber! Wusstest du davon?«

Ich trat einen Schritt zur Seite und stellte mich so vor Amber, wie ich es bei Hazel hätte tun sollen. »Also. Du hast die Wahl. Entweder du unterschreibst und verschwindest oder du kämpfst weiter, aber dann wirst du noch in den nächsten Minuten das Haus verlassen. Zur Not rufen wir die Polizei. Der Sheriff ist ein alter Schulfreund von mir.«

Sie kochte und ihr Blick zuckte zu der offenen Sporttasche, aus der Dollarscheine herauslugten. Schließlich schnaubte sie und entriss dem Anwalt den hingehaltenen Kugelschreiber. »Ihr seid schon immer verlogene kleine Biester gewesen!«

Meine Mundwinkel zuckten und ich unterdrückte die Erleichterung, die mich durchströmen wollte, denn noch war sie nicht verschwunden. »Wie gut, dass du uns jetzt los bist.« Sie knurrte.

»Ich helfe dir beim Packen«, rief Amber plötzlich und stürmte an uns vorbei in den Flur.

»Ich komme besser mit.« Ryan klopfte mir auf die Schulter und folgte Amber.

Lauren stöhnte und warf den Kugelschreiber auf den Tisch. Dann nahm sie sich die Tasche und lief den beiden hinterher, in das obere Stockwerk.

»Möchten Sie einen Kaffee?«, bot ich dem Anwalt an und

er lächelte, während er nickte.»Gerne.« Er deutete auf den Vertrag.»Jetzt fehlen nur noch die Unterschriften Ihrer Geschwister.«

Ich erwiderte sein Lächeln und ging zur Kaffeemaschine.

Wenige Minuten später saßen wir am Esstisch, tranken Kaffee und beobachteten, wie Lauren, Amber und Ryan mit mehreren Koffern herunterkamen. Lauren hielt noch immer die Sporttasche fest und lächelte, als sie ins Wohnzimmer trat.»Nun, Amber war so nett, mir ein Taxi zu rufen. Ich danke euch für eure Gastfreundschaft und denke, wir ...«

»Wir sehen uns nie wieder«, stellte ich klar und hielt ihrem eisigen Blick stand.

Sie presste ihre Lippen zu einem hässlichen Lächeln zusammen, nickte und verließ das Haus. Ryan und Amber trugen ihre Koffer bis an die Straße, bevor sie zurückkehrten.

Es war still, während wir alle vom Fenster aus beobachteten, wie das Taxi ankam, die Koffer einpackte und Lauren ohne einen letzten Blick zu uns davonbrauste.

Erst dann drehte Ryan sich mit einem fassungslosen Lächeln zu mir um.»Woher kam denn bitte das ganze Geld?«

»Ich konnte einen Firmenkredit aufnehmen. Negan hat mir geholfen.«

Amber fiel mir um den Hals.»Du bekommst alles zurück! Diese Investition werden wir aus unseren Einnahmen bezahlen!«

Ich lachte und erwiderte ihre Umarmung.»Hazel hatte recht. Wir wären sie niemals losgeworden. Aber glücklicherweise kennen wir einen guten Anwalt.«

Mr Stewards lächelte zufrieden.

»Wie haben Sie denn bitte ein Kontaktverbot erwirkt?«, fragte Ryan hörbar beeindruckt.

Der Anwalt lachte kurz auf.»Das war gar nicht so leicht, zumal Hazel nicht dabei war. Es gilt auch nur für einen Tag, aber der Richter war mir was schuldig und Ihr Pflegebruder war der Meinung, dass das reichen sollte, um Ihre Pflegemutter ein für alle Mal loszuwerden.«

Ryan brach in schallendes Gelächter aus, als ihm unsere List klar wurde.»Großartig!«

»Nun benötigen wir noch alle Unterschriften, da Sie alle Besitzer und auch bald Eigentümer des Hotels sind.«

Wir unterschrieben, und nun war ein kleiner Platz für Hazel frei.»Ich erledige das.«

Ryan klopfte mir auf die Schulter.»Schnapp sie dir.«

Amber fiel mir erneut um den Hals.»Sag ihr bitte, wie leid es mir tut.«

Ich verabschiedete mich von allen und eilte dann mit dem Vertrag in der Hand zu meinem Truck.

Keine fünf Minuten später stand ich vor Olivias Wohnungstür und klingelte.

Dieses Mal öffnete mir nicht Hazel.

»Was willst du?«, fragte Olivia gedehnt und blieb demonstrativ im Türrahmen stehen.

»Ich muss mit Hazel sprechen.«

»Sie ist in New York. Morgen fliegt sie nach Hawaii. Du hast es verbockt«, zischte sie und knallte mir dann die Tür vor der Nase zu.

In New York? Das bedeutete, sie musste kurz nach unserem Gespräch abgereist sein.

Dennoch schöpfte ich Hoffnung. Wenn sie noch nicht auf Hawaii war, hatte ich eine Chance!

37

»Für diese dumme Aktion lege ich Hazel flach.«

Ich füllte die Reihe von Shots ohne zu kleckern, während Beats eines Hip-Hop-Songs über mich hinwegwummerten und Menschen sich um die Bar drängelten.

Mit einem Lächeln gab ich die Shots aus und widmete mich dann der nächsten Bestellung. Es war laut, voll, stickig und zum ersten Mal, seit ich jemals in Bars gearbeitet hatte, war ich genervt. Die alkohol- und parfümgeschwängerte Luft schien mir den Sauerstoff zu entziehen. Auf meiner Brust lastete ein Druck, der aber schon da war, seit ich Eastwood verlassen hatte.

Ich brauchte eine Pause, und die würde ich mir nun gönnen. Obwohl ich erst seit Kurzem die Barchefin war, hatte mein Boss mir zwei Wochen Urlaub gewährt. Die Angestellten machten einen guten Job und die Zeit würden sie auch ohne mich auskommen.

Da ich mir ein Hotel nicht leisten konnte, hatte ich einen alten Kumpel aus der Schule angerufen. Er hatte mich vor einem Jahr übers Internet angeschrieben, weil ich ihn und seine jetzige Frau damals zusammengebracht hatte und sie mich gerne zu ihrer Hochzeit einladen wollten. Zu der Zeit hätte ich mir einen Flug nach Hawaii, wo sie inzwischen lebten, niemals leisten können. Deshalb hatte ich eine Ausrede gefunden und die Trauung verpasst.

Doch glücklicherweise stand ihr Angebot eines Besuchs noch immer und das würde ich jetzt nutzen. Auch wenn ich mir irgendwie komisch dabei vorkam. Aber sie hatten versichert, dass ich bei ihnen willkommen war, und in ihrer Bar würden wir dann die Nächte durchfeiern.

»Ein Bier, bitte«, rief der nächste Gast. Mir entwich ein überraschtes Knurren, als ich Mark vor mir stehen sah.

»Was willst du denn hier?«

Er strich sich über seine etwas zu langen Haare und richtete seine Brille. Eine Geste, die ich früher überaus süß gefunden hatte und die mich jetzt nur noch nervte. »Ich habe gehört, du bist wieder in der Stadt.« Marks Lächeln hatte bloß die Wirkung auf mich, dass ich ihn boxen wollte.

»Wir haben uns nichts mehr zu sagen«, zischte ich ihm leise genug zu, damit niemand anderes uns hörte. »Verlass bitte sofort meine Bar!«

»Du hast mich an die Polizei verpfiffen! Du schuldest mir was!«

Empört schnappte ich nach Luft. »Ich schulde dir gar nichts! Du hast das Fitnessstudio beklaut und ein Empfehlungsschreiben von mir gefälscht! Ich will nichts mehr mit dir zu tun haben!«

»Ich bin hier Gast und will ein Bier.« Er wedelte mit einem Zehndollarschein vor meiner Nase herum.

Ein Teil von mir wollte die Security rufen. Stattdessen nahm ich das Geld und gab ihm ein Bier. Wenn ich ihn nicht selbst loswurde, könnte ich immer noch jemanden rufen. »Das ist das erste und letzte Mal, dass du diese Bar betrittst«, stellte ich klar.

Er lehnte sich mit den Ellenbogen an den Tresen.»Ich finde immer einen Weg. Das weißt du. Außerdem waren wir uns mal sehr nahe. Du warst ständig einsam in New York und früher oder später wirst du einen Freund brauchen.« Ich wollte bei dieser Anspielung auf unsere Vergangenheit kotzen.

Ich spürte, wie Unruhe sich im Raum breitmachte, und hob meinen Kopf. Mein Atem setzte für einen Moment aus und ich konnte nur auf Derek starren, der zielstrebig auf die Bar zukam. Hinter ihm liefen Ryan und Amber.

In meinem Kopf herrschte Leere, und Hoffnung wallte in mir auf, obwohl ich mir doch selbst erklärt hatte, dass es keinen Sinn mehr hatte. Was auch immer wir füreinander empfanden – es reichte nicht, um die Risse in meinem Herzen zu kitten.

Er stellte sich neben Mark.»Von Weitem sah es so aus, als hättest du meine Freundin angegraben.«

»Mach mal halblang«, sagte Mark und trank erneut einen Schluck.»Sie hat mich angebaggert.«

»Wie bitte?«, stieß ich überrascht und zugleich wütend hervor.

»Verzieh dich«, drohte Derek und baute sich vor ihm auf.

»Ich war zuerst hier«, erwiderte Mark und schaute unbeeindruckt zu Derek hoch. Er schien sich kein bisschen eingeschüchtert zu fühlen.

Das sollte er auch nicht! Ich blinzelte die Trance weg. »Derek, lass das bitte.«

»Er hat dich als Lügnerin dargestellt«, sagte nun Amber und machte einen Schritt auf Mark zu, wobei sie ihre Fäuste ballte, als hätte sie tatsächlich vor, ihn zu boxen. Ryan stellte sich drohend hinter ihr auf.

Das schien Mark überhaupt nicht zu gefallen. Er glitt von dem Barhocker und baute sich vor Derek auf. Sie waren ähnlich groß, und bis auf die Tatsache, dass sie das gleiche Geschlecht besaßen, endeten ihre Gemeinsamkeiten damit auch schon. Mark sah aus, als käme er frisch aus der Uni. Alles an ihm war glatt und konturlos. Neben Mark wirkte Derek, in einer verwaschenen Jeans und seinem karierten Hemd, als käme er gerade aus dem Wald vom Holzhacken zurück. Noch nie hatte er heißer ausgesehen.

»Security«, brüllte Mark überraschend und schubste Derek. Dann sagte er leiser:»Für diese dumme Aktion lege ich Hazel flach.«

Darauf passierte alles ganz schnell. Ich schnappte empört nach Luft. Derek knurrte und warf sich auf den Idioten, während hinter ihnen die Security auftauchte. Amber brüllte und schob den Securitymann von Derek weg, wobei dieser Mark am Kragen packte. Ryan versuchte gleichzeitig, die Kumpels von Mark in Schach zu halten, die plötzlich aufgetaucht waren.

Oje, das war eine Katastrophe!

»Raus mit ihnen!«, rief ich den Securitys zu, die sich erst Amber und Ryan packten, bevor sie Derek und Mark auseinanderrissen.

Ich übergab schnell meinem Kollegen die Leitung der Bar, während ich ihnen folgte.

Mark fluchte und wütete. Die Leute gafften und meine Pflegegeschwister ließen sich ohne ein Wort bis zum Aufzug begleiten.

Ich betrachtete Amber durch den Spiegel hindurch, die wie immer viel zu schick gekleidet war und zugleich total derangiert aussah. Ihr blondes Haar hatte sich teilweise aus dem Zopf gelöst und fiel ihr in Wellen auf die Schultern.

Ryan zwinkerte mir zu, als sich unsere Blicke begegneten. Ich musste mich zusammenreißen, um bei seinem halb aus der Anzughose heraushängenden Hemd nicht zu lachen.

Derek fixierte mich hingegen regelrecht. Sein Blick war so intensiv, dass ich Gänsehaut bekam und mich abwenden musste.

Ich hatte keine Ahnung, was sie alle hier wollten und sich davon erhofften. Aber das würde ich vermutlich gleich erfahren.

Wir fuhren gemeinsam bis ins Erdgeschoss, und die Sicherheitsleute hielten sie alle fest, bis wir aus dem Hochhaus getreten waren.

»Ich komme sofort nach«, informierte ich die Security und betrachtete meine Pflegegeschwister, die Mark so lange böse anschauten, bis dieser in ein wartendes Taxi gestiegen war. So schnell würde er nicht wiederkommen. Nicht, wenn er wusste, dass ich nicht so allein war, wie er vermutlich geglaubt hatte.

Mir war eiskalt und ich schlang meine Arme um mich, zugleich schaute ich Derek böse an. »Was sollte das?«

Er seufzte, doch dann zuckten seine Mundwinkel, als könnte er sich ein Lachen nur schwer verkneifen. »Ich war eifersüchtig. Tut mir leid.«

»Du warst ... was?« Nach allem, was zwischen uns passiert war, war es ein wenig überfordernd, ihn über seine Gefühle sprechen zu hören. Doch dann schüttelte ich den Kopf, denn selbst wenn er hier war und den weiten Weg für mich gefahren war, änderte das nichts.

»Außerdem war der Typ ein Arschloch«, brach es aus

Amber heraus, die offenbar versucht hatte, sich im Hintergrund zu halten. »Der hat kein Recht, so abfällig mit dir zu sprechen!«

Ryan lachte und legte seinen Arm um Amber. »Lass Derek erst mal machen. Danach sind wir dran.«

Amber biss sich auf die Unterlippe und atmete hörbar ein.

Ich wollte lachen und versuchte zu unterdrücken, wie viel Hoffnung mir ihre Worte und ihr Verhalten machten. Deshalb konzentrierte ich mich auf denjenigen, der mir am meisten wehgetan hatte. Es wäre dumm, mich von ihm einlullen zu lassen. »Ich weiß nicht, was du dir von einem Besuch erhoffst. Ihr alle.«

»Ich habe hier nur einen Vertrag, den du unterschreiben musst. Von Mr Stewards«, fügte er hinzu und holte aus seiner Jackentasche ein eingerolltes Dokument.

Ich nahm es ihm ab und überflog es. Mein Herz klopfte immer lauter, während die Worte keinen Sinn ergeben wollten. »Was ist das?«

»Ich habe Lauren dafür bezahlt, dass sie nie wiederkommt. Sie hat eingewilligt, das Hotel nicht mehr aufzusuchen, und damit wirklich nichts schiefgeht, sollen wir alle darauf unterschreiben.« Er legte seine Hand in den Nacken und Nervosität flackerte über sein Gesicht.

»Du hast sie bezahlt? Aber …« Auf dem Dokument stand, dass sie keine weiteren Forderungen stellen würde.

Auf einmal schossen mir Tränen in die Augen. »Wieso hast du das getan?«

»Für dich«, sagte er, als wäre es offensichtlich. »Ich war so dumm! Du hattest von Anfang an recht. Sie hätte sich irgendwie festgebissen und wir wären sie niemals losgeworden. Und ich wollte lieber mit dem Geldangebot ihre Wut auf mich ziehen, als dich zu verlieren. Sie hat glücklicherweise eingewilligt.« Er atmete tief durch und näherte sich mir langsam. »Ich bin so hart verliebt in dich und ich bin ein dummer Idiot gewesen. Die ganze Zeit hatte ich Angst, du könntest mich verlassen, und habe mir nur selbst im Weg gestanden. Deshalb will ich, dass du weißt, dass ich das für dich gemacht habe. Auch ein bisschen für uns«, fügte er dann mit einem verschmitzten Lächeln hinzu. »Aber hauptsächlich für dich. Ich will, dass du dich sicher bei uns fühlst. Bei mir. Ich will, dass du dich wohlfühlst. Egal, ob wir ein Paar sind oder nicht.«

Meine Augen brannten vor Rührung. »Danke. Das ist unglaublich nett von dir.«

»Aber nur um eins klarzustellen«, fügte er schnell hinzu. »Ich will mit dir zusammen sein.«

Ich zögerte einen Moment. Er lächelte nicht und ich sah ihm an, dass er das wirklich ernst meinte. Er hatte Lauren ausgezahlt. Wie hatte er das nur gemacht? Noch während ich mich das fragte, wurde mir klar, dass ich nicht darüber nachdenken musste. Ich war total verliebt in ihn, und allein sein Anblick reichte, um die gesamte Welt ein wenig heller zu machen.

»Ich möchte deine Freundin sein.« Meine Worte ließen mich selbst überrascht lachen.

»Was? Ja!«, brüllte er, packte mich und wirbelte mich mitten auf dem Gehweg herum.

Ich lachte und klammerte mich an ihm fest, wobei der Vertrag total zerknitterte.

Als er stoppte, senkte ich den Kopf und küsste ihn, weil ich es nicht eine Sekunde länger ausgehalten hätte.

Er erwiderte meinen Kuss gierig und drückte mich so fest an sich, dass ich keuchte.

Ryan und Amber jubelten im Hintergrund. Nur sehr langsam ließ Derek mich an sich heruntergleiten und dabei lächelte er so erleichtert, dass meine Augen erneut brannten. »Ich weiß, dass dich dieser Job hier glücklich macht. Ich habe noch einen Kredit mit der Tischlerei an der Backe, aber während ich den abbezahle, kann ich pendeln. Wir werden uns so oft wie möglich sehen.«

»Und wir kommen auch so oft wie möglich her«, beteuerte Amber aus dem Hintergrund.

Ryan nickte neben ihr voller Reue. »Wir waren Idioten, weil wir zugelassen haben, dass du überhaupt wieder nach New York gegangen bist.«

»Wir tun alles, damit du uns verzeihst. Du bist ein Teil unserer Familie. Und Familien kann nichts trennen, nicht einmal ein langer Fahrtweg.«

Ich legte meine Hand auf seine Brust und stoppte damit seinen Redefluss. »Nein, ich komme mit nach Hause.«

Er starrte mich an, als wäre er derjenige, der jetzt in Tränen ausbrechen wollte. »Aber ... was ist mit Hawaii?«

»Na ja, ich würde mich sehr freuen, wenn du mit mir in den Urlaub fliegst.« Allein die Vorstellung! Wir zwei am Strand, mit Cocktails in der Hand. Hitze, nackte Haut. Mir wurde jetzt schon heiß!

Derek lachte laut auf und küsste mich erneut. »Urlaub klingt perfekt.«

»Ich würde gerne etwas anderes machen, aber ich arbeite noch.« Zerknirscht deutete ich hinter mich.

Derek legte seinen Arm um mich. »Dann komme ich mit und starre dich während deiner gesamten Schicht an.«

»Und ich könnte echt einen von deinen Cocktails vertragen.« Amber trat vor und griff nach meinen Händen. Tränen standen in ihren Augen. »Ich war nicht nur ein Biest, sondern auch eine Scheißschwester. Ich wünschte mir, ich wäre nur halb so stark wie du. Ich werde dich nicht darum bitten, mir zu verzeihen, weil alles, was ich in den letzten Tagen getan habe, unverzeihlich ist.« Nun rann eine Träne über ihre Wange. »Aber ich will es dir mit Taten beweisen. Ich will dir beweisen, dass ich eine gute Schwester sein kann und es verdient habe, dass du in meinem Leben bist.«

»Danke«, flüsterte ich und zog sie zu einer Umarmung an mich. Ich war so dankbar, dass sie mich nicht zwang, eine Entschuldigung anzunehmen, obwohl all der Schmerz noch so frisch war und noch ein wenig brauchen würde, um zu heilen.

»Das hier wird jetzt für immer halten. Nur damit das klar ist«, entschied Ryan und stimmte in unsere Umarmung ein. »Scheißegal, was passiert. Wir vier sind ein Team.«

Ich sog ihre Liebkosung ein und löste mich schließlich von ihnen. »Kommt, wir gehen rein.«

»Aber wir wurden gerade rausgeschmissen«, erinnerte Amber und wirkte mit einem Mal ein wenig unsicher.

»Ich bin der Chef«, sagte ich nur und führte sie grinsend wieder in die Lobby des Hotels hinein. »Die Leute können sich dann gerne bei mir beschweren, wenn sie ein Problem haben.«

Meine Pflegegeschwister lachten und folgten mir. Derek legte einen Arm um mich, während Amber nach meiner Hand griff und Ryan wiederum seinen Arm um ihre Schulter schlang.

Die Risse zwischen uns würden heilen, da war ich mir sicher. Sie hatten aufs Spiel gesetzt, was ihnen wichtig war, nur um mich zurückzuholen.

Die Holzdielen der Veranda quietschten, als ich sie betrat, und ich musste lächeln, weil es mich daran erinnerte, wie sehr ich beim ersten Mal gefürchtet hatte, sie würde zusammenbrechen. Das Hotel war noch nicht fertig, aber man konnte jetzt schon sehen, dass es in wenigen Wochen so weit war.

Wir hatten nach der Schicht im *Red Chili* sofort meine Klamotten aus dem kleinen WG-Zimmer geholt. Meinen Chef hatte ich spontan nicht erreichen können und so würde ich ihm vermutlich erst nach dem Urlaub erzählen, dass ich kündigen würde.

Ich war unglaublich müde und trank einen Schluck Kaffee, den wir uns gerade auf dem Weg ins Hotel bei der Bäckerei geholt hatten. Am liebsten hätte ich den ganzen Tag mit Derek im Bett verbracht, aber er hatte darauf bestanden, dass wir einmal kurz im Hotel vorbeischauen, wo uns auch schon Amber und Ryan in dem bereits fertig umgebauten Saal erwarteten, der einst ein zerstörter Wintergarten gewesen war.

Derek trat neben mich und legte seinen Arm um meine Schulter. »Ich denke, es ist an der Zeit für eine große Besprechung darüber, wie es weitergeht mit dieser Immobilie.«

Amber wurde blass, sagte aber nichts.

Ryan lächelte.

Derek sah auffordernd zu mir herunter, weshalb ich das Wort ergriff. »Wir haben auf dem Rückweg aus New York mit Ryan telefoniert. Wir alle sind uns einig, dass wir das Hotel behalten werden, wenn du es möchtest.« Amber sah aus, als würde sie gleich ohnmächtig werden, und atmete zittrig aus. »Wirklich?«

Ich nickte und mein Lächeln war echt. »Aber ich wäre gern Teil davon. Ich würde wieder einen Job beim *Red Chili* annehmen, falls Joe mich noch will, doch ich denke, ein wenig Unterstützung könnte hier ganz nützlich sein.«

»Natürlich!«, rief sie begeistert und strahlte mich an. »Danke schön.«

»Super, ich werde nämlich so gut wie nichts beisteuern können.« Ryan lachte und nickte in Richtung Hotel. »Kommt, lasst uns ein bisschen über die Inneneinrichtung sprechen. Das Thema wird sicher alle etwas aufmuntern.«

»Oh ja!«, stieß Amber aus und eilte zum Hoteleingang. »Ich sehe überall Blumen!«

»Scheiße«, flüsterte Derek neben mir.

Ich kicherte und knuffte ihn in die Seite.

»Das wird sicher kein Rentner-Treffpunkt«, rief Ryan Amber hinterher und zwinkerte mir zu.

Derek und ich folgten den beiden, und auch wenn noch nicht alles wieder im Lot war, hatte sich nichts jemals richtiger angefühlt.

»Derek, es ist echt supernett, dass du uns zum Essen einlädst«, sagte Amber und schaute auf ihren Teller herunter. »Aber Makkaroni mit Käse?«

Ich biss mir auf die Unterlippe, um nicht lauthals loszulachen. Nach unserer Begehung im Hotel, bei der Amber vor lauter Euphorie bereits ein Farbkonzept ausgearbeitet hatte, lud Derek uns zum Abendessen bei sich ein.

Derek sah mich über den Tisch hinweg an und lächelte. »Das war früher Hazels Lieblingsessen.«

Ryan lachte leise neben mir. »Also so willst du ihr imponieren?«

»Es ist immer noch mein Lieblingsessen.« Mein Lächeln war so intensiv, dass ich es bis in die Tiefen meiner Wangenknochen spürte. »Hast du die selbst gemacht?«

Derek nickte und betrachtete die Auflaufform. »Nach Bettys Rezept.«

Einen Moment lang senkte sich bedächtiges Schweigen über uns, das durch Ambers Schnauben durchbrochen wurde. »Sie hat es dir gegeben? Ich habe sie darum angefleht.«

»Sie wollte, dass ich das Rezept Hazel gebe. Angeblich war sie die Einzige, die sich des Rezeptes würdig erwiesen hat.« Derek lachte leise.

Ich kicherte, als ich Ambers hochgezogene Augenbrauen sah, und aß einen Bissen. Der würzige Käse prickelte auf meiner Zunge. »Es schmeckt wie früher.«

Auch Amber und Ryan aßen und stießen ein Seufzen aus, das nach Erinnerung schmeckte, nach alten Tagen und ein bisschen Trauer.

»Soll ich euch das Geheimnis ihres Rezeptes verraten?«, fragte Derek nach einer Weile. »Ich denke, Betty wird kein Problem damit haben, wenn ihr es alle erfahrt.«

»Sag schon«, drängte Amber ihn und aß einen weiteren Bissen.

Er beugte sich zu mir vor und sagte leise: »Es ist eine Fertigpackung und dazu hat sie noch Petersilie reingestreut.«

»Das ist ein Scherz!« Mein Mund klappte auf und ich starrte ihn entgeistert an. All die Jahre wurde ich belogen! Dann schossen mir Tränen in die Augen und ich brach in Gelächter aus. »Das passt so gut zu Betty!« Ryan brüllte vor Lachen, und Amber fixierte den Auflauf, bevor sie ebenfalls zu kichern begann.

Dereks Augen strahlten, während er mir dabei zusah, wie ich die Tränen aus meinen Augenwinkeln wischte. »Sie wusste, dass du so reagieren würdest.«

»Danke«, flüsterte ich und musste mich zusammenreißen, um nicht in Tränen auszubrechen. »Ich vermisse sie.«

»Ich auch.« Er räusperte sich. »Aber ohne sie wärst du vermutlich nicht zurückgekommen. Wir würden nicht gemeinsam an dem Hotel arbeiten.«

Langsam nickte ich und schaute nacheinander meine Familie an. »Wisst ihr, was toll wäre? Wenn wir das Hotel nach ihr benennen könnten.«

Amber stieß einen entzückten Laut aus. »Das Betty's klingt perfekt.«

»Oder Betty's Hotel«, schlug Ryan vor.

Amber warf noch einen Vorschlag in die Runde, doch ich konnte nur Derek ansehen, der mich anlächelte, als würde er genau dasselbe fühlen wie ich – wir waren endlich eine Familie.

»Ich weiß noch, dass du gesagt hast, Gräber wären Scheiße und nur dafür da, um Hinterbliebenen ein schlechtes Gewissen zu machen, weil sie die sowieso zu selten besuchten.«

Mein Blick fiel auf den schlichten Grabstein und die frischen

Blumen, die ich davorgelegt hatte. Der Friedhof Eastwoods lag in völliger Stille vor mir, während die Sonne hinter mir unterging und die letzten Strahlen zwischen den Bäumen hindurchdrangen. Das Rascheln der Blätter im Wind war das einzige Geräusch um mich herum, und irgendwie hatte dieser gesamte Moment etwas ungemein Friedliches. »Du hattest recht. Ich habe ein schlechtes Gewissen«, gab ich zu und lächelte. »Aber ich werde öfter kommen. Jetzt, da ich hierbleibe.«

Ich seufzte schwer. Sie fehlte mir ungemein und dieses Gefühl ließ meine Kehle eng werden. Betty war so vieles gewesen. Witzig. Scharfzüngig. Gemein. Schlagfertig. Gerecht. Freundlich. Ernst.

Ich hatte sie geliebt, wie man eine Großmutter nur lieben konnte, und ich wünschte, ich hätte diese Worte jemals laut ausgesprochen. Doch vielleicht hatte sie es auch so gewusst.

»Aber ich bin nicht hier, um zu schwafeln. Also, falls du mich irgendwie hörst, will ich dir danken.« Ich lächelte ihren in den Stein eingemeißelten Namen an. »Danke. Ohne dich hätten wir niemals wieder zusammengefunden.«

Ein sanfter Wind strich mir durch die Haare und mein Lächeln wurde von Tränen in meinen Augen untermalt. Dann ging ich – erfüllt von Dankbarkeit und Liebe, weil ich endlich das Zuhause gefunden hatte, nach dem ich mich so lange gesehnt hatte.

ENDE

Danksagung

Obwohl »Still missing you« nicht mein erstes Buch ist, fühlte es sich an, als wäre es mein Debüt. Mich in diesem Genre auszuprobieren, war schon lange mein Traum, und ich bin so dankbar, dass er nun in Erfüllung gegangen ist.

Zunächst danke ich meiner Agentin Christine Härle, die sofort Feuer und Flamme für die Pflegegeschwister war, um die sich die Reihe dreht.

Ein ganz großer Dank geht an dtv und meine Lektorin Christine Albach sowie die Programmleitung Susanne Stark, die meinen Büchern ein Zuhause gegeben haben.

Auch meiner Lektorin Ulli danke ich so sehr, dass sie das Manuskript mit jedem Durchgang ein Stück besser gemacht hat.

Ich danke den Mädels von der Schreibchallenge, die ich ohne euch nicht durchgezogen hätte – auch wenn sie anders endete als erwartet und ich so viele Sätze mehr am Tag schreiben musste als nur einen.

Ein großer Dank gilt auch meiner Schwester Karina – ich hab dich so lieb!

Zudem danke ich all meinen wundervollen Kolleginnen, allen voran April Dawson, die eine unglaubliche Inspiration für mich ist.

Zum Schluss danke ich euch, meinen Lesern, denn ohne euch wäre ich jetzt nicht dort, wo ich bin. DANKE!

Vergesst nicht zu träumen, denn manchmal werden Träume wahr.

Eure Valentina

VALENTINA FAST

STILL
wanting
YOU

LESEPROBE

1

Amber

»Ich habe alles getan, um das zu sein, was er wollte.
Doch selbst das war nicht genug.«

Zu wissen, dass ich bereit gewesen wäre, diesen Trottel zu heiraten, verursachte mir spontanen Würgereiz. »Amber.« Mein Exverlobter hatte denselben tadelnden Tonfall drauf wie schon all die Jahre zuvor. Wie hatte ich den nur die ganze Zeit überhören können? Ich war kurz davor, ihm die Haustür vor der Nase zuzuschlagen. »Was willst du hier? Habe ich mich nicht klar genug ausgedrückt? Du bist hier nicht willkommen!«

Sein Lächeln wurde gönnerhaft, während er einen Brief aus seiner Aktentasche fischte »Wie du willst. Du hast eine Woche, um das Haus zu verlassen.«

Ich stieß ein Lachen aus, das mehr wie ein Fauchen klang. »Das ist mein Haus.«

Gekünsteltes Mitleid huschte über seine Züge, die ich einst so attraktiv gefunden hatte. Nun war nur noch Verachtung in mir übrig, denn dieser Mann war nichts anderes als ein Betrüger, der mit meiner angeblichen Freundin ins Bett gestiegen war, als wir noch eine Beziehung hatten. »Tja, das stimmt nicht so ganz.«

Leseprobe

Ich spürte, wie eine Ader an meiner Schläfe zu pochen begann. Gleichzeitig zwang ich mich, ruhig zu bleiben. »Ich habe die Raten bezahlt! Du kannst dir diesen Unsinn sparen.«

»Und ich stehe im Kaufvertrag und im Finanzierungsvertrag. Erinnerst du dich? Ich habe das Gebäude gekauft und die Finanzierung geregelt. Du wolltest einfach nur bezahlen. Wir haben danach nie über die Eigentumsverhältnisse gesprochen. Wieso auch? Als Eheleute hätten wir eh alles geteilt.«

Erst wollte ich lachen, doch sein selbstgefälliges Grinsen brachte mich dazu, ihm den Umschlag aus der Hand zu reißen.

Ich zog die Papiere heraus und überflog sie. Langsam setzten die Worte sich vor meinen Augen zu einem Taifun zusammen, der mich mit sich zu reißen drohte.

Fassungslosigkeit. Ohnmacht. Wut.

Weiße Punkte tanzten am Rande meines Sichtfeldes, während ich kurz davor war auszuflippen. Sein Name. Überall!

»Du hast mich reingelegt!«

Er zuckte mit den Schultern und aus seinem Gesicht wichen sämtliche Emotionen. »Du hast noch diese letzte Chance, zu mir zurückzukommen. Wir vergessen diesen Unsinn und ich überlasse dir das Haus.«

»Das Haus, das ich bezahlt habe.« Wut ließ meine Stimme zittern. Die Unterlagen knisterten in meiner Faust und ich merkte, wie ich kurz davor war, einen Mord zu begehen.

Dieser elende Dreckskerl hatte die Frechheit, mich anzulächeln, während er auf die Unterlagen deutete. »Schau es dir in Ruhe an. Das Haus gehört ohne Zweifel mir.« Er trat einen Schritt zurück und lächelte strahlend. »Komm zu mir zurück und ich überlasse es dir. Ansonsten«, sein Lächeln verblasste, »sehen wir uns in einer Woche zur Schlüsselübergabe.« Einen schönen Abend dir noch.« Ohne meine Antwort abzuwarten, ging er die Verandastufen herunter. Mein Atem ging viel zu laut. Ich nahm wahr, wie die beiden Nachbarinnen, die neugierig vom rechten Gartenzaun aus gelauscht hatten, leise tuschelnd ihr Gespräch wieder aufnahmen. Großartig. Das war wohl die Kirsche auf der Sahne, nachdem ich Frederics Sachen vor Kurzem im Vorgarten verteilt und damit für genug Stoff zum Tratschen gesorgt hatte. Bitte schön.

Ich sah die beiden Mittdreißigerinnen mit einem falschen Lächeln an, das sie zögerlich erwiderten, trat zurück ins Haus und schloss die Tür mit so viel Selbstbeherrschung wie möglich. In mir brodelte ein Vulkan und drängte danach, etwas zu zerstören.

Stattdessen atmete ich tief durch und betrachtete noch einmal die Unterlagen, die Frederic mir so selbstgefällig hingehalten hatte. Es war die Kopie unseres Kaufvertrags. In dem eindeutig sein Name stand. Ich hingegen wurde dort nirgends erwähnt. Mein Blick wanderte auf die zweite Seite, auf der meine Unterschrift neben seiner zu sehen war. Das konnte doch nicht wahr sein …

Ich eilte ins Büro, wo wir all unsere Unterlagen aufbewahrt hatten, und betete innerlich, dass das hier nur ein kranker Scherz von Frederic war. Meine Hände zitterten und ich zog mit zu viel Schwung mehrere Ordner aus dem Regal, worauf sie polternd auf dem dunklen Boden landeten, den wir erst letztes Jahr hier hatten verlegen lassen. Ich ignorierte das Chaos und konzentrierte mich nur auf den einen Ordner, den ich eilig durchblätterte. Mit angehaltenem Atem starrte ich auf den Kaufvertrag. Er sah genauso aus wie die Kopie. Mit all seinen fürchterlichen Details! So gut wie jeder Penny meines Gehalts steckte in diesem Haus. Es war das Haus, in dem ich die meiste Zeit meines Lebens verbracht hatte und alt werden wollte. Aber es gehörte offensichtlich nicht mir. Ich war auf einen Betrüger hereingefallen!

Tränen schossen mir in die Augen, doch ich blinzelte sie weg, während ich zu meinem Handy lief. Dann wählte ich die Nummer des Anwalts, der für die Belange meiner verstorbenen Pflegeoma Betty zuständig gewesen war. Es klingelte zweimal, ehe seine Sekretärin abhob. »Hallo, hier ist Amber Wilson. Ich brauche so schnell wie möglich einen Termin bei Mr Stewards.«

Meine Augenbrauen zogen sich grimmig zusammen. Wut wandelte sich in Entschlossenheit und ich knallte den Ordner auf meinem Schoß zu. So schnell würde dieser elendige Betrüger mich nicht kleinkriegen.

Glücklicherweise hatte der Anwalt noch Zeit für ein spontanes Mittagessen, wie mir seine Sekretärin mitteilte. Direkt nachdem ich aufgelegt hatte, schnappte ich mir eine Tasche, schlüpfte in Pumps und Jacke, bevor ich nach draußen stürmte.

Frederic fuhr gerade aus der Parklücke vor dem Haus und ich war kurz davor, seinen Rücklichtern den Mittelfinger zu zeigen. Doch ich drängte diesen kindischen Impuls zurück und stieg in mein Auto.

Pah! Er konnte mich nicht betrügen und mich anschließend noch zu einer Obdachlosen machen. Oder dachte er etwa wirklich, er könnte mich damit wieder zurückgewinnen?

Leseprobe

Ich war so wütend, dass meine Hände zitterten und ich drei Anläufe brauchte, um den Schlüssel ins Schloss zu stecken. Mein Atem kam abgehackt, aber ich zwang mich, ruhiger zu werden. Ich ballte die Hände zu Fäusten und atmete laut durch. Dann gelang es mir endlich, den Wagen zu starten. *Seinen* Wagen. Es war ein Geschenk gewesen, aber ich war mir nicht sicher, ob er dafür nicht auch irgendwas in der Hinterhand hatte. Vermutlich lief der Wagen ebenfalls auf seinen Namen und er konnte ihn mir mit einem Fingerschnippen wegnehmen.

Ich schluckte, drehte das Radio so laut, dass ich meine eigenen Gedanken nicht mehr hören konnte, und fuhr los. Mit einer brüllenden Taylor Swift lenkte ich den Wagen quer durch Eastwood. Ungläubige Blicke folgten mir und ich drehte automatisch die Musik leiser, um nicht noch mehr Aufmerksamkeit auf mich zu ziehen

Ich parkte an der Straße, direkt vor der großen Fensterfront des Restaurants, und riss die Autotür auf.

Ein Hupen ertönte. Ich schrie, zog die Autotür zu, und ein Wagen schoss mit einem wilden Dröhnen und einem wackeligen Schlenker an mir vorbei.

Ich zitterte und stieß ein Summen aus, um mich selbst zu beruhigen.

Als ich das nächste Mal ausstieg, hielt ich vorher im Seitenspiegel nach weiteren Verkehrsteilnehmern Ausschau. Erst als ich sicher war, keinen Unfall zu verursachen, trat ich auf die Straße, umrundete das Auto und lief zum Restaurant.

Mr Stewards würde mir helfen können. Das musste er einfach.

Der Anwalt meiner verstorbenen Großmutter saß bereits an einem der Tische und erhob sich wie ein Gentleman, als ich auf ihn zukam. Sein Händedruck war warm und fest. »Was verschafft mir die Ehre eines gemeinsamen Essens, Ms Wilson?«

»Es geht um meinen Exverlobten.« Ich setzte mich ihm gegenüber hin und schaffte es, genau so lange zu warten, wie die Bedienung brauchte, um unsere Bestellungen aufzunehmen, bevor ich Frederics Unterlagen aus meiner Tasche holte. Ich wurde langsam ruhiger, während ich Mr Stewards alles erzählte. Der ältere Herr hatte eine Ausstrahlung, die mich erdete.

Er nickte, stellte Fragen und las sich alles genau durch. Dann hob er seinen Blick und Bedauern legte sich auf seine Züge. »Leider scheint Ihr ehemaliger Verlobter tatsächlich Eigentümer des Hauses zu sein. Wir können vor Gericht ziehen, aber ich muss ehrlich zu Ihnen sein – das ist nicht sehr Erfolg versprechend.«

Mir entgleisten die Gesichtszüge. »Nein …«

»Gibt es Kontoauszüge, die belegen, dass Sie diese Zahlungen geleistet haben?«

»Natürlich.« Hastig kramte ich mein Handy heraus und öffnete meine Banking-App, wo ich meinen letzten Kontoauszug heraussuchte. »Hier. Da ist die letzte Rate.«

Er warf einen Blick darauf, nickte und stockte dann. »Haben Sie ein gemeinsames Konto oder ist das Ihr eigenes?«

»Unser gemeinsames«, flüsterte ich und wusste in diesem Moment, dass ich verloren hatte. Tränen strömten mir aus den Augen und ich stieß ein Schluchzen aus, das so gewaltig war, dass es meinen gesamten Körper zittern ließ.

Mr Stewards erhob sich, trat um den Tisch herum und legte tröstend den Arm um meine Schultern.

»Ich bin so dumm«, stieß ich aus und wurde erneut von einem Schluchzer geschüttelt. »Er hat mich reingelegt!«

Leseprobe

Der Anwalt sagte nichts, sondern strich mir nur beschwichtigend über den Rücken.

Ich brauchte eine Ewigkeit, um mich halbwegs zu beruhigen. Erst als mein Atem sich normalisiert hatte und ich mich nicht mehr fühlte, als müsste ich ersticken, strich ich meine Bluse glatt und dankte dem Anwalt mit einem Lächeln, das so viel selbstbewusster war, als ich mich fühlte.

Dann bestellte ich Meeresfrüchte zum Mitnehmen.

Ich ging zu den Toiletten, richtete mein ruiniertes Makeup und straffte meine Schultern. Ich musste noch einmal mit Frederic sprechen. Er konnte doch nicht ernsthaft erwarten, dass er mir so eine Neuigkeit an den Kopf knallte und ich dies einfach hinnehmen würde. Mein grimmiger Blick traf mich durch den Spiegel, und trotz der geröteten Augen und der blassen Wangen sah ich keine Versagerin im Spiegelbild.

Ich würde mich nicht noch mal von ihm reinlegen lassen. Schnell checkte ich unser gemeinsames Bankkonto und überwies die Hälfte auf mein eigenes Konto. Glücklicherweise hatte ich wenigstens darauf bestanden, es zu behalten, statt alles zusammenzulegen.

Als ich zurückkam, musterte Mr Stewards mich beunruhigt. »Geht es Ihnen besser?«

»Ja, viel besser. Danke.« Mein Lächeln wankte nicht, obwohl meine Wangen heiß von dem Gedanken wurden, dass ich hier gerade mitten in diesem schicken Restaurant einen kleinen Nervenzusammenbruch gehabt hatte. Das war auch der Grund, weshalb ich weder nach rechts noch nach links schaute, von wo aus ich die neugierigen Blicke der Tischnachbarn spürte.

Mr Stewards schien mich ein bisschen zu durchschauen, denn um seine Augen bildeten sich sanfte Fältchen. »Ich werde mir in der Kanzlei alles noch einmal in Ruhe ansehen. Aber ich befürchte, dass dieser Fall recht eindeutig ist.« Ich nickte langsam, denn das wurde mir ebenfalls bewusst. Frederic hatte von Anfang an geplant, mich zu überlisten. Er stand allein im Kaufvertrag. Der Kredit lief ebenfalls über ihn und die Raten wurden von unserem gemeinsamen Konto abgebucht.

Ich hatte mich voll und ganz auf Frederic verlassen. Ich hatte ihm blind vertraut und war sicher gewesen, dass er nur das Beste für mich wollte. Wir kannten uns seit der Highschool. Er war mein Abschlussball-Date gewesen, und wir hatten sogar schon Hochzeitspläne.

Ich zuckte zusammen, als der Kellner auftauchte und die bestellten Meeresfrüchte lieferte. Irgendwie rang ich mir ein Lächeln ab und bestand darauf, das Mittagessen, das wir nun beide zum Mitnehmen bestellt hatten, zu bezahlen.

Mr Stewards wehrte sich nur kurz dagegen, weil er sicher wusste, dass ich kurz vor einem Nervenzusammenbruch stand und das einzig Hilfreiche für mich die Illusion von Kontrolle war.

Dabei leuchtete in meinem Kopf die ganze Zeit eine Leuchtreklame mit dem Wort IDIOTIN auf.

Wie hatte ich es nur so weit kommen lassen können?

»Ich bringe ihn um«, waren Hazels erste Worte, nachdem ich ihr am selben Abend von Frederics Betrug berichtete.

Sie stand hinter der Bar des *Red Chili* und sah aus, als würde sie das Glas, das sie gerade polierte, zertrümmern wollen. Dafür liebte ich meine Pflegeschwester, auch wenn ich es ihr ver-

Leseprobe

mutlich noch nie wirklich gesagt hatte. Sie war echt, und man wusste immer, woran man bei ihr war. Um uns herum war es laut, weil eine Gruppe von Collegestudenten irgendwas feierte. Normalerweise nervte mich so ein Geräuschpegel, doch heute genoss ich die Intimität, die ihr Lärm verursachte. Niemand achtete auf unser Gespräch, während ich auf dem alten Barhocker saß und zu Hazel hinter die Bar blickte, wo sie seit ein paar Wochen fest angestellt war.

Ich schlürfte an dem superleckeren Cocktail, den sie für mich gemixt hatte, und spürte Wärme in mir aufsteigen, die langsam all die Wut in mir verdrängte. »Wenn jemand dran glauben sollte, bin es ja wohl ich. Die dümmste Kuh auf Erden.«

Sie polierte mit zusammengepressten Zähnen weiter. »Du warst leichtgläubig und ich muss gestehen, das setzt meinem Schock noch einmal ein Krönchen auf. Aber was ich nicht verstehe: Wer hat diese Verträge aufgesetzt? Haben die alle nicht gewusst, dass du das Haus kaufen willst?«

»Der Notar ist Frederics Onkel. Der Typ von der Bank ist sein Schwager.« Langsam setzte die Scham ein. »Kein Wunder, dass er so gedrängt hat, die Verträge alle dort aufsetzen zu lassen.«

»Aber hast du dir die gar nicht durchgelesen? Ich meine – Amber, du bist doch sonst nicht so!« Hazel versuchte vermutlich, nicht vorwurfsvoll zu klingen, scheiterte aber maßlos.

»Doch. Er hat mir vorher die ganzen Blankoverträge gegeben und mich unterschreiben lassen. Weil Lauren plötzlich Druck gemacht hat. Sie wollte überraschend auf Weltreise gehen und das Geld auf der Stelle haben. Deshalb hat Frederic alles innerhalb weniger Tage in die Wege geleitet.« Mein Hals wollte sich verengen und Tränen brannten in meinen Augen. Schnell nahm ich einen tiefen Schluck und spürte, wie der Alkohol den Schmerz kurz dämpfte. Wie armselig von mir!

»Lauren, dieses Miststück«, zischte Hazel und schien schon wieder ein Glas zerschmettern zu wollen. Sie hatte am meisten unter unserer Pflegemutter gelitten. Etwas, das mir erst kürzlich klar geworden war. Dafür würde ich mich vermutlich immer schuldig fühlen.

»Vergiss sie«, bat ich und sog mit meinem Strohhalm den Rest des Glases leer, bevor ich es ihr wieder zuschob. »Kümmere dich bitte um das hier.«

Sie hob eine Augenbraue, betrachtete meine mitleiderregende Gestalt und machte sich dann mit einem ergebenen Seufzen an die Arbeit. »Bist du sicher, dass Mr Stewards kein Schlupfloch findet?«

»Er wollte sich die Unterlagen noch einmal genau ansehen. Aber er war ziemlich sicher, dass da nichts zu machen ist. Bestimmt könnte ich vor Gericht ziehen. Aber ich habe keine Beweise, dass er mich reingelegt hat.«

»So ein Mistkerl! Dabei hat er dieses verflixte Haus nicht einmal nötig!« Hazel goss etwas weniger Rum in das Glas als vorher, was mir sofort auffiel, ich aber nicht kommentierte. »Warum hat er das überhaupt getan?«

»Weil er ein selbstgefälliger Arsch ist, der alles immer unter Kontrolle haben will. Sicher hat er seine Chance gewittert, mich so für immer an ihn zu ketten.« Allein bei dem Gedanken daran, wie oft er mich vielleicht sonst noch betrogen haben könnte, wurde mir übel. Sicher war Angela nicht seine erste Affäre. Angela, mit der ich aufgewachsen war und die ich zu meinen besten Freundinnen gezählt hatte. »Allein die Vorstellung, dass er …«

Leseprobe

»Quäl dich bitte nicht damit«, unterbrach Hazel mich sofort und legte ihre Hand auf meine. Ihre braunen Augen blickten unerbittlich. »Er hat dich wie Dreck behandelt. Lass nicht zu, dass du dich wie Dreck fühlst. Du hast etwas Besseres verdient als diesen Vorstadtfuzzi.«

»Er war immer genau das, was ich wollte«, platzte es aus mir heraus und ich zog das Glas an mich, das bisher einsam zwischen uns gestanden hatte.

Hazel schüttelte ihren Kopf. »Vielleicht symbolisierte er einfach nur das, was du gebraucht hast.«

Ich rümpfte die Nase und spielte mit dem Strohhalm.

»Stabilität. Er hat dich in ein Leben geführt, das scheinbar stabil war, und du hast dich dem angepasst.«

»Angepasst.« Ich spuckte dieses Wort aus, als wäre es eine Beleidigung. »Ich habe alles getan, um das zu sein, was er wollte. Doch selbst das war nicht genug.« Mein Blick glitt ins Leere, während ich an all die Male dachte, in denen ich mich verbogen hatte, in denen ich kleine Spitzen seinerseits hinnahm und für das nächste Mal abspeicherte, nur um sie vermeiden zu können.

Ich war so dumm.

»Warte mal«, stieß Hazel aus und beugte sich nachdenklich zu mir vor. »Du hast keine Beweise für seinen Betrug. Aber was ist, wenn er es zugeben würde?«

»Wieso sollte er das?«, fragte ich, den Strohhalm noch an meinen Lippen.

»Weil du sein Spiel mitspielst.« Ganz langsam hoben sich ihre Mundwinkel. »Wir könnten ihm eine Falle stellen. Wenn du erst mal den Beweis hast, dass er das alles geplant hat, hättest du eine Chance.«

Ich lehnte mich langsam zurück und starrte Hazel an. Entweder war sie ein Genie oder ein bisschen verrückt. Vielleicht beides. »Das könnte klappen. Frederic liebt es, anderen seine Siege unter die Nase zu reiben. Ich müsste nur so tun, als würde ich …« Meine Stimme versagte und mir wurde schlecht. Allein der Gedanke, ihn in meiner Nähe zu haben, gepaart mit all den Cocktails, ließ meinen Magen bedrohlich grummeln.

»Ab jetzt gibt es nur noch Wasser.« Hazel deutete mit dem Finger auf mich. »Wag es nicht zu kotzen. Ich hole dir was zu essen.«

Ich verzog den Mund und schob den Cocktail wieder von mir. Während Hazel in der Küche verschwand, beobachtete ich ihre Kollegin, die im Akkord Bestellungen abarbeitete und sicher ein bisschen genervt davon war, dass Hazel sich so auf mich konzentrierte.

Es war echt viel los. Dennoch zog Hazel mich vor. So war sie einfach. Wir hatten uns so sehr zerstritten und uns beinahe gehasst. Dennoch war sie beim ersten Anzeichen, dass etwas in meinem Leben schieflief, zu mir geeilt.

Dabei war sie diejenige gewesen, die eine helfende Hand hätte gebrauchen können.

Ich war so ein beschissener Mensch. Und dumm.

Ich würde niemals wiedergutmachen können, was früher passiert war, doch ich konnte Hazel jetzt eine gute Schwester sein – auch wenn wir nicht blutsverwandt waren.

Nebenbei musste ich noch irgendwie meinen Exfreund reinlegen. Das würde ich schaffen. Er hatte mich all die Jahre getäuscht. Wieso sollte ich jetzt Hemmungen haben, dies auch bei ihm zu versuchen?

Leseprobe